名家短经典

〔英〕毛姆 —— 著
张鋆 等 —— 译

逃亡的结局
毛姆短篇小说精选

MAUGHAM COLLECTED STORIES

人民文学出版社

William Somerset Maugham
Collected Stories

Simplified Chinese edition copyright © 2022 by Shanghai 99 Readers' Culture Co., Ltd.
All rights reserved.

图书在版编目(CIP)数据

逃亡的结局:毛姆短篇小说精选/(英)毛姆著;张鋆等译.—北京:人民文学出版社,2022(2023.1重印)
(名家短经典)
ISBN 978-7-02-016578-0

Ⅰ.①逃… Ⅱ.①毛… ②张… Ⅲ.①短篇小说-小说集-英国-现代 Ⅳ.①I561.45

中国版本图书馆 CIP 数据核字(2020)第 162664 号

责任编辑	卜艳冰　邱小群
封面设计	李苗苗

出版发行	人民文学出版社
社　　址	北京市朝内大街 166 号
邮政编码	100705
印　　制	山东新华印务有限公司
经　　销	全国新华书店等
开　　本	890 毫米×1240 毫米　1/32
印　　张	11.625
字　　数	291 千字
版　　次	2022 年 1 月北京第 1 版
印　　次	2023 年 1 月第 2 次印刷
书　　号	978-7-02-016578-0
定　　价	60.00 元

如有印装质量问题,请与本社图书销售中心调换。电话:010-65233595

目录

狮子的外衣	1
天堂审判	28
上校夫人	33
凑满一打	60
丛林里的脚印	97
人性的因素	132
墨西哥秃头	182
贪食忘忧果的人	222
四个荷兰人	240
九月公主	248
海市蜃楼	259
驻地行署	286
逃亡的结局	329
红　毛	338

狮子的外衣

弗雷斯蒂上尉在一场森林大火中丧命。噩耗传来，人们非常震惊。不知怎么回事，妻子的狗被关在房子里，他冲进火海去救狗，结果自己命丧黄泉。有人说没想到他会做出这样的事，可还有人说他这样做一点都不奇怪。总之，有的这么说，有的那样讲，议论纷纷。火灾之后，弗雷斯蒂夫人无家可归，暂时栖身在她和丈夫刚刚认识的哈代家里。弗雷斯蒂上尉生前不喜欢哈代一家，尤其讨厌弗瑞德·哈代。可现在弗雷斯蒂夫人看来，如果丈夫在世的话，一定会改变以前的看法，可惜那个可怕的夜晚夺去了他的性命。虽然哈代名声不好，经过这场劫难，丈夫也一定会对哈代另眼相看。就凭弗雷斯蒂的绅士风度，他可能也会毫不犹豫地承认自己以前抱有成见。对于弗雷斯蒂夫人来说，痛失世界上最重要的男人，仿佛天塌了一样。如果没有哈代一家无微不至的关爱，她也许都疯了。她深陷极度的悲伤之中，哈代夫妇给予无微不至的关爱和同情，这使她得到无比的安慰。他们见证了丈夫的付出，比任何人都清楚丈夫是多么善良。出事那天，亲爱的弗瑞德·哈代先生告诉她丈夫发生了不幸。他当时说的那些话至今仍令她无法忘怀。这些话使她挺过灾难，更重要的是给了她勇气，去独自面对未来。这也是她挚爱的丈夫，一位勇敢无畏的绅士，所希望看到的。

弗雷斯蒂夫人是一个好女人。善良的人一般都会这样夸奖一位女性。可是，对于弗雷斯蒂夫人却不能这么讲，这样说的话不免让人感到有些讽刺。弗雷斯蒂夫人不漂亮，没有魅力，又不聪明。实话实说，她很难看，有时滑稽可笑。更确切地说，她很傻。可是，接触多了，你就会喜欢她这个人。若被问到为什么会这样，你会发现自己突然词穷，结果还是要借用那句老话：她是个好女人。她的个头和一般的男性一样高，大嘴，大大的鹰钩鼻子，一双大手长得很难看，一双淡蓝色的眼睛高度近视。她皮肤粗糙，堆满皱纹，看起来饱经风霜，却浓妆艳抹；长长的头发染成了金色，烫了波浪卷。她用心打扮自己，穿戴也是精挑细选。只要能弥补外表的遗憾，使她更有女人味，付出任何代价她都在所不惜。可是，事与愿违，结果她看起来更像一个男扮女装的杂耍艺人。她说话的声音具有女性的特征，然而听她讲话你一直在提心吊胆，总觉得说到最后仿佛就会爆出深沉的男低音，然后摘掉头上金色的假发，结果露出了男人的秃头。她购置了巴黎设计师最前卫的服饰，在这上面花钱从不吝惜。不幸的是，一个年逾五十岁女士的时尚品位与她的年龄完全不符，所选择的都是花季少女模特的穿戴，浑身珠光宝气，举止笨拙，令人忍俊不禁。她就是这样一个人。如果走进一个起居室，房间里恰巧有很多玉器，她肯定会搞得碎玉满地；如果她和你共进午餐，而你恰巧拿出最钟爱的杯子，十有八九她会让它们粉身碎骨。

然而，拙笨的外表遮掩的却是温柔、浪漫、有理想的心灵，这些美好都希冀你用时间去发现。第一次见到她，你很可能会把她作为取乐的对象；更深入地了解她（尤其是领教了她的拙笨后），她简直能把你逼疯。可是，当你透过外表窥见她美好的心灵时，恍然间领悟到真正愚笨的人是你自己。那一双淡蓝色的近视眼充满羞涩与真诚。你禁不住懊悔为什么没有早些领悟到，而只有傻瓜才会熟视无睹。你渐渐发现精致的棉布、薄如蝉翼的细纱、柔美的丝绸下不是粗俗的肉体，而是一颗清新、少女般的心灵。此时，她曾打破你的瓷器这件事你早已抛诸脑后，也不会再把她看作一个包裹在女人衣装下的男人婆。猛然间，你眼中的她就如她内心对自己的描绘一样，无比美好。如果能看得清、辨得明，她就是一个不可多得的好女人，有着金子般的心灵。只有真正了解了她，你才会发现她如孩子般天真无邪，你的每一次关注都会令她感激涕零。她无比善良，不管自己多疲惫，都有求必应，仿佛非常珍惜为你效劳的机会。她的头脑中从未有过丝毫恶意和邪念，对他人的爱博大、无私。这样的女人世间难觅。枚举了种种美德，你不禁会说：弗雷斯蒂夫人是个好女人。

尽管如此，她仍然是个十足的傻瓜。见到她丈夫后，自然会得出这个结论。弗雷斯蒂夫人是美国人，弗雷斯蒂上尉是英国人。她出生在俄勒冈州的波特兰，1914年战争爆发前从未到过欧洲。第一任丈夫去世后不久，她加入医疗部队，随军队到了法国。在美国，她并不算有钱人，可是和英国人比，那就可以说很富足了。依弗雷斯蒂夫妇生活的状况看，我估计她一年差不多有三万美元的收入。作为一个护士，不可否认她有时会给病人拿错药；不应该包扎的地方她给包扎上了，伤口不但没有治愈，反而更加严重；易碎的东西，在她手里都无法保持完整。除此以外，她还算是一个令人敬仰的护士。我想她这个人从来不会讨厌任何工作，每项任务都毫不犹豫接受。她从来不偷懒，而且没有脾气。我有种感觉，很多穷困潦倒的恶棍，看到了她金子般的爱心，虽素昧平生，也会鼓足勇气走上前去乞求，得到她的善心施舍。战争最后一年，弗雷斯蒂上尉被送进了医院，她负责照顾他。不久战争结束，一切恢复和平和宁静，他们就结婚了。他们的住所是戛纳后面小山上的一幢别墅,很体面。在里维埃拉的社交圈子里,他们很快成了有头有脸的人物。弗雷斯蒂上尉桥牌打得好,热衷于高尔夫球,网球打得也相当不错。他有艘帆船,每到夏天夫妇二人会在海上举办一次特别晚会。结婚十七年后,弗雷斯蒂夫人对风度翩翩的丈夫爱慕依旧。而且只要你们认识了,她就会用那慢吞吞的美国西部口音娓娓道来,把求婚的故事一字不漏地讲给你听。

"我们应该是一见钟情吧,"她说,"那天我不值班,临时被叫过去。赶到医院时,看到他躺在我负责的病房里。哦,天哪!当时感到心怦的一跳。我还误以为是自己工作太辛苦,疲劳过度呢。她是我见过的最帅的男人。"

"他伤得很严重吗?"

"是这样,他并没有受伤。说来真是非常神奇。他经历了战争,几个月在战场上,经历了枪林弹雨,一天怎么也要有二十多次与死神擦肩而过。他就是那种不知道什么叫害怕的男人,但是毫发未伤。实际上,他长了痈[①]。"

这么浪漫的恋情,却以这样难以启齿的小病开头。弗雷斯蒂夫人很难为情。尽管弗雷斯蒂上尉长的痈带给她姻缘,可是每次讲起此事她都很难告诉你痈到底长在哪个部位。

"痈长在了他后背往下的位置,很靠下边,所以他不愿意让我清洗包扎。我发现,英国男人不知怎么回事,特别害羞,总是克制自己。你理解我的意思吧?在这种关系下,从我们见面起,本来就应该会很亲密了。可是,实际上不是这样子,他总是疏远我。值班时,走到他的病床前,我就喘不过气来,心跳加快,自己都搞不清是怎么回

[①] 痈(carbuncle),一种皮肤和皮下组织的化脓性炎症,易生于颈、背部,常伴有畏寒、发热等症状。

事。我并不是天生笨拙，以前从未跌落过东西，也没有打碎过什么物品。可是，我说了你可能都不相信，我去给罗伯特①送药时，不是掉了勺子，就是摔碎了杯子。当时想象不出我在他心目中是什么形象。"

每当弗雷斯蒂夫人讲到这里，你都忍不住发笑，她也温婉一笑。

"听起来是不是很荒诞，但是以前我从未有过这样的感觉。我嫁给第一个丈夫时，他的前妻去世了，孩子们已经成年。他人善良，而且也是当地有头有脸的人物。但是，我和他在一起时，就完全不是这种感觉。"

"那后来你是怎么发现自己爱上了弗雷斯蒂上尉的？"

"哎，我说你可能也不信，我也觉得很滑稽，但是就是这么回事。和我一起工作的一位护士告诉我的。听她这么一说，我才明白果真如此。一开始，我心烦意乱。你想啊，我对他一无所知，他和其他英国人一样，很内向。那时候，我以为他有妻子，而且有几个孩子。"

"你是怎么才知道他没有结婚呢？"

"我问了他。他告诉我他还是个单身汉，没有结婚。得知这个情况，我暗下决心无论用什么办法也要嫁给他。他看着很可怜，疼痛难忍。你知道，长了这种东西，得一直趴着，不能仰面躺，那样会更疼。至于说坐起来，想都不敢想。他疼在身上，可我疼在心里，这种折磨绝不亚于他所受的苦。男人都喜欢丝滑、柔软、毛绒绒的东西。可是，你知道我想说什么吧。我穿着护士服，没有办法迎合他的喜好。当时负责的女警卫是个来自新英格兰②的老处女，不允许我们化妆，所以那段时间我从不化妆。再说，我的第一个丈夫也不喜欢我化妆。那时候我的头发也没有现在漂亮。不过我感觉他一定认为我

---

① 罗伯特（Robert），即弗雷斯蒂上尉。
② 新英格兰（New England），位于美国的东北部。

很好看,所以总是用那双漂亮的蓝眼睛看着我。那段时间,他情绪不好,我就使尽浑身解数逗他开心,哪怕有几分钟的时间也过去和他聊天。他说一个硬汉几个星期躺在床上,可战友们都在前线战斗。每当想到这些,他的内心饱受折磨。交流中我发现,在他看来,周围子弹呼啸而过、生命随时可能终结的危险只会激发斗志,这才是生命的真谛。我非常清楚,他极力想说服医生们让他出院。只要医生不同意,他就没有办法,只能乖乖地服从。说出来也不怕别人笑话。当时需要记录他的体温,我总会多加一两度,好让医生认为他还没有康复。有时候,我会唠唠叨叨说个不停,可他若有所思地看着,可以看得出他很珍惜我们一起聊天的时间。我向他讲了我的情况,丈夫去世了,没有孩子,计划战争结束后在欧洲定居。渐渐地他放松下来了,虽然并没有说他自己的经历,但是也会和我开开玩笑。他很幽默,有的时候我竟然开始觉察到他很爱我。最后,医生通知他痊愈了,可以重返战场。令我没想到的是,最后一天晚上,他邀请我和他一起出去吃饭。我们想方设法躲开女警卫的监视,开车去了巴黎。你怎么也想不到他穿上制服有多帅,从未见过这么威严的男人,浑身上下都那么气派。可不知怎么,他情绪不高,或许是因为已经归心似箭,心已经飞到了前线。

"'你今晚怎么不高兴?'我问他,'你的愿望不是实现了吗?'

"'我知道,愿望达成了,'他说,'可是,我仍然高兴不起来,你能不能猜到是什么原因?'

"我想都不敢想,所以干脆开了个玩笑。

"'我猜不准的,'我笑着说,'要是想让我知道,就告诉我嘛。'

"他低下头,我看得出他很紧张。

"'你对我特别好,'他说,'我无以回报,你是我见过最好的女人。'

"听了他的话,我感到心里非常乱。你知道英国人真是莫名其妙,他以前从来未说过任何恭维的话。

"'我只是做了一个护士应该做的。'我说。

"'我还能再见到你吗?'他问。

"'那要看你想不想见了。'我说。

"当时我真怕他注意到,我的声音都在颤抖。

"'真不想离开你。'他说。

"我当时都说不出话来了。

"'你一定要走吗?'我说。

"'只要国家和女王陛下需要我去战斗,就义不容辞。'"

弗雷斯蒂夫人讲到这里时,眼里噙满泪水。

"'战争不会永远打下去的。'我说。

"'战争总有结束的时候,'他回答,'就算子弹饶了我的性命,可我身无分文,甚至都不知道怎么赚钱糊口。你很富有,我却是个穷光蛋。'

"'你是英国绅士。'我说。

"'到那时,世界太平了,人们开始享受民主自由的生活,仅仅是个英国绅士有什么用?'他悲伤地说。

"他的话令人感动,我的眼泪止不住地流了下来。我非常理解他的心思,娶了我他感觉有失男人的尊严。如果让人感到他是为了钱才追求我,那他宁可死。他是个好男人,实际上是我配不上他。所以,我心里很清楚,如果想得到他,必须主动争取。

"'真的没必要再装作很矜持了,因为我就是很爱你,为你而疯狂。'我说。

"'不要为难我。'他声音嘶哑地说。

"听到他的话,我无法控制,更加爱他了。这些话就是我期望听

7

到的。我把双手伸向他。

"'罗伯特,你可以娶我吗?'我说。这句话听起来多么简单、自然。

"'埃莉诺!'他说。

"直到此时他才告诉我一切。实际上,第一天见面,他就喜欢上我了。开始时他并没有太认真,觉得我就是个护士,也许只是暧昧而已。可是,后来他发现我根本不是那种轻浮的女人,而且有一定的积蓄,所以下决心控制自己的情感。你看出来了吧,起初他完全没想到我们会结婚。"

对于弗雷斯蒂夫人来说,和上尉谈情说爱令她受宠若惊。从来没有男人对她提出过非分的要求,当然弗雷斯蒂上尉也没有。可是,知道他曾经有过一丝这种想法,她就已经很满足了。埃莉诺的朋友多数都来自美国西部,他们坚信人就是要奋斗。所以,这些朋友也建议她一定要让丈夫去工作,不能待在家里靠她的收入生活。弗雷斯蒂上尉也觉得有道理,但是他只有一个条件。

"埃莉诺,有些工作绅士是不会去做的。除此之外,我什么都愿意干。实际上,我自己并不认同这些世俗的观念,但是如今我们在社会上已经有了一定的地位,也是身不由己。真见鬼,这个时代,很多东西和社会地位都有千丝万缕的联系。"

四年里,弗雷斯蒂上尉参加了无数战斗,生命随时都可能结束。埃莉诺感到他已经承受了太多。可是,丈夫是她的骄傲,她不想让其他人说他靠女人吃饭,看重老婆的钱财。所以,丈夫能找到事情做,也能证明他的价值。于是,她就不再反对了。然而,给弗雷斯蒂上尉提供的都不是什么重要岗位,但是每次他自己都没有亲口拒绝。

"埃莉诺,你决定吧!"他对妻子说,"只要你同意,我就接受这份工作。昔日的长官要是看到我的话,都会死不瞑目。但是长官不重要，我就是要对得起你。"

埃莉诺最终还是没有同意丈夫去做这样的工作。日子一天天过去，他出去工作的想法就这样搁置了，没再提起。一年多数时间里，弗雷斯蒂夫妇都住在里维埃拉的别墅里，很少去英格兰。罗伯特认为那里已经不是绅士该去的地方了。儿时的伙伴，那些白人好汉，都在战争中牺牲了。事实上，英格兰的冬天带给他许多美好的回忆。那时，一个礼拜有三天的时间，可以随着匡登① 狩猎队到野外去，这才是男人想要的生活。然而，可怜的埃莉诺不习惯这种生活，很难融入，所以他不想让她付出太多。埃莉诺自己却做好了准备，也愿意付出，可丈夫坚决不同意。当然，他也不年轻了，无法像从前一样外出打猎。现在能饲养锡利哈姆犬和奥尔平顿鸡，他已经很满足了。他们的房子就坐落在山顶的高岗上，三面树林环抱，房子前面是花园，周围有大片土地。看着丈夫房前屋后走来走去，埃莉诺无比幸福。他穿着那件旧花呢上衣，陪他一起的是负责养狗的工人，那些奥尔平顿鸡也由这个人管理。只有这个时候，才可以看得出他出身于乡绅世家。丈夫不厌其烦地和养狗工人探讨饲养奥尔平顿鸡的事。此情此景令埃莉诺感到既欣慰又好笑，仿佛他们讨论的根本不是奥尔平顿鸡，而是如何打野鸡。他最关心的还是锡利哈姆犬。而他的言行举止让人感到这些根本就不是锡利哈姆犬，而是他很熟悉的一群猎狗。弗雷斯蒂上尉的曾祖父生活在摄政时期，是个花花公子，变卖了所有房产，家族从此败落。过去的几个世纪里，什罗普郡② 有一处很好的房产，一直属于他们家族。虽然现在已经易主，埃莉诺却很想去参观一下。但是，弗雷斯蒂上尉却说睹物思情，难免伤怀，所以一直没有带

---

① 匡登（Quorn），英国的一个狩猎组织名称。在英国王室的传统中，狩猎是最具代表性的户外娱乐活动，已经延续了几百年。
② 什罗普郡（Shropshire），英国英格兰西米德兰兹的一个郡。

她去过。

弗雷斯蒂夫妇过着悠然自得的生活。上尉是个品酒师，而且一直都以自己的酒窖而自豪。

"他父亲是英格兰远近闻名的品酒师，"埃莉诺说，"他遗传了父亲这方面的品质。"

他们的朋友一般都是美国人、法国人和俄国人。罗伯特更喜欢这些外国人，而他喜欢的也就是埃莉诺喜欢的。在罗伯特心里，英国人和他们不属于一个层次。过去他常打交道的英国人多数都是以射击、狩猎、渔业为生，他们的命运很悲惨，都已经破落了。话又说回来，就算老天保佑，他们还能继续维持生计，罗伯特也不希望妻子和闻所未闻的暴发户混在一起，他自己也绝不是趋炎附势的小人。实际上，弗雷斯蒂夫人不是有个性的人，但是她尊重丈夫，非常欣赏他与众不同的性格。

"当然了，有时他也会心血来潮，"她说，"但是，我尊重他的意见。如果知道了他过去的经历，有这些怪想法也就不足为奇了。婚后这些年，只有一次他真发火了。那次是在一个娱乐场，有舞男走到我近前，邀请我跳舞，罗伯特差点把那人打倒在地。我说邀请女人跳舞是舞男的工作，可他争辩说眼里容不下这些讨厌的人，更何况还邀请他妻子一起跳舞。"

弗雷斯蒂上尉是有道德水准的人，他庆幸自己脱离了狭隘俗气，洁身自律。他认为不能因为住在里维埃拉这个地方，就与醉汉、浪子、变态的人为伍。他从不会放纵于任何扭曲的性爱，也不希望埃莉诺和那些名声不好的女人常来常往。

"所以，你看得出来吧，"埃莉诺说，"他是个完美的男人，是我见过的最洁身自好的男人。在有些场合，他也会不耐烦，但是他自己做不到的绝不会强求别人去做。显然，一个有原则性，而且不惜任何代价坚持原则的人，自然会得到他人的敬仰。"

弗雷斯蒂上尉时常告诫埃莉诺，男人形形色色，日常交往时很正常，可是并不一定是正人君子，这样的男人随处可见。埃莉诺听到这些，就知道该怎么做了。丈夫在这一点上绝不含糊，所以她愿意按他说的做。结婚将近二十年，如果说有什么她深信不疑的话，那就是：罗伯特·弗雷斯蒂是最完美的英国绅士。

"我相信他是造物主创造的最完美的人。"她说。

可是，这也正是问题所在。作为一名英国绅士，弗雷斯蒂上尉太完美了。四十五岁的他（他比埃莉诺小两三岁），依然风度翩翩：灰色的头发浓密，有光泽；脸上的胡须尽显男性的阳刚；褐色的肤色表现出健康和沧桑美，是喜爱户外活动男人的标志，一看就是个真正的军人。他的笑声洪亮、爽朗、真诚；他的言行、举止、衣着富有个性。他拥有典型的乡绅风范，你会误以为是演员成功塑造了这样的角色。走在克鲁瓦塞特大道[①]上，嘴上叼着烟斗，身穿宽松的运动裤和一件简洁大方的户外粗花呢上衣，看起来活脱脱的一名英国运动员。他的形象让人惊叹。他说起话来，斩钉截铁，打着官腔，表现得非常亲切，又有点书卷气。不免使人联想到一位退休的官员，甚至误以为他正在扮演着一个官员的角色。

山脚下搬来了新邻居，弗雷德里克爵士和哈代夫人。埃莉诺很高兴。她欣慰的是，终于有与罗伯特地位相匹配的人比邻而居。她从夏纳的朋友处了解到他们的一些情况。弗雷德里克爵士的叔叔去世后，他就继承了准男爵[②]爵位。两三年内他们要还清遗产税，所以为了减少开支，搬到里维埃拉住一段时间。据说，弗雷德里克爵士年轻

---

① 克鲁瓦塞特大道（Croisette），戛纳主干道，最有名的酒店、餐馆、奢侈品店的聚集地。
② 准男爵（baronetcy），英国特有的爵位，可以世袭。

11

时放荡不羁，五十多岁来到戛纳后才浪子回头。现在娶了一位不错的太太，非常体面，生了两个儿子。遗憾的是，哈代夫人过去曾经是演员，而罗伯特一直比较保守，对演员这个职业抱有成见。实际上，大家对哈代夫人的评价很高：有教养，贤淑端庄，完全想象不出她在舞台上演出的样子。在一个茶会上，埃莉诺第一次见到弗雷德里克一家。那天，弗雷德里克爵士因故没有到场，罗伯特也觉得哈代夫人很体面。埃莉诺一心想和新邻居和睦相处，于是邀请他们夫妇参加午宴，很快就定好了日子。弗雷斯蒂夫妇还邀请了其他客人和他们见面。午宴时哈代一家来得很晚，等他们到来时，刚见面埃莉诺就对弗雷德里克爵士产生了好感。他看起来很年轻，短短的头发一根白发都没有。与生俱来的痞性增添了他的魅力。他个头不高，甚至不及埃莉诺高，一双明亮的眼睛总是带着笑意。她注意到他系了一条卫兵用的领带，恰巧和罗伯特的一模一样。他的装束和罗伯特截然不同。罗伯特看起来就像从橱窗中走出的模特，而他穿的衣服都留着岁月的痕迹，似乎他并不太在意穿着打扮。埃莉诺这样想并没有恶意，只是感觉他年轻时一定很放荡。

"请允许我介绍一下我丈夫。"埃莉诺说。

罗伯特正在阳台上和其他客人聊天，并没有注意到哈代一家。埃莉诺把罗伯特叫了过来。他一如既往地平易近人、精神饱满，他的优雅令埃莉诺倾倒。罗伯特礼貌地和哈代夫人握手，然后转向弗雷德里克爵士，只见弗雷德里克用异样的眼神打量着罗伯特。

"我们以前见过面吧？"他说。

罗伯特冷漠地看着他。

"应该没见过。"

"我发誓，以前肯定见过你。"

见到丈夫整个人都僵在了那里，埃莉诺觉得可能是误会。这时罗伯特大笑起来。

"恕我无礼，我从来没见过您，也有可能战争中我们擦肩而过。战场上见过太多战友了，不是吗？哈代夫人，您是否要喝一杯鸡尾酒？"

午宴上，埃莉诺看得出哈代先生始终关注着罗伯特，显然他在极力地回忆他们在哪里相遇过。而此时的罗伯特忙于应酬座位两边的女士，完全没有注意到哈代先生的目光。埃莉诺一直都敬仰罗伯特的社交能力，招待客人得心应手，无论旁边的女士多么无趣和笨拙，他都把最好的一面展现给她们。客人走后，罗伯特就像泄了气的皮球，完全没了精神。而且，看得出他很沮丧。

"那位贵妇人很让人讨厌吗？"她问道，话语中充满爱意。

"那个老太婆，脾气很坏。不过一切都还好。"

"真好笑，那位弗雷德里克先生竟然认为之前见过你。"

"我从未见过他，不过还是听说过这个人。埃莉诺，我要是你的话，会尽可能远离这样的人，他不配和我们打交道。"

"可是，《世界名人录》中还有他家族的名字，弗雷德里克是英格兰最老的爵士家族。"

"他就是个流氓，做梦都不会想到哈代上尉，"罗伯特很快纠正了自己刚说过的话，"不，是我过去认识的弗瑞德·哈代，现在摇身一变成了弗雷德里克爵士。以后不能让他再踏进我们家门。"

"罗伯特，为什么？可我不得不说，这位先生很有魅力。"

埃莉诺头一次感到自己的丈夫如此不可理喻。

"很多女人发现他很恶毒，而且她们为此付出了惨痛的代价。"

"你知道的，人言可畏，绝对不能相信那些风言风语。"

他抓起她的手，紧紧握在自己手里，恳切地看着她的眼睛。

"埃莉诺，你知道我不喜欢在背后诽谤他人，不想把哈代的事都告诉你。我只想求你相信我，他这个人不适合和你做朋友。"

他如此真切,埃莉诺不能不当回事。罗伯特这么信任她,令她非常激动。他明白在危难之中,妻子对爱情的忠贞是他的巨大财富,而她绝不会辜负他的期望。

埃莉诺严肃地说:"罗伯特,没有人比我更清楚你的正直和诚实。能和我讲的事,你都会告诉我的。可是,现在即使你想说,我都不允许你讲了。如果我执意让你说出来的话,那就是说我不信赖你,辜负了你对我的信任。我愿意接受你的建议,发誓哈代夫妇永远不会再踏入我们家半步。"

埃莉诺经常陪丈夫去打高尔夫球,顺便在外面吃午饭,所以与哈代夫妇偶遇也就在所难免。由于罗伯特的坚持,她也不能表现出对弗雷德里克爵士的好感。这样一来,见面时非常尴尬。可是,弗雷德里克爵士似乎没有注意到,而且也根本不在意,继续以他的方式对她表达善意。埃莉诺渐渐发现他很好相处。如果一位男士认为天下的女人都无法与你相比,仅此一点足以融化了冰冷的心。更何况,他的举止令人赏心悦目,难以拒绝。或许他就是那种不适合与之交往的家伙,一双棕色的眼睛,透着嘲讽的表情,让你不得不有所防备。可是令人左右为难的是,眼神中也有爱抚和温情,你无论如何都不相信他会伤害你,忍不住会喜欢他。久而久之,关于他的传闻听得多了,埃莉诺才幡然醒悟。罗伯特的话的确有道理,这个人就是一个十足的流氓。传闻有很多女人为他牺牲了一切,而当他感到厌倦时,随意地把她们抛弃了。如今,他似乎已经安下心来生活,有了妻子和孩子。但是狗可以改掉吃屎的本性吗?如今,他之所以看起来这么安稳,只不过由于哈代夫人比其他人更容忍而已。

弗瑞德·哈代是个地地道道的坏蛋。他乱情,参与铁道牌[①]游戏

[①] 铁道牌(chemin de fer),法国的一种扑克牌游戏,属于"卡西诺牌戏"系列。

赌博，赌注失败，造成巨大损失，被告到了法庭，没办法不得不退役。那时候他才二十五岁。然而，他不知悔改，一些女性难以抵抗他的魅力诱惑，与他交往并供养他的所有花销。之后，战争开始了，他又重新回到部队，并获得了优异服役勋章，再后来去了肯尼亚，在那里与有夫之妇通奸，陷入不光彩的离婚案中。最后，因为支票的问题再次惹火上身，不得不离开了肯尼亚。他不知道什么叫诚实。从他手里买车、买马，你会惴惴不安。所以，就算他百般热情地端给你一杯香槟酒，最理智的做法就是离他越远越好。他巧舌如簧，说服你参与投机买卖，美其名曰你和他一起发财。可是，尽管放心，不管他从中捞到多少，你总是一无所获。后来，他先后做过汽车销售员、场外经纪人、佣金代理人和演员。如果这个世界还有正义在，就该把他关进大牢，让他穷困潦倒。命运就是这么捉弄人，到头来他却继承了准男爵爵位，收入可观，四十多岁时娶了漂亮、聪慧的妻子，又生了两个健康、帅气的儿子。借此，未来的他注定衣食无忧，名誉地位唾手可得，受人爱戴。对待生活，他远没有对待女人更用心。可是，生活偏偏如女人一样没有亏待他。回顾过去，他自鸣得意；走过坎坷，如今尽享快活时光。一切都已成过去，如今他安康、理智，问心无愧地过起了安安稳稳的乡绅生活。真该死，他竟然也顺理成章地把孩子抚养大了。而且哪一天国会的老朽们一命呜呼了，他还真有可能进入国会。

"他们不懂的地方，我可以指点一二。"他说。

他说得有一定道理，可是他就没动动脑子，他指点的未必是别人渴望得到的。

一日午后，日落时分，弗瑞德·哈代走进克鲁瓦塞特的一个酒吧。他擅长交际，受不了坐在那里独酌，所以，环顾左右，看看有没有认识的人，突然发现了罗伯特。当时，罗伯特刚刚打完高尔夫球，在等埃莉诺。

"你好！鲍勃，一起喝两杯怎么样？"

罗伯特很吃惊，在里维埃拉没有人会称呼他"鲍勃"。看到弗瑞德坐在那里，他冷冷地回了一句：

"我喝过了，谢谢！"

"再喝一杯吧。我老伴禁止我在两餐之间饮酒，我是偷着跑出来，每天这个时候偷着溜到这里来。不知你怎么想，反正我觉得上帝设置六点钟这个时间，是专为男人喝酒而安排的。"

他来到罗伯特旁边，坐在一个很大的扶手椅上，然后叫服务生。他善意地朝罗伯特笑了笑。

"老朋友，上次我们见面之后，发生了很多事情，对吧？"

罗伯特皱了皱眉，瞟了他一眼。周围要是有人看到这个表情，会马上意识到罗伯特是非常警觉的。

"你在讲什么，把我搞糊涂了。我记得很清楚，在三四周前你们夫妇赏光到我家参加聚会，我们这才有幸第一次会面。"

"少来了，鲍勃。我确定见过你。那天看到你时，的确有点记不清了，之后一切都历历在目。当年你在布鲁顿大街做洗车工，我常到那里保养车。"

弗雷斯蒂上尉放声大笑。

"很抱歉，你误会了。有生以来我第一次听到这么可笑的事。"

"我的记忆力绝对不容怀疑，过目不忘。我敢打赌你也记得我。那时候，我嫌麻烦，于是吩咐你把车从我的住处拖到维修厂，每次都付给你半克朗[①]。"

"一派胡言。上次去我家之前，我从未与你谋过面。"

[①] 克朗（Crown），英国旧时的货币单位。

哈代得意地咧着嘴笑了起来。

"你可能不晓得我是个柯达迷,以前的照片都收集成册。我还保存着一张照片,上面是我当时新买的两座汽车,而你就站在车旁边。你怎么也想不到吧?那时候你长得真帅,穿工作服都难掩漂亮的外表,整张脸非常清爽。当然,你现在变魁梧了很多,头发也花白了,长了胡子。可是,无论怎么变还是有当年的影子,我是不会错的。"

弗雷斯蒂上尉冷漠地看了他一眼。

"你一定是误会了。把我误当作你以往见过的人,他碰巧和我长得很像吧。你的那半克朗给的是别人,根本没给过我。"

"好吧。既然如此,你说一九一三至一九一四年间不在布鲁顿汽车修理厂做洗车工的话,那么这段时间你在哪里?"

"我在印度。"

"和你的军团在一起吗?"弗瑞德·哈代咧嘴笑着,咄咄逼人。

"我当时是个枪手。"

"你说谎。"

罗伯特涨红了脸。

"这里不是讨论这些乌七八糟事情的地方。你这个愚蠢的醉汉!我今天不是过来受你侮辱的,你打错了算盘。"

"那你想不想听听我知道的其他事情呢?你一清二楚。一切又浮现在脑海里,记忆犹新。"

"我一点都不感兴趣。我再重申一遍,你搞错了,你把我错认成另外一个人了。"

可是他并没有离开。

"年轻时你就是个懒蛋。有一次我要早点启程去乡下,告诉你九点前把车洗好。可是,到九点了你仍然没有做完,我大闹了一场。维修厂的老汤普森向我解释,他和你父亲是朋友,你已经穷困潦倒,出于同情才雇了你。记得你父亲好像是在一个酒吧里做斟酒服务生。那个酒吧名字我有点记不清楚了，好像是怀特酒吧或者是布鲁克酒吧，你当时也在那里做小听差。我没记错的话，后来你进了冷溪近卫团①，再后来有人出钱，你做了他的男仆。"

"荒唐至极。"罗伯特轻蔑地说。

"还记得，有一次我休假回家，去了那个维修厂，老汤普森告诉我你加入了陆军后勤部队。你吓破了胆，不敢再冒险，是吧？我也耳闻了你的那些战壕中英勇杀敌的故事，是你自己在自吹自擂吧？我就在想，你也许真的在军队服役过，或许这也是编造的？"

"我当然去服役了。"

"好吧，那个年代很多无聊的人都去服役了。可是，老伙计，一定要搞明白是否是陆军后勤部队。我要是你的话，可不会戴着近卫军的领带。"

弗雷斯蒂上尉下意识地用手摸了摸领带。弗瑞德·哈代嘲讽地看着他的一举一动。如今他的皮肤黑里透红，可仍然掩饰不住惊得苍白的表情。

"我戴什么领带，关你屁事。"

"别说粗话，老伙计。你没必要这么生气，我了解你的底细，可我是不会到处声张的，所以你不如老实交代算了。"

"无稽之谈！我没啥可向你交代的。不过我警告你，如果你敢到处胡言乱语，我会立刻以诽谤罪名起诉你。"

"不要再说了，鲍勃。我不会把这些故事到处讲的。可你想想，我会在乎你起诉吗？这些陈年老账就是打趣而已，我对你也没有恶

---

① 冷溪近卫团（Coldstream Guards），英国陆军近卫师和皇室近卫师的一部分，是英国正规军中历史最为悠久的军队单位。

意。不过，我很好奇，这么一个弥天大谎你都应对自如，真是佩服。一个酒吧听差成了一名骑兵；一个做过男仆和洗车工的人，如今摇身一变成为体面的绅士。你住着大房子，里维埃拉有头有脸的人物围着你娱乐消遣；你获得了高尔夫联赛的大奖，坐上了帆船俱乐部副主席的位置。可能还有很多我不知道的。在夏纳，你绝对称得上是一个有头有脸的人物。太了不起了！我过去也做了很多荒唐的事。但是，老伙计，你才是勇气可嘉，真是佩服，向你致敬！"

"我倒是希望自己能配得上你的恭维，可是我不配。我父亲在印度是一名骑兵，所以我生来就是一个绅士。也许我并没有什么体面的事业，可是也没有做过有失颜面的事。"

"好了，好了，不要说了，鲍勃。你很清楚，我是不会揭发你的，甚至都不会和我夫人讲。女人不知道的事我从不和她们讲的。如果这一点我都做不到，那我的境遇可能会很糟。本以为你可能会感到很欣慰，周围有一个人能够让你做回真实的自己。这些秘密积在心底不压抑吗？你真是不聪明，竟然拒我于千里之外。老朋友，我没有和你作对的意思。必须承认，我也曾经做过酒吧服务生，现在有了自己的土地。虽然过去经历过危机的时刻，可现在走出牢笼，真的是个奇迹。"

"很多人都觉得是个奇迹。"

弗瑞德·哈代哈哈大笑。

"老朋友，这是我的事。然而，如果你不介意的话，我现在倒想说另一件事。你提醒你老婆，说我这个人不适合交往，这就不厚道了吧。"

"我从未讲过这种话。"

"不，你说了。她是个好女人，有点唠叨罢了。我说得没错吧？"

"我不想和你这样的人讨论我妻子如何如何。"弗雷斯蒂上尉冷冷地说。

"鲍勃，少来了，别在这里装绅士了。我们两个都是懒汉，就这么简单。你要是理智点，我们在一起会共度美好的时光。一个谎话连篇的人，一个伪君子，一个骗子，可在你妻子看来却是正派、体面的绅士，你的命怎么这么好。她对你百般溺爱，不是吗？可笑，女人就是这样。鲍勃，她是个好女人。"

罗伯特满脸通红，攥紧双拳，从椅子上腾地站了起来。

"见鬼去吧！住嘴！你没有资格评论我妻子。你要是再提一次她的名字，我就把你打翻在地。"

"得了，得了，你不会打我的。你这么一个绅士怎么会打一个比你矮这么多的男人。"

哈代讽刺地说着，同时也小心留意着罗伯特。他很清楚这拳头多有力。如果拳头真的砸过来，他也做好了躲闪的准备。罗伯特此时又慢慢坐下，松开了双拳。

"你说得没错，可是只有你这种人才会用这样卑鄙无耻的方式来做交易。"

罗伯特的回答听起来很戏剧性，弗瑞德·哈代禁不住嘿嘿笑起来。可是他看得出这个高个子男人是当真了，非常严肃。弗瑞德·哈代是个识相的人，要是没有这点智慧，他怎么可以走过风风雨雨的二十五年。此时，哈代很惊讶。眼前这个男人有着典型的英国运动员的身材，高大威猛，一下子跌坐在椅子上。猛然间，他感同身受。鲍勃不过是一个骗子，碰到了一个傻女人，使他享尽荣华富贵，心安理得地懒惰无为。他也心怀理想，不懈追求，却苦于没有任何方式助其成功，而他妻子就是他的救命稻草。当年，在那个优雅的酒吧里任人使唤，那时他的理想也许就已经萌芽。客人们的闲适、优雅吸引着他。后来当骑兵、做男仆和洗车工时，来来往往的人们都生活在和他截然不同的世界里。在那个崇拜英雄的年代，他的内心充满了仰慕和妒嫉,渴望和他们一样生活,这是他魂牵梦绕的"理想国"。他的梦想听起来似乎荒诞不羁,可又是多么可怜,他只想成为一位绅士而已。战争带来了契机,去军队服役是实现目标的踏板,而埃莉诺的经济实力搭建了实现理想的阶梯。这个可怜的家伙用了整整二十年,把自己打造成理想的样子。可是最让人佩服的是他自己都忘记了是在伪装。这是多么荒诞,可也是多么可怜。下意识地,弗瑞德·哈代说出了他心里所想。

"可怜的家伙。"他说。

弗雷斯蒂瞟了他一眼,搞不明白这句话是什么意思,更被说话的语气搞糊涂了。他的脸一下子红了。

"你这话是什么意思?"

"没什么,没什么。"

"我觉得我们没有谈的必要了,显然我无法说服你,你认错人了。我只能再说一遍,刚才你的话是一派胡言,我根本不是你记得的那个人。"

"好吧,老朋友,随便吧。"

弗雷斯蒂叫来服务生。

"是否需要我把你的酒钱一起付了?"他冷冷地问。

"好吧,老伙计。"

弗雷斯蒂很大方地递给服务生一张钞票,并且说不用找零钱了。然后,他一句话没说,一眼都没再看弗瑞德·哈代,就径直走出了酒吧。

此后,他们再没见过面,直到罗伯特出事的那天晚上。

冬去春来,里维埃拉的花园又变得五彩斑斓,一簇簇鲜花点缀着山坡,令人赏心悦目。春天的脚步一刻不停地踏进了夏季。里维埃拉周边的镇子里,阳光洒满街道,热浪袭人,不免使人感到燥热。女人们头戴大草帽，身穿睡衣，在街上走来走去；沙滩上拥挤不堪，穿着泳裤的男人和几乎一丝不挂的女人们享受着日光浴。傍晚，克罗瓦塞特的酒吧里人头攒动，人声鼎沸，不绝于耳。各种肤色的人聚集在这里，犹如春天的花朵，五颜六色，绚丽斑斓。几个礼拜没有下雨了，沿海边地区已经发生了几场火灾。在不同的场合下，罗伯特以他一贯真诚而又半开玩笑的方式说：如果他家的林子发生火灾，逃脱的希望很小。有的人建议把他家房子后面的树木砍伐掉，可他怎么也不忍心。弗雷斯蒂夫妇刚刚搬到这里时，这片林子完全不是现在的模样。经过多年的努力，铲除了枯树，林子里空气流通了，没有了病虫害，如今看起来生机勃勃。

"嗨，砍掉一棵树就像砍断我的腿一样。这片树林有一百多年的历史，现在是最茂盛的时候。"

七月十四日，这天全国放假，弗雷斯蒂夫妇也给员工们一天时间休息一下，让他们去戛纳游玩。他们自己去蒙特卡洛参加庆祝宴会。在戛纳的露天舞会上，人们在梧桐树下尽情歌舞，欣赏焰火。从各地赶来的人们享受着节日的快乐。哈代夫妇让仆人们去参加集会，他们两人留在家里。孩子还没有起床，弗瑞德在玩着单人纸牌游戏①，哈代夫人在制作一件装饰椅子的绣帷。这时候，镇子里的钟声响起，紧接着传来急促的敲门声。

"真见鬼，是谁在敲门？"

哈代开了门，跑进来一个男孩。男孩告诉他说弗雷斯蒂家的树林发生了火灾，村子里的男人都到山上去救火了，但是需要更多的人手，问问他是否可以去。

"当然得去了，"他匆匆忙忙跑进屋子里，告诉了妻子，"把孩子

---

① 单人纸牌游戏（patience），一种扑克牌游戏。

们叫醒，带他们过去看看。这么久没下雨，火势可能很猛。"

他关好门，和男孩一起跑出去。男孩说已经给警察局打了电话，马上会派消防战士过来，也有人去蒙特卡洛向弗雷斯蒂上尉报信了。

"他回来怎么也得一个小时。"哈代说。

在跑往现场的途中，他们看到火光冲天。等到了山顶时，火势已经蔓延。没有水，所以只能人工扑打火焰。之前到达的人都在奋力扑救，哈代也加入到救火的队伍中。但是刚扑灭一簇树丛，就会发现另一簇已经开始燃烧，火势凶猛。空气变得炽热无比，人们无法忍受，慢慢地就都撤了出来。一阵风吹过来，火星四散，由树木点燃树丛。久旱无雨，山上所有植物都如引火柴一样，一个火星掉到树木上和树丛中，顷刻间烈火四起。如果这不是一场灾难的话，眼前的场面着实令人惊叹。一棵棵六十多英尺高的杉树像一根根火柴一样发光，大火呼啸就像熔炉中的烈焰。能够阻止火势的最好办法就是锯掉树木和灌木丛，可人手不足，只有两三个人有斧头。所以唯一的希望就是消防部队尽快到来，他们有扑救山火的经验。可是，消防部队迟迟未到。

"他们要是不马上过来，房子就保不住了。"哈代说。

他看到妻子带着两个孩子正在往山上走。此时的哈代满脸烟灰，汗水顺着面颊往下流。哈代夫人走上前来。

"唉，哈代，那里有不少狗和鸡。"

"真是，这么多狗和鸡关在这里。"

弗雷斯蒂家后院的树林中清理出了一片空地，狗和鸡都关在这里。这些可怜的动物受惊后，在笼子里疯狂号叫。哈代把笼子打开。已经无暇顾及，只能让它们自己跑出去，任由它们逃到安全的地方，过后再重新唤回来。远处火光可见，救援的士兵仍然没有到。面对肆虐的火焰，这么几个人手实在是杯水车薪。

"该死的士兵还不来的话，房子也会被吞没的，"哈代说，"我们最好把家里面能拿出来的东西都搬出来吧。"

这是一座石头房,但是四周有木制的阳台,阳台上的木料一旦遇火会如引火柴一样迅速燃烧。这个时候,弗雷斯蒂家的仆人也都赶了回来。哈代把他们组织起来,妻子和两个孩子也在一旁帮忙。大家把一些家纺物、银餐具、装饰品、照片、家具等可搬动的东西,全部转移到了草地上。最后,救援部队终于到了,两个大卡车上的救援士兵很快开始挖隔离壕沟,砍伐了一些树木,一切有条不紊地进行。见到随队的一个负责军官,哈代和他讲房子可能存在的危险,请求先把周围的树木砍掉。

"房子我们是照顾不到了,"他说,"我们首先要做的是确保火势不要越过山顶,继续蔓延。"

崎岖的山路上,远远就可以看到向上行驶的救火车的灯光。又过了几分钟,弗雷斯蒂和妻子也赶回来了。

"狗在哪里?"弗雷斯蒂喊着。

"我把它们放出去了。"哈代说。

"啊!是你呀。"

这么一个脏乎乎的家伙站在那里,满脸的烟灰和汗水,第一眼弗雷斯蒂完全没有认出来是弗瑞德·哈代。他生气地皱了皱眉。

"我担心房子有危险,能拿的东西都拿出来了。"

弗雷斯蒂望着眼前火海中的树林。

"哎!这些树都被烧毁了。"他说。

"士兵们在山坡上救火,他们要先保证其他房子没有危险。我们最好过去看看能不能做点什么。"

"我过去,你就不必了。"弗雷斯蒂愤怒地喊道。

忽然间,埃莉诺悲痛地嘶声喊了起来。

"天啊!看看那房子。"

从他们站的位置望去,房子的阳台突然间喷发出熊熊火焰。

"埃莉诺,没关系的,房子没有问题,只是阳台的木料在燃烧。拿着衣服,我得过去帮帮士兵们。"

弗雷斯蒂脱下外衣,递给了妻子。

"我和你一起去,"哈代说,"弗雷斯蒂夫人,你最好过去看护好那些东西,我们都拿出来了,都是些贵重的物品。"

"谢天谢地!我的首饰都戴在身上了。"

哈代夫人是个通情达理的人。

"弗雷斯蒂夫人,我们叫上仆人,有些东西可以搬到我家里。"

两个男人奔向消防队正在救援的山坡。

"谢谢!你把东西都搬了出来。"罗伯特说道,语气听起来非常僵硬。

"没什么。"弗瑞德·哈代回应道。

他们还没走多远,就听到有人在喊叫。环顾周围,模模糊糊地看到有个女人在他们后面跑过来。

"先生,先生。"

两个人立刻停下脚步。上来的女人挥舞着两只胳膊,跑到跟前才看出来是埃莉诺的女仆。她发疯了似的,看起来非常紧张。

"朱蒂,小朱蒂。我出去时把它关了起来,它被火包围了。我把它关到了仆人的浴室里了。"

"我的天啊!"弗雷斯蒂喊道。

"是谁?"

"埃莉诺的狗。不管怎么样我都得把它救出来。"

他转过身去,朝着房子的方向跑去。哈代抓住他的胳膊,试图阻止。

"鲍勃,不要做傻事,房子都着火了,你进不去的。"

弗雷斯蒂用尽力气，挣脱了。

"该死的家伙，别管我，我怎么忍心让狗活活烧死。"

"住嘴吧！现在可不是演戏的时候。"

弗雷斯蒂甩开哈代，可是哈代扑上来抱住了他的腰。弗雷斯蒂攥紧拳头，用力朝着哈代的脸打去。这一拳打过来，哈代摇摇晃晃，松开了手。弗雷斯蒂紧接着又是一拳，哈代倒在了地上。

"你这个坏蛋，可恨的暴发户，我就要让你看看一个真正的绅士是怎么做的。"

弗瑞德·哈代爬起来，摸摸脸，疼痛难忍。

"天啊！明天这眼睛肯定青紫了。"他站都站不稳，感到有些晕眩。女仆歇斯底里地号啕大哭。"闭嘴，你这个蠢女人，"他喊道，"不要和你家女主人说这件事。"

人们到处找，怎么也找不到弗雷斯蒂。一个小时后才发现了他。他躺在浴室外面的平台上，抱着那条锡利哈姆犬，已经没有了气息。哈代看了许久，没有说话。

"你这个傻瓜，"他咬着牙，气愤至极，最后说出了几个字，"你这个天大的傻瓜。"

最终，他为自己的自欺欺人付出了代价。就如同一个人恶习满身，却不以为然，竟然引以为豪。直到有一天被束缚致死，成了恶习的奴隶，任其摆布。这时他已经无药可救。他亲手编造的谎言，甚至都蒙骗了自己。多年来，鲍勃·弗雷斯蒂把自己伪装成一位绅士，到头来自己都忘记了这一切都是虚假的。他的一言一行都遵循自己设定的绅士模式，完全意识不到一切的一切是多么愚蠢和因循守旧。他已经丧失了辨别虚假和真实的本能，是虚幻英雄主义的牺牲品。此时，弗雷斯蒂夫人正在山下哈代的家里，哈代夫人陪着她。埃莉诺一直以为，罗伯特在和士兵们一起砍伐树木、清理灌木丛。弗瑞德·哈代明白要想办法把噩耗告诉她,要尽可能婉转地、慢慢地和她讲,但是不管怎样总是要说出发生的不幸。一开始,她好像根本不知道哈代说的是什么意思。

"死了?"她喊道,"死了,我的罗伯特死了?"

此时,弗瑞德·哈代,一个浪荡的懒汉,一个愤世嫉俗、彻头彻尾的恶棍,握住她的手说出了唯一可以平复她悲痛的一句话。

"弗雷斯蒂夫人,您的丈夫是一位勇猛的绅士。"

(齐桂芹 译)

天堂审判

审判的时间还没到,他们就这样耐心地等待着。事实上,等待对于他们来说已经司空见惯。在逝去的三十年里他们三人一直都在坚定地等待着,生活的煎熬只为这一刻。现在,他们也许没有自信,可是无论怎样都怀揣希望,鼓足了勇气,因为在这个令人窒息的时刻一切都可能错位。人生之路艰辛坎坷,罪恶的芳草地撒满鲜花,充满诱惑,可是他们高昂着头走过。虽然心在痛,可是他们抗拒了诱惑,期待着付出后的回报。此时,言语已经变得苍白,他们彼此都深知对方在想着什么。三个人的灵魂得以解脱,为了这种解放而感恩。如果当初他们在难以抗拒的激情面前屈服了,只为瞬间的快乐,那么就会失去未来充满阳光的永生。如果只图一时的快乐,那会是怎样疯狂和不理智,今天将会是心如刀绞,绝不会这样坦然。他们就好像是经历过磨难而死里逃生的人,惊奇地环顾四周,无论如何也不敢相信自己还活着。对于过往,他们问心无愧。所以当幸福的天使降临,期盼的时刻终于到来时,可以尽情拥抱幸福,因为他们可以自豪地说,在逝去的岁月里做了自己该做的,问心无愧。他们在旁边站了一会儿,因为需要审判的事情很多。战争在进行中，年复一年，来自各个国家血气方刚的士兵们就这样排着长长的队伍等待审判；暴力、悲伤、病痛和饥饿无情地夺走女人和孩子的生命，他们也要加入长长的等候审判的队伍。天堂的审判将使一切大白于天下，绝不会模棱两可。

也正是由于这场战争，这三位孱弱、浑身颤抖的鬼魂才站到这里等待着判决。约翰和玛丽同乘一条船，船被潜水艇发射的鱼雷炸沉了。露丝一心扑在事业上，本已积劳成疾，又获悉一条船被击沉，而自己心爱的人就在这条船上。她的身体无法承受双重打击，离开了人世。如果不是拼命去救妻子玛丽，约翰自己可以免于灾难。事实上，约翰恨自己的妻子玛丽，在过去的三十年里从心底里恨她，可是他尽到了做丈夫的义务。所以，当危险来临时，他从未想过只有自己活，而抛弃她。

最终，天使向他们伸出了手，把他们带到了上帝面前。一开始，上帝并没有注意他们。事实上，主要是由于上帝心情不佳。因为，刚刚进行的审判里，一个哲人，高龄而亡，而且一生荣誉满身。这个哲人当着上帝的面说他不信上帝。但是，仅仅这样一句话只能让上帝微微一笑，不至于让万能的上帝生气。主要原因是，这位哲人在世时，利用一些令人扼腕痛惜的事件从中渔利。他现在冷静下来想起这些事，要求万能的上帝对他宽容，化解他的罪恶。

"没人能否认已经犯下的罪孽，"哲人振振有词地说，"但是如果上帝不能阻止罪恶，他就不是万能的；如果他能阻止却不阻止，他就不是仁慈的。"

这种言辞对于无所不能的上帝来说并不是第一次听到，他总会拒绝考虑这些问题，因为虽然他无所不知，可是并不知道如何化解，即使是上帝也不能使二加二等于五。可是，亦如所有哲人的癖性，这位哲人步步紧逼。他基于一个大前提得出了难以辩驳的推论，听起来很荒谬。

他说:"我不会相信一个不是万能又不仁慈的上帝。"

如果不是这个时候哲人说完了,上帝也没有心思关注身边的三个鬼影:他们很谦卑却又满心希望地站在旁边。人生苦短,所以谈起自己时,总觉得说得太多;而死去的人,未来是无限的永生,所以说起话来絮絮叨叨,只有天使才能捺住性子听下去。下面就是这三个鬼魂所述故事的梗概。在约翰遇到露丝之前,他和玛丽已经结婚五年,过得很幸福。正如一般夫妻一样,感情真挚,相敬如宾。露丝当时十八岁,比约翰小十岁,优雅无比,魅力四射,使人一见倾心。露丝的心灵和她的外表一样迷人,她渴望生活中的自然之美,追求灵魂的纯净和伟大。约翰爱上了她,她也同样倾心于约翰。他们之间的爱并不是普通的情感,这种情感压倒一切,仿佛世界存在的意义就在于在合适的时间和合适的地点让他们相见。他们的情感如达佛涅斯和克洛伊[①]一样天真无邪,又像保罗与弗兰切斯卡[②]的爱情一样凄美。激情过后,面对着彼此的旧爱,他们陷入无限忧虑之中。因为他们都是知礼节的正派人,他们有自尊,更珍惜培育他们的道德信念和他们身在其中的社会。怎么能辜负这样天真的女孩?她怎么能和一个已婚男人在一起?这时他们得知,玛丽知道了他们的感情后对丈夫的信任完全没有了。玛丽从未想过她的爱情中会产生嫉妒,也从未想过丈夫会抛弃她。丈夫对她的爱受到威胁,她开始易怒、狂躁,灵魂饥渴带来的痛

---

① 达佛涅斯和克洛伊(Daphnis and Chloe),古希腊田园传奇中被后人视为楷模的一对天真无邪的情侣。
② 保罗与弗兰切斯卡(Paolo and Francesca),拉文纳的贵族基多出于政治动机,将女儿弗兰切斯卡许配给里米尼领主之子——丑陋、跛足的乔凡尼·马拉泰斯塔。马凡尼自知丑陋,特派弟弟保罗前去与弗兰切斯卡见面。弗兰切斯卡以为自己的未婚夫就是保罗,深深爱上了他。婚后,她与乔凡尼毫无感情,暗中仍与保罗幽会。乔凡尼得知此事后,在妒恨中将妻子和弟弟杀死。

苦要远胜于爱情对她的折磨，她感到离开他自己没法活下去。可是，她又非常清楚，如果他深陷爱情之中，只能是爱情自然降临到了他身上，而绝不会是他主动寻觅才得到的。所以，她并不责备他，而只是祈祷自己变得坚强。她总是默默流泪，泪水中有无尽的痛苦。约翰和露丝眼见她一天天消瘦。在这种感情中挣扎，她度日如年，忍受着痛苦的折磨。有时候，他们不能从内心里做到理智，没有办法抗拒浸入心脾的激情，可是最终控制了自己。他们和罪恶的斗争就如同雅各与神角力①一样，最终战胜了邪恶。虽然他们的心都碎了，但以自己的清纯而自豪。就这样两个有情人分手了。他们牺牲了自己，祭献给上帝的是对幸福的渴望、生活的快乐和世界的美好。

露丝用情太深，再也无法投入另一段感情，她心如死灰，她信奉上帝，广行善事，不知疲倦地工作，扶病济贫，创建了一个孤儿院，还经营了慈善机构。渐渐地她所珍视的美丽消失了，面容和心灵一样变得坚硬、冷漠。她的信仰走向极端，非常狭隘；她的善良不再自然和柔情，因为这种善良不是出于爱，而是建立在理性之上。她霸道，缺乏忍耐力，且报复心极强。约翰却是事事顺从，可是他忧郁、易怒，稀里糊涂地碾压岁月，静候死亡，期待得以解脱。生活对于他来说，已经失去了意义。他尽最大努力，在克制自己情感的同时，整个人也被征服了。唯一幸存的情感就是对妻子始终没有停止的、压在心底的恨。他对她善良、体贴，所谓一个基督徒和一位绅士应该做的，他都做到了。玛丽是一位善良、忠诚的妻子（这一点必须承认），她与众不同，从未想过谴责丈夫疯狂的移情。尽管丈夫为了她放弃了那段感情，玛丽却无法原谅他。她开始变得尖酸刻薄，虽然自己也恨自

---

① 雅各与神角力（Jacob wrestled with the angel of God），《圣经》中的故事，这里喻指一生中最重要的经验，认识上更进一步的经历。

己，可是明明知道有些话会伤害丈夫，她却绝不吝惜地讲出来。玛丽本来愿意为丈夫牺牲一切，可是每当想到当自己深陷痛苦，不知有多少次想到死的时候，而他却享受着激情的幸福时刻，她就难以忍受。可现在她死了，他们都死了。生活曾经是多么沉闷、无趣，然而一切都过去了。他们没有违背道德而身陷罪孽之中，如今即将得到回报。

他们讲述完了，一片沉寂，整个天堂法庭都鸦雀无声。上帝口中常说的话是"下地狱"，可是此时他没有说这句老话。他们认为上帝可能感到在这样一个庄严的场合，这句话不太合适，而且实际上这样的裁定对于这个案例中表现出的美德也不合适。上帝眉头紧蹙，禁不住问自己：是否就为了这样的美德，他倾尽全力让阳光洒满无垠的大海，使山顶的积雪熠熠生辉？是否也正是由于这种品质，他才使河水流下山坡时欢快地歌唱，习习晚风之中金色的玉米在挥舞摇摆？

"我有时在想，"上帝说，"星光只有照在路边沟渠的泥水中才会熠熠生辉。"

可是，三个鬼影站在他面前，尽管他们的经历是痛苦的，可是回顾过去却感到无比满足。那是怎样的挣扎，但是他们仍尽了自己的义务。像人吹一根燃烧的火柴一样，上帝轻轻吹了一下。瞧！三个鬼影站的地方什么都没有了，上帝将他们化作了乌有。

"我时常想，为什么人们都认为我过于仇视两性间的不忠贞，"他说，"如果他们认真地读了我说过的话就会明白，我一直对人的这种弱点是非常同情的。"

然后，他转向那个一直还在等待回答的哲人。

"你只能承认，"上帝说，"在这种情况下我既做到了万能也做到了仁慈。"

（齐桂芹　译）

上校夫人 ①

这一切都发生在战争爆发之前那两三年。

佩里格林夫妇正在用早餐。尽管只有他们两个人，尽管餐桌很长，他们却分别坐在餐桌的两端。四面墙壁上悬挂着乔治·佩里格林上校先祖们的画像，这些画像均出自当年那些名噪一时的画师们之手，抬眼望去，列祖列宗全都在俯视着他们。男管家把当日早晨送达的邮件拿进屋来。邮件中有写给上校的几封信，是几封公函，有《泰晤士报》，还有寄给他妻子艾薇的一个小邮包。佩里格林上校朝那些信件看了看，然后便翻开《泰晤士报》浏览起来。他们用完早餐，起身离开餐桌了。他留意看了一眼，发觉妻子还没有打开那只包裹。

"那是什么？"他问道。

"不过是几本书罢了。"

"要我帮你打开吗？"

"你看着办吧。"

他不喜欢剪断打包的绳子，于是就费了点儿力气把绳结解开了。

"哎呀，全都是一模一样的书嘛，"拆开包裹后，他说道，"你为什么会要六本同样的

---

① 收录于1947年出版的短篇小说集《环境的产物》(Creatures of Circumstance)。

书呢?"他翻开其中的一本,"诗歌。"接着,他看了看书的扉页。这时,映入他眼帘的是:《金字塔的消逝》,E.K. 汉密尔顿著。伊娃·凯瑟琳·汉密尔顿:这是他妻子出嫁前的闺名。他露出惊讶的表情,笑盈盈地望着她。"艾薇,你写书啦?你可真是个很有心机的人物啊。"

"我还以为这种东西不会引起你多大兴趣呢。要给你一本吗?"

"唔,你知道的,诗歌并不是我的专长,不过——行,给我一本吧,我会拜读的。我把书拿到书房去。我今天早上有不少事情要处理呢。"

他收拢起《泰晤士报》、他的那些信件,还有那本书,走了出去。他的书房是一间相当宽敞、舒适宜人的屋子,里面有一张大办公桌,有几张皮质扶手椅,墙上挂着他称之为"狩猎战利品"的饰物。那几排书架上既有可供查阅的各类工具书,也有关于农耕、园艺、捕鱼、狩猎等方面的书籍,还有一些描写上一场战争的书籍,在那场战争中,他荣获过一枚十字军功勋章[①]和一枚杰出服务勋章[②]。他结婚前一直在威尔士近卫团[③]服役。战争接近尾声时,他退役了,在距离谢菲尔德[④]大约有二十英里的地方定居下来,住在一座宽绰明亮的豪宅里,过起了乡绅般的生活。这座宅邸是他的一位祖先在乔治三世[⑤]统治时期建造的。乔治·佩里格林家的这座庄园占地面积约一千五百英亩,他凭着自己的才干把庄园管理得井井有条。他是当地的一名治安法官[⑥],工作尽职尽责。在狩猎季,他每星期会抽出两天时间,带着

[①] 十字军功勋章(MC),属于铁十字勋章的一种,授予没有直接参加战斗却对战争进程有贡献者,例如军医、炊事员、文职人员等等。
[②] 杰出服务勋章(DSO),一般奖励少校军衔以上的军官,极少但也有时奖励表现特别突出的下级军官。
[③] 威尔士近卫团(Welsh Guards),建立于 1900 年。
[④] 谢菲尔德(Sheffield),伦敦以外英国最大的 8 座城市之一,建在 7 座山之上,坐落于英格兰南约克郡。
[⑤] 乔治三世(Geroge III,1738—1820),1760 年 10 月 25 日登基为大不列颠国王及爱尔兰国王。
[⑥] 治安法官(Justice of the Peace),法、英、美等国家基层法院法官的职称。

猎犬骑马去打猎。他是个神枪手，高尔夫球也打得不错，如今虽已年过半百，但他依然能打一场艰苦卓绝的网球赛。即便他号称自己为全能的运动达人，人家也不会持有异议。

近年来，他渐渐有些发福了，但他依然还是个形体健美的男子汉；他身材魁梧，满头灰白色的鬈发，只不过头顶开始有点儿稀疏了。他长着一双率真的蓝眼睛，五官清秀，气色也很好。他是个热心公益的人，担任着当地各类组织的主席，而且，随着他的身价以及社会地位的提升，他成了一名忠实的保守党党员。他关心那些生活在他这片庄园里的人，把保障他们的福利视为己任，令他欣慰的是，他了解艾薇，知道她是个值得信赖的人，能够委托她去照料病人、援助穷人。他在村头建立了一个简易的乡村医院，自掏腰包雇请了一名护士。对于那些接受过他救济的人，他只要求他们在选举中，不管是全郡选举，还是全国普选，都要选他为候选人。他是个与人为善的人，对待下属和蔼可亲，也能体恤佃户，在附近的绅士阶层中人气颇高。如果有人当面称赞他是个笑口常开的大善人，他会感到心满意足，同时也会流露出一点儿不好意思的神色。这正是他想达到的效果。他并不企求比这更高的褒奖。

说来也算倒霉，他膝下无子嗣。他完全可以做一个非常称职、严慈并济的好父亲，他会按照培养绅士应有的方式来培养自己的儿子，他会送他们去伊顿公学[①]读书，你们都懂的，也会教他们钓鱼、射击、骑马。鉴于目前这种状况，他的一个侄儿，即他哥哥的儿子，便成了他的继承人。上校的哥哥是在一场车祸中丧生的。这孩子人虽不坏，却一点儿也没有继承他老爹的风骨，一点儿也没有，简直相差太远了，各位看官，反正信不信由你，他那愚蠢的母亲马上就要

[①] 伊顿公学（Eton），英国最著名的贵族中学，由亨利六世于1440年创办。

送他去一所男女生同班学习的学校念书了。艾薇让他既伤心、又失望。诚然，她是一位淑女，也拥有一小笔属于她自己的钱款；她把这个家管理得不知有多好，是一位很有教养的女主人。村子里的人都很喜欢她。他当初娶她为妻的时候，她还是个漂漂亮亮的小美人，肤若凝脂，浅棕色的头发，身段苗条，精力也很旺盛，而且网球打得也不赖；他无法理解她为什么不能生育；当然，她现在已经不那么风姿绰约了，年龄应该四十有五了；皮肤变成了黄褐色，头发失去了往日的亮泽，人也瘦得像根麻杆。她的穿戴向来都很整洁、合体，不过，她似乎并不太在意自己的形象，她从不化妆，甚至都不抹口红；有时候，她也会好好打扮一番去参加某个晚会，这时候，你还是能看出她昔日的迷人风采的，不过，一般情况下——唉，她就是那种很不起眼，你几乎不会留意去察看的女人。她的确是一个好女人、好太太，不能生孩子不是她的错，但是，这种事情要是落在一个想让自己的骨肉来继承家业的男人头上，那可就太不幸了；她没有一点儿活力，这就是她的问题所在。他认为自己当初在向她求婚的时候，还是深爱着她的，不管怎么样，对一个想结婚、想安家立业的男人来说，有这份爱意就足够了。可是，随着时间的推移，他发觉他们彼此间压根儿就没有什么共同的志趣爱好。她对打猎不感兴趣，觉得钓鱼也很无聊。久而久之，俩人的关系自然就日渐疏远起来。说句公道话，他不得不承认，她从来没有跟他胡搅蛮缠过。他们从来没有当众大吵大闹过，私下里也从来没有发生过任何口角。她似乎觉得，他一个人独来独往是理所应当的。他时不时地会去一趟伦敦，但她从来没有想过要陪他一起去。他在那边有一个女孩子，得啦，确切说来，她已经不是女孩子了，即使还算年轻，也有三十五岁了，但她是个金发女郎，而且很有肉感，他只需提前给她发一份电报就行，然后他们便一起吃饭、看戏、过夜。唉，一个男人，一个健康、正常的男人，生活中也需要有点儿乐子。他忽然想到，即使艾薇不是这样一个好女人，她说不定也能做一个让人更加满意的妻子；可惜这种念头并不是他所喜欢的，便赶紧把这个念头从脑海中打消了。

乔治·佩里格林看完了《泰晤士报》，由于他是个处处替别人着想的人，便摇了摇铃，吩咐管家把这份报纸给艾薇送过去。接着，他看了看手表。现在是十点半，他约了一名佃户在十一点钟见面。他还有半个钟头的空闲时间。

"我还是看一看艾薇写的书吧。"他暗自思忖道。

他微微一笑，拿起了这本书。艾薇在她自己的起居室里藏有很多趣味高雅的书，虽然不是他感兴趣的那一类，可是，既然妻子喜欢读这些书，他也不好横加反对。他注意到，他此刻捧在手里的这本书，页数不超过九十页。这当然是优点。他认同埃德加·爱伦·坡[1]的观点，诗歌就应该短小精悍。不料，翻看了几页之后，他却发现，在好几首诗里，艾薇创作的诗句虽然长短不一，却都写得过于冗长，而且还不押韵。他不喜欢这种诗。他记得自己还是个小男孩的时候，在他上的第一所学校里曾经学过一首诗，那首诗是这样开头的：男孩站在燃烧的甲板上[2]，后来，在伊顿公学，他还学过这样一首诗，开篇第一行便是：你已行将灭亡，无情的国王[3]；此外，他还读了《亨利五世》[4]；他们必须读完这个剧本，尽管读得一知半解。他带着惶惑的心

---

[1] 埃德加·爱伦·坡（Edgar Allan Poe，1809—1849），19世纪美国诗人、小说家和文学评论家，美国浪漫主义思潮时期的重要成员。
[2] 这句诗选自法国诗人让-雅克·勒赛克尔（1946— ）的诗集《胡诌诗集》，让-雅克·勒赛克尔是法国第十大学语言学教授，代表著作有《马克思主义语言哲学》。
[3] 这句诗选自英国诗人托马斯·格雷（1716—1771）的诗集《墓畔挽歌》，托马斯·格雷是英国18世纪重要抒情诗人。
[4] 《亨利五世》(Henry V)，是英国剧作家威廉·莎士比亚（1564—1616）创作的戏剧，以1414年至1420年间英法两国交战并最终靖和的历史事实为背景。

情，盯着艾薇的这本书一页页看起来。

"这哪儿称得上我所说的诗歌啊。"他自言自语地说。

幸好不是整本书都像这样。书中穿插了一些看上去似乎十分怪异的诗作，有几行诗句由三个或四个单词组成，有些诗句则一行有十个或十五个单词，谢天谢地，书中有一些小诗，写得非常简短的小诗，尚能按照同样长度的诗行来押韵。有几页只写着标题：十四行诗，出于好奇，他数了数有几行；这些诗的确是十四行。他读了读。这些诗本身似乎没有什么问题，但他不太明白究竟写的是什么。他再次暗暗默念道：你已行将灭亡，无情的国王。

"可怜的艾薇。"他叹了口气。

就在这时，他在等着见面的那个佃农被领进了书房，他赶忙放下手头的书，热情地向来客打了声招呼。他们马上谈起了正事儿。

"艾薇，你的书我拜读过了，"他们坐下来用午餐的时候，他说道，"蛮好的。印这本书花费了你不少私房钱吧？"

"没有，我很幸运。我把书寄给了一个出版商，他马上就接受了。"

"亲爱的，在诗歌上是赚不到多少钱的。"他用温厚、亲切的口吻说道。

"可不是嘛，我也觉得没什么钱可赚。班诺克今天一早来见你，是为了什么事情？"

班诺克就是他在拜读艾薇的诗集时打断他的那个佃农。

"他看中了一头纯种公牛，想找我提前预支这笔钱去把它买下来。他是个老实人，所以我就有点儿动心了，打算答应他的要求。"

乔治·佩里格林看得出来，艾薇不愿谈论她那本书，于是，他便撇开了这个话题，心里并没有为此而感到过意不去。他暗自庆幸的是，她在书的扉页上用的是她自己出嫁前的闺名；他估计，目前大概还没有人听说过这本书,不过,他对自己这个不同凡响的姓氏向来怀有自豪感,他可不愿看到某个该死的"一行一便士"的穷酸文人在哪家报纸上公然取笑艾薇为之所付出的努力。

在接下来的几个星期里,他总觉得还是策略点儿为好,不要向艾薇提起关于她怎么会不知深浅地想尝试写诗的任何问题,艾薇自己也从来没有提及过此事。不提此事是他们彼此心照不宣地达成的一个共识,仿佛写诗是一件不太光彩的事情似的。没想到,后来却发生了这样一件怪事。他因为有些业务上的事情必须去一趟伦敦,一到伦敦,他便带着达芙妮出来吃晚饭了。达芙妮就是那个女孩子的名字,他无论何时进城,都要和她在一起消磨几个小时,享受这种你情我愿的快乐时光,这已经成了他的习惯。

"哎呀,乔治,"她说道,"人们近来都在津津乐道地谈论一本书,那本书是不是你的老婆写的?"

"你说这话究竟是什么意思?"

"嗯,有这么一个家伙我刚好认识,此人是一位评论家。有一天晚上,他带我出去吃饭,还随身带来了一本书。'有没有适合我看的东西?'我说,'那是本什么书?''哦,我觉得这本书不是你所喜欢的,'他说,'这是诗歌。我最近就在给这本书写评论。''我从来不看诗歌。'我说。'这可是我迄今所读过的最火爆的作品,'他说,'这本书就像刚出炉的糕点一样畅销呢。而且写得也好极了。'"

"这本书的作者是什么人?"乔治问道。

"一个名叫汉密尔顿的女人。我的朋友告诉我说,这并不是她的真名。他说,她的真名叫佩里格林。'真有意思,'我说,'我刚好认识一个名叫佩里格林的朋友。''他是陆军上校,'他说,'住在谢菲尔德附近。'"

"但愿你没跟你的那些朋友说起过我。"乔治皱着眉头,恼火地说道。

"亲爱的,别发火呀。你把我当成什么人了?我只是对他说:'不是同一个人。'"达芙妮咯咯儿地笑了起来。"我朋友说:'听说他是一个十足的老顽固,是一个像布林普上校①那样的人。'"

乔治倒也挺有幽默感。

"你还可以说得再夸张一些呀,"他笑道,"要是我妻子写出了一本书,我应该是第一个知道的人,对不对?"

"我看也是。"

不管怎样,反正这种事情也提不起她的兴趣,所以,上校开始说其他事情时,她就把这件事给忘了。他也将此事抛在了脑后。他的判断是,这事儿没什么大不了的,准是那个荒唐可笑的傻瓜评论家在拿达芙妮开玩笑呢。达芙妮是因为听说这是一本内容非常火爆的书,才硬着头皮读下去的,结果却发觉,那不过是一大堆句子写得长短不一的胡言乱语,他想想都觉得好笑。

他是好几个俱乐部的会员,第二天,他想在其中一个俱乐部里用午餐,这家俱乐部坐落在圣詹姆斯大街②上。那天下午,他打算搭乘早一点儿的火车返回谢菲尔德。去餐厅前,他坐在舒服的扶手椅上,自斟自饮地享用着雪利酒,正在这时,一位老朋友忽然朝他走来。

"哟,老弟,近来日子过得还好吧?"他说道,"摇身一变,成了文艺界名人的丈夫啦,你感觉怎么样?"

乔治·佩里格林朝他这位朋友看了看。他觉得自己从对方的眼中

---

① 布林普上校(Colonel Blimp),20世纪英国漫画家大卫·洛(David Low,1891—1963)创作的人物,一个思想顽固的矮胖退休军官。
② 圣詹姆斯街(St James' Street),位于伦敦市中心的位置,因其为上流人士的出入场所而极享赞誉。

看到了一丝闪闪烁烁的戏谑之情。

"我不明白你在说什么。"他答道。

"别装模作样啦,乔治。人人都知道,E.K.汉密尔顿就是你太太。区区一本诗集能取得这么大的成功,这样的事情可不常有。你瞧,亨利·达什伍德正在和我一起用午餐呢。他想见见你。"

"真是活见鬼,亨利·达什伍德是什么人?他为什么想见我?"

"哎呀,我亲爱的朋友,你成天在乡下忙活些什么呢?亨利大概是我们目前所看到的最出色的评论家。他为艾薇的书写了一篇非常精湛的评论。听你这话的意思,不会是她没给你看过吧?"

乔治还没来得及回答,他那位朋友就把一个男人召唤过来了。此人又高又瘦,大脑门儿,蓄着山羊胡子,鼻梁很长,身躯佝偻,整个儿就是那种乔治一看就打心眼儿里讨厌的人。大家互相做了一番介绍。亨利·达什伍德坐了下来。

"不知佩里格林太太是否来伦敦了?我倒很想见她一面。"他说。

"没来,我太太不喜欢伦敦。她更喜欢乡下。"乔治生硬地回答道。

"针对我那篇评论,她给我写了一封热情洋溢的信。我感到很高兴。想必你也知道,我们这些评论家常常备受苛责,却挣不到几个钱。她这本书简直让我惊叹不已。这部作品内容新鲜,很有独创性,写法非常现代,而且读起来一点儿也不晦涩。不管是自由诗①,还是古典格律诗,她似乎都能运用自如。"当然,作为一名评论家,他似乎觉得还应该提出点儿批评意见。"有时候,她在音韵上会出点儿小差错,但是,你在艾米莉·狄金森②的作品中也会发现同样的问题

---

① 自由诗(free verse),按照语言的抑扬顿挫和意象模式,而不是按照固定韵律写出的诗。
② 艾米莉·狄金森(Emily Dickinson,1830—1886),美国传奇诗人,被视为20世纪现代主义诗歌的先驱之一,代表作有《云暗》《逃亡》《希望》等。

啊。她有几首短小精悍的抒情诗简直像出自兰德①的手笔。"

　　对乔治·佩里格林来说，这些话全都是不着调的一派胡言。这家伙不过是一个故作高雅、令人作呕的穷酸文人罢了。不过，上校是个很有风度的人，他得体而又客气地回答了对方，而亨利·达什伍德却好像没有听见他的话一样，又继续说道：

　　"话说回来，这本书之所以会如此不同凡响，是因为每一行诗句里都跳动着激情。在这些年轻的诗人当中，居然有那么多人活像得了贫血症似的，个个都萎靡不振、感情冷漠、缺乏血性，无动于衷地一味只凭理智行事，但是，在这本书中，你读到的是活生生的、赤裸裸的、返璞归真的激情；当然，像这样深厚、真挚的情感往往都具有悲剧色彩——啊，我亲爱的上校，海涅②曾经说过，诗人常常会把自己巨大的悲伤化为小小的歌谣，这话说得千真万确啊。你知道吗？时不时地，每当我在一遍又一遍地诵读这些令人断肠的诗篇时，我就会情不自禁地想到萨福③。"

　　对乔治·佩里格林来说，这番话说得实在太离谱，他站起身来。

　　"行啦，承蒙你的这番好意，对我妻子的这本不足挂齿的书说了这么多的好话。我相信，她一定会很开心的。可是，我得赶紧走了，我要去赶火车，还得先去吃口午饭。"

　　"该死的傻瓜。"他气恼地暗暗骂了一声，登上楼梯，朝餐厅走去。

　　他回到家时正赶上吃晚餐。等艾薇上床睡觉后，他走进书房，想把她那本书找出来看看。他觉得自己有必要再翻一翻这本书，了解一

---

① 沃尔特·萨维奇·兰德（Walter Savage Landor，1775—1864），英国著名诗人、作家。
② 海因里希·海涅（Heinrich Heine，1797—1856），德国抒情诗人和散文家，被称为"德国古典文学的最后一位代表"，代表作有《罗曼采罗》《佛罗伦萨之夜》《游记》等。
③ 萨福（Sappho，约前630或者前612—约前592或者前560），古希腊著名的女抒情诗人，一生写过不少情诗、婚歌、颂神诗、铭辞等。

下书里到底有什么值得他们如此大惊小怪的东西，可他找不到这本书了。肯定是艾薇拿走了。

"真可笑。"他咕哝道。

他已经告诉过她，他认为这本书还是挺不错的。作为丈夫，他还应该说些什么呢？得啦，说什么都无所谓。他点燃烟斗，翻看着《田野》①，一直看到睡眼蒙眬。不过，说来也巧，大约过了一个星期之后，他必须进城去，要在谢菲尔德待上一整天。他在谢菲尔德自己所熟悉的俱乐部里用午餐。快要吃完的时候，他忽然看见哈维瑞尔公爵走进屋来。此人是当地赫赫有名的大人物，上校当然认识他，但也仅限于互相寒暄一下而已。他很惊讶地发现，公爵竟是冲着他来的，因为他径直在他的餐桌前停下了脚步。

"你太太不能来参加我们的周末聚会，真是太遗憾了，"公爵说，语气里似乎既有热诚，又带着点儿顾虑，"我们请了好多人来呢。"

乔治大吃一惊。他揣测着，大概是哈维瑞尔公爵夫妇邀请了他和艾薇周末去他们家做客，而艾薇却在他面前只字未提，就断然拒绝了。他镇定自若地回答说，他也觉得很遗憾。

"但愿下次能成。"公爵和颜悦色地说道，随后便走开了。

佩里格林上校憋着一肚子火。回到家后，他对妻子说：

"喂，听我说，我们收到了去哈维瑞尔公爵家做客的邀请吧，这究竟是怎么一回事？你为什么偏要说我们不能去呢？我们之前还从来没有接到过这种邀请呢，他们家有咱们郡最好的射击场。"

"这一点我倒没想到。我还以为这种活动只会让你感到无聊呢。"

"真是活见鬼，你至少也该问一声我想不想去才对。"

---

① 《田野》(The Field)，英国1853年创立的关于乡村生活的杂志，以射击、钓鱼、打猎等主要内容。

"抱歉。"

他仔细打量着她。她的表情里似乎带着点儿他琢磨不透的意味。他皱了皱眉。

"他们不至于没有邀请我吧?"他大声吼道。

艾维有点儿脸红了。

"嗯,说实话,你就是没有受到邀请。"

"我说,他们也真他妈的太不懂礼貌了,居然只请你,不请我。"

"我猜想,他们大概以为,这不是你所喜欢的聚会。你知道的,公爵夫人就喜欢跟作家之类的文人打交道。她邀请了亨利·达什伍德,就是那个评论家,也不知是怎么回事儿,他很想见见我。"

"艾薇,还真得谢谢你拒绝了。"

"不管怎么说,这也是我应该做的呀,"她笑了笑,犹豫了一下之后,又接着说,"乔治,我的出版商想在月底前的某一天为我举办一场小型晚宴,当然,他们也想请你来参加。"

"哦,我觉得这种场合不太适合我。如果你想去的话,我就陪你一起去伦敦。我可以找个人陪我一起吃晚饭。"

这个人就是达芙妮。

"我估计,这种晚宴没多大意思,不过,他们倒相当重视。美国出版商已经接手了我这本书,第二天,他们要在克拉里奇大酒店[①]为我举办一场鸡尾酒会。如果你不介意的话,我想让你一起去参加。"

"听上去无非就是一场无聊透顶的活动,不过,如果你真想让我去的话,我会去的。"

"承蒙你这么体贴。"

[①] 克拉里奇大酒店(Claridge's),伦敦历史悠久的五星级酒店,坐落在伦敦梅菲尔大街,创建于1856年,以其奢华和传统著称,是英国标志性建筑,历来备受英国王室的眷顾,是20世纪20年代的政治家、时装设计师、文艺界明星们的钟情之地。

这场鸡尾酒会让乔治·佩里格林感到头晕目眩。到场的人多得很。有些人乍看上去好像还不算太卑劣，有几位粉墨登场的女士模样相当漂亮，不过，在他看来，有几个男的似乎相当令人生厌。在每个人面前，他都被介绍为佩里格林上校，E.K.汉密尔顿的丈夫。现场的男士们似乎都跟他无话可说，而女士们看到他却都有说不完的话。

"你一定为你的妻子感到骄傲吧。这部作品精彩极了，对不对？你知道吗？我是坐下来一口气把这本书看完的，简直令人爱不释手啊，看完之后，我忍不住又捧读起来，而且又从头至尾读了第二遍。我简直被这本书迷恋得神魂颠倒了。"

英国出版商对他说：

"二十年来，我们没有一本诗集取得过这么大的成功。我从没见过这么多的好评。"

美国出版商对他说：

"这部作品堪称无与伦比。在美国肯定会成为一本非常轰动的书。你就等着瞧吧。"

那个美国出版商还向艾薇献上了一大束香气四溢的兰花。真他妈的荒唐可笑，乔治暗暗思忖道。他们进场的时候，人们都把注意力集中在艾薇身上，显而易见，那些人说的无非都是些当面吹捧她的话。她听着这些奉承话，脸上洋溢着和颜悦色的微笑，偶尔也说上一两句表示答谢的话。她兴奋得脸都微微有些绯红了，不过，她似乎表现得很从容。虽然乔治觉得这些阿谀奉承只不过是一大堆废话，纯属胡说八道，但他赞许地注意到，妻子在以恰如其分的方式应对这一切。

"好吧，有一点，"他暗自思忖道，"你还是能看得出来的，她是一位淑女，这才是最他妈的让人赏心悦目的一道风景线，可以说，在场的这些人谁也比不上她。"

他喝了好多杯鸡尾酒。不过，有件事老是在困扰着他。他注意到，在那些经过介绍才刚刚认识的人当中，有几个人看待他的眼光似乎颇有些古怪，他思来想去，怎么也弄不明白那是什么意思。有一次，他悠闲地溜达到了两个女人的身边，只见她俩正并肩坐在沙发上，他总感到她俩是在谈论他，走开之后，他差不多可以断定了，她们在窃笑。他暗自庆幸的是，这场酒会总算结束了。

在返回酒店的出租车里，艾薇对他说：

"亲爱的，你今天的表现好极了。你可真是出尽了风头啊。那些女孩子简直个个都对你赞不绝口：她们觉得你太帅了。"

"女孩子，"他刻薄地说道，"不过是些老妖精罢了。"

"亲爱的，让你感到厌倦了吧？"

"喝得醉醺醺的啦。"

她同情地捏了捏他的手。

"我希望你不要介意，我们还要再等一会儿，然后乘下午的火车回去。我上午还有些事情要处理。"

"不介意，没关系的。你要买东西吗？"

"我确实想买一两样东西，但是，我得先去拍照。我讨厌这个主意，可是，他们认为我应该去拍几张照片。为了打进美国市场，你懂的。"

他没说什么。但他有自己的想法。在他看来，要是美国的读者大众看到的肖像人物是这样一个丑陋、干瘪的小妇人，他们准会大为震惊，而这个小妇人就是他的妻子。他向来有这种印象，在美国，人们喜欢的是光鲜亮丽的女人。

他还在浮想联翩。第二天，趁着艾薇外出的当儿，他去了自己所熟悉的那个俱乐部，径直来到楼上的图书室。一进图书室，他就动手查找起最近这几期的《泰晤士报文学副刊》《新政治家》以及《旁观者杂志》。不一会儿，他就把有关艾薇那本书的评论都找了出来。他并没有仔仔细细地翻阅那些文章，不过，只需粗略扫一眼就足以发现，这些评论都是极尽溢美之词的东西。随后，他去了皮卡迪利大道①上的书店，他偶尔会在那家店买书。他已拿定主意，要好好读一读艾薇写的这本乱七八糟的玩意儿，至于她是怎么处理她之前给他的那本的，他不想再去问她了。干脆自己去买一本得了。进书店之前，他先看了看橱窗，第一眼看到的就是醒目地展示在里面的《金字塔的消逝》。愚蠢至极的标题！他走进店内。一个年轻人迎上前来，问他需要什么。

"没什么，我就随便看一看。"倘若一开口就提出要买艾薇的书，他会觉得很难为情，他觉得还是自己找为好，找到之后再把书拿到售货员那里去结账。可他怎么也找不着，最后，他看见那个年轻人又走到他身边来了，便刻意用漫不经心的口吻问道："顺便问一下，你这里有没有一本叫《金字塔的消逝》的书？"

"新出的版本今天早上刚到。我帮你去拿一本来吧。"

过了一会儿，那小伙子就拿着书回来了。他是个矮墩墩的年轻小伙子，长着一头乱蓬蓬的橘红色的头发，戴着一副眼镜。乔治·佩里格林身躯高大、威武挺拔，而且很有军人派头，整整高出了他一大截。

"这是新出的版本吗？"他问道。

"是的，先生。这已经是第五次印刷了。这本书很畅销，卖得差不多跟小说一样好。"

乔治·佩里格林犹豫了一会儿。

"依你看，这本书为什么会这么成功？我时常听到的是，现在已

---

① 皮卡迪利大道（Piccadilly），英国伦敦中心区的繁华街，以时髦的商店、俱乐部、旅馆和住宅著称。

经没人愿意读诗了。"

"哦，想必你也知道，这本书写得很好。我自己也读过。"这个年轻人显然很有文化修养，但说话仍带着点儿伦敦东区[①]的口音。乔治本能地采取了一种居高临下的态度。"这就是人们所喜欢的故事。既有性爱情节，又有悲剧色彩，你懂的。"

乔治微微皱了皱眉头。他渐渐听出了名堂：这小伙子颇有些不知天高地厚。这本该死的书里居然还有故事，这一点至今还没有一个人向他提起过，他从那些评论文章中也没有看出端倪。那小伙子继续说道：

"当然，这些情节只是浮光掠影，一带而过，但愿懂我的意思。我的阅读体会是，她的个人经历或多或少激发了她创作的灵感，就像豪斯曼[②]写出了《什罗普郡少年》一样。她之后就再也写不出其他什么东西了。"

"这本书多少钱？"乔治打断了他的唠叨，冷冰冰地说道，"你用不着包起来，我可以把它塞在我的衣服口袋里。"

十一月的早晨阴冷潮湿，他穿着一件很厚实的长大衣。

在火车站，他买了几份晚报和杂志，随后，他便和艾薇在一等车厢两个面对面的角落里相安无事地坐了下来，翻看着手头的报刊。到了五点钟时，他们一块儿走进餐车，一边用茶点，一边闲聊了几句。列车到站后，他们坐上在等候着他们的轿车，驱车回到家里。俩人洗完澡，换好衣服去用晚餐。吃罢晚餐后，艾薇说她已经累得不行了，想上床睡觉去了。她亲了亲他的额头，这是她早已养成的习惯。过了

[①] 伦敦东区口音（Cockney），指东伦敦（East London）以及当地民众使用的伦敦方言，在伦敦的工人阶级中很常见。
[②] 阿尔弗雷德·豪斯曼（Alfred Houseman，1859—1936），英国著名悲观主义诗人，作为田园式、爱国主义、怀旧的创作高手，至今受到英国人的欢迎，著有诗集《什罗普郡少年》和《最后的诗章》。

一会儿,他来到客厅,从大衣口袋里掏出艾薇的那本书,然后钻进书房,埋头看起来。对他来说,阅读诗文并不轻松,尽管他看得很认真,每个单词都无一遗漏地看过来,但他还是有些摸不着头脑。于是,他又从头开始,再次通读起来。他越读越感到心神不宁了。不过,他并不是一个头脑愚笨的人。读了第二遍之后,他已经把这本书的大致内容了解得一清二楚了。这本书有一部分采用的是自由体诗,还有一部分则遵从传统格律诗的写法,但书中所叙述的故事情节还是前后连贯的,即使是智力最平庸的人也看得出来。书中描写的是一段激情澎湃的恋爱经历,这场恋爱发生在一个已经徐娘半老的已婚女人和一名青年男子之间。乔治·佩里格林像在做一道简单的加法运算题一样,轻而易举就厘清了其中的一步步环节。

这本诗集是以第一人称创作的,开篇描写的是,这位青春已逝的妇人忽然又惊又喜地发现,有一个正值青春年华的小伙子爱上了自己。她迟疑着,不敢相信。她觉得肯定是她自己在自作多情。后来,当她出乎意料地发现自己也情深意浓地爱上了这个年轻男子时,她紧张得不知所措了。她暗暗告诫自己,这种事情很荒唐;由于他们俩年龄相差悬殊,倘若她任凭自己的感情发展下去,只会结下不幸的苦果。她竭力想阻止他,不让他向她表白,然而,这一天终于还是来了,他对她说,他爱她,并逼着她承认说,她也爱他。他央求她和他一起去私奔。她无法抛弃自己的丈夫,无法抛弃自己的家庭;况且她还是个已经渐渐步入老龄的女人,而他还这么年轻,他们将来会有什么样的人生?她怎么能指望他的爱情会一直持续到天荒地老呢?她恳求他行行好,别再来纠缠她了。没想到,他竟然爱得那么热烈奔放。他要跟她做爱,一心一意地要跟她做爱。僵持到最后,在她浑身发抖、心慌意乱、春情荡漾的境况下,她终于顺从了他。接下来描写的是一段让他们心醉神迷的幸福时光。整个世界,每一天都过得浑浑噩噩、单调乏味的世界，因为有了这份可歌可颂的爱情而变得异彩纷呈了。爱情之歌从她的笔端倾泻而出。女诗人崇拜她那个情郎青春勃发、雄健阳刚的肉体。乔治在读到她如何赞美他那宽阔的胸膛、苗条的腰身、健美的大腿，以及他那平坦的腹部时，不禁涨红了脸。

很火爆的作品，这是达芙妮的朋友曾经说过的话。事实果然如此。真令人作呕。

书中有不少伤感的小诗表达了她的悲叹之情：一旦她的情郎终将离她而去时，她的人生会变得多么空虚。不过，这些小诗都是以一句发自内心的呐喊结尾的：为了她所拥有的这段无上幸福的情缘，纵然让她尝遍世间所有的苦难也是值得的。她写下了他们一起度过的那些兴奋得浑身颤栗的不眠之夜，以及激情过后遍体酥软的那种倦慵，是那种倦慵让他们渐渐平静下来，彼此相拥着酣然入睡。她写下了那种令人销魂蚀骨的感受：在那些短暂的、偷来的片刻欢愉中，尽管充满危险，但他们强烈的情欲使他们忘却了一切，他们水乳交融地沉溺在两情相悦的爱欲之中。

她本来以为这段婚外情大不了只是几个星期的事儿，没想到，这段恋情竟奇迹般地一直持续下来了。其中有一首诗写道：三年过去之后，他们彼此倾心相爱的劲头依然丝毫未减。他似乎仍在初心不改地催促她和他一起去私奔，逃往异国他乡，到意大利的某个山城去，到希腊的某个小岛去，到突尼斯①的一座有城墙环绕的城市去，这样，他们就能永远生活在一起了。在另一首诗里，她恳求他要安于现状，得过且过。他们的幸福是朝不保夕的幸福。或许是正是由于他们要面对形形色色的困难，而相聚的机会却少之又少，他们的爱情才得以如此长久地保持着最初那令人心醉神迷的兴奋的。后来，突然间，那个

---

① 突尼斯（Tunis），北非国家，首都为突尼斯。

年纪轻轻的男人亡故了。至于他是怎么死的，什么时候死的，在什么地方死的，乔治却不得而知。接下来是一首很长的挽歌，描写了她肝肠寸断的悲痛之情，那是一种刻骨铭心的悲痛，那是一种她深陷其中而无力自拔的悲痛，那是一种她不得不隐瞒得滴水不漏的悲痛。尽管她的生命之光已经熄灭，尽管她已被内心极度的痛苦折磨得憔悴不堪，但她还得摆出一副高高兴兴的样子，照样去举办各种聚会，照样去出席各类晚宴，表现得像平常一样端庄得体。全书的最后一首诗由四节简约的诗句所组成，作者伤感地接受了她痛失恋人的现实，并向操纵人类命运的黑暗力量表达了她的感谢之情，不管怎样，至少也让她有幸享受到了一段无与伦比的幸福时光，这可是我们这些浅薄的人梦寐以求的最大的幸福啊！

乔治·佩里格林终于把书放下时，时间已经是凌晨三点钟了。他似乎觉得，他在每一行诗中都听到了艾薇的心声，他一次又一次地看到了他时常听见她使用过的那些措辞和文句，书中还有一些细节是他们彼此都很熟悉的情景，这一点是毫无疑问的。她讲述的就是她自己的亲身经历：她曾经有过一个情人，而她那个情人已经亡故了，这是明摆着再清楚不过的事实。掩卷之余，他最深刻的感受并不是恼怒，不是震惊，也不是沮丧，虽然他也确实感到有些沮丧，感到有些震惊，但更多的还是诧异。艾薇竟然有过一次婚外恋，而且还是一次放浪形骸、激情燃烧的婚外恋，简直太让人难以置信了，这就好比放在他书房壁炉台上玻璃缸里的那条鳟鱼一样，那是他迄今所钓到的最漂亮的一条鳟鱼，没想到它竟冷不防地甩起尾巴来了。他这时才恍然大悟，他先前在俱乐部跟那个男人打招呼时，在他眼睛里看到的那种非常滑稽的神色究竟是什么意思了，他总算弄明白了为什么达芙妮在谈论这本书时，会开心得好像在说一个天机不可泄露的笑话的原因了，也明白了在那次鸡尾酒会上，当他经过那两个女人身边时，她们为什么在他背后窃笑的原因了。

他惊出了一身大汗。紧接着,一阵暴怒顿时袭上心来,他随即一跃而起,要去叫醒艾薇,毫不留情地要求她对此做出解释。然而,走到门口时,他又收住了脚步。他到底抓住了什么把柄呢?一本书而已。他记得自己曾经对艾薇说过,他认为这本书挺不错。诚然,他当时还没有读完这本书,可他文过饰非地假装自己通读过了。倘若他承认自己说过这种话,那他就成了个彻头彻尾的大傻瓜。

"我必须小心行事才行。"他咕哝道。

他打定主意,要再等上两三天,先把这件事考虑周全了再说。没多久,他就盘算好该怎么做了。他上床休息了,但辗转反侧,久久难以入眠。

"艾薇,"他反反复复地暗自寻思着,"艾薇,在芸芸众生中怎么偏偏……"

第二天早上,他们一如既往地在用早餐时见面了。艾薇依然如故,还是那么文静、素雅、泰然自若,还是这样一个压根儿不愿花工夫去梳妆打扮,好让自己显得年轻些的中年妇女,还是这样一个浑身上下没有一点儿他依然称之为"女人味儿"的女人。他打量着她,因为他已经有好多年没有这么仔细打量过自己的妻子了。她和往常一样,神情安详,心平气和。她那双淡蓝色的眼睛平静得没有一丝忧愁,坦荡的眉宇间也没有任何愧疚之色。她说了几句她平日里常说的话,都是些一成不变、无关痛痒、随口说说的话。

"那两天在伦敦忙得团团转,好在又回到乡下来了。你今天早上打算做什么呢?"

这种女人真让人不可理解。

三天后,他去找自己的法律顾问了。亨利·布莱恩既是乔治的律师,也是他的一个老朋友。他有一处乡间别墅离佩里格林家不远。多年来，他们常在彼此的猎场里打猎。亨利一个星期有两天在乡下做乡绅，其余五天则在谢菲尔德做律师，处理繁忙的律师事务。他是个身躯魁梧、体格健壮的汉子，平时总是风风火火的，笑声也很爽朗，这些特点表明，他喜欢让人家把他当成一个本质上特别爱好运动的人，而且还是个大好人，只是偶尔才会想起来，他还是一位律师。但他其实是一个精明强干、处世圆通的人。

"哎唷，乔治，今天是什么风把你给吹来啦？"看见手下人把上校领进了他的事务所时，他声若洪钟地说道，"在伦敦玩得开心吗？我正打算下星期带我老婆上那儿去玩几天呢。艾薇还好吗？"

"我今天来找你，就是为了艾薇的事儿，"佩里格林说罢，满腹狐疑地瞪了他一眼，"你有没有看过她那本书？"

由于最近这几天里心烦意乱，他变得越发敏感了，况且他也察觉到了，律师的面部表情微微有点儿变化。看样子他好像陡然间起了戒备之心似的。

"没错，这本书我已经看过了。很了不起的成就，对不对？想不到艾薇突然在诗歌领域里崭露头角了。真可谓奇迹层出不穷啊。"

乔治·佩里格林差点儿要大发脾气了。

"这本书让我成了一个彻头彻尾的该死的傻瓜。"

"嚯，乔治，你胡说八道什么呀！艾薇写了本书并没有什么坏处啊。你应该为她感到高兴、感到骄傲才对。"

"别说这种废话吧。那本书写的就是她自己的亲身经历。这一点你心里有数，其他人也都知道。我估计，唯独我一个人蒙在鼓里，不知道她那个情人是谁。"

"老兄啊，创作中有这样一种东西，叫做想象力。我们完全有理由认为，整个故事全都是虚构出来的。"

"听我说，亨利，我们认识这么多年了，彼此都知根知底。我们在一起享受过形形色色的快乐时光。跟我说实话吧。你能当着我的面，直言不讳地告诉我，你相信这是一出虚构出来的故事吗？"

亨利·布莱恩很不自在地在椅子上挪动着。乔治老兄的话音里流露出的那种苦恼着实让他感到有些不安。

"你没有权利向我提这种问题。你去问艾薇吧。"

"我不敢。"乔治痛苦地停顿了片刻。然后才回答道："我怕她告诉我事情的真相。"

接下来是一阵让人很难受的沉默。

"那小子是谁？"

亨利·布莱恩直视着他的眼睛。

"我不知道，即使知道，我也不会告诉你的。"

"你这个蠢猪。难道你看不出我现在的处境吗？你是不是觉得被人当成一个十足的笑柄非常好受？"

律师点上一支烟，默不作声地抽了好一会儿。

"我不知道我能帮你做什么。"他终于开口说道。

"我估计，你自己也雇请了一些私家侦探。我想让你派他们去做这件事，让他们把样样事情都查个水落石出。"

"老兄啊，派私家侦探去调查自己的妻子，这可不是什么光彩的事情。再说，即使你眼下想当然地认为艾薇曾经有过一次婚外恋，那也是好多年以前的事情了，我估计恐怕查不出任何把柄来。他们好像非常小心，把自己的行迹掩盖得干干净净。"

"我不管。你就派那些侦探去调查吧。我要知道事情的真相。"

"乔治，我可不愿做这种事情。如果你执意要这么干，那你去找别人干好了。你听我说，就算你抓到了证据，能够证明艾薇曾经对你有过不忠的行为，你又能怎么办呢？要是因为你妻子十年之前跟别人有过通奸行为，你就要跟她离婚，在别人看来，你还是显得很傻啊。"

"不论怎样,我都可以凭这一点来跟她斗一斗,逼她把事情讲出来。"

"你不妨现在就可以这么做,但是,你我心里都有数,如果你执意要这么做,她就会离你而去。你舍得让她像这样离开你吗?"

乔治满腹怨气地瞪了他一眼。

"我不知道。我过去一直觉得她是个非常难得的好妻子。她把家务事管理得井井有条,我们从来没有在用人方面出过任何乱子;她在园艺方面很有办法,创造了很多奇迹,除此之外,她还赢得了村里所有人极高的称赞。但是,去他妈的!我也得考虑一下我的自尊啊。既然我已经知道了,她曾经下流地在肉体上背叛过我,我怎么能再和她继续同居下去呢?"

"你一直都那么矢志不渝地忠诚于她吗?"

"或多或少,有过几次,你知道的。不管怎么说,我们结婚也将近有二十四年了,但艾薇向来不大喜欢床笫之事。"

法律顾问惊讶得微微竖起了眉毛,不过,乔治因为在搜肠刮肚地考虑自己该怎么说,没有注意到。

"我不否认,我时不时地会去找点儿乐子。男人需要这些。女人就不同了。"

"这种话只有我们这些男人说得出口。"亨利·布莱恩说罢,淡然一笑。

"即使我怀疑女人会不守妇道,我也绝对不会怀疑到艾薇头上来。我的意思是,她可是个特别挑剔、出言也很谨慎的女人啊。到底是什么原因促使她写出这本该死的书的?"

"我估计,那是一段痛彻心扉的经历,对她来说,用这种方式把它宣泄出来,或许是一种解脱吧。"

"好吧,即使她非写不可,那她为什么不用一个笔名来署名呢?

真是活见鬼!"

"她用的她出嫁前的闺名。依我看,她大概觉得这就足够了,假如这本书没有造成这么令人惊讶的轰动,那她的想法也是合情合理的。"

乔治·佩里格林和亨利此时正面对面地坐着,中间隔着一张办公桌。乔治的胳膊肘支在桌子上,手托着腮帮子,皱着眉头在想心思。

"连这小子是个什么样的人都不知道,这事儿实在太窝囊了。人家甚至都辨别不出他是否算得上一个有教养的人。我的意思是,说不定他就是一个农场打工仔,或者是某个律师事务所里的小职员,谁知道呢。"

亨利·布莱恩忍了又忍,没让自己笑出来,等他答话的时候,眼睛里流露出的是一种体贴、宽容的神情。

"鉴于我非常了解艾薇,我认为,这个男人十有八九还算不错吧。不管怎么样,反正他不是我这个事务所里的职员,这一点我可以肯定。"

"对我来说,这不啻为一个沉重的打击,"上校叹了口气,"我原以为她很喜欢我呢。她要是不恨我,她就不会写出那样的书来。"

"哦,这一点我可不敢苟同。我认为,她不大可能怀有仇恨之心。"

"你不会自说自话地认为她爱我吧。"

"不会。"

"好吧,她觉得我怎么样?"

亨利·布莱恩身子仰靠在转椅上,若有所思地望着乔治。

"冷漠,可以这样说吧。"

乔治禁不住打了个了哆嗦,脸涨得通红。

"不管怎么说,反正你现在已经不爱她了,是吧?"

乔治·佩里格林没有直接回答他。

"生不了孩子，这种事情对我的打击实在太大了，在我看来，她让我很没面子，但是，我从来没有让她看出我的心病。我对她一直都很温柔。在合情合理的范围之内，我对她努力尽到了我应尽的职责。"

律师抬起一只大手掌捂住自己的嘴巴，把他嘴唇上已经微微漾开的笑意遮掩起来。

"这种事情对我的冲击非常严重，"佩里格林继续说道，"这算他妈的怎么回事儿！即使是十年前，艾薇也不是一个涉世未深的少女呀，上帝作证，她那时候的模样就不怎么好看。简直太丑了。"他深深叹了口气。"如果换了你，你会怎么做？"

"等闲视之。"

乔治·佩里格林突然直挺挺地在椅子上坐起身来，板起面孔，严厉地望着亨利，他当年在检验自己的兵团时，一定也是这副面孔。

"这种情况我不能视而不见。我已经成为别人的笑料了。我以后再也抬不起头来了。"

"胡说八道。"律师厉声喝道，但随即又换上了一副和颜悦色、亲切友好的态度。"老兄，你听我说，那个男的已经死了，而且这一切都发生在很久以前。这事儿就算了吧。去跟大家说说艾薇的这本书，去大张旗鼓地赞扬这本书吧，告诉人们，你为她感到多么骄傲。一定要表现得煞有其事，仿佛你对她十分信任似的，装作你早就看出来了，她根本不可能背叛你。这个世界发展得那么快，而人们的记忆力又是那么差。大家很快就会淡忘了。"

"我忘不了。"

"你们夫妇俩都已人到中年了。她为你付出的代价也许比你自己所想象的还要大得多，再说，如果没有她，你会非常寂寞的。我认为，即使你忘不了这件事，那也没关系。只要你那个稀里糊涂的脑袋里能牢牢记住这一点就行：艾薇身上还有很多你永远也不可小觑的过人之处，比你的这点儿能耐强多了，一切就会朝好的方向转化啦。"

"这算他妈的怎么回事儿，你说得好像我才是那个应该受到谴责的人似的。"

"不，我认为该受谴责的人不是你，不过，我也吃不准艾薇究竟该不该受到谴责。我估计，她那时并不想跟那个小伙子坠入情网。你还记得结尾处的那几首小诗吗？那几首诗留给我的印象是，尽管他的死亡让她万分痛苦，她却以某种令人意想不到的方式愉快地接受了这个结局。她自始至终心里都很清楚，把他们维系在一起的那根纽带有多脆弱。那个小青年是在他自己的初恋正处于巅峰状态时死去的，根本不知道人世间能持续到天长地久的爱情是多么罕见；他只知道爱情的极乐之处和美妙之处。在她沉浸在自己这段辛酸、悲痛的往事之中时，想到他再也用不着承受人间的一切哀愁了，便从这种思绪中得到了些许安慰。"

"老兄，你说的这些话让我有点儿摸不着头脑。我或多或少明白你的意思了。"

乔治·佩里格林郁郁寡欢地盯着办公桌上的墨水台。他一时说不出话来，律师以好奇而又同情的目光打量着他。

"你有没有意识到，无论她有多苦闷，她都从不让自己的心迹流露出来，她得有多大的气魄才能做到这样啊？"他温和地说道。

佩里格林上校叹了口气。

"我现在已经心灰意冷了。我估计你说得没错，对无法挽回的事情哭也没用，如果我还这么小题大做，只会把事情搞得更加糟糕。"

"所以？"

乔治·佩里格林惨淡地笑了笑。

"我接受你的劝告。我就等闲视之吧。由他们把我当成一个该死的大傻瓜好了,让他们见鬼去吧。说实话,如果没有艾薇,我也不知道该怎么办。不过,我跟你说,有一点我到临死的那天恐怕都想不通:那家伙到底看上她什么了?"

(吴建国 译)

凑满一打[1]

我喜欢埃尔索姆。那是坐落在英格兰南部的一个海滨度假胜地，离布莱顿[2]不算太远，那个宜人的小镇颇有点儿乔治国王[3]时代晚期的魅力。不过，这个地方既不喧闹，也不俗艳。十年前，我经常动不动就去那儿，你依然时不时就会看到一幢古老的房屋，很坚固，而且虚于其表，但格调并不令人讨厌（就像一个名门出身的贵妇人，纵然穷困潦倒，但其血统中带有的那种谨慎的骄傲只会让你觉得好笑，而不会冒犯你），它们都是"欧洲第一绅士"[4]统治时期建造的，一个家道中落的侍臣不妨可以在这里安度晚年。主干街上弥漫着懒洋洋的气息，医生开的汽车似乎有些不合时宜。主妇们悠闲自得地做着家务。屠夫挥动着手臂从南丘羊[5]身上砍下

---

[1] 首次发表于1924年，收录于1931年出版的短篇小说集《六个用第一人称单数写的故事》(*Six Stories Written in the First Person Singular*)。
[2] 布莱顿（Brighton），英格兰南部海滨城市，标志性建筑是英皇阁（Royal Pavilion），布莱顿以其密布鹅卵石的海滩而著称。
[3] 即乔治四世（George IV, 1762—1830），英国汉诺威王朝国王，乔治三世长子，威廉四世的同母兄，平生沉醉奢华生活。
[4] 此为乔治四世的支持者给他的雅称（the First Gentleman in Europe），赞赏他衣着雅致、举止高贵；但是，作为君主，他骄奢无度的生活与这个名号正好成为对照。
[5] 南丘羊（South Down），短毛型肉用绵羊品种。因原产于英格兰东南部丘陵地区而得名，原名叫丘陵羊。18世纪后期育成，是英国最古老的绵羊品种。

脖子根部最好的肉，主妇们一边望着他，一边和他闲聊，她们也会亲切地问候杂货店老板的妻子，一边等着他把半磅茶叶外加一袋盐放进她们的购物网袋。我不知道埃尔索姆过去是否也称得上一个时髦的地方；我去的那个时候肯定不是了；但是，这个地方体面，性价比也高。住在那里的人通常是一些未出嫁或者寡居的老妇人，还有从印度来的平民，以及退伍的士兵，他们既期待八九月份的天气，同时又有些惧怕八月和九月前来度假的人流；不过嫌弃归嫌弃，他们乐意让游客们在自家屋子里借宿，收了房租就可以到瑞士的某个膳宿公寓过几周尘世间的快乐时光。我从来没有见识过那个繁忙时期的埃尔索姆，听说那个时候所有出租房都住满了，穿着夹克衫的年轻人在海岸边漫步，白面小丑在沙滩边上表演，一直到晚上十一点，你都能听到从海豚旅馆的台球房里传来的台球的碰击声。我只见识过冬天的埃尔索姆。靠海的每一栋房子，都是一百年前建造的，刷着粉饰灰泥，装着拱形窗棂，每一幢都张贴着出租告示；海豚旅馆只有一个服务生和跑腿的门童负责接待各方宾客。每天晚上十点一到，门童就会进入吸烟室，看着你，什么都不说，让你不得不起身回房休息。埃尔索姆是个休闲的地方，海豚旅馆也是个令人惬意的地方。想到摄政王①多次带着菲茨尔伯特夫人一路开过来，在旅馆的咖啡厅里喝茶，倒也让人遐想连连。大厅里挂着装裱起来的萨克雷②先生的一封信，上面写着他要一间有一个客厅两个卧室的套房，面朝海景，还要求必须派一辆马车到车站去接他。

有一年的十一月里，是战后第二年还是第三年吧，由于突然患上

---

① 摄政王（Prince Regent），指的是乔治四世在其父王乔治三世罹患精神病无法执政而兼任摄政王；菲茨尔伯特夫人是他多年的情妇，俩人曾秘密结婚。
② 萨克雷（全名：William Makepeace Thackeray，1811—1863），英国小说家，作品多讽刺上层社会，主要作品有长篇小说《名利场》和《彭登尼斯》。

了严重的流感,我去埃尔索姆调养身子。下午到达之后,我放好行李,便到海边去走走。天色阴沉,平静的海面呈现出一派灰色,天气寒冷。几只海鸥在贴着岸边飞翔。因为是冬天,帆船的船桅都收起来了,在布满沙砾的沙滩上高高挂起,一间间淋浴房排成了一条长龙,灰色的墙面,显得很破旧。市镇委员会到处投放了一些长椅,但是现在都空着,附近有几个人拖着沉重的步伐在来回走动着,是在锻炼身体。我一路走来,看到了一位上了年纪的上校,长着红鼻头,穿着宽大的运动裤,在大踏步地走着,后面跟着一条猎狗,看到了两位老妇人,穿着短裙,脚上穿着结实的鞋子,还有一位相貌平平的姑娘,戴着苏格兰式的无檐圆帽。我从来没见过这么荒凉的海滩。出租房看上去像浑身透湿、邋遢不堪的老处女,在等待着那个永远不会回来的爱人,甚至连以往宾客盈门的海豚旅馆都好像有些破败荒凉。我的心顿时沉了下来。生活似乎突然间变得索然无味了。回到旅馆,拉开客厅的窗帘,我点上炉火,拿起一本书,想用读书来驱散阴郁的心情。到了该换衣服去吃晚餐的时候,我的心情确实开朗了一些。走进咖啡厅,发现旅馆的客人都已落座就餐了。我随意瞟了他们一眼。只见有一位中年女士独自坐着,有两位老先生,也许是高尔夫球手吧,红红的脸颊,秃顶的脑门,在郁郁寡欢地吃着饭。房间里的其余三个人则坐在拱形窗边,我立马被他们吸引住了。那是一位老先生和两位女士,其中一个年纪大了,大概是他的老婆,另一个年轻一些,也许是他的女儿吧。起先是这位老夫人引发了我的好奇。她穿着肥大的黑丝裙,戴着黑色的蕾丝帽;手腕上戴着沉甸甸的金镯子,脖子上挂着大金链,上面吊着一个大金坠;领口处别着一枚大金胸针。我不知道如今还有谁会戴那种珠宝。我经常路过二手珠宝店和当铺,我会停留一会儿,微笑着打量这些奇怪、老式的物件,牢固、昂贵、模样丑陋,想到佩戴这些首饰的女子早已不在人世了,笑容里又添上了几分哀愁。这些物件告诉了人们，衬垫、荷叶边是在什么时候取代了裙撑，平顶卷边帽是在什么时候取代了宽檐帽的。那时候，英国人喜欢牢固的好东西。他们周日早上去教堂做礼拜，结束后去公园散步。他们的家宴上会准备十二道菜肴，由主人来切牛肉和鸡肉，餐后，会弹钢琴的女士会向在场宾客献上一曲门德尔松[1]的《无词歌》[2]来助兴，擅长中音的男士会唱上一曲古老的英国民谣。

年纪轻的那位女士背对着我，起初，我只能看到她那苗条、年轻的身姿。一头浓密的棕色头发，似乎是精心打理过的。她穿着灰色的裙子。他们三个人坐在那儿，在窃窃私语地聊天，此刻，她转过头来，我看到了她的容貌。惊为天人。鼻子坚挺、小巧，脸部线条分明；这时我才看到，她梳着亚历山德拉皇后[3]的发型。晚餐快要结束了，仨人站起来，离开了餐桌。老妇人翩然走出房间，目光直视着前方，丝毫没有左顾右盼，年轻的那位跟着她。看到她原来也上年纪了，我大吃一惊。她穿的裙子极其简单，裙摆长度比当时的款式稍长，而且剪裁上有点儿过时，收腰比常见的款式更加明显，但这仍是一条女孩子穿的裙子。她个头高挑，颇像丁尼生[4]笔下的女主角，身材纤细，两腿修长，走路姿态优雅。我之前见过那样的鼻子，希腊女神才有这样的鼻子，她还有美丽的嘴巴，有一双又大又蓝的眼睛。皮肤已经算不上特别紧实了，额头和眼睛周围有几道细细的皱纹，但

---

[1] 门德尔松（全名：雅科布·路德维希·费利克斯·门德尔松·巴托尔迪，Jakob Ludwig Felix Mendelssohn Bartholdy，1809—1847），德国犹太裔作曲家、德国浪漫乐派最具代表性的人物之一，被誉为浪漫主义杰出的"抒情风景画大师"，作品以精美、优雅、华丽著称。
[2] 《无词歌》(Lieder ohne Worte)，门德尔松的钢琴小品系列，创作于1829年至1845年间，具有极大的音乐价值，在19世纪极受欢迎。
[3] 亚历山德拉皇后（Alexandra of Denmark，1844—1925），是俄罗斯帝国最后一位沙皇尼古拉二世的皇后。
[4] 丁尼生（全名：阿尔弗雷德·丁尼生，Alfred Lord Tennyson，1809—1892），是英国维多利亚时代最受欢迎及最具特色的诗人。他的诗歌准确地反映了他那个时代占主导地位的看法及兴趣，这是任何时代的英国诗人都无法比拟的。代表作品为组诗《悼念》。

是年轻的时候,她的皮肤肯定光彩动人。她让你想起了阿尔玛-塔德玛①所画的五官匀称、精致的罗马美人,虽然她们身着复古的裙子,却依然固执地表露出自己的英伦特色来。这是过去二十五年来我没有见过的完美,带着冷冷清清的感觉。这就如同隽语这种体裁一样,已经死寂消亡。我就像一个考古学家,发现了埋藏已久的雕像,无意中发现过去的时代是这样留存下来的,我感到无比兴奋。消亡最为彻底的,往往只是昨日。

两位女士离开时,那位老先生也站了起来,现在他又回到座位上了。一个服务员给他拿来一杯浓波特酒。他先闻了闻,小口抿着,然后在舌上细细品味了一会儿再咽下去。我仔细地观察了他好一会儿。他个头矮小,比他那位身形高大的妻子要矮得多,身子肥胖不结实,有一头灰白的鬈发。他脸上布满了皱纹,带着有点儿滑稽的表情。他双唇紧闭,脸颊方正。照现在的观念来看,他的着装未免有些太过花哨:穿着黑色天鹅绒夹克,低领的褶边衬衫,系着宽条的黑色领带,还有极其宽大的晚宴西裤。你仿佛觉得,他穿的是一套戏装。他不慌不忙地喝完了那杯波尔多红酒,站起身来,慢慢走出了餐厅。

我很好奇,想知道这些人是谁,穿过大厅的时候,我瞥了一眼访客本。我看到他们三个人的名字是一种女性化的字体写上去的,这大概是四十年前曾经风行一时的学校里教给年轻女子一种有棱有角的写法,他们的名字是:艾德温·圣克莱尔夫妇,以及波切斯特小姐。他们的地址是:伦敦市贝斯沃特区伦斯特广场68号。这些名字和地址肯定是那三个让我饶有兴趣的人的。我问了女经理谁是圣克莱尔先生,她告诉我说,他是本城的大人物。随后,我走进台球房,打了一

---

① 阿尔玛-塔德玛(Alma-Tadema Lawrence,1836—1912),受封为劳伦斯爵士(Sir Lawrence),荷兰裔英国画家。作品描绘田园史诗,多取材于希腊和罗马古迹。

会儿台球,然后上楼,经过了休息室。先前见到的那两位红脸的绅士正在读晚报,那位年纪大的女士手里拿着一本小说,在打瞌睡。另外那三个人则坐在角落里。圣克莱尔太太在织毛线,波切斯特小姐在忙着刺绣,而圣克莱尔先生则在朗读,虽然想尽量不打扰别人,但听上去声音还是很洪亮。我经过的时候,发现他在读《荒凉山庄》[1]。

第二天,我基本在读书、写作,但下午抽空出去走了走,回来的时候,在海边的公用椅子上坐了会儿。天气没有昨天那么冷了,空气宜人。我无事可做,看到远方有个人朝我走过来。是一个男人,走近了我才看清,是一个衣衫褴褛的家伙。他穿着单薄的黑色大衣,头上戴着一顶有点儿破旧的圆顶礼帽。他走路时双手揣口袋里,看上去有些冷。经过我身边的时候,他朝我瞥了一眼,继续向前走了几步,犹豫了一下,然后又停下脚步,转过身来。等到再次出现在我坐着的地方时,他从口袋里伸出手,摸了摸自己的帽子。我看到他戴着破破烂烂的黑色手套,估计他是个经济条件有些拮据的鳏夫。或者说,他从事的也许是殡葬行业,像我自己一样,刚刚流感痊愈,在这里静养。

"先生,打扰了,"他说道,"能借个火吗?"

"当然了。"

他坐在我旁边,我在口袋里找火柴时,他在找香烟。掏出一小盒"金叶"[2]牌香烟之后,他忽然脸色一沉。

"哎呀,哎呀,真扫兴!我的烟都抽完了。"

"我给你一支吧。"我笑着回答道。

我拿出烟盒,他自己动手拿了一支。

---

[1] 《荒凉山庄》(Bleak House),发表于 1852 年至 1853 年之间,是英国著名作家查尔斯·狄更斯(1812—1870)最长的作品之一,它以错综复杂的情节揭露英国法律制度和司法机构的黑暗。
[2] 金叶(Gold Flake)为印度帝国烟草公司生产的一种香烟。20 世纪初在印度非常流行,出口至英国、爱尔兰、加拿大等国。

"黄金的?"他问道,我合上烟盒的时候,他拍了拍烟盒,"是黄金的吧?这种东西我向来留不住。我之前有过三个。都让人偷了。"

他的目光落在自己的靴子上,神情颇有些惆怅,那双靴子急需修补。他是个身材干瘪、瘦小的家伙,鼻子又长又窄,淡蓝色的眼睛。他的皮肤蜡黄,脸上皱纹密布。我说不上他有多大岁数;他可能是三十五岁,也可能已经六十岁了。他身上没有什么突出的特点,除了他那无足轻重的模样。但是,虽说很明显,他是个穷苦人,但他显得整洁、干净。他值得别人尊重,也很在意自己的社会地位。不对,我觉得他不是一个专门从事殡葬行业的人,我想,他也许是某个律师事务所的职员,最近刚刚安葬了自己的亡妻,是体恤下情的老板送他到埃尔索姆来的,好让他熬过丧妻之痛的头一波打击。

"先生,你在这儿要待很久吗?"他问我。

"十天或者两个星期吧。"

"先生,这是你第一次来埃尔索姆吗?"

"我以前来过。"

"先生,我很了解这里。我可以很自豪地说,这世上没有几个海边度假地是我没有去过的,我时常隔三岔五地去这些地方。埃尔索姆可谓天下难寻啊,先生。你会发现,这个地方的人与众不同,都很有修养。埃尔索姆既不热闹,也不俗气,但愿你懂我的意思。先生,埃尔索姆给我留下了许多非常美好的回忆。想当初,我对埃尔索姆可熟悉了。我是在圣马丁大教堂结婚的,先生。"

"是吗?"我有气无力地说。

"先生,那可是一段非常幸福的婚姻啊。"

"我很高兴听你这么说。"我回答道。

"九个月,那场婚姻持续了九个月。"他若有所思地说。

这话谅必有点儿出奇。我并没有满怀热情地翘首期盼他下一步可能要说些什么,因为我已经十分清楚地预见到,他准会毫不吝啬地向我倾诉他的婚姻经历,不过,我这会儿还是在耐心等待着,即使算不上心情迫切,至少也算怀着一份好奇心,目的是为了再增长点儿见闻。他不为所动。他只是轻轻叹息了一声。熬到最后,我打破了沉默。

"周围好像没有多少人嘛。"我说道。

"我喜欢这样。我可不是个喜欢凑热闹的人。我刚才还在说呢,依我看,我已经在一个又一个海滨度假胜地消磨过好多年了,但我从来不在旅游旺季去。冬天才是我喜欢的季节。"

"你不觉得这里的冬天有点儿凄凉吗?"

他转向我,把一只戴着黑手套的手搭在我的胳膊上。

"确实凄凉。但是,正因为凄凉,稍有一缕阳光就特别招人喜欢。"

这话在我听来似乎纯属无稽之谈,我便没去搭腔。他把那只手从我的胳膊上抽了回去,随即站起身来。

"得啦,我不能再这样没完没了地烦你了,先生。很高兴能认识你。"

他彬彬有礼地摘下他那顶脏兮兮的帽子向我致意,然后便信步走开。此时,天有些阴冷起来,我得回旅馆了。我走上宽阔的台阶时,一辆活顶双排座的四轮马车跟了上来,拉车的两匹马瘦得皮包骨,从车里下来的人是圣克莱尔先生。他戴着的那顶帽子,看着就像圆顶礼帽和高顶礼帽两者很不和谐地糅合在一起的产物。他伸出手去扶太太,接着再去扶自己的外甥女。门童在他们身后拿地毯和垫子走进了旅馆。圣克莱尔先生付钱给车夫的时候,我听到他在吩咐对方第二天老时间来,我马上就知道了,他们每天下午都会坐马车外出兜风。如果有谁告诉我说,他们三个都没有坐过汽车,我一点都不会惊讶。

女经理对我说，他们平时喜欢独处，不会主动和旅馆里的其他住客打交道。我信马由缰地展开了自己的想象力。每天三餐我都在观察他们。我看到，圣克莱尔夫妇俩每天早晨都会坐在旅馆门前的台阶顶上，圣克莱尔先生在看《泰晤士报》，圣克莱尔太太在织毛线。我估计，圣克莱尔太太这辈子压根儿就没读过一份报纸，因为他们向来只带着《泰晤士报》，从没见过他们带着别的报纸，而圣克莱尔先生每天带着去城里的当然也是这份报纸。大概在十二点的时候，波切斯特小姐会加入他们。

"埃莉诺，你享受到散步的好处了吧？"圣克莱尔太太问道。

"格特鲁德阿姨，散步确实非常好。"波切斯特小姐答道。

我也明白了，就像圣克莱尔太太每天下午要去兜风一样，波切斯特小姐每天早上都要去散步。

"亲爱的，等你把这一排毛线打完之后，"圣克莱尔先生瞥了一眼他太太手头的毛线活，说道，"我们不妨去散散步，权当在午餐前做一次健身运动。"

"那就太好啦。"圣克莱尔太太回答道。她折叠起手头的活儿，把它交给了波切斯特小姐。"埃莉诺，如果你上楼去的话，顺便把我的毛线活带上去，好吗？"

"当然啦，格特鲁德阿姨。"

"亲爱的，我想，散了步之后，你大概有点儿累了吧。"

"用午餐前，我想先休息一会儿。"

波切斯特小姐走进了旅馆，而圣克莱尔夫妇则沿着海边慢慢向前走去，俩人肩并肩地走到了一个特定的地点，然后又慢悠悠地走了回来。

每当在楼梯上遇到他们其中某一个人时，我都会鞠躬致意，也会收到对方回敬我的彬彬有礼的鞠躬，脸上却没有笑容。有天早上，我冒昧地说了一句"日安",不料,这句问候语当即就此结束了。如此看来,我似乎无缘与他们当中的任何一个人说话了。但是现在,我感觉圣克莱尔先生时不时就会朝我瞥上一眼,我估计他可能听到过我的名字,于是,我就遐想着,也许是枉费心机的遐想吧,他是怀着好奇心在打量我。过了一两天之后,我正好坐在自己的房间里,那个门童忽然闯进屋来,给我带来了一个口信。

"圣克莱尔先生向您问好,并且请问您能否把《惠特克年鉴》①借给他看看?"

我吃了一惊。

"他怎么会想到我有《惠特克年鉴》?"

"哎呀,先生,女经理告诉过他了,你是写书的。"

我还是不明白这其中的关联。

"告诉圣克莱尔先生,非常抱歉,《惠特克年鉴》我一本也没有,假如我有这本书的话,我倒很乐意借给他。"

瞧,我的机会来了。直到现在,我才满怀着迫切的心情,想得寸进尺地去详细了解这几个天方夜谭式的人物。从前时不时地待在亚洲的核心地区时,我经常会遇见某一个孤零零的部落,他们生活在一个小村子里,周围都是格格不入的异族人口。没有人知道他们是怎么过来的,为什么偏偏在那个地点定居下来。他们过自己的日子,说自己的语言,与附近相邻的部落没有任何交往。没有人知道他们是不是自己的民族在浩浩荡荡地横扫这片大陆时留下的某一支部队的后裔,抑或是曾经在该地区建立过帝国的某些伟人的后代,这些后人已经所剩无几,在那里苟延残喘地活着。他们充满了神秘。他们没有未来,也

---

① 《惠特克年鉴》(*Whitaker's Almanack*),1868年起在英国出版的大型年鉴,主要收集英国各类统计、讯息和综述。

没有历史。在我看来,眼前这个奇怪的小家庭似乎也具有同样的特征。他们所具有的特点,是一个早已逝去、不复存在的时代的特点。他们不禁使我想起了父辈们爱读的那些休闲、老派小说里的人物。他们属于八十年代,而且自那以来就没有前进过一步。他们居然也经历了最近这四十年,仿佛这个世界已经停滞不前了一样,真是太奇葩了!他们使我回到了我的童年,使我回想起了那些逝去多年的人。我很疑惑,不知这是不是纯属年代造成的距离感,这才使我感到,他们比生活在当今世界的任何人都要怪诞。如果当年有人被形容为"真是个怪人",老天爷作证,那可是意有所指的。

所以,那天晚上,用过晚餐后,我就走进休息室,大胆地跟圣克莱尔先生说话了:

"抱歉,我没有《惠特克年鉴》,"我说道,"不过,如果我有什么书籍你能派上用场,我很乐意借给你。"

圣克莱尔先生显然吓了一跳。那两位女士的眼睛都盯着自己手头的活儿。全场一片寂静,人人都尴尬地愣住了。

"没关系,不过,那位女经理的确告诉我说,你是个小说家。"

我绞尽脑汁地思索着。我的职业与《惠特克年鉴》之间似乎显然存在某种关联,可我怎么也想不起来。

"想当年,我和特罗洛普①先生经常在伦斯特广场共进晚餐,记得他说过这样的话,对于小说家来说,最有用的两本书是《圣经》和《惠特克年鉴》。"

"我看到了,萨克雷曾经在这家旅馆住过。"我说道,心里很着急,不想让这场交谈半途而废。

---

① 特罗洛普(全名:安东尼·特罗洛普,Trollope Anthony,1815—1882),英国作家,代表作品《巴彻斯特养老院》。

"我一向不大喜欢萨克雷先生，尽管他和我已故的岳父萨金特·桑德斯先生不止一次地共进过晚餐。对我来说，萨克雷的作品太愤世嫉俗了。我外甥女直到今天也没有读过《名利场》。"

波切斯特小姐一听见提到了自己，顿时有点儿脸红了。这时，一个服务员端上了咖啡，圣克莱尔太太转向她的丈夫。

"亲爱的，也许这位先生肯赏脸，愿意陪我们一起喝咖啡呢。"

这话虽然不是直接对我说的，我还是立即答应了：

"非常感谢。"

我坐了下来。

"特罗洛普先生一直是我喜爱的小说家，"圣克莱尔先生说道，"他是一个纯粹的绅士。我钦佩查尔斯·狄更斯。但是查尔斯·狄更斯的笔下永远也描绘不出一位栩栩如生的绅士。据我了解，现在的年轻人认为，特罗洛普的作品节奏有点儿过于缓慢。我的外甥女波切斯特小姐更喜欢威廉·布莱克①的小说。"

"可惜我还没读过他的书。"我说道。

"噢，我明白了，你跟我一样；你也跟不上潮流啊。有一次，我外甥女要说服我去看罗达·布劳顿②的一部小说，但我还没看到一百页，就再也看不下去了。"

"艾德温姨夫，我没说我喜欢那本书，"波切斯特小姐自我解嘲地说道，脸又红了，"我只是跟您说了，这本书的内容很放荡，可是，人人都在谈论这本书。"

"埃莉诺，我相信这不是你格特鲁德阿姨想要你读的书。"

---

① 威廉·布莱克（William Black，1841—1898），英国第一位重要的浪漫主义诗人、版画家，英国文学史上最重要的伟大诗人之一。主要诗作有诗集《纯真之歌》《经验之歌》等。
② 罗达·布劳顿（Rhoda Broughton，1840—1920），威尔士小说家、短篇小说家。故事以耸人听闻和敢于描绘女性欲望著称，被称为"流动书摊女王"。

"我记得布劳顿小姐有一次跟我说,她年轻的时候,人们说她的书内容很露骨,等她年纪大了,他们又说她的书过于平淡,这就很难办了,因为她四十年来写的完全是同一种类型的书啊。"

"哦,你了解布劳顿小姐吗?"波切斯特小姐问道,这是她第一次和我说话,"太有趣了!那你认识奥维达[①]吗?"

"亲爱的埃莉诺,你接下来还要说什么啊!我敢肯定,你从来就没有读过奥维达的作品。"

"艾德温姨夫,可我确实读过呀。我看过她写的《两面旗帜之下》,我非常喜欢这本书。"

"你倒让我不得不刮目相看了。我真不知道如今的女孩子都成什么样了。"

"您一直说,等我到了三十岁,就给我绝对的自由,允许我想看什么就看什么。"

"亲爱的埃莉诺,自由和放肆是有区别的。"圣克莱尔先生说道,微微笑了笑,目的是为了不让自己的责备显得过于唐突,但还是带着几分严肃。

我至今也不清楚,在如此这般地详细描述这场交谈时,我是否已经准确表达出了我当时的感受,那场交谈确实具有一种令人痴迷的老派的气氛。我完全可以通宵达旦地听他们谈论十九世纪八十年代期间尚属年轻的一代人的腐化堕落行为。要是能看上一眼他们在莱茵斯特广场的那座洋洋大观、室内非常宽敞的豪宅,付出再大代价我都愿意。我应该能认得出客厅里铺着红色织锦的成套家具,每一件都笔直

[①] 奥维达(Quida,1839—1908),英国维多利亚时代的著名女作家。奥维达是一个多产的女作家,从1863年出版第一部小说起,陆续出版过四十多部小说和散文集。后文提到的《两面旗帜之下》(*Under Two Flags*, 1867)是她的作品之一。

地竖立在指定的位置;那些陈列柜个个都摆满了德累斯顿①瓷器,会让我不由自主地回想起我的童年。他们通常都坐在餐厅里,因为客厅只用来举办各类聚会,餐厅里有一块土耳其地毯,有一个巨大的红木餐具柜,由于装了太多的银器而"不堪重负"。墙上的画作肯定会在十九世纪八十年代的学院派中备受亨弗莉·沃德夫人②和她叔叔马修的青睐。

第二天早上,我漫步穿过埃尔索姆后面的一条漂亮的街道时,正巧见到了波切斯特小姐,她在散步。我本来可以和她一起走一段的,但是五十岁的小姐和我这样年龄的男人独自走在一起,肯定会让她尴尬。我路过的时候,她向我鞠躬,脸红了。奇怪的是,在她后面几码的地方,我忽然看见了那个滑稽可笑、衣衫褴褛的小个子男人,戴着黑手套,就是之前在海滩上和我说过几分钟话的人。他摸了摸自己那顶破旧的圆礼帽。

"请问,先生,可不可以请你帮个忙,借给我一根火柴?"他说道。

"当然可以,"我反唇相讥地回答道,"不过,我恐怕没有带香烟啊。"

"让我请你抽一支我的烟吧。"他一边说,一边掏出自己的纸质烟盒。那是只空烟盒。"哎呀,哎呀,我也一支不剩了。多么奇怪的巧合啊!"

他继续向前走去,我总觉得他稍许加快了步伐。我马上对他产生了疑虑。但愿他不会去打扰波切斯特小姐。过了一会儿,我心里想着

---

① 德累斯顿(Dresden),在德国是"文化的代言词",德国十大主要城市之一,以生产瓷器出名。
② 亨弗莉·沃德(Humphery Ward,1851—1920),英国小说家,她的叔叔即为诗人、评论家马修·阿诺德(Matthew Arnold,1822—1888)。

要折回头赶上去,但我并没有真这样做。他是个文明的小男人,我就不信他会自讨没趣地去骚扰一个单身女子。

就在当天下午,我又看到他了。我当时一直坐在海滨人行道上。他迈着小步,期期艾艾地朝我走来。那时好像有点儿风,他看上去就像被风儿吹过来的一片枯叶。这回他没有犹豫,而是直接在我身边坐了下来。

"先生,我们又见面了。这个世界真是个小地方。如果这样做不会使你感到不便的话,不妨请你允许我休息几分钟吧。我稍许有点儿累了。"

"这是一条公用长凳,我有权坐在这里,你当然也同样有权坐在这里。"

我没有等他开口向我借火柴,就立马给了他一支烟。

"先生,那就太谢谢你啦!我不得不限定自己,一天不能抽那么多烟,但是,我能享受到抽那几支烟的快乐。人年纪越大,生活的乐趣就越少,不过,我的经验是,人反而可以更加尽情地去享受那些所剩无几的乐趣。"

"这倒是个非常令人宽慰的说法。"

"请问,先生,你就是那位著名作家吧,不知我这样想对不对?"

"我确实是一位作家,"我回答道,"可是,你凭什么会这样想呢?"

"我在画报上看见过你的照片。我估计,你认不出我了吧?"

我又朝他看了看,一个骨瘦如柴、个头矮小的男人,穿着一身整洁、破旧的黑色衣服,长鼻子,一双水汪汪的蓝眼睛。

"不好意思,没认出来。"

"我想,我已经今非昔比啦,"他感慨地说,"曾几何时,我的照片登载在联合王国的每一家报纸上。当然,那些报社的摄影师拍的照片从来就不像你本人。先生,我这么跟你说吧,要不是我看到照片下面有我的名字,我怎么也猜不出来有些照片就是针对我拍的。"

他沉默了一会儿。退潮了,铺满砂砾的海滩的另一边是一溜黄泥。防波堤半埋在其中,宛如史前巨兽的脊梁骨。

"先生,当一名作家肯定是一件极其有趣的事吧。我时常认为,我自己很有写作的天分。我前前后后读了大量的书。我最近没再坚持多读书了。其中一个原因是,我眼睛不如从前那么好了。我相信,如果试一试,我也可以写出一本书来。"

"人们常说,无论什么人都可以写出一本书来。"我回答道。

"写不出一部小说吧,你知道的。我就是个不太喜欢小说的人,我更喜欢历史之类的书。不过,回忆录另当别论。如果有人肯出这笔钱,我倒愿意写一写我的回忆录。"

"写回忆录当下非常时髦。"

"这世上像我这样正反两方面的阅历都很丰富的人并不多。关于这一点,我的确给一家星期天发行的报纸写过信,没想到,他们根本没回我的信。"

他朝我意味深长、评头品足地审视了一番。瞧他那种十分正派的样子,总不至于会开口向我讨要半个克朗吧。

"当然,你还不知道我是谁吧,先生,对不对?"

"我还真不知道。"

他仿佛在动脑筋思索了一会儿,接着又抚弄着他那副黑手套手指上的几处褶皱,盯着其中的一个破洞看了一会儿,然后才转过身来面对着我,脸上不无羞赧的表情。

"我就是那个大名鼎鼎的莫蒂默·埃利斯啊。"他说道。

"哦?"

我不知道还会冒出什么惊人的话来,因为就我所知,到目前为

75

止，我还从来没有听到过这个名字。看到他的脸上浮现出失望之色，我也感到颇有点儿尴尬。

"莫蒂默·埃利斯，"他重复了一遍，"你总不会当着我的面说你不知道吧。"

"不好意思，我确实不知道。我大多数时间都不在英国。"

我有些纳闷，不知他的名气究竟从何而来。我把各种各样的可能性在脑海中梳理了一遍。他绝对不可能是一名运动员，因为在英国，唯独只有当运动员的人能真正出名，但他说不定是一名信仰治疗师①，或者是一名台球冠军呢。当然，最默默无闻的人莫过于一名下台的内阁大臣，而他也可能是某一届已经倒台的政府里的贸易委员会主席。但他根本就没有一名政治家应有的派头。

"你的名声就是这么来的，"他愤愤不平地说道，"哼，我以前常常一连好几个星期都是英国最受热议的人。你再看看我。你肯定在报纸上见过我的照片。莫蒂默·埃利斯。"

"抱歉。"我说罢，摇了摇头。

他停顿了一下，目的是为了增强他揭开谜底时的效果。

"我就是那个大名鼎鼎的重婚犯。"

瞧，当一个几乎素不相识的人主动告知你，说他是个大名鼎鼎的重婚犯时，你该怎么回答才好？我承认，我偶尔也怀有这种虚荣心，认为自己一般情况下还不至于窘迫得想不出反驳的话来，但此时此刻，我发觉自己真的无语了。

"先生，我娶了十一个老婆。"他继续说道。

"大多数人都觉得，一个老婆就快要招架不住了。"

"哦，那是缺乏实践。等你娶了十一个老婆，你就会对女人了如

---

① 信仰治疗师（faith healer），通过信仰、祈祷等疗法给人治病的医师。

指掌了。"

"可是，你为什么娶了十一老婆之后就不再娶了呢？"

"你看看，我就知道你准会说这种话。第一眼看到你时，我就对自己说，他是个聪明人。你知道吗？先生，让我一直痛悔不迭的就是这件事。'十一'的确像是个难以解释的数字，是吧？这个数字似乎有点半途而废的意思。瞧，'三'无论什么人都能接受，'七'也不错，人家说，'九'是个幸运数字，'十'也没什么毛病。但是'十一'！让我懊悔的就是这件事。要是我能把这个数字再向上提一提，满满凑成一打，我就什么都不在乎了。"

他解开大衣纽扣，从内侧口袋里掏出一个鼓鼓囊囊、非常油腻的皮夹子。他从这只皮夹子里取出了一大叠剪报；那些剪报已经磨损得破破烂烂，布满了折痕，而且也很脏。但他还是把其中的两三张铺展开来了。

"瞧，你看看这些照片吧。我问你，这些照片像我吗？这是一种令人愤慨的侵权行为嘛。哼，光看这些照片，人家还以为我是一名罪犯呢。"

这些剪报的长度真可谓洋洋大观。从报社审稿人的角度看来，莫蒂默·埃利斯当年显然是一则很有价值的新闻。第一份的标题是：《一个频频结婚的男人》；第二份是：《没良心的无赖被绳之以法》；第三份是：《卑鄙流氓遭遇滑铁卢》。

"不是你所说的正面报道嘛。"我嘀咕道。

"我从不关心那些报纸上是怎么说的，"他答道，耸了耸他那瘦削的肩膀，"我自己就认识太多的记者，犯不着去计较这种事情。不，我要怪的是那个法官。他对我的态度十分恶劣，顺便提醒你一下，这对他也没什么好处；不到一年，他就死了。"

我迅速扫了一眼手中的报道。

"我明白了,他判了你五年徒刑。"

"依我看,这个判决简直是辱没法律的尊严,你看看这报纸上是怎么写的,"他用食指朝某一行字点了点,"'三名受害者请求法庭对他从宽处理。'这就表明了她们对我的看法嘛。可是,尽管这样,他还是判了我五年徒刑。还有,你瞧瞧,他是怎么辱骂我的,一个没良心的无赖——我吗?我可是这世上心肠最好的人——他还骂我是一个扰乱社会的害人精,一个有害于民众的危险分子。说他要是有这个权力,他恨不得用九尾鞭抽我一顿。我其实并不在乎他判了我五年徒刑,尽管我无论如何也不会说,这个判决并不算太重,但是,我问你,他有什么权利像那样教训我?不,他没有,我永远也不会原谅他,即使我活到一百岁了,我也决不原谅他。"

这名重婚犯的脸颊涨得通红,那双水汪汪的眼睛里一时间充满了怒火。这是个让他痛心疾首的话题。

"能让我看一下这些报道吗?"我问他。

"我拿出来就是让你看的。先生,我想请你好好看一看。但是,如果你看了之后,还不说我是一个被大大冤枉了的人,唉,那你就不是我原来以为的那种人。"

我把这些剪报逐一翻看了一遍之后,马上就明白了莫蒂默·埃利斯为什么对英国的海滨旅游胜地有如此广泛了解的缘由。这些地方全是他的猎艳场。他的惯用伎俩是,在旅游旺季即将结束的时候赶往某个地方,在一幢空出来的出租别墅里租下一套公寓。显然,他用不了多久就能搭识到某个这样或那样的女人、寡妇、或者老处女,我还注意到,她们当时的年龄都在三十五岁至五十岁之间。她们在证人席上陈述时,都说她们是在滨海区与他初次相识的。他通常会在第一次见面后的两周之内主动向她们求婚,而且很快就会结婚。他会用各种方式骗取她们的信任,让她们把自己的积蓄都交给他去打理,随后,不出几个月,他就会借口要去伦敦出差,从此抛下她们一去不回头。她们当中只有一个人后来又见过他一面,除此之外,她们都是被请去法庭提供证据的,都是在刑事法庭的被告席上再次见到他的。她们都是拥有一定社会地位的女性;其中有一位是一名医生的女儿,还有一位是一名神职人员的女儿;这些人里有的是出租公寓的管家,有的是常年在外四处奔波的推销商的遗孀,有的是已经退休的女装裁缝。就绝大部分人而言,她们的财产都在五百至一千英镑之间,但是,不管原来有多少钱,这些受骗上当的女人最后都被骗得一分不剩。其中有些人竟沦落到了一贫如洗的境地,她们在法庭上讲述了这些实在令人同情的经历。但是,她们都承认,他是个好丈夫。不仅有三个人当庭为他求情,希望法官放他一马,而且还有一个人在证人席说,如果他愿意回来,她随时可以重新接纳他。他注意到我正在读这篇。

"这个女人或许能跟我好好过日子,"他说道,"这一点没有任何疑问。但是,我说了,还是让过去的事情让它过去为好。我承认,没有人比我更喜欢吃羊羔脖子上最鲜嫩的那块肉,不过,我可不太喜欢吃冷了的烤羊肉。"

莫蒂默·埃利斯没有娶上第十二位老婆,因而也没实现他凑成满满一打的愿望,这一点纯属意外,我明白,凑足满满一打才符合他喜欢对称美的心意。原因是,他已经与一位哈伯特小姐订了婚,马上要去做人家的上门女婿了——他向我推心置腹地说:"她有两千英镑呢,算有钱了吧,都投放在战时公债[①]里。"——大家都看到他的结婚公告了,偏偏就在这时,他的那些前妻中有一位突然撞见了他,询问了一番之后,便向警方报了案。就在他的第十二次婚礼即将举行的前一天,他被逮捕了。

---

① 战时公债(war-loan),英国政府在战争时期发行的债券,主要为筹集作战资金。

"她是个坏女人,就是坏,"他跟我说,"她欺骗了我,有点故意伤人的味道。"

"她是怎么骗你的?"

"唔,我是在伊斯特本①与她邂逅相遇的,那是有一年的十二月份吧,在码头上见面的;在交谈的过程中,她告诉我说,她一直是从事女帽生意的,已经退休了。她说,她已经积攒下了数目可观的一笔钱。她不肯确切地说这笔钱究竟有多少,但是,她的话让我觉得,这笔钱大约在一千五百英镑左右。可是,等我和她结婚的时候,你相信吗?她连三百英镑都没有。就是她揭发我的。顺便提醒你一下,我从来没有责怪过她。有不少男人在发现自己遭人耍弄了之后,准会气得大发雷霆。我甚至都没有向她流露出我的失望之情,我一句话都没有说,就一走了之了。"

"不过,我相信,你不会不卷走那三百英镑的。"

"嗨,得啦,先生,你应该讲点儿道理才对,"他用深受委屈的腔调回答道,"你总不能指望我用这三百英镑过一辈子吧,何况我和她已经结婚几个月之后,她才说实话的。"

"原谅我冒昧地问一声,"我说,"也请你千万别以为,我这个问题含有贬低你个人魅力的意思,但是——她们为什么要嫁给你呢?"

"因为我向她们求婚了呀。"他答道,显然对我这的询问大为惊讶。

"可是,难道你从来就没有被拒绝过吗?"

"很少。在我的整个生涯中不会超过四到五次。当然,对我物色的人选没有十足的把握,我也不会求婚,但我并不是说,我有时候也

---

① 伊斯特本(Eastbourne),英国英格兰东南区域东萨塞克斯郡最大的镇,是著名的海滨度假胜地。

抽不到中奖的彩票。你总不能指望每次都能一拍即合吧,但愿你明白我这话的意思,我经常浪费好几个星期的时间向一个女人献殷勤,结果却发现无利可图。"

一时间,我不由自主地陷入了沉思之中。不过,我很快就注意到,我这位朋友表情多变的脸上绽开了无所顾忌的笑容。

"我明白你的意思,"他说,"是我这副模样让你大惑不解的吧。你很难说得清她们到底看中了我哪一点。这是小说、电影看得太多造成的结果。你会觉得,女人想要的是那种牛仔类型的男人,或者是富有老派的西班牙情调的男人,炯炯有神的眼睛,橄榄色的皮肤,舞姿潇洒动人。你弄得我要开怀大笑了。"

"那就好极了。"我说道。

"先生,你是一个结过婚的男人吗?"

"我是。不过,我只有一个老婆。"

"凭这一点,你就做不了什么评判。你没法根据单单一个例子来归纳出具有普遍性的结论,但愿你明白我的意思。现在我来问你吧,假如你只养了一条斗牛犬,除此之外,什么狗都没养过,你对狗会了解多少呢?"

这句问话是用来增强效果的,我心里有底,不需要我来回答。为了加深印象,他特意停顿了一会儿,然后才接着往下说。

"你错了,先生。你大错特错了。她们也许会一时兴起,喜欢上了某个好看的小伙子,但她们并不想嫁给他。她们其实不注重外貌。

"道格拉斯·杰罗尔德[1]这个人虽然很有才气,但长得也很丑陋,他从前就经常说,如果给他十分钟,让他马上和一个女人相处,他可以让室内最英俊的男子灰溜溜地走掉。

---

[1] 道格拉斯·杰罗尔德(Douglas Jerrold,1803—1857),英国剧作家、作家。

"她们需要的不是才气。她们不需要一个懂幽默会逗乐的男人;她们觉得这样的男人不正经。她们不需要一个长得太英俊的男人;她们认为这样的男人也靠不住。这就是她们想要的,她们需要的是一个处事持重的男人。安全第一嘛。然后——是要关注她们。我可能不够英俊,我也不够风趣,但是,相信我,我拥有每个女人都想要的东西——稳重。证据就是,我让我的每一个老婆都觉得很幸福。

"有三个女人当庭为你求情,还有一个愿意重新接纳你,当然靠的是你的优点。

"你不知道,我坐牢的时候有多么焦虑。我满以为在我刑满释放的时候,她一定会在监狱门口等着我,所以,我对典狱长说:'先生,看在上帝的分上,把我偷偷带出去,别让人看见我。'"

他又在抚弄着仍旧戴在他手上的那副手套,目光再一次落在食指部位的那个破洞上。

"先生,这就是住在寄宿公寓里带来的结果。要是没有女人来照顾,一个男人怎么能把自己收拾得干干净净、整整齐齐呢?我结了那么多次婚,所以,如果没有老婆,我是没法过下去的。世上就有一些男人不喜欢结婚。我对这些人无法理解。事实说明,如果你不肯用心去经营,你就不可能真正把一件事情做好,而我就喜欢做一名已婚男人。那些能讨女人欢心的小事情,有些男人嫌麻烦,不愿去做,对我来说却是小菜一碟。正如我刚才所说的,女人要的就是关注。我每次离开家的时候都会给我妻子一个亲吻,回来时,我一进屋就再给她一个吻。我很少两手空空地回家,总要给她带几块巧克力或者几束鲜花。在这方面花钱,我向来不吝啬。"

"不管怎么说,反正你花的是她的钱。"我插了一句。

"是又怎么样?你为买礼物付出的这点儿钱算不了什么,重要的是你投入在其中的这份心意。这才是与女人相处的关键所在。不,我不是一个喜欢自吹自擂的人,但是,我得为自己说句话,我是一名好丈夫。"

我手里依然还拿着关于那场审判的一些报道,便漫不经心地翻了翻。

"我来告诉你,真正让我感到惊讶的是什么吧,"我说,"所有这些女人都是很受人敬重的人,都是有一定年纪、性格文静、举止得体的人。但是,她们与你相识了短短几天之后,也没有去打听一下,就贸然嫁给了你。"

他感慨万千地把一只手搭在我的胳膊上。

"啊,先生,这正是你们这些人想不通的地方。女人都怀有一种渴望出嫁的心思。不管她们有多年轻,或者有多年老,无论她们是矮个子还是高个子,是黑皮肤还是白皮肤,这些都没关系,她们都有一个共同点:她们都盼着出嫁。顺便再提醒你一下,我都是在教堂里和她们结婚的。一个女人只有在教堂里结婚,她才会真正感到安全。你说我压根儿就不是美男子,是啊,我自己从来也没有认为我是个美男子,但是,即使我只有一条腿,而且还是个驼背,我依然可以找到数不清的女人,她们都会争先恐后地抢着要嫁给我。这是她们与生俱来的一种不可理喻的狂想症。这是一种病态的嗜好。哎呀,哪怕我在第二次见面时就向她们求婚,她们几乎也没有一个人会拒绝我,我无非是想在结婚前先把我物色的对象的家底摸清楚了再表态而已。一旦事情传开了,就会有一场闹翻了天的好戏,因为我已经结过十一次婚了。十一次?啊唷,这都不是事儿,还没有凑成满满一打呢。只要我愿意,我结三十次婚也无妨。先生,我这么跟你说吧,一想到我有过那么多的机遇,我就为自己的收敛而感到惊奇。"

"你刚才告诉我说,你很喜欢读历史书籍。"

"是的,这话是沃伦·黑斯廷斯①总督说的,对不对?我读到这句话时感触很深。就像完全适合我的一副手套似的。"

"你从来就没有觉得这些一成不变的求爱套路有点儿单调乏味吗?"

"好吧,先生,我想,我有一颗很有逻辑思维能力的头脑,看到同样的动机是怎样铸成同样的效果的,每次都会给我带来无与伦比的极大快乐,但愿你明白我这话的意思。我来举个例子吧,假如遇到一个以前从来就没有结过婚的女人,我总是把自己装扮成一个鳏夫。这一招就像施展了魔法一样,非常奏效。你瞧,老处女喜欢的是那些对女人有所了解的男人。但是,和寡妇在一起时,我向来都说自己还是个单身汉:寡妇会担心之前结过婚的男人懂得太多。"

我把剪报还给了他;他把那些剪报整整齐齐地折叠起来,重新塞进了那只油腻腻的皮夹子里。

"先生,想必你也知道,我始终认为,他们对我的判决不公平。你瞧瞧他们是怎么评价我的:一个危害社会的害人精、厚颜无耻的流氓、卑鄙下流的无赖。瞧,就请你看看我吧。我问你,我像那种人吗?你了解我,你是一位很善于识别人品的行家,我把自己的所有事情都告诉你了;你认为我是一个坏人吗?"

"我与你萍水相逢,对你的了解还很肤浅。"我用我自认为相当圆通的方式回答道。

"我百思不得其解,不知道那个法官、那帮陪审团,还有那批观众,到底有没有考虑过我这一方的问题。我被带上法庭的时候,观众朝我发出了一片'呸'声,警察不得不护着我,才没有被他们暴打一顿。他们有没有人想过我为这些女人做了些什么?"

---

① 沃伦·黑斯廷斯(Warren Hastings,1732—1818),英国驻印度殖民官员。

"你拿走了她们的钱。"

"我确实拿走了她们的钱。因为人人都得生活，我同样也得生活。但是，用她们的钱作为交换，我给了她们什么呢？"

这又是一句用来增强效果的问话，虽然他看着我，仿佛在等着听回答，但我什么也没说。我确实不知道该怎么回答。这时，他抬高了嗓门，用铿锵有力的口气说起来。我看得出，他不是在开玩笑。

"我来告诉你，用她们的钱作为交换，我给了她们什么吧。我给了她们浪漫。你看看这个地方，"他做了个张得很开、有如环抱的手势，把大海和天际都囊括在内，"像这样的地方，英国有一百来处。你看看这片大海，看看那片天空，看看这些供人寄宿的房屋，看看那座码头和那片滨海区。难道这种景象不让你感到心情沉重吗？这是一派气绝已久的景象。你是因为累坏了身子，才到这里来住上一两个星期，你当然觉得很不错。可是，你想想所有那些年复一年地住在这里的女人吧。她们没有一点儿机会。她们几乎什么人都不认识。她们只有靠自己的钱来勉强度日，仅此而已。不知你是否知道她们的生活有多糟糕。她们的生活就像那片滨海区一样，顺着一条漫无止境、整齐划一、水泥铺就的步道，连绵不断地从一个海滨度假村走向另一个海滨度假村。即使在旅游旺季，她们也百无聊赖。她们已经被排斥在外了。她们还不如死了为好呢。就在这时，我出现了。顺便提醒你一下，一个女人如果大大方方地承认自己有三十五岁，我才会去接近她、巴结她。我向她们献出了我的爱。啊唷，她们当中的许多人从来还没有体验过有一个男人帮她们扣上背后的扣子是什么滋味。许多女人从来还没有经历过在茫茫夜色中坐长条椅上时，有一个男人搂着自己的腰肢是什么感觉。我给她们带来了变化和令人兴奋的东西。我赋予了她们一种前所未有的自豪感。她们之前是被搁置在货架上的过期商品，我不露声色地一路走来，从容不迫地把她们取了下来。一缕阳光照进了她们枯燥乏味的生活，我就是这缕阳光。难怪她们会欣然接受我，难怪她们想让我重新回到她们身边去。唯一告发我的人是那个做女帽生意的女人；她说自己是个寡妇，我的个人见解是，她根本就没有结过婚。你说我用卑劣的手段坑害了她们；哼，我把幸福感和醉人的美事注入了十一个女人的生命，她们根本就没想到自己还有那么一点儿东山再起的机会。你说我就是个混蛋，就是个流氓，你错了。我是一位慈善家。他们判了我五年徒刑；他们应该授予我皇家人道学会①的奖章才对。"

他掏出自己那个金叶牌的空烟盒，看了看，伤感地摇了摇头。我把我的烟盒递给他时，他毫不谦让地拿了一支，一句话都没说。我亲眼目睹了一个大男人为情所困、苦苦挣扎的情景。

"我问你，我捞到什么好处了？"过了一会儿，他又接着说起来，"无非是膳宿，外加点儿够买香烟的钱罢了。但是，我那时根本就存不下钱来，落到现在这步田地便是证据，我已经不像过去那么年轻了，而且口袋里连半个克朗都没有。"他用余光偷偷瞄了我一眼。"想不到自己竟沦落到了这种地步，对我来说，真是今非昔比、一落千丈啊。我向来都自食其力，这辈子都从来没有向朋友借过债。先生，我心里老是在犯嘀咕，不知你肯不肯答应我一个小小的请求。迫不得已地开这个口，我也觉得很丢脸，但是，事已至此，要是你肯赏给我一英镑，就是对我莫大的帮助。"

好吧，我从这位重婚犯身上获得的乐趣确实值得我付一英镑，于是，我赶紧把手伸进怀里去掏我的皮夹子。

"我非常乐意帮你这个忙。"我说道。

---

① 皇家人道学会（Royal Humane Society），创立于1774年，是一家英国官方慈善机构，创立初期的宗旨是普及急救知识、奖励急救行为，后来表彰的范围逐步放宽，奖励英帝国内拯救他人生命的见义勇为者。

他两眼直勾勾地望着我取出的那沓钞票。

"先生,我猜想,你莫非要凑成两张给我不成?"

"我想,我也许会的。"

我递给了他两张一英镑的钞票,他把钱接过去时,微微叹了一口气。

"对于一个过惯了舒适安逸的家庭生活,不知道该去哪儿投宿过夜才好的男人来说,你不知道这点儿钱意味着什么。"

"但是,有一点我希望你能如实告诉我,"我说道,"我希望你别以为我是在冷嘲热讽,不过,我认为,女人大体上都应了这句至理名言,'施予比获取更能给人以幸福感',总以为这句话完全可以用在我们这些男人身上。你是怎么说服这些值得敬重,无疑也很节俭的女人,使她们那么放心大胆地把自己的所有积蓄都委托你来打理的?"

仿佛被逗乐了似的,他那张其貌不扬的脸上竟笑开了花。

"好吧,先生,莎士比亚曾经说过,雄心过大,常致失败[1],想必你也知道这句话的意思,这就是原因。假如你对一个女人说,要是她愿意把钱交给你来运作的话,你可以在六个月之内让她的资金翻一番,她恨不得立刻就把这笔钱交给你。贪婪啊,这就是事情的根由。纯属贪婪。"

从这个可以让人消愁解闷的无赖身边回到圣克莱尔夫妇和波切斯特小姐这边,回到这个满目都是薰衣草香囊和硬裙撑的体面世界,真有一种反差强烈的快感,同时也很有刺激性,令人胃口大开(好比辣酱配冰淇淋)。我现在每天晚上都和他们相伴在一起。两位女士一离开,圣克莱尔先生就会朝我的餐桌频频示意,邀请我过去陪他喝上一

---

[1] 莎士比亚剧作《麦克白》中原句是:"Vaulting ambition, which o'erleaps itself"。

杯波尔图红葡萄酒①。喝完这杯酒之后,我们就走进那间豪华酒吧去喝咖啡。圣克莱尔先生自斟自饮地品着他那杯陈酿白兰地。我如此这般地陪他们一起度过的这段时光令人乏味到了极致,对我来说,反倒具有某种别具一格的吸引力。他们又从那位女经理口中得知,我也写过戏剧。

"亨利·欧文爵士②还在兰心剧院③的时候,我们经常去看演出,"圣克莱尔先生说道,"我曾经有幸见到过他本人。那是在埃弗拉德·米莱斯爵士④带我去嘉里克文学俱乐部⑤用晚餐的时候,他介绍我认识了欧文先生,他当时还没有封爵。"

"艾德温,跟他说说,欧文爵士跟你聊了些什么。"圣克莱尔太太说道。

圣克莱尔先生摆出一副上台演戏的架势,有模有样地模仿起了亨利·欧文,他的模仿能力真的不赖。

"'圣克莱尔先生,你有一张演员的脸,'他跟我说,'如果你真想去登台演戏,来找我吧,我给你安排一个角色。'"说完这话,圣克莱尔先生马上又恢复了他那与生俱来的风范。"这种话足以让一个年轻人高兴得神魂颠倒。"

"可你并没有神魂颠倒啊。"我说道。

---

① 波尔图红葡萄酒(port),一种原产自葡萄牙的高度数红葡萄酒。
② 亨利·欧文爵士(Sir Henry Irving, 1838—1905),英国演员和导演,1895年成为第一位受封爵士的演员。
③ 兰心剧院(Lyceum),伦敦著名剧场,始建于1765年。
④ 埃弗拉德·米莱斯爵士(Sir Everett Millais, 1829—1896),19世纪英国画家,是拉斐尔前派创始人之一。其作品题材涉猎广泛,尤以描绘浪漫历史场景和孩童为主题的作品居多,还为维多利亚王朝许多显贵画过肖像。《盲女》是其最著名的代表作。
⑤ 嘉里克文学俱乐部(Garrick Club),1831年创建,位于伦敦西区。对于英国的绅士来说,嘉里克文学俱乐部是艺术的象征,尤其与剧院息息相关。直到现在,嘉里克文学俱乐部仍然有包含了许多与歌剧以及剧院相关的手稿和文件的图书馆。

"我不否认,假如我当时身处逆境的话,我说不定就放任自己去接受这份诱惑了。但是,我得考虑自己的家族。假如我不进入家族的生意,我父亲会伤心的。"

"你们家族的生意是什么?"我问道。

"先生,我是一名经营茶叶的商人。我的公司是伦敦城里历史最悠久的一家。四十年来,我一直在全力以赴地跟我的同胞们要改喝锡兰红茶的愿望相抗争,我年轻的时候,大家喝的普遍都是中国茶,我要让他们重新喝上中国茶。"

耗费毕生的时间和精力来说服大家购买他们不想要的东西,而不是购买他们想要的东西,我想,这倒确实是他很有魅力的特点。

"但是,我丈夫在他年轻的时候,的确参与过不少业余演出,大家都认为他很机灵。"圣克莱尔太太说道。

"你瞧,我演过莎士比亚的戏剧,有时候也演《造谣学校》①。我绝对不会同意在垃圾剧本中担任角色。不过,那都是过去的事儿啦。我有这份天赋,浪费了未免有点儿可惜,但是,现在已经为时太晚,不好再出这种风头了。我们举办晚宴的时候,我往往会经不住女士们的怂恿,背上一段《哈姆雷特》里面著名的经典独白。但也不过仅此而已罢了。"

哟!哟!哟!我激动不已、心驰神往地遐想着那些晚宴,同时也很想知道我日后是否会受到邀请去参加其中的某一场。圣克莱尔太太对我微微一笑,那种表情一半是震惊,一半是拘谨。

"我丈夫年轻的时候是非常放浪不羁的。"她说道。

"我以前确实喜欢拈花惹草,干过不少荒唐事儿。我认识很多画

---

① 《造谣学校》(*School for Scandal*),由英国剧作家理查德·谢立丹(Richard Brinsley Sheridan,1751—1816)创作于 1777 年,同年上演,描写英国上层社会的虚荣、贪婪和虚伪。

家和作家，比如，威尔基·柯林斯①，甚至还认识那些专门为报纸撰稿的人。沃茨②为我夫人画过一幅画像，我还买过米莱斯③的一幅画作。我认识好几位拉斐尔前派④的画家呢。"

"你有罗塞蒂⑤的画吗？"

"没有。我钦佩罗塞蒂的才华，但是我不赞成他的私生活。一个我不愿意请到家里用晚餐的画家，我是不会买他的画作的。"

我的脑子开始晕晕乎乎地不听使唤了，就在这时，波切斯特小姐看了看她的手表，说："艾德温姨夫，你今晚不打算念书给我们听了吗？"

我赶紧起身告辞了。

有天晚上，我陪圣克莱尔先生喝了一杯波尔图葡萄酒，在我们边喝边聊的时候，他跟我说起了波切斯特小姐的伤心往事。她跟圣克莱尔太太的一个外甥订过婚，那人是一位有资格出席高等法庭的大律师，不料，在即将结婚之际，他跟家里那个洗衣婆的女儿私通的丑事败露了。

"这是一件很糟糕的事儿，"圣克莱尔先生说道，"一件影响很坏的事儿。不过，我外甥女理所当然地采取了唯一可行的措施。她把他的结婚戒指、书信、照片都退还给了他，并告诉他说，她永远不可能

---

① 威尔基·柯林斯（Wilkie Collins，1824—1889），英国侦探小说作家，主要作品有《月亮宝石》和《白衣女人》等。
② 沃茨（全名：乔治·费德里科·沃茨，George Frederic Watts，1817—1904），英国画家，雕塑家。一生对画坛的贡献极大，对后世的画家影响极大。
③ 约翰·艾佛里特·米莱斯（John Everett Millais，1829—1896），19世纪英国画家，是拉斐尔前派的3个创始人中年龄最小、才华最高的一位，以画风细腻著称，1896年出任英国皇家艺术科学院院长。
④ 拉斐尔前派（Pre-Raphaelite），1848年在英国兴起的美术改革运动，作品以写实的传统风格为主。
⑤ 罗塞蒂（全名：但丁·加百利·罗塞蒂，Dante Gabriel Rossetti，1828—1882），出生于英国维多利亚时期意大利裔的罗塞蒂家族，是19世纪英国拉斐尔前派重要代表画家。

嫁给他了。她恳求他娶那个被他诱奸过的小姑娘为妻,还说她会把那个小姑娘当作姐妹来看待。这件事伤透了她的心。自那以后,她再也没有喜欢过任何人。"

"那他跟那位小姑娘结婚了没有?"

圣克莱尔先生摇摇头,叹了口气。

"没有,我们之前大大错看了他的人品。一想到自己的外甥竟然会做出这种不光彩的事情,我亲爱的妻子就感到痛心疾首。过了一段时间之后,我们听说他跟一位小姐订了婚,那位小姐的家境很好,她自己就拥有一万英镑。我觉得我有责任要给她父亲写封信去,把事实真相摆在他面前。他却用极其厚颜无耻的口吻给我回了封信。信中说,他宁愿自己的女婿有情妇,婚前有总比婚后有好。"

"后来呢?"

"他们结婚了,我妻子的那个外甥如今是皇家高等法院的一名大法官,他的妻子也成了贵夫人。但是,我们从来不同意接待他们。我妻子的外甥被封为爵士的时候,埃莉诺建议说,我们应该请他们夫妇到家里来吃顿晚饭,但是,我妻子说,他永远都不要来败坏我们家的门风,我支持她。"

"那个洗衣婆的女儿呢?"

"她嫁给了她自己那个社会阶层的人,如今在坎特伯雷开了一家小酒馆。我这个外甥女自己也有点儿钱,便处处替她着想,还当了她第一个孩子的教母。"

可怜的波切斯特小姐。她把自己当成了祭品,心甘情愿地牺牲在维多利亚时代的道德圣坛上,而她自以为表现得很漂亮的那种姿态,恐怕是她从中捞到的唯一好处。

"波切斯特小姐是一个貌美如花、令人惊艳的女人,"我说道,"她年轻的时候肯定十分迷人。不知她后来究竟嫁人了没有。"

"波切斯特小姐以前是人们公认的大美女。阿尔玛-塔德玛[1]对她赞不绝口,想邀请她去为他其中的一幅油画当模特,不过,我们当然不能随随便便地允许这样的事情发生。"圣克莱尔先生的这种口气表明,那位画家的提议深深触犯了他的礼义廉耻观。"没有,除了她那个表哥,波切斯特小姐从来没有喜欢上任何人。她之后再也没有提起过他,自从他们分手以后,这一晃已经有三十年了,但是,我深信不疑地认为,她至今依然还爱着他。她是个忠实可靠的女人啊,我亲爱的先生,一辈子,一场爱,虽说我也深感遗憾,她被剥夺了为人妻、为人母的乐趣,但我不得不佩服她的忠贞不贰。"

但是,女人的心是捉摸不透的,而草率的往往是男人,总以为女人会坚贞不渝地从一而终。艾德温姨夫,你太草率啦。你已经认识埃莉诺很多年了,当年是因为她母亲身患痨病,最终撒手人寰了,你才把这个孤儿接到你在莱茵斯特广场的这座舒适、甚至奢华的宅邸里来的,那时候,她还只是个不懂事的孩子;然而,一旦涉及实质性问题时,艾德温姨夫,你真的了解埃莉诺吗?

圣克莱尔先生向我吐露了这个感人的故事,解释了波切斯特小姐为何至今还是个未出嫁的老姑娘的原因之后,也不过才隔了两天,我下午打了一场高尔夫球,刚刚回到旅馆,那位女经理就万分焦急地迎了上来。

"圣克莱尔先生向你问好,还想请问你一下,是否愿意一回来就火速到楼上的 27 号房间去一趟。"

"当然愿意。怎么啦?"

---

[1] 劳伦斯·阿尔玛-塔德玛(Lawrence Alma-Tadema,1836—1912),英国维多利亚时代的著名画家,其作品以豪华描绘古代世界(中世纪前)而闻名。

"啊，碰到了一件非常罕见的烦心事儿。他们会亲口告诉你的。"

我敲了敲门。我听到里面传来了一声"请进，请进"，这个声音不禁使我想起，圣克莱尔先生曾经在伦敦或许称得上格调最高雅的业余剧团里扮演过莎士比亚戏剧里的角色。我走进房间，发现圣克莱尔太太正躺在沙发上，脑门上敷了一块浸透了古龙香水的手帕，手里还握着一瓶嗅盐。圣克莱尔先生则伫立在壁炉前，看那架势像是要阻止这屋子里的任何人从这里抢走任何一件宝物似的。

"用这种很不讲究礼节的方式请你上这儿来，我必须先向你道歉，但是，我们遇到了极为苦恼的事情，我们认为，你也许能给我们指点迷津，让我们对已经发生的事情有所了解。"

他内心的烦乱一望而知。

"到底出了什么事儿？"

"我们的外甥女，波切斯特小姐，已经跟人私奔了。今天早上，她叫人给我妻子送来了一个便条，说她又犯头疼病了。她只要一犯头疼病，就喜欢一个人待着，绝不允许别人来打扰，所以，直到今天下午，我妻子才过去看她，想看看有没有什么办法能帮她缓解一下病痛。没想到她房间里竟空空如也。她的行李箱已经收拾好了。她那个装银首饰的梳妆盒却不见了。枕头上放着一封信，告诉了我们她这种草率行为的原因。"

"非常抱歉，"我说道，"我确实不知道我能做什么。"

"我们一直有这种印象，你是她在埃尔索姆唯一有点儿认识的男士。"

我顿时悟出他这话的意思了。

"我可没有带着她去私奔，"我说道，"我好歹也是个结了婚的男人。"

"我知道，你没有带着她私奔。乍一得知这件事时，我们以为，大概是……但是，如果不是你，那会是谁呢？"

"我真的不知道。"

"艾德温，把那封信拿给他看看吧。"圣克莱尔太太躺在沙发上说。

"格特鲁德，你躺着别动。否则你的腰痛病会加重的。"

波切斯特小姐患上了"她的"头痛病，圣克莱尔太太患上了"她的"腰痛病。圣克莱尔先生患上了什么样的痛病呢？我愿意出五英镑的赌注来赌一把，圣克莱尔先生肯定患有"他的"痛风病。他把那封信递给了我，于是，我装出一副中规中矩、深表同情的样子，把这封信看了一遍。

亲爱的艾德温姨夫和格特鲁德阿姨：

等你们收到这封信时，我已经远在他乡了。我打算今天上午嫁给一位男士，他对我非常亲切。我知道我做错了，不该像这样逃走，但是，我怕你们会千方百计地设置各种障碍来阻挠我的婚姻，既然木已成舟，没法再让我回心转意了，我不如就这样不告而别吧，免得我们大家都为此而感到不快。我的未婚夫是个性情孤僻的人，那是由于他身体欠佳，长期居留在热带国家而造成的，因此，他认为我们还是私下里悄悄地结婚为好。等你们知道我是多么喜悦、多么幸福时，希望你们能原谅我。请把我的行李箱送到维多利亚车站的行李寄放处。

爱你们的外甥女
埃莉诺

"我永远也不会原谅她，"我把信还给圣克莱尔先生时，他说，

"她永远都别来败坏我家的门风。格特鲁德,我不许你在我面前再提埃莉诺的名字。"

圣克莱尔太太声音很轻地抽泣起来。

"你是不是太冷酷无情了?"我说道,"有没有什么理由能说明,波切斯特小姐为什么就不该结婚?"

"就她这把年纪,"圣克莱尔先生恼怒地回答道,"简直太荒唐可笑了。我们要成为莱茵斯特广场所有人的笑料了。你知道她多大岁数了吗?她已经五十一岁啦。"

"五十四了。"圣克莱尔太太抽抽噎噎地说道。

"她一直是我的掌上明珠。我们待她就像待我们自己的亲生女儿一样。她已经做了好多年的老姑娘了。我觉得,就她这个岁数而言,还在想着婚姻的事儿,那是绝对不成体统的。"

"艾德温,在我们眼里,她一直是个小姑娘。"圣克莱尔太太辩解道。

"她要嫁的那个男人到底是个什么人?这种欺骗行径最令人痛恨了。她肯定一直在我们眼皮子底下跟他搞不正当的男女关系。她甚至都不把他的名字告诉我们。这才是我最担忧的事情。"

我忽然灵机一动。那天早晨吃完早饭后,我出去给自己买香烟,在烟草店里,我意外遇到了莫蒂默·埃利斯。我已经有几天没看见他了。

"你今天看上去挺潇洒嘛。"我说。

他的靴子已经修补好了,均匀地擦上了黑鞋油,帽子也刷得整整齐齐,他当时正穿着领口干干净净的衬衣,戴着一副新手套。我满以为这是他花了我给他的两英镑所产生的好效果。

"我今天上午要去伦敦出差。"他说。我点点头,离开了烟店。

我想起来了,两周之前,在田野里散步时,我遇到了波切斯特小姐，她身后几码的地方就是莫蒂默·埃利斯。有没有这种可能，他们本来是相依相伴地在一起散步的，他们突然看见我的时候，他才故意落在后面的？老天作证，我总算想明白了。

"我记得你说过这话，波切斯特小姐自己也有一笔钱。"我说。

"有一点儿吧。她有三千英镑。"

我现在心里有底了。我怅然若失地望着他们。突然间，圣克莱尔太太大叫一声，随即从沙发上一跃而起。

"艾德温，艾德温，要是他不肯娶她怎么办？"

一听这话，圣克莱尔先生立即用手捂着脑袋，接着便一屁股跌坐在椅子上，人已经处于崩溃状态了。

"这种耻辱会要了我这条老命的。"他呻吟道。

"别弄得这么大惊小怪啦，"我说道，"他肯定会娶她的。他向来都是这么做的。他会在教堂里跟她结婚。"

他们根本没有理睬我在说什么。我估计，他们准以为我突然间变得精神失常了。我现在已经有十足的把握了。莫蒂默·埃利斯终于实现了自己的宏伟目标。波切斯特小姐帮他完成了那个"凑满一打"的心愿。

（吴建国　董明志　译）

丛林里的脚印 ①

在马来亚，没有哪个地方比丹那美拉 ② 更迷人了。这里四面环海，沙滩边缘密密疏疏地长着木麻黄树。政府机构仍然在荷兰统治时代建造的旧市政厅 ③ 里办公，灰色的碉堡遗迹矗立在山上，葡萄牙人曾经驻扎在那里，凭借地势牢牢地控制住野性难驯的原住民。丹那美拉的历史颇为悠久，中国商人那如同迷宫一般的深宅大院临海而建，在凉爽的夜里，人们可以坐在凉廊上，享受微咸的海风拂面吹过。当地的家族在这里繁衍了三个世纪，许多人已经忘记了他们的母语，彼此之间用马来语和不标准的英语交流。在马来联邦 ④，昔日的景象只保留在人们祖辈的记忆里，值得庆幸的是，在这里还能依稀寻找到旧日的时光。

长久以来，丹那美拉一直是中东最繁忙的市集，港口帆樯林立，快船和中式帆船往来如梭，在辽阔的中国海上乘风破浪。可是，

---

① 1927 年发表的短篇小说，收录于 1933 年首次出版的短篇小说集《阿金》(Ah King)。
② 比丹那美拉 (Tanah Merah)，位于马来半岛东海岸，隶属于马来西亚的吉兰丹州。
③ 此处原文为荷兰语 Raad Huis。
④ 马来联邦（1895—1946），由马来半岛上受英国政府控制的 4 个州组成。

现在丹那美拉已经死了,这里和其他曾经显赫一时的地方一样,到处弥漫着哀伤和虚无的气氛,终日沉浸在回忆中,追忆那段业已消失的辉煌历史。这里变成了一座沉睡的小镇,远道而来的陌生人会渐渐失去自身的活力,不知不觉地掉入小镇轻松、慵懒的怀抱。连年蓬勃发展的橡胶业没有给这里带来繁荣,随之而来的萧条却加速了它的没落。

欧洲人的住宅区寂静无声,四周环境整洁,井然有序。住在这里的白人都是政府职员和公司代理人,他们的房子散落在开阔的草坪周围,那些别墅[①]宽敞舒适,掩映在高大的肉桂树中间,精心养护的草地绿油油的,就像教堂周围的草坪一样,确实,丹那美拉的这片角落恬静安宁,有种微妙的与世隔绝的感觉,让人不由得想起坎特伯雷大教堂[②]四周的禁地。

俱乐部面朝大海;这栋宽敞、破旧的建筑似乎无人看管,走进来的人会觉得自己是个不速之客。这个地方给人一种印象,像是为了整修已经暂停营业,来客贸然闯进敞开的大门,却发现没有人欢迎他。每天早晨,有几个种植园主从庄园来到俱乐部谈生意,喝完一杯琴司令[③]才起身离开。下午晚些时候,可能会有一两个女人坐在这里,默不作声地翻阅过期的《伦敦新闻画报》[④]。等到夜幕降临,三五成群的人悠闲地踱进来,无所事事地坐在台球房里,一边看别人打球,一边喝饮料。但是每到周三,这里就变得热闹起来。楼上大房间里的留声唱机乐声袅袅,附近乡下的人都会来俱乐部跳舞。有时候,会有十几

[①] 特指一种周围常建有游廊的单层坡屋顶住宅。因为其建造方便,在英国各地流行。该建筑的特点是门窗大,室内天花板高,有深檐或游廊,适合在炎热地区居住。
[②] 坎特伯雷(Canterbury),位于英国肯特郡的市镇。坎特伯雷大教堂是英国最古老的基督教建筑之一。
[③] 一种用琴酒(也称杜松子酒)做底酒,加入果汁等调配而成的水果鸡尾酒。
[④] 《伦敦新闻画报》(*Illustrated London News*),创办于 1842 年的英国周刊。

对人一同翩翩起舞，甚至还能凑齐两桌桥牌。

我就是在某个周三遇到了卡特莱特夫妇。当时，我借住在一个叫盖兹的男人家里，他是警察局局长。那天，我在桌球房里坐着，他进来问我愿不愿意和他们三个人一起打牌。卡特莱特夫妇是种植园主，每周三都会带女儿来丹那美拉的俱乐部放松一下。盖兹说他们人很好，安静又低调，桥牌打得非常不错。我跟着他去了棋牌室，经他介绍认识了这对夫妇。他们已经坐在牌桌边上了，卡特莱特太太正在洗牌，手法非常娴熟，可见牌技一定不赖。她的手掌宽大有力，两只手各抓起半副牌，熟练地把牌角对插，紧接着弹了一下，用一个干脆利落的手势，让纸牌像瀑布一样落下来洗成一摞。

整个过程就像变魔术一样。玩牌的人都知道，只有经过持续不断的练习，才能完美地操控这一系列动作，而能够这样洗牌的人必定是真心喜欢打牌的。

"你介意我和我丈夫搭档吗？"卡特莱特太太问我，"我和他互相赢钱太没意思了。"

"当然不介意。"

切好牌以后，我和盖兹在桌边坐了下来。

卡特莱特太太摸了一张艾斯，随后，她一边轻快灵巧地发牌，一边和盖兹聊起当地的事情。不过，我知道她在观察掂量我。她看起来很精明，但是性情不错。

她大约有五十多岁（虽然生活在东方的人往往老得很快，很难猜出他们的真实年龄），一头白发乱糟糟的，她时常不耐烦地抬起手，把总是落到前额上的一缕头发拂到脑后，让人不禁要想，为什么她不用发夹固定住头发，好免去这些麻烦呢。她的一双蓝汪汪的眼睛很大，但是黯淡无光，还有些疲惫，她脸上皱纹密布，面色灰黄。我觉得，她说话的方式给人一种感觉，在我看来，那种感觉有点刻薄讥讽，但是还没有到出口伤人的地步。总而言之，这个女人很有主见，而且直言不讳，打牌时很爱说话（有的人很不喜欢打牌的时候说话，可是我觉得无所谓，毕竟这是在牌桌上，为什么要像出席追悼会似的沉默肃静呢？），没过多久，我就发现她很会打趣别人，说话尖酸，逗人发笑，但是只要对方不傻，就知道她是在开玩笑，并非有意冒犯。要是偶尔她话里的讽刺意味太浓，听众需要调动所有的幽默细胞去发掘笑点，你看得出来，她也立刻做好了被反击的准备。如果有人恰好巧妙地回敬了一句，把矛头指向她，她那两片又宽又薄的嘴唇会挤出一丝干巴巴的微笑，两只眼睛里顿时放出光来。

我们聊得很投机，我喜欢她的直率和急智巧思，也喜欢她素面朝天的样子。我从未见过哪个女人像她一样对外貌毫不在意，不仅头发乱蓬蓬的，全身上下都邋里邋遢。她穿着高领真丝衬衫，为图凉快，衬衫最上面的几粒纽扣没有扣上，露出了干瘦的脖子；她抽烟抽得很凶，衬衫上皱褶凌乱，到处落满烟灰，看起来脏兮兮的。她起身和别人说话的时候，我注意到她脚下踩着一双厚重的低跟靴子，蓝裙子的裙边已经破了，裙子上沾了灰尘，要好好地刷一下。不过，这些细节都不成问题。她这身打扮非常符合她的性格。

和她打桥牌也是种乐趣。她出牌很快，从不犹豫，不仅懂门道，还很有天赋。她自然清楚盖兹打牌的风格，虽然第一次和我交手，但是也很快摸透了我的出牌习惯。他们夫妇的配合默契得让人赞叹；他谨慎又稳当，卡特莱特太太了解他，所以能放心大胆地出牌，打出既精彩又安全的进攻。盖兹天真地以为对手不会利用他的失误乘虚而入，结果我们完全不是对手，连输两盘，只能强颜欢笑，装作乐在其中的样子。

"我不知道是不是牌有问题，"盖兹终于语带哀怨地说道，"即使拿到了所有的牌，我们还是输。"

"你出牌自然是没问题，"卡特莱特太太说，那双浅蓝色的眼睛毫不遮掩地看着他，"只是运气不好罢了。刚才最后一盘，如果你没有把红心和方块搞混，就可以挽回败局。"

盖兹开始喋喋不休地解释他的坏运气，他运气不佳，连累我也输掉很多钱。他说话的时候，卡特莱特太太手腕灵活地一转，把纸牌摊成一个圆圈，等我们切牌。卡特莱特看了看时间。

"亲爱的，这是最后一盘了。"他说。

"啊，是吗？"她看了看怀表，刚好有个年轻人路过，她扬声叫住他，"哦，布伦先生，请你上楼告诉奥利芙，再过几分钟我们就要走了。"接着，她又转向我。"我们到家大概要花一个小时，可怜的西奥，明天天不亮就要起来了。"

"没关系，我们一星期只来一次，"卡特莱特说，"奥利芙也只有这个时候才能高高兴兴地放松一下。"

我觉得卡特莱特看起来年迈又疲惫。他的个子不高也不矮，头顶光秃锃亮，嘴唇上留着灰胡髭，戴一副金边眼镜。他穿着白色帆布西服，打了一条黑白相间的领带，干净整洁，看得出来他对穿衣打扮比邋里邋遢的妻子更上心。他的话不多，不过很爱听妻子讲刻薄的玩笑话，有时候，他也会漂亮地反击回去。他们的关系显然很亲密。看到一对几近年迈的夫妇相伴数年，感情牢不可破，真是让人高兴啊。

这盘牌只打了两副就结束了。奥利芙从楼上下来的时候，我们刚刚要了最后一轮杜松子酒加苦味滋补药酒。

"妈咪，真的现在就要走吗？"奥利芙问道。

卡特莱特太太慈爱地看着女儿。

"是的，亲爱的。现在差不多八点半。我们到家吃上晚饭得十点多了。"

"讨厌的晚饭。"奥利芙笑嘻嘻地说。

"走之前让她再跳一支舞吧。"卡特莱特提议道。

"不行。你今天晚上必须好好睡一觉。"

卡特莱特微笑着看向奥利芙。

"如果你的妈妈已经决定了,亲爱的,那么我们最好照她的话去做,别再抱怨啦。"

"她就是个说一不二的人。"奥利芙一边说着,一边喜爱地抚摸母亲满是皱纹的脸颊。

卡特莱特太太轻轻地拍了拍女儿的手,又在她手上吻了一下。

奥利芙算不上非常漂亮,但是看上去特别亲切。我猜想她大概有十九、二十岁,脸上还有点婴儿肥,如果身形苗条一些,会更加迷人。她母亲坚毅果敢的气质塑造了自身鲜明的脸部特征,但是她身上完全没有这种气质。她长得像她的父亲,遗传了他深色的眼睛和不太明显的鹰钩鼻,温和的样貌也像他;她脸色红润,眼睛明亮,显然身体强健,充满活力,而她的父亲早已失去了这份活力。她的样子就是最普通的英国女孩,神采奕奕,亲切可人,总是想着纵情享乐。

我和盖兹与他们道别之后,一起走回他的家。

"你觉得这家人怎么样?"他问我。

"我挺喜欢他们的。他们在这样的地方肯定很受欢迎吧。"

"要是他们经常来俱乐部就好了。这家人很少抛头露面。"

"那个女孩肯定闷坏了。倒是她的父母看起来有彼此陪伴就满足了。"

"是的,他们感情很好。"

"奥利芙和她的爸爸简直就像从一个模子里刻出来似的,你说呢?"

盖兹瞥了我一眼。

"卡特莱特不是奥利芙的亲生父亲。他和卡特莱特太太结婚的时候,她的前夫已经死了。奥利芙是她前夫离世四个月之后出生的。"

"哦!"

我大声叹道,极力表现出惊讶、好奇又感兴趣的样子,但是盖兹什么也没有说,我们一路沉默着走回家。进门的时候,仆人在门口迎接我们。我们又喝了一杯苦味杜松子酒,然后坐下来吃晚餐。

起初,盖兹表现得很健谈。因为政府颁布了橡胶限产令,所以当地的走私活动非常猖獗,和走私犯斗智斗勇也是盖兹的职责。那天,他们查获了两艘中式帆船,盖兹兴奋得摩拳擦掌。缴获的橡胶堆满了仓库,很快就会被庄严地焚毁。说完这些事,他就无话可说了,我们沉默着吃完晚餐。仆人端来咖啡和白兰地,我们各自点上一支平头雪茄烟①。盖兹靠在椅背上,若有所思地看着我,又低头看一眼他的白兰地。仆人退下了,房间里只剩下我们两个人。

"我和卡特莱特太太认识二十多年了,"他缓缓地说道,"她年轻的时候不算难看,也总是邋里邋遢。不过那会儿年轻,也没关系,反倒别有一种魅力。她嫁给了一个叫布朗森的男人,雷吉·布朗森。那个人是种植园主,管着一处在瑟兰丹的种植园。当时,我派驻在亚罗立卑工作,那个地方比现在小得多,估计只有不到二十个英国侨民,但是当地有个挺不错的小俱乐部,大家相处得十分融洽。一直到现在,我仍然清楚地记得第一次见到布朗森太太的情形。那个年代没有汽车,她和布朗森先生结伴骑自行车来到俱乐部。她那时候的样子当然没有现在这么坚毅,身材也苗条得多,气色很好,眼睛非常漂亮——你见过那双蓝眼睛的——还有一头浓密的深色头发。要是她多花点心思打扮自己,肯定会非常漂亮。毕竟,那里最美的女人就是她了。"

---

① 一种头尾全都削平的雪茄烟。

我回想起她现在的模样,再结合盖兹模糊的描述,设法在脑海中勾勒出卡特莱特太太——彼时还是布朗森太太——年轻时的相貌。我在俱乐部看到的卡特莱特太太是个身形魁梧的女人,臃肿发福的身体重重地在牌桌边坐下,弄出很大的动静。我努力地想从她身上找到一点往日的痕迹,想象她青春年少时的步伐该是多么轻盈,身姿又是多么优雅。如今,她长了个四方下巴,鼻子线条硬朗,但是年轻的时候,圆润的面部线条肯定盖住了这些棱角:她圆圆的脸蛋白里透红,浓密的棕发随意地挽在脑后,那样子一定迷人极了。在那个年代,她应该会穿长裙和束腰,头戴阔檐花式女帽。或是,当年马来亚的女人戴的仍然是旧画报上的那种遮阳帽[①]呢?

"我大概有——哦,将近二十年没见过她了,"盖兹又接着说下去,"我知道她还住在马来联邦,但是没想到来这里工作以后会在俱乐部里遇见她,就像多年前在瑟兰丹一样。当然啦,她现在老了许多,模样和以前完全不一样了。看到她的女儿已经长大成人,我真是惊讶得无以复加,忽然就意识到什么是岁月不饶人。上次见到她,我还是个年轻小伙子。现在呢?嘿,再过两三年,我就到退休的年纪啦。听起来有点蠢,是吧?"

盖兹丑陋的脸上露出一抹惨淡的微笑,看我的眼神里似乎有愤懑,好像我能够让滚滚前行的时光驻足不动似的。

"我也不年轻啦。"我对他说。

"你不是一辈子都住在东方。在这儿,人还没到年纪就老了。五十岁的时候,已经成了老头子,到了五十五岁就什么都不是,只剩一堆破烂了。"

然而,我不想听盖兹偏离主题,喋喋不休地唠叨衰老的话题。

---

① 也称为木髓头盔。早期的欧洲旅行家和探险家在非洲、东南亚等热带地区会戴这种遮阳帽。

"你和卡特莱特太太重逢的时候认出她了吗？"我问道。

"唔，可以说认出来了，也可以说没有。我第一眼见到她，觉得似曾相识，但是想不起来究竟在哪里见过。我想，可能是某次度假的时候在船上和她有过一面之缘。但是，她一开口说话，我立刻就想起来了。我记得她冷漠闪烁的目光和清脆的嗓音。她的声音听起来像是在说：'小伙子，你有点傻乎乎的，可是人不坏，说真的，我挺喜欢你。'"

"你从她的声音里可听出不少意思啊。"我笑了一笑。

"那次在俱乐部，她过来和我握手，问我，'你好，盖兹少校？还记得我吗？'

"'当然记得啦'。

"'真是好久不见了。我们都老啦。你见过西奥吗？'

"我一下子没反应过来西奥是谁。我想，我当时的样子肯定很茫然，因为她微微地笑了一下，那种打趣的神情我再熟悉不过了。然后她向我解释。

"'我和西奥结婚了，你知道吧。这大概是最好的选择了。我当时很寂寞，而他也想要结婚。'

"'我听说了，'我说，'祝你们幸福。'

"'哦，非常幸福。西奥太贴心了。他马上就过来，他见到你一定会很高兴。'

"我对她的话不置可否。我以为西奥最不愿意见到的人就是我了，还以为她也不想看到我。不过，女人的心思实在难以捉摸。"

"你为什么说她不想看到你？"我问他。

"我一会儿就说到原因，"盖兹说，"然后，西奥来了。我也不知道为什么叫他西奥，我一直都叫他卡特莱特，也从来没有把他看作别的什么人，只是卡特莱特而已。西奥完全变了样了。你见过他现在的样子。他年轻的时候头发是卷的，模样干净清爽，衣冠楚楚。他身材不错，也保持得很好，像是经常锻炼身体的人。说到这里，我突然想起来，他那时候的样貌还行，算不上很英俊，但是温文尔雅，风度翩翩。所以，我后来看到那个驼背弯腰、形容枯槁，鼻子上架着眼镜的秃顶老头，彻底惊呆了，一点也认不出他。他见到我似乎很高兴，至少是挺有兴致的。他仍然很内敛，不过他以前就是这样，所以我也不意外。"

"'你没有想到会在这里碰到我们吧？'他问我。

"'算是吧，我之前完全不知道你们在哪里。'

"'我们倒是知道一些你的动向，每隔一阵子，就会在报纸上看到你的名字。你一定要来我们家坐一坐。我们已经在这里住了很多年，我想，回英国颐养天年之前，我们会一直住在这里。你后来又去过亚罗立卑吗？'

"'没有。'我说。

"'那个小地方挺不错的。听说现在已经变了很多。我也没再回去过。'

"'那里给我们留下的回忆不是特别美好。'卡特莱特太太说道。

"我问他们想不想喝一杯，然后叫来侍者点了酒。我想你肯定注意到了，卡特莱特太太很喜欢喝酒；我不是说她常常喝得酩酊大醉或是别的意思，而是她喝鸡尾酒①的架势像个男人。我忍不住带着好奇心观察他们。他们看起来很开心，日子应该过得不错，后来，我发现他们的生活挺富足，有辆豪华轿车，回国休假时，花起钱来也很潇洒。他们很亲密。你也知道，看到结婚这么多年的夫妻仍然形影不

---

① 原文 stengah 为马来语，指一种用威士忌加苏打水调配而成的鸡尾酒，20 世纪初，在亚洲的英属殖民地非常受欢迎。

106

离,真叫人高兴。显然,他们的婚姻非常幸福,也都很疼爱奥利芙,对她引以为傲,尤其是西奥。"

"哪怕她只是他的继女?"我问道。

"哪怕她只是继女,"盖兹答道,"可能你以为她会跟他姓吧。其实没有。她叫他爸爸,当然啦,她也只见过这位父亲,但是写信的时候,她的落款总是写奥利芙·布朗森。"

"说到这个,布朗森是怎样的人?"

"布朗森吗?他是个大块头,热情爽朗,说话声音洪亮,笑起来中气十足。他很强壮,喜欢运动。没什么特别之处,不过他为人非常诚实。他的头发是红色的,脸也是红彤彤的。说到这儿,我突然想起来,他出汗特别厉害,简直是汗如雨下。打网球的时候,他习惯随身带条毛巾。"

"这听起来可不太有魅力啊。"

"他长得很帅,身材也不错,平时很注意保持身材。他谈的话题不多,说来说去,只有橡胶和体育,像是网球啦、高尔夫球啦,还有打猎。依我看,他一年到头都不会读一本书的,是典型的公学子弟。我们刚认识的时候,他大概有三十五岁,但是思想就像个十八岁的男孩。你也知道,很多人来到东方以后,似乎就停止成长了。"

我确实见过很多这样的人。身为旅居此地的游客,我最难以理解的事情之一就是,那些秃顶发福的中年绅士说话举止都像学生似的,好像他们第一次穿过苏伊士运河[①]以后,就再也没有接受过任何新的想法了。虽然他们结了婚,也有了孩子,或许还管理着一大片产业,但是看待人生的态度还像个高中生。

"但是他人不笨,"盖兹又接着说,"对工作上的事了如指掌。他

[①] 苏伊士运河地处埃及,连通地中海和红海,是欧亚之间的重要航路。

的种植园是全国经营得最好的种植园之一，也知道怎样管理工人。他实在是太好了，即使他真的惹到你，你仍然会喜欢他。而且，他一点也不吝啬，总是乐于助人。卡特莱特最初就是受了他的资助才来这里的。"

"布朗森两口子的感情好吗？"

"嗯，应该是。我敢肯定他们感情不错。布朗森的脾气很好，他的太太是个非常快乐、活泼的人，常常直言不讳，这你也是知道的。只要她乐意，就可以表现得很幽默，这点直到现在也没有改变。但是，现在她说话隐隐带刺儿，年轻的时候，还是布朗森太太的时候，她只是单纯地说笑。她总是开开心心的，喜欢玩乐，从来不在乎说了什么，这点倒和她的性格很相称，你懂我的意思。她性格坦率，又很粗枝大叶，所以别人也不会把她的话放在心上。他们看起来是很愉快的一对。

"他们的种植园离亚罗立卑大约有五英里远，通常，他们会在傍晚五点驾着一辆两轮马车来到俱乐部。当地的英国人很少，多数是男人，大概只有六个女人。大家都喜欢布朗森两口子。只要他们一出现，气氛立刻活跃起来。我们在那间小小的俱乐部里度过了很多快乐的时光。后来，我时常会想起那些人，总的来说，派驻在亚罗立卑的日子是我人生中最开心的一段时间。二十年前，每晚六点到八点半的这段时间，亚罗立卑的那间俱乐部里人声鼎沸，热闹程度绝对不输给从亚丁[①]到横滨[②]之间的任何地方。

"有一天，布朗森太太对我们说，有个朋友会过来和他们一起住。过了几天，他们带来了卡特莱特。看样子他和布朗森是老朋友，在马

[①] 亚丁（Aden），今也门港口城市，曾是英属殖民地。
[②] 横滨（Yokohama），位于日本神奈川县的港口城市。

尔伯勒公学①或是类似的学校一起上过学,最初,他们还同乘一艘船来到东方。后来,橡胶行情一落千丈,很多人都失业了。卡特莱特也是其中之一。他有大半年没有工作,陷入了绝境。那时候,种植园主的报酬比现在低,很难攒起积蓄以应对不时之需。卡特莱特去了新加坡。你也知道,大家在萧条时期都会去新加坡。当时的情况真的太糟糕了,我亲眼见到过,知道那些种植园主因为付不起一晚的住宿费,只能睡在大街上。他们会在欧洲大酒店②外面拦住陌生人,向他们讨一块钱买点吃的。我想,卡特莱特也有过一段潦倒的经历。

"最后,他写信给布朗森,询问能不能为他干活。布朗森让他来马来亚住一段时间,等到经济好转了再说,至少这里有免费的食宿。卡特莱特立刻答应了,不过布朗森还得寄钱给他买火车票。他到亚罗立卑的时候,口袋里的钱已经所剩无几。我想,布朗森每年大概有两三百元的收入,虽然他的薪水也减少了,但是至少保住了工作,比起大多数种植园主,他的处境算是不错的。卡特莱特刚来的时候,布朗森太太让他就把这里当作自己的家,想住多久就住多久。"

"她人真好啊,是吧?"我评价道。

"非常好。"

盖兹又点上一支平头雪茄烟,给自己斟满酒。夜深人静,四周偶尔传来几声横斑蜥虎③低沉沙哑的叫声,夜晚显得更加寂静,仿佛只有我们坐在这片热带的夜空下,距离人类的聚居地千万里之遥。盖兹久久地沉默不语,最终,我不得不开口说些什么。

"那个时候,卡特莱特是怎样的呢?"我问他,"他肯定比现在年

---

① 马尔伯勒公学(Marlborough College),位于英国威尔特郡,成立于1843年。
② 新加坡的一家酒店。始建于1857年,后几经易主,于1918年重新命名为欧洲大酒店。
③ 原文是chik chak,一种横斑蜥虎,多生活在热带,晚上常在屋檐下及墙上活动,发出的声音像chik-chak。

轻，你也说他长得不错，但是他为人怎么样？"

"说实话，我没有特别留意过他。他很有亲和力，也很谦逊，我想你刚才在俱乐部里也注意到了，他的话很少，事实上，那个时候他也不是非常活跃。他并不讨人厌，挺喜欢看书，钢琴弹得相当好。大家都欢迎他，因为他不会碍手碍脚，也不用别人多操心。他跳舞跳得不错，这点很得女人青睐，玩桌球和网球也很有一手，很自然地就融入了我们的圈子。他算不上顶受欢迎，不过大家都喜欢他。我们知道他穷困潦倒，都很同情他，但是也无能为力。总之，我们很快就接纳了他，几乎忘了他其实刚刚来到亚罗立卑。每天晚上，他和布朗森夫妇一起来俱乐部，和别人一样付钱买酒。我猜是布朗森借给他一笔钱用做平时开销，他也总是彬彬有礼的。我对他的记忆很模糊，因为他真的没有给我留下特别深刻的印象。要知道，在东方，每天都会遇到形形色色的人，他看起来和其他人没有什么两样。他用尽一切办法去找工作，但是毫无所获。实际上，当时哪里都没有工作机会，因此，他有时候看起来挺沮丧的。卡特莱特在布朗森家住了一年多。我记得，他有次对我说过这样的话：

"'我不可能永远和他们住在一起。他们对我实在是太好了，但凡事都有限度。'

"'依我看，布朗森夫妇很高兴有你和他们同住一个屋檐下，'我说，'在橡胶种植园的日子其实没什么乐趣，至于吃喝方面，你一个人也消耗不了多少食物。'"

盖兹又一次停下来，迟疑地看着我。

"怎么了？"我问道。

"我担心我讲不好这个故事，"他说，"东拉西扯地，不知道在说些什么。我不是什么小说家，只是个警察，把当时看到的事实讲给你听罢了。在我眼里，这些背景信息都很重要。我的意思是，了解他们是怎样的人非常重要。"

"当然重要啦。继续说吧。"

"我记得有个人,一个女的,我想她应该是医生的妻子。她问布朗森太太,家里多了个外人,有时候不会觉得烦吗?要知道,在亚罗立阜这种小地方,可聊的话题只有那么几个。如果不讲一讲邻居的闲话,那就真的无话可说了。

"'哦,不会,'她说,'西奥一点也不麻烦。'她转身看着丈夫,布朗森先生坐在一边,擦拭脸上的汗水,'我们很高兴有他做伴,是吧?'

"'他挺好的。'布朗森说。

"'他每天都做些什么呢?'

"'这个,我不太清楚,'布朗森太太说,'有时候,他和雷吉一道在种植园里散步,偶尔打打猎,也会和我聊天。'

"'他很愿意帮忙,'布朗森说,'那天我发烧了,他替我做完了工作。我躺在床上,好好地休息了一天。'"

"布朗森夫妇没有孩子吗?"我问道。

"没有,"盖兹答道,"我也不知道为什么。他们应该养得起孩子。"

盖兹靠在椅背上,摘下眼镜,擦了擦镜片。镜片非常厚,他戴上眼镜,眼睛看起来都变形了。他不戴眼镜的时候,样子也不是特别难看。趴在天花板上的横斑蜥虎发出像人一样的怪叫声,听起来像是痴傻的孩子在嘎嘎地笑。

"布朗森遭人杀害了。"盖兹突然说了一句。

"被杀了?"

"是的,谋杀。我永远也忘不了那个晚上。我、布朗森太太、医生的妻子和西奥·卡特莱特先是在一起打网球,后来又一块打桥牌。

111

那天卡特莱特发挥欠佳,我们在牌桌边坐下,布朗森太太对他说:'好吧,西奥,要是你的牌技和球技一样蹩脚,我们要输得倾家荡产了。'

"我们刚刚喝过一轮酒,但是她叫来侍者又点了一轮。

"'一口气把这杯酒喝光,'她对卡特莱特说,'要是没有最高的大牌①和边花墩②,就不要叫牌。'

"布朗森没有来。他骑车去卡普隆取钱给种植园的苦力发工资,他到家后会直接来俱乐部。其实,他们的种植园到亚罗立卑的距离比到卡普隆更近,但是卡普隆的商业更发达,布朗森的银行户头开在那里。

"'等雷吉来了,随时可以加入我们。'布朗森太太说。

"'他今天回来晚了,是吧?'医生的妻子问道。

"'晚了很多。他说来不及回来打网球,但是可以玩上一盘牌。我怀疑他办完事没有直接回家,而是去了卡普隆的俱乐部。现在肯定在那儿喝酒呢,这个坏东西。'

"'不用担心,他的酒量好得很,喝多了也不会醉。'我哈哈大笑。

"'他胖了很多,你是知道的。应该少喝点。'

"桌牌室里只有我们四个人,我们听见桌球房里传来一阵阵欢声笑语。那些人快活极了。快到圣诞节了,大家都有些忘乎所以。俱乐部在圣诞夜晚上还有一场舞会。

"事后,我想起来一件事。我们在牌桌边坐下后,医生的妻子问布朗森太太累不累。

"'一点也不累,'布朗森太太说,'我为什么要觉得累?'

---

① 大牌,指一门花色中 5 张最高的大牌之一,即 A、K、Q、J 和 10。
② 边花,指将牌以外的三门花色。墩,一名牌手攻出一张牌后,其余每人各打出一张牌,4 张牌构成一个牌墩。

"我不懂她怎么突然脸红了。

"'我担心打网球对你负担太重。'医生的妻子说。

"'哦,不会,'布朗森太太突兀地说,她的语气有点生硬,像是不愿意继续谈论这件事。

"我当时不明白她们在说什么,直到后来才想起这件事。

"我们打了三四盘桥牌,布朗森仍然没有来。

"'不知道他出什么事了,'布朗森太太说,'怎么这么晚还不回来。'

"卡特莱特一直话很少,但是那天晚上,他几乎没有开口说过话。我觉得他应该是累了,便问他今天都做了些什么事。

"'没做什么,'他说,'吃过午饭,我就出门打鸽子去了。'

"'运气怎么样?'我问道。

"'打到半打。它们很怕人。'

"但是,他接着又说:'要我说啊,如果雷吉回来晚了,肯定觉得没必要上俱乐部来。我料想他准是洗过澡了,等我们回到家,他应该已经坐在椅子上睡着了。'

"'从卡普隆骑车回去非常远哪。'医生的妻子说。

"'他从不走大路,你也知道的,'布朗森太太解释道,'他会抄近路穿过丛林。'

"'那条路骑车方不方便?'我问道。

"'啊,很方便,那条路很好走。差不多可以少走两三英里呢。'

"我们刚刚开始打新的一盘,就在这个时候,酒吧侍者走了进来,说外面有个巡佐①想要见我。

"'出什么事啦?'我问他。

---

① 巡佐,英国警察职务阶级之一,上级为巡官,下级为基层警员。

113

"侍者说他不知道,但是巡佐身边跟着两个苦力。

"'真见鬼,'我说,'要是他没事来叨扰我,我一定要狠狠地骂他一顿。'

"我对侍者说我马上就去,随后打完手上这副牌,推开椅子站起来。

"'我去去就回,'我对他们说,又嘱咐卡特莱特,'帮我发牌,好吗?'

"我走出俱乐部,看到巡佐和两个马来人站在台阶上等我。我问他到底出了什么事。他告诉我这两个马来人来警察局报案,说在通往卡普隆的林间小路上有个白人男子倒在地上,已经死了。你可以想到当时我听到这个消息是多么地震惊。我立刻想到了布朗森。

"'已经死了?'我大声喊道。

"'是的,被射杀了。子弹穿过头部。是个红头发的白人男子。'

"于是,我确定了那个人就是雷吉·布朗森,而且,他们中间有个人知道他种植园的名字,也认出了他就是那个种植园主。这个消息犹如晴天霹雳。布朗森太太还在桌牌室里,不耐烦地等我回去理牌和叫牌。我不安极了,一瞬间真的不知道该怎么办才好。要是事先一点铺垫也没有就直接告诉她这个可怕的噩耗,她肯定会受不了的,但是我束手无策,想不出任何婉转的说法。我让巡佐和两个苦力在原地等我,然后转身走进俱乐部,用尽全力让自己镇定下来。我一进棋牌室,就听到布朗森太太说:'你去了好久呀。'接着,她注意到了我的脸色,又问我:'出什么事了?'我看到她两只手紧紧捏成了拳头,脸色煞白,似乎预感到发生了不祥的事情。

"'出了件可怕的事,'我的喉咙缩紧了,声音变得非常沙哑,怪异极了,'是一场意外。你的丈夫受伤了。'

"她长长地倒吸一口气。那声音听起来不像是尖叫,倒像是整匹绸缎被撕成了两片。

"'他受伤了?'

"她猛地跳起来,两只眼睛几乎凸出来,死死地瞪着卡特莱特。被她这么一瞪,卡特莱特的反应也很可怕,他一下子倒在椅背上,脸色惨白得像死人。

"'恐怕伤得非常、非常严重。'我又说了一句。

"我知道必须告诉她实情,当场就要说明白,但是我做不到一下子把实情全都告诉她。

"'他——'布朗森太太的嘴唇颤抖着,几乎语不成句,'他——还有意识吗?'

"我对她看了一会儿,什么话也没有说。我宁愿出一千英镑,也不愿意告诉她答案。

"'没有,我恐怕他已经没有意识了。'

"布朗森太太紧紧地盯着我,像是要看穿我的想法似的。

"'他是不是死了?'

"我想,现在唯一能做的就是把真相说出来,赶紧结束这场折磨。

"'是的,他被人发现的时候已经死了。'

"布朗森太太一下子崩溃了,瘫倒在椅子里,大哭起来。

"'噢,上帝啊,'她喃喃自语道,'噢,我的上帝。'

"医生的妻子走过去,张开双臂搂住她。布朗森太太捂着脸不停地摇头,哭得歇斯底里。卡特莱特面色铁青,一动不动地坐着,他张着嘴,直愣愣地看着她,好像整个人变成了一尊石像似的。

"'噢,亲爱的,'医生的妻子说,'你一定要振作起来呀。'随后,她又对我说,'给她拿杯水,把哈利叫来。'

"哈利是她丈夫,当时在隔壁打桌球。我过去告诉他出事了。

"'喝什么水啊,真见鬼,'他说,'她现在需要一大杯白兰地。'

115

"我们端来酒,强迫她喝下去。她的情绪逐渐缓和下来,过了几分钟,已经可以让医生的妻子搀扶着去洗手间洗脸了。现在,我终于知道该怎么做了。卡特莱特几乎崩溃是指望不上了。我可以理解他,毕竟布朗森是他最好的朋友,又帮了他那么多,这个消息对他来说太可怕了。

"'伙计,你看样子也要来点白兰地。'我对他说。

"他勉强回过神来。

"'我刚才吓坏了,你懂的,'他说,'我……我没有……'"

他停住不说了,思绪像是飘去了别的地方,脸色仍然白得吓人。他掏出烟盒,想划根火柴,但是手抖得太厉害,几乎划不着火。

"'好的,给我来杯白兰地吧。'

"'拿酒来,'我冲侍者喊道,然后问卡特莱特:'你现在可以把布朗森太太送回去吗?'

"'呃,可以的。'他答道。

"'那就好。我和医生会叫上苦力和几个警察,去发现尸体的地方看一看。'

"'你们会把他送到家里去吗?'卡特莱特问道。

"'我觉得最好直接抬去停尸房,'我还没想好怎么回答他,医生接过话说,'我要做个尸检。'

"布朗森太太从洗手间回来了,我惊讶地发现她的情绪已经稳定了很多。我对她说了我的建议。医生的妻子是个热心肠的人,说要和她一起回去,陪她过夜,但是布朗森太太拒绝了她,说自己完全没有问题,医生的妻子一再坚持——你也知道,有些人一心想要落难的人接受他们的好意,那股劲儿简直不依不饶的——布朗森太太几乎是恶狠狠地拒绝了她。

"'不,不,我必须一个人待着,'她说,'真的。再说,西奥也会

在家里。'

"他们坐上马车,西奥提起缰绳,驾车离开。随后,我们也出发了。我和医生坐同一辆马车,巡佐和两个苦力跟在后面。我派车夫去警察局,传令让两个人赶去发现尸体的地方。我们很快就赶上了布朗森太太和卡特莱特。

"'你们没事吧?'我向他们喊道。

"'没事。'卡特莱特答道。

"我和医生继续驾车前行,有那么一会儿,谁也没说话。我们都被深深地震撼了。我还有些担心。无论如何都要找到凶手,但是我预感这不是一件容易的事。

"'你觉得会是团伙抢劫吗?'最后,医生开口问我。

"他大概猜到了我在想什么。

"'肯定是团伙作案,'我答道,'他们知道他去卡普隆取钱,所以在他回来的路上设下埋伏。话说回来,既然所有人都知道他身边带着一袋子钱,他就不应该独自抄近路穿过丛林。'

"'他这样做了好几年了,'医生说,'也不是他一个人这么做。'

"'我知道。重点是,我们要怎样抓住凶手。'

"'你觉得,那两个最早发现尸体的苦力会不会和这件事有关?'

"'不会。他们没那个胆量。我想,两个华人也许会策划这类诡计,但是我不相信马来人敢这么做。他们的胆子太小了。当然,我们会盯牢他们,很快就能知道他们是不是忽然多出了一大笔钱来花天酒地。'

"'这件事对布朗森太太的打击太大了,'医生说,'无论什么时候发生这种事情都很可怕,更何况她有了孩子……'

"'这事我倒不知道。'我打断了他的话。

"'我没有说出来,出于某种原因,她让我不要对外声张。我觉得

她在这件事情上的表现很奇怪。'

"我随即想到了之前医生的妻子和布朗森太太的对话,立刻明白了为什么那个好心的女人会那样地不安,担心布朗森太太劳累过度。

"'结婚这么多年才怀孕,太奇怪了。'

"'有时候确实会这样。不过,她知道后可是大吃一惊。当初她来找我,我确诊她怀孕了,她顿时就晕了过去,醒来后嚎啕大哭。我以为她会很高兴呢。她说布朗森不喜欢孩子,也从来没有想要养孩子,她让我答应对这件事情保密,等找到合适的机会,她会慢慢地告诉布朗森。'

"我听了他的话,思索了一会儿。

"'布朗森那么亲切,那么快活,给人感觉他肯定会非常喜欢孩子。'

"'这可说不准。有的人非常自私,认为孩子是个累赘。'

"'好吧,那么布朗森太太告诉他的时候,他有什么反应?是不是很激动?'

"'我不知道她有没有告诉他。她也等不了多久;如果我没有搞错的话,预产期就在五个月以后。'

"'真可怜,'我说,'总之,我认为如果布朗森知道她怀孕,肯定会高兴坏了。'

"我们沉默地驾着马车走了一路,最后来到一处岔路口,通往卡普隆的小路就是从这里分叉出去。我们停下马车,过了一两分钟,巡佐和两个马来人驾着我的马车赶上来了。我们取下马车的前灯照明。我让医生的车夫留在原地照看马匹,让他等警察到了,叫他们沿着小路来找我们。两个苦力提着灯,走在前面,我们跟在后面。这条小路挺宽敞,容得下一辆小型马车通行。大路还没有造好的时候,这条路就是连接卡普隆和亚罗立卑的交通要道,路面坚实平坦,步行很方便。地上到处是细沙,有的地方可以看见自行车轮胎清晰的痕迹。这是布朗森出发去卡普隆留下的自行车印。

"我们一行人走了大约二十分钟,突然,两个苦力大喊一声,猛地停下脚步不动了。即便他们早就知道会看到这幅景象,但是骤然一见还是被吓得不轻。苦力手上的马车灯隐隐约约地照亮了路面,布朗森躺在小路中间;他从自行车上摔了下来,姿势怪异地压在车上。我惊骇得说不出话,医生大概也和我一样。所有人都沉默不语,然而,丛林里嘈杂的声音震耳欲聋;那些该死的知了和牛蛙叫得能把死人也吵醒。即使在平常的夜晚,丛林里的喧闹声也显得十分怪异,因为人们都以为深夜的丛林应该是万籁俱寂的。可是,无形的喧噪声似乎永远不会停歇,敲击着你的神经,让你生出异样的感觉。你仿佛被声音团团包围,无法动弹。不过那天晚上,相信我,我们听到这些声音真的是害怕极了。那个可怜的人倒在地上,早已没了呼吸,丛林里喧闹不休的生灵却在他四周冷漠而凶狠地鼓噪着。

"布朗森脸朝下躺在地上。巡佐和两个苦力看着我,像是在等我下令。我当时很年轻,感到有些害怕。虽然看不到尸体的脸,可我确定他就是布朗森,但是又觉得应该把尸体翻过来确认一下。我想我们每个人都有惧怕的事情;你也知道,我非常不喜欢触碰死人。现在倒是经常做这种事情,但是仍然会觉得有点恶心。

"'毫无疑问,这个人就是布朗森。'我说。

"接着,医生——哦,那天晚上幸亏他在场——他弯下腰,把尸体的头翻过来。巡佐举起灯,照亮了死人的脸。

"'上帝啊,他半个脑袋都被打飞了。'我骇然大叫起来。

"'是的。'

"医生站起身,用路边树上的树叶擦干净双手。

"'他是不是彻底没救了?'我问他。

"'哦，是的。肯定是当场死亡。凶手应该是在很近的距离开的枪。'

"'你觉得他死了有多久了？'

"'不确定，可能几个小时吧。'

"'要是他打算六点来俱乐部打牌，我想应该会在五点左右经过这里。'

"'没有任何挣扎的痕迹。'医生说。

"'没有，不会有的。他是在骑车的时候被击中的。'我盯着尸体看了一会，不禁想到仅仅在几个小时前，总是扯着大嗓门嚷嚷的布朗森还是那样地精神奕奕，充满活力。

"'别忘了，他身上还带着苦力的工资。'医生说道。

"'我记得的。我们最好搜一下他身上的东西。'

"'要把他翻过来吗？'

"'等一下。让我们先看一眼四周的地面。'

"'我举起马车灯，察看周围的路面。在布朗森倒下的地方，细沙路面上布满了脚印，凌乱不堪；有我们的脚印，也有最早发现他的两个苦力的脚印。我往前走了两三步，看到地上有清晰的自行车轮胎的痕迹；他骑得很稳当，笔直向前。我沿着这条痕迹往回走，在他摔倒的地方往前一点，轮胎的印痕两边各有一个非常清晰的脚印，那是布朗森厚重的靴子踩在地上留下的印记。很显然，他在那个地方停了下来，两只脚踩在地上，然后重新蹬起自行车，车轮剧烈地摇晃了几下，在地上留下一段曲折的痕迹，最后，他连人带车地摔了下来。

"'现在可以搜身了。'我说。

"医生和巡佐把尸体翻过来，有个苦力把自行车拖走了。他们把布朗森仰面放在地上。我估计他身上的钱一半是纸钞，一半是硬币。硬币应该装在袋子里，袋子挂在自行车上，我瞥了一眼自行车，袋子不见了。他应该会把纸钞塞在皮夹里,厚厚的一沓,我在他身上摸了一遍,但是什么也没找到。接着,我把他所有的口袋都翻过来,几乎每个都是空的,只有裤子右边的口袋里有一点零钱。

"'他平时不带怀表吗?'医生问道。

"'带啊,他当然带的。'

"我记得,布朗森会把怀表链穿过西装翻领上的纽扣洞,他会把怀表、几个印章,还有其他一些东西都放在胸前的口袋里。但是,现在怀表和表链都不见了。

"'行了,这下事情就清楚了,是吧?'我说。

"很显然,他被一伙歹徒袭击了。那些人知道他身上带着钱,行凶后,又把他身上值钱的东西搜刮一空。我突然想起刚才看到的脚印,那些脚印说明他停下车,在原地站了一会儿。我完全可以想象事情发生的经过。先是一个歹徒找了个借口拦住他的车,然后,就在他再次蹬起自行车的时候,另一个歹徒悄悄地从他身后的丛林里钻出来,把两颗子弹射进了他的脑袋里。

"'行了,'我对医生说,'接下来,就该由我出马去抓那伙人了。我对你讲心里话,我真的很希望亲眼看见那伙恶徒被绞死。'

"之后,自然就是展开问讯。布朗森太太向我们提供了证词,但是她说的都是我们已经知道的信息,没有新的线索。布朗森大概在十一点的时候离开住所,打算中午在卡普隆吃顿便饭,然后在五六点之间回来。他让妻子别等他,说他会把钱放在保险箱里,然后直接去俱乐部。卡特莱特也证实了这些细节。他和布朗森太太一起吃了午餐,饭后抽了一支烟,然后带上枪,出去打鸽子。他回来的时候大概是五点钟,也可能还不到五点,然后他洗过澡,换上衣服去俱乐部打网球。他打鸽子的地方离布朗森遇害的地点不远,但是他从头到尾都没有听见枪响。这个信息毫无价值。丛林里知了和青蛙的叫声震天响，要想听到动静，必须距离非常近才行；而且，卡特莱特可能在布朗森遇害之前已经回到家里了。我们也还原了布朗森的行踪。他在卡普隆的俱乐部用了午餐，赶在银行关门前取了钱，接着又去俱乐部喝了一杯酒，然后骑车回家。他乘坐渡船过了河，开船的人记得远远地看到过他，也确定那天没有其他骑自行车的人乘船过河。看来那伙歹徒不是尾随其后，而是埋伏在丛林里等他经过。他沿着大路骑了两三英里，然后拐上小路，那是回家的捷径。

"凶手看样子很熟悉布朗森的习惯，怀疑自然立刻落到了在他的种植园里干活的苦力头上。我们审问了每一个人——问得非常细致——但是，没有在他们身上找到一丁点和案件有关的线索。事实上，大部分人都有可靠的不在场证明，无法证明自己不在场的人也被我以这样或那样的原因排除了嫌疑。亚罗立卑的华人里面有几个有过前科，我也让人调查了他们。但是不知道为什么，我总觉得这件案子不是华人做的。如果他们是凶手，肯定会用左轮手枪，而不是霰弹枪。总之，我在他们身上也没有找到线索。之后，我们贴出了悬赏通告，凡是能给我们提供线索的人可以得到一千元奖金。我以为悬赏令一出，肯定会有很多人来告密，毕竟这么做既帮了警方，还可以赚一大笔钱。不过，我也知道告密人一定会非常小心，只有在确保安全无虞的前提下，才会来告密，所以，我耐着性子等待线索出现。悬赏令也激起了我手下那些警察的兴趣，我知道他们会用尽一切办法，把凶犯抓捕归案。在这种时候，他们比我还要尽心尽力。

"可奇怪的是，悬赏令发出去以后毫无动静，似乎没有人感兴趣。我把撒网的范围扩大了一些。那条大路旁有两三个小村庄，我怀疑凶手可能是村庄里的人。我和几个村长见了面，可是没有获得任何线索。不是他们不想告诉我实情，而是我看得出来他们确实什么都不知道。我又调查了一些平时爱惹是生非的家伙，但是他们和这件案子也毫无关系。我连一点蛛丝马迹都没有。

"'好呀,坏家伙们,'我在驾着马车回到亚罗立卑的路上对自己说,'不必着急,反正绞刑架上的绳子烂不了。'

"'那些歹徒抢走了一大笔钱,但是钱不花出去,放在身边毫无意义。我很了解当地人的秉性,这笔钱在他们手里始终是个诱惑。马来人生性爱挥霍,又嗜赌,华人也是一群赌徒,早晚会有人掏出一大笔钱来花天酒地,那个时候,我就要好好地查一查那些钱的来路。只消问对几个问题,就能把他们吓住,之后,只要我不出差错,就可以轻松地让他们招供。

"现在唯一要做的就是坐下来,等待这件凶案引起的骚动渐渐平息,让凶手以为大家都忘记了这件事。想要挥霍不义之财的欲望会日夜滋长,让人越来越难以忍受,最终再也无法克制。我会照常办公,同时也会继续关注这件案子,迟早有一天,我会亲自抓到凶手。

"卡特莱特带布朗森太太去了新加坡。布朗森生前受雇的公司问他,愿不愿意接替布朗森的工作,他当然回绝了;于是,公司找来另外一个人顶替布朗森,又对卡特莱特说,他可以接手那个人空出的职位,也就是管理卡特莱特现在住的橡胶园。他马上就搬了过去。四个月后,布朗森太太在新加坡生下了奥利芙,又过了几个月,她和卡特莱特结婚了,正好离布朗森过世刚过一年。我惊讶极了,不过仔细想想,也只能承认这的确合情合理。那桩意外发生以后,布朗森太太处处依赖卡特莱特,他为她打点好所有事情。她肯定很孤独,也很迷茫,我敢说,她肯定非常感激卡特莱特的好意,他也确实成了她的精神支柱;至于卡特莱特,他肯定很同情布朗森太太,这种处境对女人来说太可怕了,她无处可去,共同的经历把他们牢牢地拴在一起。他们完全有理由结婚,结婚可能也是双方最好的选择。

"我的计划没能实现,杀害布朗森的凶手似乎永远也抓不到了。

123

当地没有人的花销超出合理的范畴，如果真的有人把那笔巨款藏在地板底下，那么他的自制力简直异于常人。又过了一年，这件凶案差不多已经被人遗忘了。真的有人可以沉住气，过了这么久也不露出一点尾巴吗？太不可思议了。于是，我开始怀疑杀害布朗森的是一伙流窜作案的华人，他们可能已经离开这里，去了新加坡，抓住这伙人的希望非常渺茫。最后，我终于放弃了。回头想想，这桩案子和其他劫案没有两样，一般来说，这类案件都不太可能抓到犯人，因为没有任何线索，要是犯人最终落网，那一定是他粗心犯错。如果是激情作案或是仇杀，那么可以找到有动机对受害者下手的那个人，但是这件案子不是这样的。

"失败了没必要怨声载道，我告诉自己要用常理对待这件事，尽可能地忘掉它。没有人喜欢失败，但是我失败了，只能尽量不把它当作一回事。就在那个时候，我们抓到了一个华人，他把可怜的布朗森的怀表拿去当铺典卖。

"我说过，布朗森的怀表和表链都被凶手拿走了，当然了，布朗森太太向我们详细地描述过那两样东西。怀表是本森牌[1]的半猎式怀表，透过表壳上的圆形窗口可以看到指针，另外还有一条金表链，三四个印章和一只硬币盒[2]。当铺的老板很精明，那个华人拿出怀表，他一眼就认了出来，找了个借口把人稳住，同时悄悄地叫人来报警。那个人立刻被抓了起来，扭送到我跟前。我见到他，像是见到了久别重逢的兄弟一样。我这辈子还是第一次仅仅是因为看到一个人就这么高兴。我对罪犯谈不上有什么好恶感，事实上，我还挺同情他们的，

---

[1] 本森牌（J. W. Benson），英国知名钟表品牌，由詹姆斯·威廉姆·本森（James William Benson）创立于1847年，曾为多家欧洲皇室制造钟表。
[2] 通常为银制的小扁盒，拴在怀表链一端，可以装5到6枚金镑（旧时英国的金币，面值1英镑）。在维多利亚时期（1837～1901）和爱德华七世时期（1901～1910），这种硬币盒非常流行，是绅士身份地位的象征。

因为在这场猫抓老鼠的游戏里,所有的王牌都握在警察手里;不过每次抓到犯人,我也感到无比满足,就像在牌桌上打出了一记精彩绝伦的配合一样。这桩谜案终于要水落石出了,因为即便凶手不是这个华人,我们也可以通过他顺藤摸瓜,找到真凶。我笑容满面地看着他。

"我问他怀表是哪儿来的。他说是从一个不认识的人手里买来的。这番辩解未免也太拙劣了。我对他大致讲了讲情况,表示可能会以谋杀罪起诉他。我有意想要吓唬他,也确实达到了目的。他最后说了实话,怀表是他捡来的。

"'捡来的?'我说,'很好。在哪儿捡到的?'

"他的回答让我大吃一惊,说是在丛林里捡到的。我哈哈大笑,反问他真的以为会有人把怀表丢在丛林里吗?然后他告诉我,他沿着小路从卡普隆来到亚罗立卑,在丛林里看到有个东西在闪光,那东西就是这块怀表。这太奇怪了。为什么他偏偏会说在那个地方发现了怀表呢?这要么是真话,要么就是狡猾至极的辩词。我问他表链和印章在哪里,他立刻掏了出来。他被我吓得不轻,脸色惨白,浑身发抖。这个走路内八字的小个子不可能是杀人凶手,要是连这点也看不出来,那我就太蠢了。但是他害怕成这样,说明他还隐瞒了一些事情。

"我问他怀表是什么时候发现的。

"'就在昨天。'他说。

"我又问他,为什么要走从卡普隆到亚罗立卑的小路。他说,他之前在新加坡工作,因为父亲病了,所以回到卡普隆,来亚罗立卑也是为了工作。他父亲的朋友是个木匠,给了他这份工作。随后,他又把新加坡同事和木匠的名字告诉了我。这番话似乎合情合理,而且不用费什么力气就能查证是否属实,所以,他不太可能是在撒谎。我当然也想到了另一件事,如果他说的都是真的,那么这块怀表丢在丛林里已经一年多了,肯定不会完好无损。我想要打开表壳,但是怎么也掀不开。当铺的老板也来了警察局,就在隔壁房间里候着。幸亏他懂得一点制表的门道。我叫他来看一看这块表;他一打开表壳,就吹了一记口哨,怀表的各个部件都覆上了一层厚厚的铁锈。

"'这块表不行啦,'他摇着头说,'走不了啦。'

"我问他怀表怎么会锈成这样,不等我多说一个字,他已经给出了答案,这块表是长年累月置于潮湿的环境里才会变得锈迹斑斑。我把犯人关押起来,算是给他一个警告,又派人去请他的雇主来,随后,我给卡普隆和新加坡各发去一封电报。等待回复的时候,我尽可能地把事情梳理了一遍。我倾向于相信那个华人的说辞。他之所以会害怕,可能是因为知道不该把捡来的失物卖掉。即使一个人是清白的,面对警察也会紧张;我不知道大家对警察是什么看法,他们和警察在一起总是不太自在。但是,如果犯人真的在丛林里捡到了怀表,那么肯定有人把表扔在那里。这就很有意思了。就算凶手觉得留着怀表不安全,完全可以把金表壳熔掉,当地人很容易就能办到。至于表链,那种式样的表链太常见了,凶手也知道很难顺着这条线索追查。全国每一家珠宝行里都有类似的表链。当然,还有一种可能,他们行凶后逃进丛林,匆忙中掉了怀表,不敢回去找。不过,我觉得这个猜测站不住脚:马来人常常把东西藏在莎笼①里,华人的外套也有口袋。而且,凶手进了丛林以后,就会知道没必要匆忙行事,他们很可能埋伏在那里静待时机,行凶后当场分赃。

"几分钟后,我派人去请的那个雇主到了警察局,证实了犯人的话。不到一个小时,卡普隆那边的回复也来了。当地的警察见过了犯人的父亲,老人说他的儿子去了亚罗立卑,在一个木匠身边工作。到

---

① 也作纱笼,指马来西亚人和印度尼西亚人裹在腰或者胸以下的长方形的布,类似筒裙,男女均穿。

目前为止,犯人的证词似乎都是真的。我又把他提出监狱,说准备带他去发现怀表的地方,他必须准确无误地指认出捡到表的位置。我带了三个人,把他和其中一名警察铐在一起,其实我没有必要这么做,因为这个可怜虫吓得直哆嗦。我们驾着马车来到小路和大路交会的地方,下了马车,沿着小路往前走;在距离布朗森遇害地点不到五码①的地方,那个华人停了下来。

"'就在这里。'他说。

"他指着丛林,我们跟着他往林子里走。大约走出十码,他指着两块大石头中间的缝隙说,就是在这里发现了怀表。他能注意到这个地方有块表真是非常地巧,如果他的话是真的,那么很像是有人故意藏在这里的。"

盖兹停下来,若有所思地看着我。

"如果当时你在那里,你会怎么想?"他问我。

"我不知道啊。"我答道。

"好吧,我来告诉你,我是怎么想的。如果怀表藏在那个地方,那么那些钱也可能就在附近。看样子值得我们找一找。在丛林里找东西好比大海捞针,相比之下,俗话说的"在干草堆里找一根绣花针"容易得就像是茶闲饭后的消遣游戏,但是我想要试一试。我把所有人都调动起来,解开了华人的手铐,让他也加入我们的行动。我让三个手下去找,自己也没有闲着。我们排成一列——总共五个人——在布朗森遇害地点前后五十码的范围内,从路旁往两边的丛林里推进一百码,仔细搜查每一寸土地。我们在枯叶堆里翻找,搜查每一处灌木丛和石头底下,就连树洞里也不放过。我知道这个方法很笨,成功的可能性只有千分之一;我唯一的希望就是,任何人在杀了人之后都会紧

---

① 码,长度单位。1 码等于 0.9144 米。

张和害怕，如果他想把赃物藏起来，肯定想要尽快藏好，所以，他会选择第一眼看到的能藏东西的地方。凶手把怀表塞在石缝里就是这个原因。我下令在这片面积有限的区域内搜索，理由也只有一个：发现怀表的地点离小路非常近，说明凶手想尽快藏好赃物。

"于是，我们接着搜寻。我渐渐地感到又累又恼火。每个人都汗如雨下。我渴得要命，可是身边又没有东西可以解渴。最后，我决定放弃这个馊主意，至少那天不再找了。就在那个时候，那个华人——小伙子的眼力肯定非常好——从喉咙里发出了一声惊叫。他弯下腰，从盘根错节的树根底下扯出一团烂糟糟、臭烘烘的东西。那是一只钱包，在雨水里浸泡了一年，被蚂蚁、甲虫，还有不知道什么虫子啃过，彻底湿透了，散发出一股恶臭，但是那肯定是只钱包，布朗森的钱包，里面装的是他从卡普隆的银行里取出的新加坡纸币，已经臭烂成一团，看不出原来的样子了。现在，只剩硬币没有找到，我敢确定就藏在附近，但是没必要再找了。我发现了一个很重要的事实，不管是谁杀了布朗森，都没有从中得到钱财。

"你记不记得我对你说过，我注意到自行车轮胎的宽痕两边各有一个布朗森的脚印？他在那个地方停下车，很可能和某个人说了一会儿话。他体重很重，两个脚印非常清晰，应该不是在松软的沙地上踩了一脚就蹬车离开，而是在那里站了一两分钟。我原本猜想，他停下车和一个马来人或是华人聊了一会儿，可是越想觉得越不对劲。他为什么要那样做呢？当时，布朗森着急回家，虽然他人很好，但也不会和当地人很亲近。他们只是主仆关系。我一直没有想明白脚印的由来。现在，我突然醍醐灌顶。凶手杀害布朗森不是为了钱，如果布朗森停下自行车和某个人说过话，那个人只有可能是他的朋友。我终于知道了谁是凶手。"

我一直认为侦探故事是最有趣、构思最巧妙的一类小说，也很遗憾自己没有写这类故事的才能,不过,我读过很多侦探小说,可以这么自夸,几乎每次我都能在谜底揭晓之前猜到真凶。眼下,尽管我已经预感到盖兹要说什么,但是最终听到他说出来的一瞬间,我承认,我仍然感到了震惊。

"他遇到的人是卡特莱特。卡特莱特当时在打鸽子。他停下车,问他在打什么,等他再次蹬起车子往前骑,卡特莱特举起枪,把两发子弹送进了他的脑袋。接着,卡特莱特拿走怀表和钱,伪装成团伙劫财的假象,匆匆忙忙地把东西藏在丛林里,然后沿着丛林边缘一路走到大路上,回家换上网球服,驾车载布朗森太太一起去俱乐部。

"我记得他那天打网球打得很糟糕,为了避免刺激到布朗森太太,我谎称布朗森受了伤,没有死,他一下子瘫倒在椅子里。如果布朗森只是受伤,也许还可以说话。哦,我敢打赌,那个时候他肯定觉得天都塌了。孩子是卡特莱特的。单看奥利芙的长相就知道了:嗨,你也看出来了。医生说,布朗森太太得知自己怀孕后非常不安,再三让他保证不会告诉布朗森。为什么呢?因为布朗森知道,这个孩子不可能是他的。"

"你觉得,布朗森太太知道是卡特莱特杀了她的丈夫吗?"我问道。

"她肯定知道。我回想起那天晚上她在俱乐部的一举一动,我敢肯定她知道内情。她表现得很不安,但不是因为布朗森被杀,而是听说他受了伤。后来,我说他被人发现的时候已经死了,她立刻松了口气,号啕大哭起来。我了解那个女人。你看她那个方方正正的下巴,你觉得她像是不敢铤而走险的人吗?她的意志像钢铁一般坚硬。是她指使卡特莱特动手杀人,事先就计划好了每一个细节和每一步棋。卡特莱特完全为她所控,直到现在也是如此。"

"不过,你的意思是,当时你和其他人都没怀疑过他们之间有私情吗?"

"完全没有。完全没有。"

"既然他们彼此相爱，又知道她怀孕了，为什么不干脆离开这里呢？"

"怎么可能？财政大权握在布朗森手里，她和卡特莱特一分钱也没有，更何况卡特莱特没有工作。你觉得他背上那种丑闻还能找到工作吗？他走投无路的时候，是布朗森接济了他，他却拐跑了他的妻子。他们离开这里肯定活不下去。但是万一事情暴露，他们也承担不起后果，唯一的活路就是把布朗森除掉。所以，他们就这么做了。"

"或许他们可以寄希望于布朗森心怀慈悲，对他们网开一面。"

"是可以这么做，但是我想，他们肯定羞愧得无地自容。布朗森对他们太好了，为人又正直，我觉得他们宁可杀了他，也不忍心告诉他真相。"

我思索着盖兹的话，有那么一会儿，我们都陷入了沉默。

"那么，后来你是怎么做的呢？"我问道。

"我什么都没有做。我又能做什么呢？证据是什么？我们找到的怀表和纸币吗？任何人都能轻而易举地把这些东西藏起来，事后又不敢回来取。凶手可能拿走那袋硬币就满足了。那些脚印？也许布朗森在那里停下车，点了支香烟，或是有棵树倒在路上，他停车等了一会儿，让碰巧遇到的苦力把树搬开。谁又能证明，那个品行端正、受人尊敬的女人在丈夫离世四个月后生下的孩子不是她丈夫的孩子呢？陪审团不会判定卡特莱特有罪的。所以，我什么也没说，大家也淡忘了这桩谋杀案。"

"我觉得卡特莱特夫妇不会忘记这件事的。"我说道。

"要是他们不记得了，我也不会惊讶。人的记忆短得惊人，如果你想听听我的专业意见，我可以这么说，假如某个人确信谁也发现不了他犯了罪，他就不会深深地悔过自责。"

我又回想起下午遇到的那对夫妻，男的上了年纪，干瘦秃顶，鼻梁上架着金边眼镜，女的白发苍苍，打扮邋里邋遢，说话直率，笑起来既和蔼又尖刻。很难想象这样的两个人在遥远的过去曾经陷入一段狂乱的激情，唯有这个理由才能解释他们的行为，他们为此沦落到这般田地，成了残忍冷血的杀人凶手。

"你和他们在一起的时候，没有觉得有点不舒服吗？"我问盖兹，"我不是有意苛责啊，可是我得说，我觉得他们不是好人。"

"你要是这么想就错了。他们人很好，大概是这里最好的人了。卡特莱特太太非常善良，也很风趣。我的职责是防止犯罪，以及在犯罪发生后，把案犯捉拿归案，我接触过很多犯人，知道他们未必就比其他人坏。一个品性正直的人可能受到环境影响犯下罪行，如果被发现了，他会受到惩罚，但他依然是个正直的人。当然啦，社会自会惩罚那些违反法律的人，这没有错，可是一个人的行为并不代表他的本质。如果你像我这样当了这么多年的警察，你会发现，重要的不是人们做了什么，而是他们是怎样的人。幸好，警察不用管人的思想，只管行为。要是哪天警察连人的思想也要管，这性质就完全不一样了，执行起来也难多了。"

盖兹轻轻地弹掉雪茄的烟灰，对我笑了笑，笑容里混杂了苦涩和嘲讽，可是我不反感那样的笑。

"你知道吗？有份工作是我绝对不想做的。"他说。

"什么工作？"我问道。

"上帝的工作，末日审判①，"盖兹说，"我可干不来那个差事。"

（李佳韵　译）

---

① 基督教认为，当世界末日来临时，上帝会对世人进行审判。

人性的因素[1]

我似乎每次都是在游人稀少的淡季来到罗马的。八月或九月里,我在前往另外某个地方的途中,有时会经过罗马,顺便在这里消磨两三天,凭着昔日的老交情去寻访故地,或者再去看一眼我所喜爱的那些画作。这个时节的天气非常炎热,住在城里的居民们成天度日如年地沿着科尔索大街[2]来来回回地蹓跶。"国家咖啡馆"[3]里座无虚席,人们围坐在一张张小桌边,往往一坐就是好几个小时,面前放着一只空咖啡杯和一杯水。在西斯廷大教堂[4],你时常会看到那些金发碧眼、皮肤晒得黧黑的日耳曼人,穿着灯笼裤,衬衫的领口敞开着,他们是肩上背着帆布背包从意大利那些尘土飞扬的马路上步行过来的观光客。圣彼得大教堂[5]里的那些三五成群的虔诚的信徒,虽然满脸倦容,但心情迫切,

---

[1] 收录于 1931 年出版的短篇小说集《六个用第一人称单数写的故事》(*Six Stories Written in the First Person Singular*)。
[2] 科尔索大街(Corso),古罗马主要街道,也是现代罗马观光、购物的胜地。
[3] 国家咖啡馆(Caffé Nazionale),又称"佩罗尼 & 阿拉尼奥咖啡馆",罗马科尔索街上的著名咖啡馆。
[4] 西斯廷大教堂(Sistine Chapel),始建于 1445 年,由教宗西斯都四世发起创建,教堂的名字"西斯廷"便来源于当时的罗马教皇之名"西斯都"。
[5] 圣彼得大教堂(St Peter)是基督教最宏伟的教堂,高耸在梵蒂冈山上,它是许多建筑天才的结晶。

是从某个遥远的国度前来朝圣的（旅行费用里包含了所有项目）。这些人由一位祭司负责接待，他们说着各种陌生的语言。这个时节的广场大酒店凉爽而又宁静。那几间公用的房间虽然面积宽敞，却光线幽暗、悄无声息。到了下午茶时间，大堂休息区里仅有的客人是一位年轻、帅气的军官和一位长得眉清目秀的女士，他们一边喝着冰镇柠檬水，一边亲密无间地交谈着，声音很低，带有意大利人说话时的那种孜孜不倦的流畅。倘若你上楼去自己的房间看看信、写写信，两个小时之后再下楼来时，他们依然还在那儿侃侃而谈。晚餐前会有几个人悠闲地走进酒吧，但在其余时间里，这里都没人来，因此，酒吧间里的那个服务生有的是时间，可以跟你说说他在瑞士的母亲以及他自己在纽约的经历。你们可以聊人生、聊爱情，以及高昂的酒价。

  这次也是这样，我发觉整个酒店简直就是在为我一个人营业。前台接待员先前领我去房间时还对我说，他们早已客满了，但是，等我洗完澡、换好衣服，再次下楼去大厅时，开电梯的操作工，也算老相识了，却告诉我说，住在这里的客人顶多不超过十个。风尘仆仆地经历了南下到意大利来的这趟漫长而又炎热的旅程之后，我感到很累，打算在酒店里安安静静地吃顿晚饭，然后就早点儿上床休息。我走进餐厅时已经很晚了，只见里面规模盛大、灯火通明，但客人却寥寥无几，至多不过三四张餐桌有人坐着。我满意地朝四周打量了一下。要是忽然发觉自己竟天马行空地置身在一个还不算十分陌生的大城市里，而且还独自一人住着一座富丽堂皇、却门庭冷落的大酒店，这种感觉还是挺惬意的。这会使你油然生出一种甘之如饴的自由之感。我感到我的精神有如插上了双翅，欢快地扑腾了几下。来餐厅之前，我已经在酒吧里驻足停留了十分钟，喝了一杯干邑马提尼酒。此时，我又给自己点了一瓶上等红葡萄酒。虽然四肢疲软乏力，我的灵魂对美酒佳肴的反应却好得出奇，我感觉心情也分外轻松起来。我喝了汤，吃了鱼，心中充溢着各种令人愉快的想法。我当时正在忙着写一部长篇小说，于是，脑海里便浮现出了诸多只言片语的对话，想象力也伴随着我要塑造的人物在欢乐地跳来蹦去。我在舌尖反复品味着某个措辞，比品尝美酒还要津津有味。我随即便想到了描绘人物形象的艰难程度，因为你得采用如此这般的手法，方能使读者对这些人物的理解与你一样。在我看来，这一直是小说创作中最难以处理的事情之一。如果你非常细腻地描述一个人的五官特征，读者到底看到了什么呢？我认为他们什么也看不到。然而，有些作家采取的对策是，抓住某个显著的特征，比如：一脸奸笑、一双贼溜溜的眼睛，并浓笔重墨地加以描绘，这个对策虽然有效，却是在回避问题，并没有解决问题。我环顾四周，思忖着我会怎样来描写坐在我周围餐桌上的人。我对面正好有一个人在独自用餐，权当练习一下吧，于是，我便扪心自问，我该采用什么方法来表现他呢？他是个高挑、瘦削的家伙，我认为，这就是人们常说的那种"四肢柔软灵活的人"。他穿着晚礼服，里面是一件上过浆的白衬衫。他的脸很长，浅色的眼睛，淡黄色的鬓发，但是头发越来越稀了，光秃的额角为他的容貌平添了几分高贵的气质。他的五官特征毫不出众。他的嘴巴和鼻子都与其他人一样；他的胡子刮得很干净；皮肤本来是白皙的，但现在已被晒得黧黑。他的外表颇像一个知识分子，但略有点儿平淡无奇的不同之处。他看上去仿佛是一位律师或者大学教师，而且擅长打高尔夫球。我觉得他有很好的品位，也博学多才，在切尔西的午餐会上可能是一个很讨人喜欢的客人。但是，一个笔力雄健的作家究竟应该如何来形容他，用三言两语就能描绘出一幅栩栩如生、盎然有趣、准确传神的形象，这一点我实在想象不出来。或许可以把其余的特征统统舍弃掉，只详细描写那个已然造成了审美疲劳的不同之处，因为从总体上说，这是他给人留下的最与众不同的印象。我若有所思地望着他。突然间，他探过身来，朝我生硬而又不失礼貌地微微鞠了一躬。我有一个让人见笑的习惯，平常一受到惊吓就会满脸绯红，此时此刻，我感觉自己的脸颊已经涨得通红了。我确实吓了一大跳。我刚才盯着他看了好几分钟，仿佛他就是个商店橱窗里用来展示服装的人体模型似的。他肯定会认为我极其无礼。我马上一脸尴尬地向他点了点头，然后扭过脸去望着别处。幸好那个时候服务员给我上菜了。就我所知，我以前从没见过此人。我扪心自问，那个鞠躬是不是因为我一直在盯着他看，让他以为之前在哪里见过我一面，或者我真的碰到过他，而事后又完全忘记了。我不太能认脸，我对这种情况还有的一个借口，就是他看上去和许许多多的其他人并没有什么差别。在一个天气晴朗的星期天，在伦敦附近的任何一个高尔夫球场，你都会看到十几个像他这样的人。

他比我先吃完这顿晚餐。他站起身来，但他在走出餐厅的途中忽然在我的餐桌边停下了脚步。他朝我伸出了一只手。

"你好吗？"他说道，"你刚才进来的时候，我没认出来是你。我不是故意要装作不认识你的。"

他说话的声音很悦耳，有腔有调，这种腔调是在牛津大学培养出来的，许多根本没上过牛津大学的人也很喜欢模仿这种腔调。很明显，他认识我，但同样也很明显的是，他并不知道我还没有认出他来。我这时已经站了起来，因为他比我高出了很多，因而是在居高临下地俯视着我。他很拘谨，似乎有些意气消沉。他身子略有点儿向佝偻，由于我本来就觉得，他依稀有几分像是要认错的样子，这就进一步加深了他给我的印象。他的态度带着点儿屈尊俯就的优越感，同时也带着点儿戒心。

"你愿不愿意过来陪我喝杯咖啡？"他说道，"我很孤独。"

"当然愿意，我乐意奉陪。"

他离我而去了，可我还是不知道他究竟是谁，我曾经在哪里见过他。我注意到，他有个很奇怪的地方。在我们用那短短几句话相互问候的时候，在我们握手的时候，以及在他点点头离我而去的时候，他一次也没有笑，脸上甚至连一丝微笑的迹象都找不到。更加近距离地端详了他一番之后，我才察觉到，他自有他长得好看的地方；他五官端正，那双灰色的眼睛很漂亮，他有一副修长的身材；但这并不是我感兴趣的地方。一个愚蠢的女人或许会说，他看上去很浪漫。他会让你想起伯恩-琼斯①笔下的某个骑士，虽然他的实际比例要比绘画作品中的骑士大得多，也不像绘画作品中的那些可怜的家伙，看上去个个都像患了结肠炎似的。他这种人会让你觉得，他穿上花里胡哨的舞蹈装一定很招摇，等你看到他真打扮成那样时，你就会发现，他那副模样显得很荒诞。

我不一会儿就吃完了这顿晚饭，随后便走进了休息厅。他坐在一张宽大的扶手椅里，看见我进来了，他便呼唤服务生过来。我坐了下来。服务生过来之后，他点了咖啡和利口酒。他的意大利语说得非常好。我心里就在琢磨着，我该通过什么方式，在不得罪他的前提下，弄清他是谁呢？如果你没有认出别人是谁，人家往往会很不高兴。他们那么看重自己，结果却发现，他们在别人眼里是那么的无关紧要，这不啻为一记沉重的打击。他那口好极了的意大利语使我回忆起了他。我不仅想起了他是谁，同时还想起了我不喜欢这个人。此人名叫汉弗莱·卡拉瑟斯。他在外交部工作，而且身居要职。至于他主管的是哪个部门，我就不得而知了。他曾被委派到不同国家的大使馆去工作，我估计，他旅居罗马是他讲得一口地道的意大利语的原因。我没有立即看出他与外交事务有联系，真是太愚蠢了。他身上处处都有这

---

① 伯恩-琼斯（Burne-Jones, 1833—1898），英国画家、图书插画家、彩色玻璃和马赛克设计师，曾深受英国拉斐尔前派画家的影响，其作品堪称英国浪漫主义流派的代表作。

个职业的标记。他那目空一切的礼节性举止，是经过精心策划，故意用来惹恼公众的，他那种孤高冷漠的态度，是外交官应有的意识，表明他不可与普通民众同日而语，再加上他偶尔感到不安时流露出的那份戒备之心，那是他唯恐别人没有完全意识到这一点。我认识卡拉瑟斯已经好多年了，但我与他见面的次数并不多，在午餐会上碰到时，我至多不过朝他打声招呼而已，在歌剧院相遇时，他会冷冷地朝我点点头。人们都觉得他很聪明；他确实也很有文化修养。他能如数家珍地谈论一切正面的事情。我之前没有想起他来，实在说不过去，因为他最近摇身一变，竟然成了一位短篇小说家，还为此获得了呼声很高的名望。他的作品起初都发表在那些怀着好意的人们时不时创办的这样或那样的期刊杂志里，他们创办这些刊物的目的，是为了让那些明事理的读者读一些值得关注的东西，不过，一旦刊物的出资人发觉自己赔钱赔得差不多了，刊物也就办不下去了。虽然这些刊物的发行量微乎其微，但是作品发表在这些出言谨慎、印刷精美的页面上，还是能在有限的范围内引起不少关注的。不久后，卡拉瑟斯的这几则短篇故事就汇集成书出版了，居然还引起了很大的轰动。我很少在各家周刊上看到这么众口一致的赞扬话。大多数周刊都为这本书专门开辟了一个专栏，《泰晤士报文学增刊》上发表的关于这本书的书评没有放在那些普普通通的小说评论之中，而是另外为他安排了一个位置，相得益彰地把这本书的书评设置在某位著名政治家所撰写的回忆录的旁边。评论家们喜欢汉弗莱·卡拉瑟斯，就把他吹捧成了文学天空的一颗新星。他们称赞他那别具一格的视角、细致入微的笔触、妙不可言的反讽，以及他那敏锐的洞察力。他们称赞他的文体风格、他的美学意义，以及他所创造的氛围。终于有这样一位作家崭露头角了，他使短篇小说这一在英语国家已经坠入深渊的创作体裁起死回生了，终于有这样一部作品横空出世了，它足以让一个英国同胞满怀豪情指出，这部作品堪与芬兰、俄罗斯以及捷克斯洛伐克同类型的最佳著作相媲美。

三年后，汉弗莱·卡拉瑟斯又推出了他的第二本书，评论家们满意地评论着这两本书的相隔时间：这位作家绝不是一个无耻出卖自己的才华来赚钱的雇佣文人！第二本书获得的溢美之词比他的第一本书或许要平淡一点儿，因为评论家们有时间冷静下来进行自我反省了，但是，那种热情依然足以让任何一个靠自己手中的那支笔来谋生的普通作家大为高兴，毫无疑问，他在文学领域里的地位已经很稳固，名誉也很好。获得最多褒奖的那则故事篇名为《刮脸刷》，所有一流评论家都指出了作者以何等美妙的工笔，在寥寥三四页的篇幅里，就将一个剃头店帮工可悲可叹的心灵赤裸裸地袒露在读者面前。

不过，他最有名、也是篇幅最长的一个故事名为《周末》。这个篇名是他第一本书的书名。故事讲述的是几个人的冒险经历，他们周六下午从帕丁顿火车站①出发，和朋友们一起住在泰普洛②，周一早上又返回伦敦。这个故事写得过于隐晦，内容颇有点儿让人不知所云。里面有一个年轻人，是内阁大臣的一名政务次官，差点儿就要向一位准男爵的女儿求婚了，但最后并没有。另有两三个人用篙撑着一条平底小船漂荡在河面上。他们意有所指地聊了很多，却没有一个人肯把话说完整，他们的言外之意都非常微妙地隐藏在那些省略号和破折号之中。故事里有大量对花园里的花朵的描写，以及对雨中泰晤士河细腻的描绘。这个故事完全是通过那个德国家庭女教师的视角来叙述的，大家一致认为，卡拉瑟斯用非常幽默、耐人寻味的笔触传达了这个家庭女教师的人生观。

---

① 帕丁顿火车站（Paddington Station，又称 London Paddington），是伦敦中央枢纽火车站和终点站，也是英国乃至世界最早的地铁的发源地和枢纽站。
② 泰普洛（Taplow），白金汉郡的一个村庄，距离伦敦的帕丁顿火车站大约 30 公里。

卡拉瑟斯的两本书我都读过。我一向认为，主动去了解与自己同时代的作家们正在写什么，这是一个作家理所当然的本分。我是个非常愿意学习的人，我当时觉得，我或许能在这两本书里发现点儿什么对我以后有用的东西。我感到很失望。我喜欢那些有开头、有中段、有结局的故事。我尤其偏爱有特点的故事。我认为，故事有氛围固然很好，但是，如果只有氛围而没有其他内容，那就如同只有画框而没有画；这种作品没有多大意义。不过，也许是因为我自身的不足，我看不出汉弗莱·卡拉瑟斯的作品好在哪里，如果说我之前在描述他的两个最成功的故事时毫无热情，其原因大概还是我自己这颗受了伤的虚荣心在作祟。我心里非常清楚，汉弗莱·卡拉瑟斯把我当成了一个无足轻重的作家。我深信，对我写出的东西，他压根儿连一个字都没有看过。我所欣赏的大众化足以让他认定，他没有必要对我的作品给予任何关注。昙花一现而已，他引起的这场轰动就是这个结果，如此看来，他自己似乎也要面对这种耻辱了，不过，这一点很快便水落石出了：他的那些精湛的作品深奥得使读者大众无法理解。社会中的知识阶层到底有多大，这不好说，但是，这些社会精英中究竟有多少人愿意花钱去捐助他们所喜爱的艺术品，这一点却是明摆着的。品质过于高雅的戏剧难以吸引商业剧院的资助人，却可以招徕一万名观众；那些要求读者必须具有极高的理解水平而不是面向普通民众的书籍，大概只能卖出一千二百册。对于知识分子来说，尽管他们能敏锐地发现美，但他们更喜欢免费进剧院看戏，喜欢从图书馆借书来读。

我可以肯定，卡拉瑟斯不会为这种事情而感到苦恼的。他是一名艺术家。他还是外交部的一位官员。作为一名作家，他的名气已经让人刮目相看了；他不会去关心平民百姓的阅读需求的，何况作品太过畅销可能反而会损害他的创作活动。我推测不出究竟是什么原因促使他想邀请我陪他一起喝咖啡。尽管他的确很孤独，但我应该估计到，他早已把自己的思想当作绝佳伴侣了，我就不信他已经料想到，我可以说出什么让他感兴趣的话来。不过，我还是能看得出来的，他一直在勉为其难地努力着，总想摆出一副平易近人的样子来。他向我提起了我们上次是在什么地方见的面，于是，我们便聊了一会儿我们在伦敦彼此都认识的朋友。他问我怎么会在这个季节来罗马的，我跟他说了缘由。他主动告诉我说，他是当天上午刚从布林迪西①过来的。我们的交谈并不顺畅，因此，我横下心来，只要一有机会告辞，我就立即站起来，离开他。可是，没过一会儿，我就有了一种奇怪的感觉，我至今也说不清是怎么造成的，他好像意识到了我的心思，便处心积虑地不给我这个机会。我感到很惊讶。面对这种情况，我不得不冷静下来思考了。我注意到，只要我稍有停顿，他马上就提出一个新的话题。他一直在煞费苦心地寻找让我感兴趣的谈资，好把我留下来。他使出浑身的解数，想让气氛和谐起来。谅必他还不至于感到太寂寞吧；凭着他在外交界的往来关系，他肯定认识很多人，总能找到人来陪他共度夜晚的时光。我确实有点儿纳闷，不知他为什么没有去大使馆用晚餐；虽然时值夏季，但那边总该有他所熟悉的人。我还注意到，他一次也没有露出过笑脸。他说话似乎老是带着急切得有些刺耳的口吻，仿佛他连片刻的沉默都感到害怕，仿佛他的说话声可以把折磨他的某种东西暂时排斥在他的脑海之外似的。这就太奇怪了。虽然我不喜欢他，虽然他对我根本算不了什么，而且和他待在一起也让我多少有点厌烦，但我还是违心地略微表示了一点儿关切之情。我用探寻的目光细细打量了他一眼。不知这是不是我自己的幻觉，我在他那双黯淡的眼睛里看到的是那种被吓唬住了的神色，有如一只被追得无路可逃的狗在睐睁地望着你，尽管他五官清秀，表情也把握得那么

---

① 布林迪西（Brindisi），意大利东南部港口城市。

140

有分寸，但他的那副神态似乎总让人联想到一颗深陷苦恼的心灵的怪相。我怎么也弄不明白。我脑海中闪现出了十多个杂乱无章的想法。我并不是特别富有同情心：犹如嗅到了硝烟味的一匹老战马，我顿时精神大振。我本来一直感到很疲惫，现在却变得愈发警觉起来了。我的识别力已经伸出了触须，在跃跃欲试了。我突然对他的每一个面部表情和每一个手势都敏感地关注起来。我之前也想到过，他是不是写了一部戏剧，想征求一下我的意见，但我马上打消了这个念头。这些趣味高雅的精英分子会莫名其妙地沉湎于舞台脚灯的光华，尽管他们傲慢得根本瞧不起我们这些文学匠人的语言功力，但他们并非不愿意从我们这儿汲取几条有用的小建议。不，这不是他的本意。一个如此富有审美情趣的饱学之士只身一人在罗马，弄不好就会惹上麻烦，于是，我暗自忖度起来，卡拉瑟斯是不是陷入了什么困境，为了使自己摆脱这个困境，大使馆成了他最最去不得的地方了。我以前曾经作过简要评述，理想主义者在情欲方面往往容易轻率行事。他们有时会在警察不便到访的地方寻花问柳。我心里忍不住窃笑起来。一个自命不凡的人若是在这样一种可疑的情景中被逮住了，连天神都会笑话他的。

突然间，卡拉瑟斯说了一句让我错愕不已的话。

"我实在倒霉透了。"他咕哝道。

他没有任何来由地说了这句话。他显然不是在开玩笑。他的腔调里似乎有一种喘不过气来的味道。那声音很像是一阵抽泣。我至今都无法形容猛然听到他说这种话时，我感到有多惊讶。我的感觉就好像你在转过一个街角时，突然遇到一阵狂风迎面扑来，刮得你一下子透不过气来，几乎连站都站不稳。这话说得实在太出乎意料了。不管怎么说，我对此人几乎一点也不了解。我们从来都不是朋友。我不喜欢他；他也不喜欢我。我从来就没有把他看作很有人情味的正常人。一个如此自我克制、如此温文尔雅的人,一个对文明社会的礼仪习俗如此娴熟的人,居然会突如其来地向一个陌生人袒露这种心迹,真是太令人咋舌了。我这个人生来喜欢说话有所保留。不管遭受什么样的苦难,向别人透露我的烦恼,我都会觉得很难堪。我禁不住打了个寒战。他的脆弱惹恼了我。一时间,我竟气得义愤填膺了。他怎么敢把自己内心的痛苦强加在我的头上?我差点儿就要喊出来:

"这关我什么事?"

但我没有这么做。他整个人此时已经蜷缩成了一团,坐在这张宽大的扶手椅里。他那令人肃然起敬的高贵的相貌本来会让人不由自主地想起维多利亚时代某位政治家的大理石雕像,现在却扭曲成了一道道怪模怪样的皱纹,那张脸也松垂下来了。他看上去好像要哭了似的。我犹豫了。我张口结舌了。刚才听他说话的时候,我脸都气红了,现在倒好,我感觉自己又脸色发白了。他真是个值得怜悯的对象。

"我很抱歉。"我说道。

"要是我跟你说一说我的事儿,你介意吗?"

"不介意。"

这个时候用不着再多说什么了。我估计,卡拉瑟斯刚刚四十岁出头。他是个身材匀称的男子汉,看样子有点儿运动员的体魄,而且举手投足间都透着自信。此时此刻,他的模样似乎一下子老了二十岁,而且还不可思议地萎缩了。他让我想起了战争期间看到的那些死去的士兵,死亡竟然使他们变得那么瘦小得出奇。我感到一阵尴尬,于是,我便扭过脸去望着别处,但我总感到他在眼巴巴地望着我,我只好又转回来看着他。

"你认识贝蒂·惠尔顿-彭斯吗?"他问我。

"多年前在伦敦的时候,我时常遇到她。最近没看见过她了。"

"想必你也知道,她现在住在罗德岛①了。我刚从那里过来。我之前一直住在她那里。"

"哦?"

他犹豫了。

"我像这样跟你说话,你恐怕会觉得我这人太莫名其妙了吧。我已经忍无可忍了。如果我再不找个人说说,我会发疯的。"

他先前已经要过两杯白兰地加咖啡了,现在他又叫来了服务生,给自己重新点了一杯。休息厅里此时只有我们两个人。我们之间的茶几上放着一盏有灯罩的小台灯。因为这是个公共场所,他说话的声音放得很低。这个地方十分僻静,让人格外有一种莫名的亲密感。我无法完完整整地复述出卡拉瑟斯跟我说的所有原话;我也不可能把那些话全部记住;我还是以我自己的方式来描述吧,这样比较方便。有时候,他自己会欲言又止地不肯把一件事坦率地直接说出来,我不得不去猜一猜他的言下之意。有时候,他会谈到连他自己也弄不明白的事情,而在我看来,从某种程度上说,我对事情的真相似乎反倒比他看得更加清楚。贝蒂·惠尔顿-彭斯具有非常敏锐的幽默感,而他则缺乏幽默感。我听出了许多他一时领会不了的意味深长的话。

我见过贝蒂·惠尔顿-彭斯好多次,但是,我对她的了解主要还是来自道听途说。她年轻时曾经在伦敦这片小天地里引起过巨大的轰动,我经常听人提起她,后来终于见到了她。那是在这场战争结束之后不久,在波特兰广场②的一场舞会上。她那时的名声就已经达到登峰造极的地步了。你随便翻开一份画报,就能看到她的照片,她制造

---

① 罗德岛(Rhodes),是希腊第四大岛,希腊最大的旅游中心。在毛姆创作这篇小说的时候(1930年)属于意大利。
② 波特兰广场(Portland Place),位于伦敦城中繁华大街上的著名大厦,是伦敦著名景点之一。

的那些狂热的闹剧则是人们街谈巷议的一个主要话题。她那年二十四岁。她的母亲已经亡故,父亲圣厄斯公爵年事已高,也不太富裕,一年到头大多数时间都待在康沃尔郡[①]他自家的城堡里,而她则住在伦敦,与她的一位孀居的姑姑生活在一起。这场战争爆发时,她去了法国。那时候她才十八岁。她在军事基地的一家医院里当过护士,后来又当过司机。她参加过旨在慰问部队官兵的巡回演出;回国后,她在慈善性质的"活人造型"[②]表演中当过模特,举办过出售各种物件的拍卖会,还在皮卡迪利大街上卖过旗子。她的每一项活动都受到过大张旗鼓的宣传,她常换常新的每一个角色都被拍摄成了数不胜数的照片。我估计,她当时一定忙得不亦乐乎。不过,既然战争已经结束了,她也就无所顾忌地恣情放纵起来。反正那时候人人都有点儿忘乎所以。年轻的一代人由于卸下了压在他们身上长达五年之久的重负,都沉溺在各种恣肆妄为的玩乐之中。这些活动贝蒂每样都参与。有时候,也不知是出于什么原因,关于他们的报道就出现在报纸上了,而她的名字永远都是头版新闻的标题。那时候,如日中天的夜总会才刚刚勃兴起来,人们每天晚上都必定能在那些地方见到她。她成天过着紧张忙碌、灯红酒绿的生活。这种事情只能用陈腐的语句来形容,因为这本身就是一桩陈腐的事情。英国的民众则以他们别具一格的方式牵肠挂肚地惦记着她,"贝蒂小姐"这一家喻户晓的名字足以说明她当年风靡英伦诸岛的盛况。她去参加婚礼时,女人们都团团簇拥着她,剧院里首次公演时,楼座里的观众都为她鼓掌,仿佛她是一位当红女明星似的。女孩子们都喜欢模仿她的发型,生产肥皂和面霜的厂商们纷纷付钱给她,目的是为了用她的照片做广告来推销其商品。

[①] 康沃尔郡(Cornwall),位于英格兰西南部,有2000多年的采锡历史,曾是世界最著名的产锡区之一,如今拥有全球最大的温室"伊甸园"。
[②] 活人造型(Tableaux),指由活人扮演的静态画面、场面或历史性场景,尤指舞台造型。

当然，那些反应迟钝、墨守成规的人，那些怀念、怜惜旧秩序的人，大多对她颇有微词。他们嘲笑她老是喜欢抛头露面、成为万众瞩目的对象。他们说她对自我宣扬怀有一种不可理喻的强烈爱好。他们说她放荡成性。他们说她嗜酒无度。他们说她太爱抽烟。我得承认，我所听到的关于她的这些传闻，可谓事先给我打了预防针，让我对她没有多少好感。有些女人似乎把战争当成了一次可以大显身手、大出风头的机缘，我鄙视这类女人。有些报纸时常登载上流社会的名人雅士在戛纳①散步或者在圣安德鲁斯②打高夫球的照片，我对这些报纸不感兴趣。我向来认为，这些"生气勃勃的年轻人"极其令人生厌。对旁观者来说，这种及时行乐的人生观似乎既很无聊、又很愚蠢，不过，道德家们对之严加苛责也非明智之举。跟这些生活上放浪不羁的年轻后生生气，就像跟一窝小狗崽生气一样，是有悖常理的，因为小狗崽们总喜欢活蹦乱跳地到处瞎跑，在彼此身上翻来滚去，追自己的尾巴。要是它们糟蹋了花坛，或者打碎了某件瓷器，那你也该毅然决然地忍它一忍为好。有些小狗崽会被淹死，因为它们的智商还没达到那种水准，其余的则会渐渐长成为守规矩的狗。他们无法无天的表现仅仅是由于有青春的活力而已。

　　而活力恰恰正是贝蒂身上最光彩照人的特征。热烈奔放的生命力在她浑身上下光芒四射地涌动着，让你看得眼花缭乱。我想，我永远也忘不了她在那场舞会上给我留下的印象，那是我第一次见到她。她就像酒神的一位女祭司③。她那无拘无束的舞姿逗得你忍不住要开怀

---

① 戛纳（Cannes）位于法国南部港湾城市尼斯附近，是地中海沿岸风光明媚的休闲小镇。
② 圣安德鲁斯（St Andrews），是坐落在英国苏格兰东海岸的大镇，苏格兰历史上最著名的城镇之一，也是中世纪时苏格兰王国的宗教首都。圣安德鲁斯不但有苏格兰最古老的大学，也由于其在高尔夫运动发展中做出的诸多贡献被称为"高尔夫故乡"。
③ 酒神的女祭司（Maenad，希腊神话中酒神狄俄尼索斯的众女随从。Maenad一词来自希腊语，意为"发狂"或"疯狂"。

大笑，最让人有目共睹、有心共鉴的是她对音乐的酷爱和她那在翩翩起舞、充满青春活力的四肢。她的头发是棕色的，由于举手投足的力度而稍显凌乱，但她那双眼睛是蔚蓝色的，她那乳白色的肌肤透着玫瑰色的红晕。她的确是一位大美人，然而却一点儿也没有大美人的冷傲。她时不时就会放声大笑，即使不在放声大笑，她也依然满面春风，眼睛里闪动着活灵活现的欢乐之情。她宛如天神们所创办的农庄里的挤奶女工。她具有平民百姓的体力和健康；但她的那种我行我素的举止，那种光明磊落的仪态，却又分明在告诉人们，她是一位出身豪门的千金小姐。我真不知道该如何表达她给我的那种感觉，尽管她显得那么单纯、那么坦然，但她并非不注意自己的身份。我遐想着，如果出现特殊情况，她一定会随机应变地摆出她的尊严，进而变得非常高傲。她对每个人都很妩媚，也许她自己并没有完全意识到这一点，因为她打心底里认为，除此之外，这世上的其他东西统统都无关紧要。我终于恍然大悟，为什么伦敦东区①工厂里的那些姑娘会那么崇拜她，为什么那五六十万民众，尽管只见过照片而从来就没有见过她本人，会怀着那种亲昵、友好的个人感情来看待她。我被人家引荐给她之后，她破例花了几分钟时间与我聊了起来。看到她表现出对你有兴趣的样子，真让人感到特别荣幸；虽然你明明知道，她不可能真像她表面看上去那样十分乐意结识你，或者十分喜欢你所说的话，但你还是觉得她那副模样非常迷人。她就有这种本领，能够跳过与人初次相识时的那几个难以对付的阶段，因此，认识她还不到五分钟，你就感到你已经对她熟悉到了好像知道她所有的人生经历似的。有个人要来找她跳舞，便不由分说地把她从我身边抢走了，她也带着热切而

---

① 伦敦东区（East End），英国首都伦敦东部、港口附近地区。曾是一个拥挤的贫民区。街道狭窄、房屋稠密，多为19世纪中期建筑。第二次世界大战中，大部分遭受轰炸破坏，后重建。

又愉快的表情，投怀送抱地拥入了她那个舞伴的怀抱之中，跟她刚才猛然坐进我身边那张椅子里时的表情一模一样。两周之后，我在午餐会上再次见到她时，发现她竟然清清楚楚地记得我们在舞会上那嘈杂的十分钟里具体谈了些什么内容，让我感到非常惊讶。果然是一位具备各种社交风度的妙龄女郎。

我向卡拉瑟斯说起了这件小事。

"她可不是傻瓜，"他说道，"没有几个人知道她有多聪明。她有几首诗写得非常漂亮。因为她那么放浪形骸，因为她那么不计后果，而且无论对谁都那么满不在乎，人们就以为她是个用情不专的轻浮之人。其实远远不是这么回事儿。她机灵得像只猴子。你根本想不到她怎么有时间读了那么多的东西。我估计，对于她的这一面，没有人了解得比我还清楚。我们以前经常利用周末结伴儿去乡下散步，在伦敦的时候，我们时常会开车去里士满公园①，在那里散散步，聊聊天。她特别喜欢花草树木。她对样样事情都很关心。她见多识广，也很通情达理。没有什么话题是她不能聊的。有时候，我们下午去散了步，晚上又在夜总会里相见，她总要喝上两三杯香槟酒，你知道的，这个量就足以把她灌成一个地地道道的醉鬼了，于是，她就成了全场最活跃的中心人物，我不由自主地想到，要是在场的其他人知道，仅仅几个小时之前我们谈得有多一本正经，他们会惊讶成什么样子。这种反差太让人惊奇了。她身上似乎同时并存着两个截然不同的女人。"

卡拉瑟斯说了这么一大通话，脸上没有一丝笑容。他是用那种很伤感的口吻说话的，仿佛他是在谈论一个被不期而至的死神从朝夕相处的亲朋好友间生生夺走了的人似的。他深深叹了口气。

---

① 里士满公园（Richmond Park），是伦敦最大的皇家公园。

147

"我如痴如迷地爱上了她。我向她求了六次婚。当然，我知道自己没有机会。我只不过是外交部的一个级别很低的小职员，可我就是控制不住自己。她虽然拒绝了我，但她的态度每次都好得让人吃惊。我们的友情也从来没有因此而受到任何影响。你瞧，她真的很喜欢我呢。我给了她别人给不了的东西。我过去总是觉得，比起其他人来，她其实对我更加情深意浓。我对她真的是一片痴心。"

"我估计，你恐怕不是唯独仅有的一个这么喜欢她的人。"我说，因为觉得自己总该说点儿什么才对。

"当然不是。她经常收到几十封情书，都是她从来没有见过、甚至从来没有听说过的男人写来的，有非洲的农民、有矿工，还有加拿大的警察。各种各样的人都向她求过婚。只要她愿意，她想嫁给谁都可以。"

"听人家说，甚至还有皇室的人呢。"

"没错。她说她受不了皇室的生活。后来，她嫁给了吉米·惠尔顿-彭斯。"

"人们都感到很惊讶，对不对？"

"你认识这个人吗？"

"不认识，应该不认识吧。我也许曾经碰见过他，但我对他没有印象。"

"你不会对他有印象的。他是活在这世上到目前为止最不起眼的家伙了。他父亲是北英格兰那边的一位大名鼎鼎的生产商。在这场战争期间，他赚了不少钱，便买了一个准男爵的爵位。我相信，他这辈子都没发过 H 这个音[①]。吉米和我一起读的伊顿公学，他们费了

[①] 英国边远地区或下层人士的口音里常常省略 H 的发音。

不少力气想把他培养成一位绅士,战争结束之后,他在伦敦到处乱转,显得很活跃。他总是心甘情愿地自掏腰包举办宴会。只可惜谁也没把他放在眼里。他只是付钱买单罢了。他是个地地道道极其令人厌烦的家伙。想必你也知道,他太古板,客套得让人受不了;他老是弄得你相当不自在,因为他太谨小慎微了,生怕自己做了错事。他穿的每身衣服都像是第一次刚穿上身的,而且每身衣服都有点儿太紧了。"

有天早上,卡拉瑟斯无意间翻开了《泰晤士报》,当他把目光投向当天的热点新闻时,忽然发现有一桩婚事已经安排妥当了,女方是伊丽莎白,圣厄斯公爵的独生女,男方是詹姆斯,约翰·惠尔顿-彭斯准男爵的长子,他顿时惊得目瞪口呆。他立即给贝蒂打了个电话,问她这事是不是真的。

"当然是真的。"她说道。

他感到非常震惊,一时竟不知该说什么才好。她还在电话里继续说着。

"今天的午餐会上,他要把他的家人带过来跟我父亲见面。我敢说,那种情景未免有点可怖得厉害。你也许可以在克拉里奇大酒店请我喝一杯鸡尾酒,帮我壮壮胆子,行吗?"

"几点钟?"他问道。

"一点。"

"行。我在那边等你来。"

她进来的时候,他已经在等着她了。她几乎是连蹦带跳地走过来的,仿佛她的腿脚在发痒,恨不得马上就跳一场舞似的。她满面春风地微笑着。她那双眼睛里洋溢着喜悦的光芒,整个人都沉浸在这种喜悦之中,因为她依然还活着,而这个世界又是如此令人愉快的地方,值得活在其中。她一进来,认出她的那些人立即交头接耳地窃窃私语起来。卡拉瑟斯真切地感受到,她把阳光和花香带进了克拉里奇大酒店这个精美绝伦、却严肃有余的休息厅里。他都没有来得及向她问声好,就说开了。

"贝蒂,你不能这么做,"他说道,"这件事绝对不行。"

"为什么?"

"他这人太糟糕了。"

"我觉得他不是这样的。我觉得他很好。"

一名服务生走上前来,记下了他们点的酒水。贝蒂用她那双美丽的蓝色眼睛望着卡拉瑟斯,她的眼睛里居然同时交织着既十分放荡、又十分温柔的这两种情感。

"他是这样一个为人所不齿的无赖啊,贝蒂。"

"啊,别再这么犯傻了,汉弗莱。他其实就是个普普通通的人,差不多跟别人一样。我认为你才是个势利小人呢。"

"他那么呆笨。"

"不,他是不太爱张扬。我不知道我要找的丈夫是不是太才华横溢了。我觉得他可以成为一个很不错的陪衬。他长得很好看,而且举止也很儒雅。"

"我的上帝啊,贝蒂。"

"啊,汉弗莱,别说傻话了。"

"你是要假装自己爱上他了吗?"

"我觉得这样做大概才算策略,你觉得呢?"

"你为什么要嫁给他?"

她冷冷地望着他。

"他有大笔的钱款。我都将近二十六岁了。"

再没有什么过多的话可说了。他开车送她回她的姑妈家去了。她举行了一场非常隆重的婚礼,进入威斯敏斯特圣玛格丽特大教堂①的通道两旁排满了密密麻麻的人群,皇室的所有成员几乎都给她送来了贺礼,蜜月是在她公公借给他们的游艇上度过的。卡拉瑟斯申请了海外的一个职位,获准后便被派去罗马了(我的猜测果然没错,他那口令人钦佩的意大利语就是这样学成的),后来,他又去了斯德哥尔摩。他在那里当使馆参赞,在那里写出了自己的第一个短篇故事。

或许是贝蒂的婚事让英国的民众失望了,因为他们期盼她还能再做出一些更加惊世骇俗的事情;或许仅仅是因为,作为一个结了婚的少妇,她再也激发不起大家所喜爱的那种浪漫情怀了;反正事实是明摆着的:她很快就丧失了在公众心目中的地位。你不会再听到太多关于她的事情了。婚后不久,就有谣传说,她马上要生孩子了,然而没过多久,又说她流产了。她并没有完全从社交界销声匿迹;我估计,她依然还会去看望她的诸多朋友,但是,她的各种活动再也不像从前那样引人注目了。毫无疑问,人们已经很少看到她出现在那些趣味低俗的聚会里了,因为混迹在那些聚会里的人大多是些乌合之众,某些声名狼藉的贵族阶层的成员总喜欢和艺术圈里的那些混吃混喝的文人相聚在一起推杯换盏、高谈阔论,还沾沾自喜地以为,他们摇身一变,顿时就风光起来了,不但时髦,而且还显得很有文化修养。人们说,贝蒂渐渐安稳下来了。大家都有些好奇,很想知道她和丈夫相处得怎么样,他们稍一打听就有了结论:他们相处得不怎么好。没过多

---

① 圣玛格丽特大教堂(St Margaret's),位于威斯敏斯特大教堂的北面,是忏悔国王爱德华于11世纪所建,以绚丽的彩色玻璃而著称一世。这3座历史建筑物成为英国的标志性建筑之一,为世人所铭记。从11世纪威廉开始,除爱德华五世和爱德华七世外,所有英王都在此加冕登基,当今英女王伊丽莎白二世就是于1953年在威斯敏斯特大教堂里举行加冕典礼的。

久，就有流言蜚语说，吉米开始酗酒了，再后来，大约过了一两年之后，又有内幕新闻说，他患上了肺结核病。惠尔顿-彭斯夫妇去瑞士度过了两个冬天。随后，消息就传开了，说他们已经分道扬镳，贝蒂离家出走，住在罗德岛。偏偏选了这么奇怪的一个地方。

"那种日子肯定很恐怖。"她的朋友们说。

其中有几个朋友时不时地会过去陪她小住几日，回来之后就到处宣扬那座海岛上的风光有多旖旎、那种悠闲的生活有多迷人。话说回来，那种日子当然是非常寂寞的。说来也怪，贝蒂那么才华出众，那么精力充沛，居然就心甘情愿地定居在那种地方了。她在岛上买下了一幢房子。除了几名意大利官员，她谁都不认识，那里也确实没有可以让她去结交的人；但她似乎过得十分开心。前来探望她的那些朋友都百思不得其解。不过，伦敦的生活向来忙忙碌碌，加之大家的记性也都不太好。人们再也无暇去顾及她的事儿了。她已经被大家遗忘了。后来，在罗马，在我遇到汉弗莱·卡拉瑟斯的几个星期之前，《泰晤士报》上登载了一条讣告，通报了第二代准男爵詹姆斯·惠尔顿-彭斯爵士的死讯。他的胞弟继承了他的爵位。贝蒂一直没有孩子。

贝蒂结婚后，卡拉瑟斯照样还跟她见面。无论他什么时候到伦敦，他们都会一起用午餐。她就有这种本领，即使分别已久，她也能重续友情，仿佛时间的流逝根本干扰不到她，所以，他们每次相见都从来没有任何生分感。有时候她也会问一声，他打算什么时候结婚。

"汉弗莱，你不知道吗？你的岁数越来越大了。如果你不快点结婚，你就要变得像个老姑娘了。"

"你觉得婚姻有什么可取之处吗？"

这可不是一句非常体贴的话，因为他和其他人一样，也听说了她和她丈夫相处得不太好，但她这句回答却伤害了他的自尊心：

"总的来说确实如此。我认为，一场不满意的婚姻大概总比一辈子不结婚要好吧。"

"你很清楚，我无论如何都不会结婚的，你也知道原因。"

"哦，亲爱的，你不是在当面说假话，说你依然还在爱着我吧？"

"我就是在爱着你。"

"你真是个大傻瓜。"

"我不在乎。"

她朝他嫣然一笑。她的眼神总是那副样子，半是取笑，半是柔情，每次都在他心中留下这种快乐的痛苦。可笑的是，他几乎总能为这种感觉定好位置。

"汉弗莱，你真讨人喜欢。你知道的，我对你很忠诚，但是，即使我是个自由身，我也不会嫁给你。"

等到她离开丈夫，自己跑去住在罗德岛上，卡拉瑟斯就不再和她见面了。她从来也没有回过英国。他们依然保持着频繁的书信往来。

"她的信都写得很精彩，"他说道，"你仿佛听到她在说话。这些信就像她本人。聪明、风趣、东拉西扯，但见识通透。"

他曾经提出想去罗德岛上住几天，但她认为，他最好别去。他明白其中的原因。所有人都知道，他过去一直如痴如迷地爱着她。所有人都知道，他现在依然还在爱着她。他不清楚惠尔顿-彭斯夫妇究竟是在什么情况下分道扬镳的。也许是因为感情不和，夫妻间已经闹得很僵了。贝蒂可能觉得，卡拉瑟斯在岛上现身，会使她的名声大打折扣。

"我的第一本书出版的时候，她给我写来了一封令人陶醉的信。你知道的，我这本书就是献给她的。她对我居然能写出这么好的东西感到很惊讶。人人都在为这本书叫好，她也感到很高兴。我总觉得，

153

她的快乐才是最主要的事情，才会让我感到快乐。不管怎么说，我不是职业作家，想必你也知道：我一向不太看重文学上的成就。"

他就是个傻子，我心想，而且还是个爱撒谎的家伙。因为自己的书得到了好评就沾沾自喜，难道他真以为我没注意到他那副志得意满的嘴脸？我不会因为他的那份得意而责怪他，那是完全可以原谅的，可他何必要如此煞费苦心地否认这一点呢。诚然，津津乐道于区区两本书给他带来的这份臭名远扬的快乐，他多半也是为了贝蒂，这一点倒是不用怀疑的。他终于有了一份实实在在的成就可以奉献给她了。他现在可以拜倒在她石榴裙下的，不仅只有他的爱，还有他显赫的名声。贝蒂已经不再那么青春年少了，她都三十六岁了；她的婚姻、她的客居海外，改变了很多事情；她不再被无数的求婚者团团包围着了；她已经失去了头上的那道光环，失去了公众对她趋之若鹜的追捧。他们之间的差距已经不再那么遥不可及。这么多年过去了，唯独只有他依然还对她痴心不改。她怎能继续把自己的美貌、智慧、社交风范埋藏在位于地中海角落里的一座小岛上呢，这未免也太荒谬了。他知道，贝蒂是喜欢他的。她总不至于对他的这份一往情深的爱无动于衷吧。他如今可以提供给她的这种生活，他相信，是能够打动她的。他横下心来，要再次向她求婚，要她嫁给他。到将近七月底的时候，他可以脱身离开一段时间。他写信告诉她说，他打算去希腊的海岛上度假，如果她愿意见见他，他就在罗德岛停留一两天，他听说意大利人在那里开了一家非常不错的酒店。他用这种漫不经心的口吻说出了自己的提议，体现出了他灵巧的语言功底。他在外交部受到的训练教会了他该如何避开风险，免得遇事唐突。他从来不会主动让自己陷入进退两难的困境，万一有必要，他随时可以老练地收回自己的话。贝蒂给他回了一封电报。她说，他能来罗德岛真是太好了，当然，他必须过来，而且要住在她家里，至少要住两个星期，并让他发电报告诉她，他将乘哪一班船过来。

卡拉瑟斯乘坐的那艘蒸汽船从布林迪西出发，在晨曦初露之际，终于驶进了罗德岛这片洁净、美丽的港湾，他顿时激动得心潮起伏。他几乎一整夜都没有合眼，早早起床后，他眺望着晨曦中渐渐耸现的巍峨的罗德岛，朝阳从夏日海面上冉冉升起。蒸汽船刚抛下锚，就见一艘艘小船从岛内驶了过来。舷梯已经放下了。汉弗莱从船栏上探过身去，注视着那名医生、几名港监官员、酒店向导等人纷纷顺着舷梯登上船来。他是船上唯一的英国人。他的国籍一望而知。有一个男人刚登上甲板，就立刻迎面朝他走来。

"你是卡拉瑟斯先生吗？"

"是我。"

他正要笑一笑，然后伸出手去与对方握手，但他眨眼间就察觉出，朝他打招呼的这个人同样也是一名英国人，和他自己一样，然而却不是一位绅士。虽说他依然表现得异常客气，态度却本能地变得有点儿生硬了。当然，卡拉瑟斯并没有把这一点告诉我，但我仿佛十分清楚地看到了这个场面，因此，我就毫不犹豫地把它描写出来了。

"夫人没能亲自过来接你，她希望你不要介意，不过，这趟船进港也太早了，到我们住的地方去，开车需要一个多小时呢。"

"哦，我当然不介意。夫人还好吗？"

"很好，谢谢你。你的行李到了吗？"

"到了。"

"你只要告诉我行李在哪儿就行了，我去叫个人来把你的行李搬到小船上去。你过海关的时候不会有任何问题的。我已经把那种事情都安排妥当了，过了海关，我们马上就走。你吃过早饭了吗？"

"吃过了，谢谢你。"

此人在发 H 这个音时也不是很准确。卡拉瑟斯很想知道他到底是什么人。你不能说他不够文明，但他确实有点儿不懂礼貌。卡拉瑟斯知道，贝蒂有一座相当大的庄园；也许他是她的代理商吧。他似乎能力很强。他用流利的希腊语向几个搬运工下达了指令，等他们上了船之后，那几个船夫嫌他付的钱不够，想找他再多要点儿，他不知说了句什么，马上就逗得他们哈哈大笑起来，船夫们耸了耸肩，这事就算摆平了。行李没有经过检查，就顺利通过了海关，卡拉瑟斯的那个向导跟几名海关官员握手告别之后，他们便走进一个阳光明媚的地方，有一辆黄色的大轿车已经等在那儿了。

　　"你打算开车送我去吗？"卡拉瑟斯问道。

　　"我是夫人的专职司机。"

　　"哦，我明白了。我刚才不知道。"

　　他的穿着打扮不像一名司机。他下身穿着白色的帆布裤子，赤脚套着一双帆布便鞋，上身是一件白色的网球衫，没有打领带，领口敞开着，头上戴着一顶草帽。卡拉瑟斯皱了皱眉。贝蒂不该让她的司机穿成这样来开车。诚然，他天没亮就得起床，再说，这一路开到别墅去似乎也很热。也许在正常情况下，他穿的是制服。虽然这名司机的身高不如卡拉瑟斯，卡拉瑟斯自己穿着袜子有六英尺一英寸高，但此人也不矮；不过，他生得膀阔腰圆，粗壮结实，因而显得有点儿矮胖。他其实并不肥胖，只是相当丰满；他看上去似乎有旺盛的食欲，而且吃得也很好。虽然还算年轻，大概三十岁或者三十一岁，但他看上去已经是一个大块头了，总有一天会变得痴肥臃肿起来的。他现在就是个身躯魁梧的壮汉。他那张大脸膛被太阳晒得黧黑，鼻子又短又粗，还似乎有点儿面带愠色。他上嘴唇蓄着一条短短的黄色八字胡须。奇怪的是，卡拉瑟斯有一种隐隐约约的感觉，似乎以前曾见过他。

"你已经跟随夫人很长时间了吗?"他问道。

"唔,从某种程度上说,也算是吧。"

卡拉瑟斯的态度比先前又生硬了一点儿。他不太喜欢这个司机说话的方式。他有些纳闷,不知他为什么不称呼他为"先生"。恐怕是贝蒂纵容得他有点忘乎所以了吧。对这类事情满不在乎,这是她的风格。但是这种做法不对。他会找机会旁敲侧击地提示她一下的。他们四目相遇的一瞬间,卡拉瑟斯似乎便断定,司机的眼睛里闪烁着一丝乐滋滋的笑意。他想象不出是什么原因。他不知道那人心里装着什么好笑的事情。

"我估计,那边就是希腊骑士团的古城[①]吧。"他朝那些雉堞错落有致的城墙指了指,悠然神往地说。

"是的。夫人会领你去那边看的。旺季的时候,来我们这儿的游客多得数不清。"

卡拉瑟斯并不想摆出一副很难接近的样子。他暗暗思忖着,不如自己主动要求坐在这个司机的身边,免得独自一人坐在后面,这样多少会显得友好一些,然而他正要开口时,这事已经由不得他了。司机盼咐搬运工把卡拉瑟斯的旅行包都放在后排座位上,然后自己坐定在方向盘后,说道:"喂,你赶紧上来吧,我们要出发了。"

卡拉瑟斯在他身旁坐了下来,他们随即便出发了,沿着海边的一条白色的公路径直向前驶去。几分钟后,他们就进入了一片视线开阔的原野。他们只顾赶路,谁都没说话。卡拉瑟斯似乎在保持着自己的尊严。他感觉这个司机动不动就会表现得很放肆,万万不可让他有机可乘,得寸进尺地放肆起来。他满以为自己的风度足可以让这些身份

[①] 14世纪初期,希腊僧侣骑士团开始统治罗德岛,直至1523年将控制权让给了奥斯曼帝国;尤其是从1480年起,骑士团在岛上修建了强大的防御工事。

微贱之人自惭形秽。他暗自冷笑着,坚忍不拔地认为,用不了多久,这个司机就会口口声声称呼他为"先生"了。不过,这是个让人心旷神怡的早晨;洁白的公路两旁,橄榄树蔚然成行,他们时不时还会穿行在星罗棋布的农舍之间,那些白墙、平顶的房屋,颇有东方韵味,令人赏心悦目。再加上贝蒂正在望眼欲穿地等着他来呢。他心中的那份爱意使他不由得对全人类都仁慈起来,他给自己点上了一支烟之后,觉得主动给司机递上一支,也不失为慷慨之举。不管怎么说,罗德岛毕竟离英国十分遥远,何况现在已经是讲民主的时代了。司机接受了他的馈赠,把车停下来,点上了烟。

"你搞到那种烟草了没有?"他冷不丁地问道。

"我搞到什么了?"

司机顿时拉下脸来。

"夫人专门给你发过电报,让你务必带两磅普莱耶海军烟丝[1]过来。这就是为什么我要疏通关节,让海关的人不要打开你的行李检查的原因。"

"我根本就没收到这份电报。"

"该死的!"

"夫人究竟要用这两磅普莱耶海军烟丝来派什么用场呢?"

他以倨傲的口吻说道。他不喜欢这个司机的叫嚷声。这家伙居然还斜睨了他一眼,卡拉瑟斯看得懂,此人的眼神里有几分侮慢。

"我们这里搞不到这种烟丝。"他没好气地说。

他带着那种似乎很像在生气的神色,扔掉了卡拉瑟斯递给他的那支埃及香烟,重新开车上路了。他绷着脸,一副闷闷不乐的样子。他

---

[1] 普莱耶海军烟丝(Player's Navy Cut),英国香烟品牌,于19世纪末、20世纪初在英、德两国十分流行。

从此再也没说话。卡拉瑟斯觉得，自己一心想与人为善的努力其实是犯了个错误。在剩下的路程中，他没再搭理这个司机。他采取了在大使馆当秘书时运用得十分娴熟的那种威仪凛然的态度，每当有英国民众前来向他求助时，他总是摆出这副派头。他们沿着上山的路行驶了一段时间，终于来到一溜长长的矮墙边，随后又顺着墙根开到了一道敞开的大门前。司机径直把车开了进去。

"我们到了吗？"卡拉瑟斯喊道。

"六十五公里的路，在五十七分钟内到达，"司机说罢，微微一笑，出乎意料地露出了他那口很好看的白牙，"鉴于这种路况，还不算太差吧。"

他把汽车喇叭按得震耳欲聋。卡拉瑟斯兴奋得透不过气来。他们驱车驶上一条狭窄的车道，穿过一片橄榄林，来到一幢低矮、洁白、爬满藤蔓的房屋前。贝蒂已经恭候在门口了。他立即跳下车来，在她的两侧脸颊上都亲吻了一下。他一时竟说不出话来了。但他下意识地注意到，门口还伫立着一位上了年纪、穿着一身白色帆布衣裤的男管家，另外还有两名男仆，都穿着富有当地特色的男式多褶及膝白短裙。他们显得既很潇洒，又很别致。不管贝蒂有多放纵她那个司机，她这个家，一望而知，还是按照文明社会的样式来管理的，符合她的身份。她领着他穿过大厅，大厅面积很大，墙面粉刷得洁白，他依稀看得出，家具都很美观，接着便进入了客厅。客厅的面积也很大，屋顶不高，墙面同样也粉刷得很白，他立刻感受到了这里的舒适和奢华。

"你该做的第一件事，就是过来看看我这边的风景。"她说道。

"我该做的第一件事，就是好好看一看你。"

她穿着一身洁白的连衣裙。她的胳膊、脸蛋、脖子，都被太阳晒得黑乎乎的；她那双眼睛比他以往任何时候看到的都要蓝，牙齿也白得惊人。她看上去气色特别好。她不仅身段苗条,仪容也很整洁。她的秀发已经烫成了波浪形的鬈发,指甲也精心修剪过;卡拉瑟斯一度还很担心,生怕她在这个颇具浪漫色彩的小岛上过着这种随心所欲的生活,早已经变得不修边幅了。

"贝蒂,说实话,你看上去就像十八岁。你是怎么做到的?"

"快乐呗。"她笑道。

听到她这么说,他顿时感到心头一阵剧痛。他不希望她快乐得过了头。他希望由自己来给她快乐。不过,她现在执意要带他到屋外的露台上去了。这间客厅有五扇落地窗,都直通外面的露台,露台旁边便是那座长满橄榄树的山崖,居高临下地俯瞰着大海。山崖下有一片小小的海湾,海湾里停泊着一艘白色的船,平静的水面上倒映着这艘船的倩影。放眼望去,在不远处的那座山岗上,你可以看到一处处白色的房屋,那是希腊人的一个村落,村落的那边是一片蔚为壮观的灰色险崖,凌驾在险崖上的是一座中世纪古堡的雉堞。

"那是当年骑士团的一座堡垒,"她说道,"我今天晚上就带你上那儿去。"

此情此景着实令人兴味盎然。此情此景足以让你激动得喘不过气来。这是一派祥和安宁的景象,然而它又富有一种奇异的生活气息。它的扣人心弦之处不是让你去沉思默想,而是要激发你行动起来。

"我估计,你把那种烟草弄到手了吧。"

他吃了一惊。

"不好意思,我没弄到。我根本就没收到你的电报。"

"可是,我给大使馆发过一份电报,还给伊克斯西尔大酒店发过一份。"

"我住在广场大酒店。"

"这事儿太烦人了!阿尔伯特恐怕要气得大发雷霆了。"

"谁是阿尔伯特?"

"就是他开车接你过来的呀。普莱耶牌是他唯一喜欢抽的烟草,可他在此地弄不到这种烟丝。"

"哦,那个司机啊。"他指着停泊在他们下方的那艘闪闪发亮的船。"那就是你之前跟我说过的那条游艇吗?"

"是的。"

那是贝蒂买下的一艘大型地中海机帆船,加配了发动机组,整体修缮一新。乘着这艘船,她可以在希腊诸岛之间自由往来。她向北最远到过雅典,往南最远去过亚历山大港①。

"如果你抽得出时间,我们带你出海去跑一趟,"她说道,"趁你在这里的时候,一定要去看看科斯岛②。"

"谁为你开船呢?"

"那还用说嘛,我有一整班的船员呢,不过,主要还得靠阿尔伯特。他对发动机之类的东西非常精通。"

不知道为什么,听她又一次说起这个司机时,他隐隐约约总感到有些不舒服。卡拉瑟斯不禁犯起了嘀咕,不知她是否让此人掌握了太多的权力。让一个仆人拥有过多的回旋余地无疑是一大失策。

"你知道吗?我心里老是忍不住在琢磨,我以前肯定在哪儿见到过阿尔伯特。可我就是对不上号。"

她粲然一笑,那双眼睛炯炯有神地闪烁着,带着那种喜出望外的快乐之情,使她那张脸顿时也平添了几分惹人喜欢的坦诚。

"你应该记得他呀。他是露易丝姑姑家的第二号男仆。他以前肯

---

① 亚历山大港(Alexandria),是埃及在地中海岸的一个港口,也是埃及最重要的海港,埃及的第二大城市和亚历山大省的省会。
② 科斯(Cos),希腊岛屿。位于爱琴海东南,是多德卡尼索斯群岛中的第二大岛,仅次于罗德岛。

定为你开过无数次门。"

露易丝姑姑就是贝蒂结婚之前与之相依为命的那个姑妈。

"哦,他就是那个男仆吗?我估计,我肯定在那边看见过他,只是当时没留意过他。他怎么会到这里来了呢?"

"我在国内的时候,他就来我们家干活了。我结婚的时候,他硬要跟着我,所以,我带上他了。他给吉米做了一段时间的贴身男仆,后来,我打发他去了一家汽车制造厂,他那时对轿车很入迷,最后,我雇他来做了我的专职司机。现在,要是没有他,我都不知道该怎么办才好。"

"过于依赖一个仆人,难道你不觉得这是一大失策吗?"

"我不知道。我从来没有这么想过。"

贝蒂领他去了早就为他安排得一应俱全的房间,等他换好衣服后,他们悠闲地走下山坡,来到了海滩上。有一条小舢板已经等在那儿了,他们荡起双桨,朝那艘机帆船划去,随后便在那边游泳戏水。海水很温暖,起来之后,他们躺在甲板上晒太阳。这艘机帆船显得相当宽绰,既舒适,又奢华。贝蒂带着他把这条船上上下下看了一遍,后来,他们无意间遇到了正在修理引擎装置的阿尔伯特。只见他穿着一身脏兮兮的工作服,两只手黑乎乎的,脸上也沾满了油污。

"阿尔伯特,出什么故障了吗?"贝蒂说道。

他直起身来,毕恭毕敬地面对着她。

"没出什么故障,夫人。我就是检查一遍。"

"这世上只有两样东西是阿尔伯特的最爱。一样是汽车,另一样就是游艇。这话没错吧,阿尔伯特?"

她朝他嫣然一笑,阿尔伯特的那张苦行僧似的脸也绽开了笑容。他一笑便露出了两排漂亮、洁白的牙齿。

"没错,夫人。"

"你知道吗？他就睡在船上。我们特意为他在船艉修建了一间非常雅致的舱室。"

卡拉瑟斯随遇而安地喜欢上了这里的生活。这座庄园原本是贝蒂从一个被阿伯杜勒·哈米德二世①流放到罗德岛的土耳其帕夏②手里买下来的，贝蒂又在原址上扩建了一排耳房，把它打造成了一幢美轮美奂的豪宅。她开辟出了一个姹紫嫣红的百花园，花园的四周环绕着郁郁葱葱的橄榄林。花园里种植着迷迭香、薰衣草、常春花，她还派人从英国运来了金雀花，当然也种植着本岛得以名闻天下的玫瑰花。她对卡拉瑟斯说，到了春天，这里遍地都盛开着银莲花，有如覆盖着用银莲花织成的地毯。不过，等到她带着他看遍了她的宅院，等到她把种种计划以及她心中正在酝酿着的各项改动方案都告诉了他之后，卡拉瑟斯不禁又感到有些忧虑不安。

"你说得就像你打算一辈子都住在这儿似的。"他说道。

"说不定我真会这样的。"她笑道。

"纯属胡说八道！你年纪轻轻的。"

"老伙计，我都快四十啦。"她回答道，口气很轻松。

他满意地发现，贝蒂居然有一个水平极高的厨师，更让他高兴的是，连他一贯看重的礼仪感也得到了满足：在装饰华丽的餐厅里与她共进晚餐时，满目都是意大利家具，在一旁伺候他们用餐的是那位举止庄重的希腊男管家，外加两位相貌英俊的男仆，俩人都穿着色彩鲜艳的制服。这幢房屋装潢得也很有品位；室内的必需用品样样都不

---

① 阿伯杜勒·哈米德二世（原文 Abdul Hamid，应指 Addul-Hamid II，1842—1918），奥斯曼帝国苏丹，1877 年对俄作战失败后，解散议会，恢复专制制度，建立恐怖统治，推行泛伊斯兰主义，迫害少数民族。其统治年代是帝国历史上最黑暗的时代，史称"暴政时期"。

② 帕夏（Pasha），是奥斯曼帝国行政系统里的高级官员，通常是总督、将军及高官。帕夏是敬语，相当于英国的"勋爵"，是埃及前共和时期地位最高的官衔。

缺，而且每一件都是上等货色。贝蒂的日子过得相当豪华。他到达后的第二天，当地的总督带着几名随行人员前来赴宴时，她倾巢出动，着实炫耀了一番她家的排场。总督一进屋，两排统一着装的仆人夹道欢迎，这些仆人个个都精神抖擞，穿着浆得笔挺的苏格兰短裙，上身是绣花茄克衫，头戴天鹅绒制服帽。这个阵势简直不亚于一个卫队。卡拉瑟斯喜欢这种堂而皇之的派头。晚宴的气氛也很欢快。贝蒂说得一口流利的意大利语，卡拉瑟斯的意大利语也讲得十分地道。总督随行人员中的那几名年轻军官都穿着军服，显得格外英俊潇洒。他们个个都对贝蒂非常殷勤，她也落落大方、热情友好地对待他们，还跟他们打趣说笑。晚宴结束后，留声机开始播放音乐，他们一个接一个地和她跳舞。

等他们都走了之后，卡拉瑟斯问她：

"他们是不是一个个都神魂颠倒地爱着你啊？"

"这种事情我怎么说得清呢。他们偶尔会旁敲侧击地提亲，说些海誓山盟、永结同心之类的话，我婉言谢绝他们时，他们倒也心平气和地领受了。"

他们不足为虑。那几个年轻的还乳臭未干，那几个不怎么年轻的则又肥又秃。无论他们对贝蒂抱着什么样的感情，卡拉瑟斯眼下都不会相信，贝蒂肯自欺欺人地委身于一个中产阶级的意大利人。岂料，过了一两天之后，却发生了一桩不可思议的事情。他当时正在房间里换衣服准备去用晚餐，忽然听见外面走廊里有一个男人的说话声，他听不清说的是什么，也听不出说的是什么语言，接着就传来了贝蒂爆发出的银铃般的笑声。那是一种很迷人的笑声，是那种浪笑、淫荡的笑，有如一个妙龄女郎的欢笑声，那种笑声含有恣意行乐的成分，极具感染力。但她是和谁在一起调笑呢？你绝不可能像那样跟一个仆人调笑。那种笑含有一种不可思议的亲密感。卡拉瑟斯居然从区区一阵笑声中解读出了这么多内涵,这未免有些奇怪,不过,我们必须记住,卡拉瑟斯非常敏感。他的短篇小说就是以这种笔触而著称的。

没过一会儿,他们便在露台上见面了,为了满足自己的好奇心,他一边摇晃着鸡尾酒,一边搜肠刮肚地思考着该怎么开口。

"你刚才笑得那么忘情,是在笑什么呢?有什么人来了吗?"

"没有。"

她一脸惊讶地望着他。

"我还以为是你认识的哪个意大利军官过来找你消磨时间呢。"

"没有。"

当然,似水流年也在贝蒂身上留下了印迹。她依然很美,但她现在的美是一种成熟之美。她过去总是充满了自信,现在却换成了泰然自若;宁静而致远成了她的一大特征,恰如她那双蓝汪汪的眼睛和她那洁白清秀的容貌一样,是她的美不可分割的组成部分。她似乎已经与世无争了;和她在一起会使你心旷神怡,就像你躺在橄榄树林里眺望着酒红色的大海①时,也会使你心旷神怡一样。虽然她还和以前一样欢快、风趣,但曾经只有他一个人知道的那种严肃认真的作风,如今却有目共睹了。现在不会再有人指责她是个用情不专的轻浮之人了;无论谁都不可能看不出她具有高雅的品格,甚至具有高贵的气质。这种特质在现代女性身上通常是找不到的,卡拉瑟斯暗自思忖,她就是个返祖的人物嘛;她使他油然想起了十八世纪的那些出身于世家望族的贵妇名媛。她向来对文学作品情有独钟,她在少女时期写出的那些诗作就很优美,读起来朗朗上口。当她告诉他说,她已经在扎扎实实地从事一项历史研究了,他不免有些惊讶,但更多的

---

① 毛姆此处显然套用了荷马对爱琴海的描绘。《荷马史诗》中常将大海描述为"葡萄紫色""酒红色""酒蓝色"等等,即所谓的"史诗套语"(epic clichés)。

还是关心。她正在收集整理资料，准备撰写一部有关圣约翰骑士团在罗德岛的事迹的小说。这篇故事里会出现不少富有浪漫色彩的插曲。她带卡拉瑟斯去了那座古城，领他参观了那些蔚为壮观的雉堞墙，随后，他们便肩并肩地徜徉在那些庄严古朴、气势恢宏的建筑群中。他们沿着肃静的骑士街信步向前走去，两旁美轮美奂的石砌墙面以及琳琅满目的巨幅盾徽，会使人追怀起早已名存实亡的骑士精神。到了那里，她有一件令他意想不到的事情要告诉他。她买下了其中的一幢老房子，并且满怀深情、爱护备至地把它修复成了原来的模样。一走进这座小小的宅院，踏上雕花的汉白玉楼梯，就使你恍若回到了中世纪。院落里有一片矮墙围成的微型花园，里面种植着无花果树和玫瑰花。这是个精巧、隐秘、僻静的去处。从前的那些骑士和东方文明素有来往，久而久之，便学会了东方人的那些遁世隐居的理念。

"觉得在那个别墅里待得厌烦了的时候，我就会到这里来住上两三天，吃点儿野餐。不让人家成天团团围着你，有时候也是一种解脱。"

"但是，你不是孤零零的一个人待在这里吧？"

"差不多是吧。"

屋子里有一间小客厅，家具陈设也很简朴。

"这是什么？"卡拉瑟斯指着放在桌子上的一份《体育时报》，笑着说。

"哦，那是阿尔伯特的。我估计，是他忙着去接你的时候忘记带走了。他订了《体育时报》和《世界新闻》，每周都会寄过来。这是他与时俱进，了解大千世界动态的方式。"

她宽容地笑了笑。这间客厅的隔壁是一间卧室，卧室里除了一张大床，几乎没有别的什么东西。

"这个宅院以前的房主是一个英国人。这就是我之所以把它买下来的原因之一。那个房主是一个名叫贾尔斯·奎恩爵士的人,我的一个祖辈曾经娶了一个名叫玛丽·奎恩的姑娘为妻,她是他的表亲。他们都是康沃尔人。"

贝蒂发觉,要是不懂拉丁语,她就不能顺畅地阅读那些中世纪的文献资料,她的历史研究也就没法进行下去,于是,她便着手学习这门古典语言了。她费了不少工夫,却只学了点儿语法基础知识,后来,她干脆把译文放在手边,直接研读起她感兴趣的那些作家的著作了。这倒是学习一门语言的好方法,我时常感到疑惑的是,学校里怎么不采用这个办法呢。这样可以省去麻烦,免得老是要没完没了地把词典翻来翻去,笨拙地寻找词语的意思了。九个月后,贝蒂阅读拉丁语著作的流利程度,已经和我们大多数人阅读法语书籍的能力不相上下了。想不到这个人见人爱、极其聪颖的美人儿做起事来竟如此认真,在卡拉瑟斯看来,这似乎有点儿滑稽,但他还是被打动了;他真想一把将她揽入怀中,亲吻她,不过在那一刻,他并没有把她当作一个女人,而是当成了一个早熟的孩子,其聪明程度突然间让你高兴得无法自制。但是,事过之后,他回味起了她告诉过他的那些事情。他当然是个非常聪明的人,否则,他也不可能获得他目前在外交部所占据的这个位置。要说他或许曾引起过一时轰动的那两本书并没有什么可取之处,这未免也显得不够大度。倘若说我把他描写得像个大傻瓜似的,那纯粹是因为我恰好不太喜欢他这个人,倘若说我嘲笑了他的小说,那也仅仅是因为那种小说在我看来似乎有些无聊罢了。他有手腕,也有见识。他认为只有一个办法可以说服她跟他结婚。她如今在这个小圈子里处处都得心应手,而且乐在其中,她的各项计划也都很明确;但是,不管她在罗德岛上的这种生活有多井井有条、有多十全十美、有多称心如意,这恰恰正是可以说服她的理由,不妨就用它来破除这种生活对她的诱惑。他有可能获得成功的办法是，去撩拨起她内心深处的那种不安分的因素，英国人的内心深处一般都暗藏着这种不安分的因素。所以，他便向贝蒂谈起了英国和伦敦，谈起了他们共同的朋友，谈起了那些画家、作家、音乐家，这些文人雅士都是他凭着自己在文学上的成就才巴结上的人。他说起了切尔西①的那些放浪不羁的文化人的派对，谈起了歌剧，聊起了大家成群结队②去巴黎参加化装舞会的旅程，或者去柏林观看新上演的戏剧的情景。为了唤醒贝蒂的想象力，他追忆着那种生活是何等的丰富多彩、无拘无束、形式多样，那些人多么有文化修养，多么聪明，而且高度文明。他竭力想让她感受到，她在一个与世隔绝的地方变得越来越迟钝了。世界在急匆匆地向前发展，从一个新颖别致、引人入胜的阶段前进到另一个阶段，而她却固步自封地停滞在原地。大家都生活在一个激动人心的时代里，而她却在错失良机。当然，他并没有直白地告诉她这一点，他要让她自己去做出推断。他说得妙趣横生、兴高采烈；对于好听的故事，他向来有非凡的记忆力；他信口雌黄，说得眉飞色舞。我知道，我并没有把汉弗莱·卡拉瑟斯描绘得多么有才智，反倒把"贝蒂小姐"塑造得那么才华出众了。诸位看官务必相信我说的话，他们就是那样的人。倘若大家普遍都把卡拉瑟斯当成了一个消遣娱乐式的人物，本故事就算成功了一半；人家都愿意看到他那逗人发笑的样子，大家都郑重其事地认为，他说出的那些话都精妙绝伦。当然，他的风趣妙语也只能在交际场上派用场。那种妙语需要有特定的听众，才能明白他的弦外之音，而且还得同样具备他那种独特的幽默感。舰队街上至少有二十名记者能把社交场

---

① 切尔西（Chelsea），伦敦市的文化区域，位于伦敦市区西南部，泰晤士河北岸，历来是英国艺术家和作家的聚集地。
② 此处原文为法语：en bande，意为"成群结队"。

上最有名的能言善辩之人驳斥得哑口无言；能言善辩是他们的职责所在，而精妙地运用语言则是他们每天的工作。报纸上经常登载其照片的那些社交名媛，没有几个能在周薪三英镑的歌舞表演场上找到工作。要宽容地看待业余选手。卡拉瑟斯知道，贝蒂喜欢跟他来往做伴。他们两个人经常在一起谈笑风生。这样的日子一眨眼就过去了。

"你走了之后，我会非常想念你的，"她说话总是这样直言不讳，"能请你到这里来一趟，真让人高兴。汉弗莱，你太可爱了。"

"你才发现啊？"

他暗暗自夸道：他的战术是对的。看到自己如此简单的计谋果然奏效了，他觉得很有意思。像魔法一样管用。平民百姓也许会嘲笑外交部的工作，但毫无疑问，这个地方确实能教会你如何跟那些难以对付的人打交道。他现在只需要瞅准机会就行了。他感觉贝蒂从来没有像现在这样依恋着他。他准备等到本次来访接近尾声的时候再说。贝蒂是个容易动感情的人。她会舍不得他马上就要走了。罗德岛要是没了他，准会显得非常乏味。他走了之后，她还能找到谁在一起说话呢？用过晚餐之后，他们通常会坐在露台上眺望洒满星光的大海；这种气氛很温馨，微风拂煦，空气中弥漫着阵阵幽香：这个时候才是他向她求婚的最佳时机，在他临走之际的前夕。他打骨子里觉得，她会接受他的求婚的。

他在罗德岛上待了有一个多星期的时候，一天早上，他上楼来时，恰好碰到贝蒂也顺着走廊走了过来。

"贝蒂，你从来没有带我去参观一下你的房间嘛。"他说道。

"没有吗？现在就进来看一看吧。我的房间相当舒适。"

她转身进了房间，他便跟着她进去了。她的房间就在客厅的楼上，面积几乎和客厅一样大。房间是按照意大利式的风格装潢的，但就眼前这种样子来看,这里布置得更像是一间起居室,而不像卧室。墙上挂着几幅精美的潘尼尼①的画作,房间里摆着一两个很美观的橱柜。那张床是威尼斯风格的,漆艺华丽。

"对于一位孀居的贵妇人来说,这张卧榻的尺寸未免太气势磅礴啦。"他故意用开玩笑的口吻说道。

"这张床超级大吧,是不是?不过,这床实在太好看啦,我一咬牙就把它买了下来。花了我一大笔钱呢。"

他特别留意地看了看那张床头柜,只见上面放着两三本书籍,一盒香烟,还有一只烟灰缸,烟灰缸上搁着一只用欧石楠根制作的烟斗。真有意思!贝蒂把一只烟斗放在床边究竟是做什么用的呢?

"快来瞧瞧这个卡索奈长箱②吧。这种漆艺才叫巧夺天工呢,对不对?我一看到它就喜欢得差点儿叫喊起来。"

"我估计,这件家什也花了你一大笔钱吧。"

"我都不敢告诉你我花了多少钱。"

他们即将离开这间屋子的时候,他忍不住又朝那张床头柜瞥了一眼。烟斗居然不见了。

这事儿颇为蹊跷,贝蒂怎么会把一只烟斗放在自己的卧室里呢!她自己肯定不抽烟斗,如果她抽烟斗的话,她就不会对此加以掩饰了,话说回来,她当然能一连说出十多条合情合理的解释来。这只烟斗也许是她正准备送给某个人一个礼物,譬如,送给她的某个意大利朋友,甚或是送给阿尔伯特的,可惜他没能看清那只烟斗是新的还是旧的;或许那就是一个样品,她打算请他带回英国去,让他按照这个

---

① 潘尼尼(Giovannni Paolo Panini,1691—1765),意大利画家,18世纪最重要的罗马地形画家。
② 卡索奈长箱(Cassone),起源于意大利文艺复兴时期的一种带盖的长箱,有精致的雕花和装饰。

样品再买几个同样的烟斗寄过来给她。他满腹狐疑地思索了一会儿，感到既困惑不解，又有点儿好笑，但他随即就把这事儿完全抛在了脑后。那天他们是打算去野餐的，便随身带着他们的午餐，并且由贝蒂亲自开车带他去观光。他们已经做好了安排，要在他离开之前，带他坐船出海去游玩一两天，好让他亲眼看一看帕特默斯岛[①]和科斯岛的风光，所以，阿尔伯特一直在忙着检修那艘机帆船的引擎装置。那天他们玩得很尽兴。他们参观了一座已成历史遗迹的城堡，爬上了一座山峰，山上遍地都是长春花、风信子和水仙花，回来时，两个人都累得精疲力竭。晚餐后没待多久，俩人就分开了，卡拉瑟斯直接上了床。他看了一会儿书，然后便关上了灯。但他一直睡不着。罩在蚊帐里很闷热。他翻来覆去怎么也无法入眠。过了一会儿，他转念一想，不如到山脚下的那片小海湾里去游个泳得了。去那儿不过是两三分钟的路。他穿了双帆布拖鞋，拿了一条浴巾。皓月当空，透过橄榄树，他看得见一轮满月熠熠生辉地映照在海面上。在这个月色明媚的夜晚到这片海湾里来游泳不啻为一桩美事，然而，他可不是唯一怀着这种想法的人，因为他还没走到那片海滩，耳畔就传来了有人在戏水的声音。他感到很窝火，便喃喃地怒骂了一声，准是贝蒂的几个仆人在这儿洗澡，他不能贸然闯过去打扰他们。茂密的橄榄树林几乎一直生长到水边，他伫立在树影里，一时拿不定主意。突然间，他听到了一个声音，顿时把他吓了一跳。

"我的浴巾放哪儿啦？"

是英语。一个女人从水中蹚了出来，驻足在海边停留了片刻。黑暗中，一个男人走上前去，身上没穿衣服，只在腰间围着一条浴巾。那个女人正是贝蒂。她浑身赤条条的一丝不挂。那个男人把一件浴袍

[①] 帕特默斯岛（Patmos），是多德卡尼斯群岛最北的岛屿之一，距离罗德岛约 300 公里。

裹在她身上，接着便上下翻飞地擦拭着她的身子。在她抬起一只脚穿鞋，接着再换另一只脚站立时，身子就依靠在他的身上，而那个男人为了扶住她，则搂着她的肩膀。这个男人正是阿尔伯特。

卡拉瑟斯立即转身朝山上逃奔而去。他没头没脑、跌跌撞撞地奔跑着。他差点儿没一脚踏空，摔个大跟头。他大口喘息着，活像一头受了伤的野兽。冲进自己的房间后，他一头扑倒在床上，双拳紧握，欲哭无泪、痛苦万分地抽噎着，直到这撕心裂肺的痛苦的抽泣化成了滚滚泪水。显而易见，他仿佛遭受了猝然间发作的歇斯底里症的重创。那种情景一清二楚地暴露在他的眼前，画面那么历历在目，清晰得吓人，犹如狂风暴雨之夜的一道闪电赫然展露出了一片惨遭蹂躏的景色，太清晰了，清晰得令人毛骨悚然。那种男人帮女人擦拭身躯的样子，以及女人依靠在男人身上的样子，都表明那并不是出于情欲，而是一种持续已久的亲昵行为，还有床边的那只烟斗，那只面目可憎的烟斗象征着一种夫妻恩爱的氛围。那只烟斗使人联想到一个男人在入睡前躺在床上一边看书，一边抽着烟斗的情景。还有那本《体育时报》！这就是她为什么要买下骑士街那座小宅院的原因所在，这样，他们就可以像在自己家里一样亲亲热热地在那里共度两三天时光。他们就像一对结婚多年的老夫妻。汉弗莱暗自思忖着，不知这件令人愤恨的事情已经持续多长时间了，突然间，他知道答案了：已经有很多年了。十年，十二年，或者十四年；从那个年轻的男仆初次来伦敦时就开始了，那时候，他还是个毛头小伙子，因此，主动献媚的人绝不是他，这是再明显不过的事情；那么多年来，她一直是英国民众心中的偶像，人人都对她崇拜有加，只要她愿意，可以想嫁给谁就嫁给谁，她其实一直就和她姑母家的二号男仆同居在一起。她结婚之后都让他寸步不离地跟着他。她为什么会突然宣布结婚呢？还有那个由于未婚先孕而流产了的孩子。毫无疑问，这就是她之所以要匆匆嫁给吉米·惠尔顿-彭斯的原因,因为她怀了阿尔伯特的孩子。啊,伤风败俗,伤风败俗啊!没过多久,吉米的身体便每况愈下了,她便想方设法让阿尔伯特做了他的贴身男仆。而吉米是否知道了什么内幕?他是否曾产生过什么怀疑?他成天借酒浇愁,这就是导致他患上肺结核病的缘由;可他是怎么开始酗酒的呢?也许那种事情仍旧只是一种怀疑,因为太丑陋,使他无法面对,他便开始借酒浇愁了。正是为了要和阿尔伯特同居,她才抛弃吉米的,正是为了要和阿尔伯特同居,她才定居在罗德岛的。阿尔伯特,这个指甲破裂,双手沾满修理马达时的油污的家伙,相貌粗俗、身躯矮壮,活像个面色红润、很有蛮力的屠夫,阿尔伯特已经不再那么年轻了,身材也开始发福了,就是个没有教养、举止粗俗的家伙,连说话的口气都那么粗鲁。阿尔伯特,阿尔伯特,贝蒂怎么会看上他这种人呢?

卡拉瑟斯从床上爬起来,喝了几口水。他浑身乏力地瘫坐在椅子上。他对自己睡的那张床都感到无法忍受了。他一支接一支地抽着烟。到了早上,他已经把自己折磨成了一副病恹恹的模样。他压根儿一夜没睡。用人把早餐给他送进屋来;他喝了杯咖啡,却什么也吃不下。没过一会儿,门外便传来一阵清脆的敲门声。

"汉弗莱,下海去游泳吗?"

那兴致勃勃的声音刹那间使他气血翻涌,"嗖嗖"地直冲脑门。他勉强支起身子,去打开了门。

"我今天不想去游泳了。我感觉不太舒服。"

她打量了他一眼。

"啊,我的天哪,看你这气色,好像疲惫到了极点嘛。你怎么啦?"

"我不知道。我想,我一定是有点儿中暑了。"

他的声音有气无力,眼神也很凄惨。她凑得更近了,仔细打量着他。一时间,她什么话都没说。他满以为她脸都吓得发白了。他心里有数。片刻后,她眼中竟淡淡地漾起了一种逗弄人的笑意;她觉得这个场景很滑稽。

"可怜的老伙计,你再去躺一会吧。我叫人给你送几片阿司匹林来。到吃午饭的时候,你也许就感觉好一些了。"

他躺在这间变得愈发昏暗的房间里。他恨不得抛开一切,马上离开这里,这样,他就用不着再看到她那副嘴脸了,然而他眼下还没法脱身离开此地,带他返回布林迪西的那条船,要等到本周末才会短时停靠在罗德岛。他成了一名囚徒。何况第二天,他们还得出海去那几个岛屿上观光。到了那里,即使想逃避她,也无处可逃:从早到晚待在那条机帆船上,大家都近在咫尺,免不了要相互碰面。他无法面对那种情景。他会感到害臊得无地自容。不过,贝蒂大概一点儿不觉得害臊。在刚才那一刻,她明明知道,在他面前什么都隐瞒不下去了,而她却照样笑脸相迎。她就有这个本事,可以把一切都原原本本地告诉你。他可受不了这种事情。这种打击实在太大了。不管怎么样,对于他是否已经察觉到了她的秘密,她不可能有十足的把握,她充其量只是起了疑心;假如他装得好像什么事也没有发生过一样,假如在用午餐的时候,以及在剩下的这几天里,他都一如既往地表现得高高兴兴、嘻嘻哈哈,她就会觉得是她自己想错了。知道自己所知道这些情况就足够啦,再听她亲口说出这种不光彩的事情的来龙去脉,那就无异于雪上加霜,他可丢不起这个脸。岂料,在用午餐的时候,她说出的第一句话却是:

"真扫兴。阿尔伯特说,发动机出了点儿故障,我们这趟航行最终还是没能成行。每年的这个时候,我都不敢乘帆船出海。我们也许要停航一个星期了。"

她说得轻描淡写,于是,他同样也以漫不经心的口气回答道:

"哦,真遗憾,不过,话说回来,我其实并没有把这事放在心上。

这里多美啊，说真的，我本来就不太想去。"

他告诉她说，阿司匹林对他很有疗效，他感觉好多了；在那个希腊管家和那两个身穿多褶白短裙的男仆看来，他们一定在欢乐活泼地交谈着，气氛和往常一样。当天晚上，有英国领事前来赴宴，第二天晚上，他们又招待了几位意大利军官。卡拉瑟斯在数日子，在计算还剩下多少个小时。啊，要是那个时刻快点儿到来就好了，他就能义无反顾地登上那艘轮船，从此摆脱每时每刻都在折磨着他的这种厌恶感了！他感到越来越厌倦了。不过，贝蒂的态度依然还是那么镇定自若，他偶尔会扪心自问，她是不是真的知道他已经发现了她的秘密。她说机帆船出了故障的那句话难不成是一句真话，而不是像他之前所认为的那样，只是一个借口？随后接踵而来的那些访客使他们两个人一刻也不能单独待在一起，这会不会也是一种巧合呢？倘若你处事过于圆通，最大的坏处便是，你根本分辨不出别人的表现究竟是正常的反应，还是和你一样也在耍计谋。每当他望着她的时候，她总显得那么从容，那么平静，那么毋庸置疑地快乐，使他无法相信那个令人作呕的事实。然而，那是他亲眼看见的事实啊。另外，他还想到了未来。她的未来会怎么样？想想都觉得可怕。这个真相迟早会臭名远扬的。他继而又想到，贝蒂成了人们嘲笑的对象，成了被人唾弃的荡妇，在任由这个粗鲁、庸俗的男人摆布，在渐渐老去，渐渐失去她那美丽的容颜；而这个男人比她还小五岁。总有一天，他会找一个情妇，或许就是她自己的某个女仆，他跟那个女仆在一起时才会感到如鱼得水，而他跟这位名门淑女在一起时绝不会有那种感觉，到那时，贝蒂能怎么办？那时候，她得有什么样的心理准备，才能忍受那么大的屈辱啊！他也许会冷酷无情地对待她。他说不定还会揍她。贝蒂啊。贝蒂！

卡拉瑟斯绞着自己的两只手。突然间，有一个想法涌上心来，这个想法使他满怀悲喜交集之感；他把这个想法撇在一边，但它又重新冒了出来；这个想法始终令他挥之不去。他必须拯救她，他对她爱得太深、爱得太久，因而不可能让她就此沉沦下去，不可能让她像现在这样日渐沉沦下去；他心中油然涌起了一股自我牺牲的豪情。尽管一切已成定局，尽管他的爱情已经死亡，而且还对她产生了一种肉体上的嫌恶感，但他仍想娶她为妻。他苦笑着。他将来的人生会变成什么样？这一点他爱莫能助。他自己不重要。这是唯一可行的办法。他顿时感觉精神大振、意气昂扬起来，虽然还有些底气不足，因为他对如此崇高的思想境界依然心存敬畏，那可是具有神圣的献身精神的人方能企及的境界啊。

他要搭乘的那条轮船定于星期六启航，星期四那天，等到在这儿用晚餐的客人都离开了之后，他说：

"但愿我们明天可以清静地待一会了。"

"实际情况是，我已经邀请了几位埃及人过来做客，他们是来这儿消夏避暑的。其中有一位是前赫迪夫①的妹妹，人很聪明。我相信，你一定会喜欢她的。"

"好吧，那是我待在这里的最后一个晚上了。我们明晚能不能单独待一会儿？"

她瞥了他一眼。她那双眼睛里仍然带着一丝淡淡的欢笑之意，不过，他的态度很严肃。

"悉听尊便。我可以把他们推迟到以后再说。"

"那好，就这么定了。"

他明天清晨就得动身，行李全都整理好了。贝蒂嘱咐他不用再换

---

① 赫迪夫（Khedive），1867 年至 1914 年间土耳其苏丹授予埃及执政者的称号。

燕尾服去用餐了，但他回答说，他喜欢穿燕尾服。这是他们最后一次面对面地坐下来用晚餐。餐厅虽没有过多的装饰，却显得很正式，灯光也调节得朦朦胧胧，不过，仲夏之夜的气氛还是透过敞开的落地窗倾泻进来，为餐厅平添了几分凝重感。这种氛围宛如置身在女修道院的一间隐蔽的雅座餐厅里，仿佛有一位皇室的女性隐居在这家修道院，要把其后半生奉献给虔诚的修行，只是没有过度禁欲而已。用过晚餐后，他们在露台上喝咖啡。卡拉瑟斯已经喝下了两杯利口酒。他此刻感觉非常紧张。

"贝蒂，亲爱的，我有句话要对你说。"他总算开了口。

"是吗？如果我是你，我才不会说出来呢。"

她温情脉脉地回答道。她依旧十分平静，狡黠地望着他，但她那双蓝汪汪的眼睛里却闪烁着撩人的笑意。

"我一定要说。"

她耸了耸肩，不作声了。他发觉自己的声音有些发抖，便恼恨自己这么不争气。

"你知道的，我已经痴恋你好多年了。我向你求过多少次婚，我自己都记不清了。但是，不管怎么说，形势在不断变化，人也在变，对不对？我们两个都不像过去那么年轻了。贝蒂，难道你现在还不愿嫁给我吗？"

她朝他嫣然一笑，这种微笑一直是她如此勾魂摄魄的一大特点；她笑得那么亲切、那么坦诚，而且依然如故，依然还是那么纯真得令人怦然心动。

"汉弗莱，你太可爱了。非常感谢你能再次向我求婚。我都没法向你形容我有多感动。可是，想必你也知道，我是个喜欢按照习惯做事的人，我现在已经养成了对你说'不'的习惯，不行，我改不了这个习惯啦。"

"为什么不行?"

他的口气中似乎颇有点儿咄咄逼人的意味,甚至有不祥的预兆,这才迫使她飞快地瞄了他一眼。她那张脸顿时气得煞白,但她立刻又镇定下来。

"因为我不想。"她笑道。

"你是打算嫁给别的什么人吗?"

"我吗?不。当然不会。"

一时间,她好像不由自主地昂首挺胸直起了腰板,仿佛祖传的自豪感像一股浪潮般在她身上横扫而过似的。接着,她便哈哈大笑起来。可是,她究竟是在笑话她自己头脑里忽然想到了什么,还是因为汉弗莱的求婚有什么让她觉得好笑的地方,除了她自己,这世上恐怕再没有第二个人知道了。

"贝蒂。我恳求你嫁给我。"

"绝不可能。"

"你不能再过这种生活了。"

他把内心所有的痛楚都注入在他的话语中,他那张脸已经拉了下来,一副受尽了折磨的样子。她满怀深情地笑了笑。

"为什么不能呢?别弄得像个大傻驴似的啦。汉弗莱,你知道的,我一向非常喜欢你,可是,你简直就是个老太婆。"

"贝蒂。贝蒂。"

她难道还看不出来,他纯粹是为了替她着想才来求婚的?他勉强说出的那番话,并不是出于爱情,而是出于人皆有之的怜悯心和廉耻感。她站起身来。

"汉弗莱,别惹人烦了。你还是去上床休息为好,你也知道,你明天一早就得起床。我明天早上就不送你了。再见吧,愿上帝保佑你。你能来这里做客,真让人高兴。"

她在他的两侧颊上都亲了亲。第二天早晨，因为八点就得登船，卡拉瑟斯起得很早，当撩开大步走到正门外时，却发现阿尔伯特已经坐在车子里等着他了。阿尔伯特上身穿着一件无袖汗衫，下身是一条帆布裤，头上戴着一顶巴斯克贝雷帽。卡拉瑟斯的行李放在后座上。他转过身去，朝管家打了声招呼。

"把我的行李包放在司机旁边，"他说道，"我坐在后面。"

阿尔伯特什么话也没说。卡拉瑟斯坐上车，他们马上就驱车出发了。他们一到达港口，搬运工们就纷纷奔了过来。阿尔伯特也下了车。卡拉瑟斯凭着自己的身高，居高临下地朝他看了看。

"你不必送我上船了。我自己完全可以应付。这是给你的小费。"

他给了他一张五英镑的钞票。阿尔伯特脸红了。他吃了一惊，很想拒绝，却不知该怎么说才好，做了这么多年的仆人，卑躬屈膝已经根深蒂固。也许他都不知道自己脱口而出的是句什么话：

"谢谢你，先生。"

卡拉瑟斯朝他简慢地点了点头，随即便扬长而去了。他终于逼迫贝蒂的情人称呼他为"先生"了。这一招就好像他已经朝着她那张笑嘻嘻的嘴巴狠狠打了一记，也像把一句轻蔑的申斥当面砸在她的脸上。这一招让他心中充满了苦涩的满足。

他耸了耸肩，我看得出来，即使连这个微不足道的胜利现在看来似乎也是枉费心机。有好大一会儿，我们两个人都默然无语。我没有什么可说的。于是，他又开始诉说起来：

"我敢说，你一定感到非常奇怪，我居然肯把这种事情都原原本本地说给你听。我不在乎。你明白吗？我觉得，这世上再也没有什么事情值得珍视了。我觉得，在这个世界上，人们的礼义廉耻观已经不复存在了。老天爷知道，我不是嫉妒。你有爱情，才会有嫉妒，而我

179

的爱情已经死了。我的爱情在一瞬间就灰飞烟灭了。经过了这么多年的爱情啊。我现在一想起她,还是感到不寒而栗。毁了我的是什么,害得我痛苦不堪的是什么,就是想到她那恶劣得难以形容的堕落。"

如此说来,导致奥赛罗杀死苔丝狄蒙娜的原因就不是嫉妒,而是极度的痛苦,因为奥赛罗没想到他心目中的这位天使般的尤物居然会如此不洁、分文不值[①]。导致他那颗高尚的心灵破碎的原因是,美德竟会败落到如此地步。

"我原以为她是个举世无双的人。我过去非常仰慕她。我仰慕她的勇气和坦诚,仰慕她的聪明才智和她对美的热爱。没想到,她不过就是个骗子,除此之外,她什么都不是。"

"我有点儿纳闷,不知你这话究竟是不是真心话。难道你认为我们所有人都那么心口一致吗?你是否知道给我印象最深的是什么?我应该这样说,阿尔伯特只是她的工具而已,可以说,就是她通向这个物质化的世俗世界的收费桥;这样才能让她的灵魂自由自在地翱翔在天堂里。或许纯粹是因为他远远在她之下,才使她在与他相处时获得了一种自由感,而她在与自己同阶层的男人相处时,大概缺少这份自由感。人的精神境界非常奇怪,只有当肉体在贫民窟里摸爬滚打了一段时间之后,人的精神境界才能飞升到与之相应的那个高度。"

"啊,别说这种废话了。"他生气地回答道。

"我认为这并不是废话。是我没把这层意思表达好,不过,这种观点倒是无可厚非的。"

"对我有什么用呢。我已经心灰意冷,彻底完蛋了。我已经彻底垮了。"

[①] 奥赛罗(Othello),莎士比亚同名戏剧中的人物,因受坏人挑拨而妒火中烧,丧失理智地掐死了自己心爱的妻子苔丝蒙娜,得知真相后悔恨交加,拔剑自刎,倒在苔丝德蒙娜身边。

"啊,胡说八道说。你为什么不写一篇小说来抒发这种情怀呢?"

"我吗?"

"想必你也知道,这就是一个作家所具有的巨大的吸引力,而其他人都没有这种吸引力。每当一个作家碰到了什么让他极其不开心的事情,每当他饱受折磨、痛苦不堪时,他可以把这些都写在小说里,你会惊讶地发现,这是一种多么令人安慰、令人解脱的事情。"

"这样做太荒谬了。贝蒂对我来说就是这个世界上最宝贵的东西。我可做不出这么粗俗的事情。"

他停顿了一会儿,我看得出,他在沉思。我发觉,尽管我的建议使他感到毛骨悚然,但他的确花了一分钟时间,从一个作家的角度,对这种复杂紧要的故事情节审视了一番。他摇了摇头。

"不是为了她,是为了我自己。不管怎么样,我还是有点儿自尊的。再说,这里面也没有什么故事。"

(吴建国　董明志　译)

墨西哥秃头

"你喜欢通心粉吗?"R.上校问。

"你说通心粉是指什么?"阿申登回答,"这就像你问我是否喜欢诗歌。我喜欢济慈①和华兹沃斯②、魏尔伦③和歌德④。当你说通心粉时,你指的是细面条、宽面条、圆面条、扁面条、实心粉、空心粉,还是只是一般的通心粉?"

"通心粉。"R.上校回答,真是个惜字如金的男人。

"我喜欢一切简单的东西,白煮蛋、牡蛎和鱼子酱,法式蓝鳟鱼,烤三文鱼,烤羊肉(最好是羊脊肉),白切松鸡,蜜糖果馅饼和米布丁。但是在所有这些简单的东西里,唯一能让我天天吃、百吃不厌,而且吃得再多也不会让我倒胃口的,就是通心粉。"

"我很高兴你这么说,因为我想要你去趟意大利。"

阿申登从日内瓦来到里昂⑤跟R.上校见面,由于到得比约定时间早,他花了一下午在这座欣欣向荣的城市里溜达,在拥挤繁忙

---

① 济慈(Keats,1795—1821),英国诗人。
② 华兹沃斯(Wordsworth,1770—1850),英国诗人。
③ 魏尔伦(Verlaine,1844—1896),法国象征派诗人。
④ 歌德(Goethe,1749—1832),德国诗人和作家。
⑤ 里昂(Lyon),法国中东部城市。

而又平凡乏味的街道上闲逛。他们现在坐在一间餐馆里，这是阿申登刚到时带R.上校去过的餐馆，它以在法国的这块区域饭菜做得最好吃而闻名。但在这个门庭若市的热闹场所（因为里昂人喜爱美食），由于你永远不知道有哪些好奇的耳朵正竖起等待获取从你的口唇之间流露出去的有用信息，他们只是随心所欲天南地北地谈论着各种话题。这顿令人心满意足的大餐已到了尾声。

"再来一杯白兰地？"R.上校问道。

"不了，谢谢。"阿申登回答，他是个饮食有度的人。

"一个人应该做你能做的事来缓解战争带来的严酷。"R.上校意味深长地说，一边拿着酒瓶倒了一杯给自己，又倒了一杯给阿申登。

阿申登认为此刻反驳显得有些做作，就没有阻止R.上校的举动，但又不得不对他的上司拿酒瓶的不雅姿势提出抗议。

"在青年时期大人们总是告诫我，抱女人要抱在腰部，拿酒瓶要拿在颈部。"他低声地抱怨。

"我很高兴你能告诉我。但我还是愿意握着酒瓶的腰部而对女人敬而远之。"

阿申登不知该如何回答，只好保持沉默。他小口啜饮着白兰地，R.上校准备结账。他的确是个重要人物，有着决定自己众多部下生死荣辱的大权，而他的意见也常常左右着那些握有帝国命运的人；但从他的举动可见对如何给服务生小费这个问题他感到手足无措。他既害怕给得太多被当成傻瓜，又担心给得太少而遭到服务生的冷嘲热讽。于是当账单送到时，他给了阿申登几百法郎并说："请你付给他钱吧，我从来都看不懂法国的数字。"

侍者给他们拿来了帽子和大衣。

"你想走回旅馆吗？"阿申登问。

"但走无妨。"

这还是年初，天气却突然转暖，于是他们把大衣搭在手臂上走路。阿申登知道 R. 上校喜欢带起居室的房间，就给他订了一个。他们一到旅馆就直接去起居室了。旅馆是老式的风格，起居室很大。配套的是绿色天鹅绒装饰的重桃心木家具，一张大桌子边整齐地围着一圈椅子。墙上的墙纸已陈旧黯淡，中间挂着一幅巨大的拿破仑之战钢板雕刻。天花板垂挂着巨大的枝形吊灯，原先用作供暖，现在上面装饰着很多灯泡。它给这沉闷的房间带来清冷而又强烈的光线。

"这房间不错。"R. 上校边走进来边说。

"不是特别舒适。"阿申登有些歉然。

"的确，但它看上去已是这个地方最好的房间了。对我来说已经非常好了。"

他从桌子边上拉出一把绿天鹅绒包裹的椅子，坐下来点上一支烟，松开皮带并解开制服的纽扣。

"我一直以为我喜欢方头雪茄胜过其他任何东西，"他说，"但是自战争开始以来我喜欢上了哈瓦那雪茄。当然，我想战争不会永不停止的。"他的嘴角挂着一丝若有若无的微笑。"凡事有利也有弊啊。"

阿申登拉出两把椅子，自己坐一把，把腿跷在另一把上。R. 上校看到后说："这是个好主意。"随即从桌旁拖出另一把椅子，把穿着靴子的脚搭上去，发出一声满意的叹息。

"隔壁这个房间是谁的？"R. 上校问道。

"是你的卧室。"

"另外一边的房间呢？"

"一个宴会厅。"

R. 上校站起身慢慢地在房间里踱步。当他经过窗户时，仿佛百无聊赖般透过厚厚的棱纹平布窗帘往外偷窥了一下，然后再次回到椅子上，更加舒适地把脚跷起。

"小心驶得万年船。"他说。

他若有所思地注视着阿申登,薄薄的嘴唇上挂着一丝淡淡的微笑,但那双靠得很近的浅色眼睛依然冷酷无情。如果阿申登不是已经习惯了的话,一定会在 R. 上校的注视下感觉十分局促。他明白 R. 上校是在考虑如何引入徘徊在他脑海中的话题。这样的沉默持续了两三分钟。

"我在等一个家伙今晚来见我,"最后他开口道,"他的火车大约十点钟到。"他看了一眼他的腕表。"他被称为墨西哥秃头。"

"为什么叫这个称号?"

"因为他没有头发并且是墨西哥人。"

"这个解释听起来倒是令人满意。"阿申登说。

"他自己会告诉你他的一切。他就是个话痨。我遇见他时他正穷困潦倒。他在墨西哥参加了某些革命,当他从中脱身而出时,除了身上所穿别无他物,并且这些衣服已是破烂不堪,无法上身。如果你想取悦他你就叫他将军。他号称曾当过乌埃尔塔①部队的将军,至少我认为是乌埃尔塔;他说如果当初事情进展顺利的话,他现在就是作战部长了,并且前途不可限量。我发现他非常有用,是一个不错的家伙。唯一让我反感的是他总要用香水。"

"我该做什么?"阿申登问道。

"他将从意大利来。我有件棘手的事要交给他处理,我希望你能跟在他旁边。我不放心把一大笔钱交给他。他是个赌徒,并且有点太喜欢女人了。我猜你从日内瓦来用的是阿申登的护照?"

"是的。"

---

① 1910 至 1917 年为墨西哥资产阶级民主革命期间。1913 年,乌埃尔塔(Huerta,1854—1916)在美国的支持下发动政变,夺取政权,但遭到全国的反对,1914 年被推翻。

"我给你准备了另一个,那种外交护照,以萨默维尔为名,有法国和意大利的签证。我想你最好和他一起旅行。当出发时你就会发现他是个有趣的家伙,我想你们有必要彼此认识一下。"

"什么样的任务?"

"我还没想好让你知道多少合适。"

阿申登没有回答。他们淡漠地互相看了对方一眼,仿佛是两个一起坐在火车车厢里的陌生人,彼此打量并猜疑对方的身份和职业。

"站在你的立场,我会让将军多说话。关于你的情况,除了必要的,我一句都不会跟他多说。我可以保证他不会问你任何问题,我想他会以他自己的方式做一个绅士。"

"顺便问一下,他的真名叫什么?"

"我总是叫他曼努尔。我不知道为什么他非常喜欢这个称呼。他的全名是曼努尔·卡莫纳。"

"我猜你没有说出来的是他是个十足的混蛋。"

R.上校笑了,他那淡蓝色的眼睛也满是笑意。

"我不知道我是否该这么说。他从小没有机会接受公立学校的教育。他所理解的'玩游戏'和我们的不同。我不知道当他在旁边时我是否可以把金香烟盒随便放,但如果他在玩扑克时输给你钱,他会毫不犹豫地拿起你的香烟盒去典当,然后把钱付给你。如果他有一点机会他都会勾引你的妻子,但如果你遇到极大的困难,他会把他最后的面包皮都跟你分享。听到留声机里古诺[①]的《圣母颂》[②]时他会泪流满面,但如果你侮辱了他的尊严他会像上帝一样将你射杀。听说在墨西

[①] 古诺(Gounod, 1818~1893),法国作曲家,早年热心宗教,第一部作品即《三声部弥撒曲》。1855年所作《圣塞西勒庆典弥撒曲》是对宗教音乐的一次改革。50年代转向歌剧创作,使他名垂后世的是1859年创作的歌剧《浮士德》。

[②] 这里"圣母"指圣母玛利亚。《圣母颂》是天主教对《圣经》中耶稣的母亲玛利亚表示尊敬和赞美的一首歌,是天主教最经典的歌曲之一。

哥，站在一个男人和他的酒中间对他是一种侮辱；将军告诉我有一次一个不知情的荷兰人从他和吧台中间走过，他拔出手枪就把他打死。"

"他什么事都没有吗？"

"没有，看来他隶属于一个最好的组织。这件事被掩盖了下来，报纸上对外宣称是这个荷兰人自杀身亡。事实也几乎如此。我不相信这个墨西哥秃头对人的生命会有多大尊重。"

阿申登原本专注地看着 R. 上校，这时身子动了一下，更加仔细地观察他的上司那张疲惫的满是皱纹的蜡黄面孔。他明白 R. 上校不会无缘无故说这番话。

"当然关于生命的价值有很多都是废话。你也可以说你在打扑克时用的筹码有其内在价值。当你要用到它们时，它们就有价值；对于一个普通的战役，人的价值就仅仅像筹码一样，如果你充满感情地把自己看作人类，你就是个傻子。"

"但是你知道，他们是有感觉和思考能力的筹码，一旦他们认为自己是个弃子，他们就会拒绝被利用。"

"不管怎样，这和今天的谈话没有关系。我们有消息说有个叫康斯坦丁·安德里亚蒂的间谍正带着我们急需的文件从君士坦丁堡[①]到这儿来。他是希腊人，是恩维尔帕夏[②]的情报人员，恩维尔非常信任他。他还被口授了些不能以书面形式呈现的高度机密及重要的情报。他从比雷埃夫斯[③]乘一艘名叫伊萨卡到罗马的船，途中会在布林迪西上岸。他要把他的急件递交到德国大使馆，并且亲自对大使单独口授他的绝密情报。"

---

① 君士坦丁堡（Constantinople），土耳其的城市伊斯坦布尔的旧名，奥斯曼帝国都城。
② 恩维尔帕夏（Enver Pasha，1881—1922），恩维尔是 1908 年土耳其革命的领导人。在第一次世界大战中，他成为了奥斯曼帝国的主要领导人，加入了同盟国集团，与德国紧密合作。
③ 比雷埃夫斯（Piraeus），希腊东南部港口城市。

"我明白了。"

这个时期意大利还是中立国；同盟国竭尽全力想要拉拢它，而协约国则不遗余力地劝说它站在他们的立场宣战。

"我们并不想与意大利当局交恶，后果会很严重，但我们必须要阻止安德里亚蒂到罗马去。"

"不管任何代价？"阿申登问。

"钱不是问题。"R. 上校回答。他咧开嘴露出一抹嘲讽的笑。

"你想怎么做？"

"我不认为你需要劳神考虑这个问题。"

"我有丰富的想象力。"阿申登说。

"我想让你跟墨西哥秃头一起去那不勒斯①。他非常想回到古巴。他的朋友正在策划一场巡演，他想尽可能离得近些，等时机一成熟他就可以飞往墨西哥。他需要现金。我把钱换成美元带来了，今晚就给你。你最好随身携带。"

"有很多吗？"

"是挺多的，但我想如果体积不大的话对你来说会方便些，所以我换的是千元大钞。你将要用这些钞票换回墨西哥秃头弄到手的安德里亚蒂带来的文件。"

阿申登有个问题差点就脱口而出了，但话到嘴边最终选择问了另外一个问题。

"这个家伙知道他要做什么吗？"

"完全明白。"

这时传来敲门声。门被打开，墨西哥秃头站在他们面前。

"我到了，晚上好，上校。很高兴见到你。"

---

① 那不勒斯（Naples），意大利西南部港口城市。

R.上校站起身来。

"旅途还顺利吗,曼努尔?这位是萨默维尔先生,他将要陪你一起去那不勒斯,这位是卡莫纳将军。"

"认识你很高兴。"

将军用力地握了一下阿申登的手,阿申登不禁有些皱眉蹙额。

"你的手就像铁块一样,将军。"他嘟哝道。

墨西哥人看了一眼自己的手。

"我早上才请人护理过指甲。我想它们并没有得到很好的修剪。我喜欢我的指甲被精细地打磨抛光。"

他的指甲被剪得尖尖的,染成鲜红色,在阿申登看来亮得就像镜子似的。虽然天气不冷,但将军穿了一件带阿斯特拉罕羔羊皮[①]领子的皮大衣,他的一举一动都带着一股香水味飘向你的鼻子。

"脱下你的大衣,将军,来支香烟。"R.上校说。

墨西哥秃头是个高个子男人,虽然有点瘦,但给人感觉还是很强壮的;他很时髦地穿着一套蓝色哔叽西服,大衣胸前的口袋上插着一块折叠整齐的丝质手帕,手腕上戴着一个金手镯。他的五官很出色,就是比常人稍大了一点,他的眼睛是褐色的,炯炯有神。他的确一根头发也没有。他的黄色皮肤像女人的一样光滑,没有眉毛和睫毛;他戴着一顶淡褐色的假发,有点长的头发被故意梳理得不整齐,带着点艺术感。这一切以及他光滑无褶的蜡黄脸庞,再加上他时髦的衣着装扮,给人的第一印象是有点恐怖。他令人反感又滑稽可笑,但你无法将目光从他身上移开。他的古怪带着一种邪恶的魅力。

他坐了下来,顺手把裤腿稍向上拉,免得垂挂在膝盖上。

"那么,曼努尔,你今天有没有伤了谁的心啊?"R.上校快活地

[①] 阿斯特拉罕羔羊皮(astrakhan),用于制作大衣和帽子。

问道，语气中带着促狭。

将军转向阿申登。

"我们的好朋友，上校先生，忌妒我总是能虏获女人的芳心。我告诉他如果照我说的做，他也能像我一样。你所需要的只是一样东西，信心。如果你从不害怕被拒绝，那么你就永远不会被拒绝。"

"胡说八道，曼努尔，人们需要的只是你对付女孩的手段。你身上有种她们无法抗拒的魅力。"

墨西哥秃头沾沾自喜地大笑着，丝毫不加掩饰。他的英语说得很好，带着点西班牙的口音，但又有美国人的腔调。

"正好你问到我，上校，我不妨告诉你在火车上我跟一位小妇人相聊甚欢，她要去里昂看望她的婆婆。她并不十分年轻，身材也不如我喜欢的女人丰满，但她还算顺眼，陪我度过了愉快的一个小时。"

"那么，让我们来谈谈正事吧。"R.上校说。

"听您的吩咐，上校，"他扫了阿申登一眼，"萨默维尔先生是军人吗？"

"不。"R.上校回答，"他是位作家。"

"正如您说的，世界之大，无奇不有。我很高兴认识你，萨默维尔先生。我可以给你讲很多有趣的故事，我相信我们会相处融洽。你有一颗同情的心，我对此非常敏感。说实话我是个神经极其过敏的人，如果我跟一个与我格格不入的人在一起我会彻底崩溃的。"

"我希望我们将度过一个愉快的旅程。"阿申登安抚道。

"我们的朋友什么时候到布林迪西？"墨西哥人转向R.上校问道。

"他在十四日乘坐伊萨卡号从比雷埃夫斯启航，这也许是艘老爷船，但你最好能提早到达布林迪西。"

"我同意。"

R.上校双手插在口袋里站起身来坐在桌子的边沿。他穿着破旧的制服,制服上衣敞开着,与旁边打扮整洁衣冠楚楚的墨西哥人相比,他就像个邋遢的家伙。

"萨默维尔先生对你要完成的这趟差事一无所知,我也不想告诉他。我想你最好凡事自己想办法解决。他只是负责给你这次行动需要的资金,但你想怎么做是你自己的事。当然如果你需要他的建议可以问他。"

"我极少询问别人的意见也从不采纳。"

"并且如果你把事情搞砸了,我希望你能让萨默维尔先生置身事外,切勿连累到他。"

"我是个正人君子,上校,"墨西哥秃头庄严地回答,"我宁愿让自己被砍成碎片也不会背叛我的朋友。"

"这我早已告诉萨默维尔先生了。另外,如果事情成功了,萨默维尔先生会把我们说好的你应得的报酬给你,同时拿回你弄到的文件。至于你怎么得手就不关他的事了。"

"那还用说吗?现在只有一件事我想说清楚;萨默维尔先生知道我并不是为了钱才接受你交给我的这个任务吗?"

"非常清楚。"R. 上校直视他的目光庄重地回答。

"我的身心都属于盟军,我不能原谅德国对中立国比利时的入侵。我之所以接受你的钱只是因为首先我是一个爱国者。我想我能毫无保留地信任萨默维尔先生,是吗?"

R. 上校点点头。墨西哥人转向阿申登。

"我们计划组织一支远征军把我苦难的祖国从正在施虐的暴君手里解救出来,我得到的每一分钱都会用在枪支和弹药上。至于我本人我不需要钱;我是个战士,只要有面包皮和一点橄榄就能生存。世界上只有三件事值得一个绅士去做:战争、纸牌和女人;无需花费什么你就能把步枪扛在肩上向山里进发——那是真正的战争,不是现在整个部队大规模行军及枪炮齐发——女人爱我是因为我自己,玩纸牌我一般都是赢家。"

阿申登从这个与众不同的人物身上看到了耀眼的光彩,与他的香手帕和金手镯一起,非常对他的胃口。他远非街上的一个普通男人(你起先会反对但最后会臣服于他的专制),并且作为一个巴洛克风格的业余爱好者,他的天性也是极为罕见地讨喜。他就是个幸运的家伙。纵使他戴着假发,他的大脸无毛,他还是有着毋庸置疑的风度;尽管有些滑稽,但他留给你的印象是此人绝不容小觑。他的骄傲自满非常膨胀。

"你的行李装备在哪儿,曼努尔?" R. 上校问。

这个突如其来的问题看上去像是对他刚刚的侃侃而谈有些轻蔑且不屑一顾,这或许让墨西哥人的眉头在瞬间皱了皱,但除此之外他并没有任何不高兴的表现。阿申登猜测墨西哥人大概认为上校就是个粗人,对美好的情感毫无感觉。

"我把它放在车站了。"

"萨默维尔先生有外交护照,因此他的东西可以通过边境而不被检查,如果你愿意可以把行李交给他。"

"我的东西很少,只有几套衣服和一些日用品,但如果萨默维尔先生愿意代劳那就再好不过了。我离开巴黎前买了半打真丝睡衣。"

"那么你呢?" R. 上校转向阿申登问道。

"我只有一个包,在我的房间里。"

"趁着现在有人在,你最好让人把它拿到车站去。你是凌晨一点十分的火车。"

"哦?"

阿申登从未听说他们今晚就出发。

"我认为你们最好尽早赶到那不勒斯。"

"那好吧。"

R. 上校站起身。

"我要上床休息了。我不知道你们打算做什么?"

"我要在里昂街头溜达溜达,"墨西哥秃头回答,"我对生活很感兴趣。上校能借我一百法郎吗?我身上没有零钱。"

R. 上校拿出钱包给了将军他要的数目,然后对阿申登说:

"那么你要做什么呢?等在这儿?"

"不,"阿申登回答,"我要到车站去看点书。"

"你们动身之前最好来点威士忌和苏打水,好吗?你觉得怎么样,曼努尔?"

"你真是太好了,但我除了香槟和白兰地,其他都不喝。"

"两个都要?"R. 上校冷冷地问道。

"那倒不必。"将军庄重地回答。

R. 上校叫了白兰地和苏打水,当它们被送到时,上校和阿申登都将二者掺在一起饮用,而墨西哥秃头则给自己倒了四分之三平脚玻璃杯的纯白兰地,然后分成两大口一饮而尽,并发出品咂的声响。他站起来穿上带阿斯特拉罕皮领的大衣,一只手抓着他的黑色礼帽,另一只手伸向 R. 上校,姿势像极了一位浪漫的演员为了心爱女孩更美好的幸福而不得不放弃她。

"那么,上校,我祝您晚安及做个好梦。我们短时间内恐怕难以再见面了。"

"别把事情弄得一团糟,曼努尔,如果你的确这么做了,那么把嘴巴闭紧点。"

"他们告诉我你们有一所大学是专门把贵族的儿子培养成海军军官的,这所大学里有一句用金子写成的铭文:英国海军里没有不可能这个词。我不知道失败这个词的意思是什么。"

"它有很多同义词。"R.上校反驳道。

"我会在车站与你碰面,萨默维尔先生。"墨西哥秃头说,话音刚落就挥挥手离开了他们。

R.上校带着一抹耐人寻味的笑容看着阿申登,这抹笑容总是让他的脸看起来精明得可怕。

"你说说,你对他怎么看?"

"这你可难倒我了,"阿申登无奈地说,"他是个江湖骗子吗?他看起来就像花孔雀一样自负。就他这副可怕的尊容,他真的能如他所言讨女人们的欢心吗?是什么让你认为你可以信任他?"

R.上校轻声笑了一下,干搓了搓他那双枯瘦苍老的手。

"我以为你会喜欢他。他很有个性,不是吗?我想我们可以信任他。"R.上校的双眼突然变得有些晦暗。"我不相信他会为了利益出卖我们。"停顿了片刻,他又接着说:"不管怎样我们都要冒一次险。我把车票和钱给你,你就可以走了。我累极了,想马上就睡觉。"

十分钟后阿申登启程前往车站,一位搬运工把他的行李背在肩上跟着他。

因为还要等将近两个小时,他把自己舒舒服服地安顿在候车室。灯的光线很好,他开始读一本小说。眼看从巴黎始发将要带着他们去罗马的列车快要进站了,而墨西哥秃头还不见踪影。开始有些莫名焦虑的阿申登走到站台上去找他。阿申登深受一种"列车综合征"的困扰:在他的火车快要到站的前一小时,他就开始心生不安,唯恐他会错过这趟车;他对搬运工感到不耐烦,因为他们总是无法及时把行李从他房间搬出去;他不理解为什么旅馆的短驳巴士总是把时间掐得这么准,不留半点余地;街上的交通堵塞让他狂怒;车站搬运工慢吞吞的举动也让他心生怒火。整个世界都好像变成一个可怕的阴谋来阻止他赶上火车;当他通过栅栏时总有人挡在他前面;另一些人在售票处排长队买其他车次的车票,细心地数着零钱真让人上火;登记行李时花的时间好像没完没了;如果他是和朋友们一起出行,他们会去买份报纸,或者在站台上溜达,他就担心他们会被拉下,因为他们会与一个陌生人随便闲聊而忘了时间,抑或突然想要打一个电话而消失不见踪影。总之他认为全世界都想和他作对,来阻止他赶上每一趟他想乘坐的列车。只有当他舒舒服服地坐在座位上,他的东西安安稳稳地被放在头顶上方的行李架上,还有半个小时才开车时,他才感到安心。有时他到达车站为时尚早,他就乘上比他原定早一班的火车,但这也让他紧张不安,为自己差点错过这班车而苦恼了一路。

罗马快车已远远地发出进站信号,墨西哥秃头仍不见踪影;列车进站了,他还是没有现身。阿申登变得越来越焦虑。他在站台上下快步走着,查找每一间候车室,去他们放行李的行李寄存处查看,都没找到墨西哥秃头。这趟列车没有卧铺车厢,但有许多人下车,他拿到的是两张头等车厢的坐票。他站在车厢门口,上上下下地看着站台,并不时地抬头看一眼时钟;如果他的旅伴不出现的话,他也就没必要乘这趟列车了,因此当搬运工大喊"快上车"时,阿申登已决定拿着他的行李下车了。但是,天啊,当他看到墨西哥秃头时他真想骂娘!离开车就剩三分钟了,然后是二分钟,一分钟;最后时刻站台上已很少有人了,所有旅客都已就座。这时他看到墨西哥秃头正悠闲地朝站台走来,身后跟着两个搬运工抬着他的行李,旁边还陪着一个戴黑色圆顶礼帽的人。他看到了阿申登并向他挥手。

"嗨,我亲爱的朋友,你在这儿呢,我还在想不知你的情况怎么样了。"

"上帝啊,伙计快点,否则我们要赶不上这趟车了。"

"我从来不会错过火车。你拿到好座位了吗?站长回家睡觉了,这是他的助手。"

戴圆顶礼帽的人在阿申登向他点头致意时也脱帽示好。

"可是这是普通车厢。我恐怕不能接受,"他转向站长的助手和蔼可亲地笑着,"亲爱的,你得帮我弄个更好的。"

"没问题,我的将军,我这就带你们去豪华车厢。"

站长助手带着他们沿着车厢往前走并打开一间空的包厢,里面有两张床。墨西哥人很满意并看着搬运工把行李安顿好。

"这间非常好,非常感谢你,"他把手伸向戴圆顶礼帽的人,"我不会忘记你,我见到部长大人一定会告诉他你对我的礼遇。"

"你真是太好了,将军阁下。我非常感激。"

一声尖锐的哨声响起,列车开动了。

"我想这要比普通的头等车厢好吧,萨默维尔先生?"墨西哥人说,"一个出色的旅行家应该学会充分利用资源。"

但阿申登还是怒气难消。

"我不明白你为什么把时间掐得那么死,一点余地都不留。如果我们没赶上火车,那看上去可就像一对该死的傻瓜了。"

"我亲爱的朋友,这种事情是绝对不会发生的。我刚到车站就告诉站长我是卡莫纳将军,墨西哥军队的总司令,我将在里昂停留几个小时,跟英国陆军元帅举行一个会议。万一我迟到的话请他务必为我拖住火车,并且我暗示他我的政府会在适当的时候找机会下指令给他。我以前来过里昂,我喜欢这里的女孩,她们虽然没有巴黎女郎漂亮,但她们有味道,这是毋庸置疑的。你睡觉前要不要来一口白兰地?"

"不,谢谢。"阿申登闷闷不乐地回答。

"我上床前总要喝上一杯,它能有效地舒缓神经。"

他在手提箱里搜寻片刻便毫不费劲地找到一瓶酒。他直接用嘴对着瓶口深深地喝了一大口,用手背擦了一下唇边,点燃了一支烟。接着他脱掉靴子躺了下来。阿申登把灯光调暗。

"我从未拿定主意过,"墨西哥秃头若有所思地说,"究竟是一个漂亮女人在你唇上的吻,还是叼在嘴里的香烟更能让你愉悦地入睡。你去过墨西哥吗?明天我会跟你讲讲墨西哥。晚安!"

很快阿申登从他平稳的呼吸声中听出他已睡着,过了一会儿他自己也打起了瞌睡。但不久之后他就醒了。熟睡的墨西哥人一动不动地躺着;他的皮大衣被脱下来当毛毯盖着;头上还戴着假发。突然火车猛的一颠,随后伴着刺耳的摩擦铁轨的刹车声停了下来;眨眼间,在阿申登还没意识到发生了什么时,墨西哥人已一跃而起,伸手就向后摸去。

"出了什么事?"他大喝道。

"没什么。也许只是一个让我们停车的信号。"

墨西哥人重重地躺回到床上。阿申登打开灯。

"对一个熟睡者来说,你醒得也太快了吧。"他说。

"你来干我的活试试。"

阿申登很想问问他的工作究竟是实施谋杀、策划阴谋还是指挥军队,但又怕这样做不谨慎,只好作罢。将军打开他的包拿出酒瓶。

"你想来一口吗?"他问道,"当你在夜里突然醒来时,没有什么比这东西更能让你安然入睡了。"

阿申登婉拒后将军又一次直接用嘴对着瓶口朝喉咙里灌下了一大口酒。他满足地叹了口气点上一支烟。虽然阿申登看着他喝下了几乎一整瓶白兰地,并且很有可能他在来之前就已喝了许多,他却显得十分清醒。无论是他的行为还是他的语言都仿佛告诉大家他整晚喝的不过是柠檬水。

火车重新启动,阿申登再次进入梦乡。当他醒来时已是早上,他懒懒地翻过身看到墨西哥人也已经醒了。他正在抽烟。他那边的地板上遍布燃尽了的烟头,房间里空气不好,烟雾弥漫。他曾请求阿申登不要打开窗户,因为他说夜晚的空气很危险。

"我没起床是因为我怕吵醒你。你先用洗手间还是我先用?"

"我不急。"阿申登回答。

"我是个老军人了,我不会用太久的。你每天都清洁牙齿吗?"

"是的。"阿申登说。

"我也是。这是我在纽约学会的习惯。我总是认为一口漂亮的牙齿是男人最好的装饰品。"

这个包厢里有个洗脸盆,将军用力地刷牙,发出漱口的咕噜咕噜声。然后他从包里拿出一瓶古龙水,倒了一点在毛巾上,用它把脸和手都擦了一遍。他拿了一把梳子仔细地梳理他的假发;不管他昨晚有没有把假发拿下来,在阿申登醒来之前他就已经戴好了。他从包里拿出另一个带喷头的香水瓶子,挤压球状的部位让他的衬衫和大衣都带上了清香的气味,他对手帕也如法炮制,至此,他就像一个恪尽职守而满心欢喜的人一样,带着一张笑逐颜开的脸转向阿申登说:

"现在我已一切就绪,可以迎接新的一天了。我把东西都放在这儿你尽管用,不要害怕古龙水的味道,这是在巴黎你能找到的最好的古龙水了。"

"非常感谢,"阿申登回答,"我只需要肥皂和水。"

"水?除了洗澡我从来不用水。对皮肤来说没有什么比它更糟的了。"

列车快接近边境了,阿申登想起那个他突然被惊醒的夜晚将军颇有意味的手势,就对他说:

"如果你身上有左轮手枪你最好交给我。我有外交护照他们不可能搜查我,但他们也许会心血来潮对你搜身,而我们并不想惹任何麻烦。"

"这几乎不是武器,就是个玩具而已,"墨西哥人申辩道,还从裤子后袋掏出一把尺寸大得惊人的装满子弹的左轮手枪,"我连一个小时都不愿跟它分开,这让我感觉自己衣冠不整。但你是对的,我们不能冒任何风险;我还要把我的刀也给你。我平时宁愿用刀也不愿用左轮手枪,我认为刀是个更高雅的武器。"

"我想这可能只是个习惯问题,"阿申登回答,"也许你在家更多时候用的是刀。"

"每个人都会扣动扳机,但只有真正的男人才会用刀。"

在阿申登看来,将军解开马甲从皮带中抽出并打开一把杀气凛凛的长刀就像是个一气呵成的简单动作。他把刀递给阿申登,那张既丑陋又光秃秃的大脸盘上带着满意的微笑。

"这个漂亮的东西给你,萨默维尔先生。我一生中从未见过比这更好的钢了。它的边缘就像剃刀一样薄而锋利,但又坚韧无比;你不仅能用它来裁香烟纸,还能用它砍倒一棵橡树。这世上就没有它办不到的事,它折叠起来时就成了一把学校男生用来在桌上刻痕的小刀。"

他咔嗒一声把刀合上,阿申登随即把它和左轮手枪一起放进自己的口袋。

"还有其他什么吗?"

"我的双手,"墨西哥人自负地回答,"但我想海关官员还不至于敢找它们的麻烦吧。"

阿申登想起他们第一次见面握手时将军那钢铁般的一握,忍不住轻微地打了个寒战。这双手既大又长且光滑;上面包括手腕没有一根汗毛,再加上修剪得尖尖的、玫瑰色的指甲,真有种邪恶的感觉。

阿申登和卡莫纳将军各自办理边境的通关手续,当他们回到包厢时,阿申登把刀和左轮手枪还给了他的同伴。将军叹了口气。

"现在我感觉舒服多了。你对纸牌游戏有兴趣吗?"

"还算喜欢吧。"阿申登回答。

墨西哥秃头再次打开他的包,从一个角落里摸出一副油腻的法国扑克牌。他问阿申登是否玩埃卡特①,阿申登回答说不妨玩玩皮奎特②。这是种阿申登熟悉的纸牌游戏,于是他们定好赌注就开始玩牌。由于俩人都喜欢速战速决,因此他们玩四人游戏,重复第一副牌和最后一副牌。阿申登的牌已经很好了,但将军的手气看来更佳。阿申登全神贯注地盯着牌,并且小心防备着,唯恐对方在出牌时做手脚。但他看不出任何不光明正大的伎俩。他输了一局又一局。他完全被打败了,并且没有退路。他丢的分在不断累积,直到他输了大概有一千法郎,这在当时是笔大数目了。将军抽了无数支香烟,他手指一弯,舌头一舔就迅速做到了,令人不可思议。最后,他重重地往椅背上一靠。

"我说,我的朋友,你在执行任务时英国政府会为你的纸牌游戏支付损失吗?"他问道。

"当然不会。"

"那么,我想你今天已经输得差不多了。如果它进入你的报销账户,我会建议一直玩下去,直到抵达罗马。但我对你抱有好感。如果这是你自己的钱,那么就到此为止,我不想再赢了。"

他把纸牌收起来放在一边。阿申登有些不情愿地拿出一些钞票递给墨西哥人。他点了点数目,并按他一贯的整理习惯,仔细地将它们折叠好放进钱包。随后,他身体前倾,几乎是亲热地拍拍阿申登的膝盖。

"我喜欢你,你既谦和又不摆架子,不像你的同胞那么傲慢,我相信你会接受我的劝告并领会它的意思的。别和你不了解的人玩皮

---

① 埃卡特(écarté),原文为法文,纸牌的一种玩法。
② 皮奎特(piquet),典型的法国扑克牌游戏,另一个是伯齐克牌戏(bezique)。

奎特。"

阿申登感到有些没面子,并可能在脸色上有所表示,因此墨西哥人一把抓住他的手。

"我亲爱的朋友,我没有伤害你的感情吧?我是万万不肯伤你的感情的。你的牌技并不比大多数皮奎特玩家差。不是这个原因。如果我们能继续相处得久一点,我就会教你如何赢牌。一个人为了赢钱而打牌,那么他就没有输的道理。"

"我想只有在爱情和战争中一切才是公平的吧。"阿申登低声轻笑地说。

"啊,看到你笑了我真高兴。这就是承受损失的方式。我看到你拥有极好的幽默感和判断力。你将来会有远大的前程。等我回到墨西哥拿回属于我的地产,你一定要来跟我过上一段时间。我会像对待国王一样对你。你可以骑我最好的马,我们一起去斗牛,如果有你心仪的女孩,你只要说一下,她就是你的了。"

他开始对阿申登述说自己在墨西哥曾经拥有的大片领土、农场庄园和矿产,并且谈到他生活过的那个封建国家。他所言是真是假并没有多大关系,因为他那些铿锵有力的语言伴随着他身上芬芳扑鼻的浪漫香水味已经足够丰富迷人。他所描绘的舒适宽敞的生存空间似乎属于另一个时代,而他那富有表情的手势让人仿佛看到了黄褐色的土地、广袤的绿色种植园、成群的牛羊,仿佛听到盲人歌手的歌声在月色撩人的夜晚伴着动人的吉他弹奏渐渐融化在了空气之中。

"我失去了一切,一切。在巴黎为了挣点微薄的工资,我被迫给人上点西班牙语课,或带着美国人——我指的是北美人——看看这座城市的夜生活。过去我曾经一顿饭就挥霍掉一千杜罗[①],现在竟然

[①] 杜罗(duro),货币单位(西班牙及西班牙语美洲国家值1比索的银元)。

要像印第安盲人一样为了生存而近乎乞讨。过去我曾经把钻石手镯套在美人的手腕上只为博得她们的欢心,现在我不得不屈辱地接受一个年龄足以当我母亲的老女人给我的衣服。要忍耐。人生在世难免遭遇灾难,正如火花四处飞溅,但厄运不会永远持续下去。现在时机已成熟,我们很快就会发动有力的还击。"

他拿起那副油腻的扑克牌,把它们分成几小摞,一张接一张排好。

"让我看看这些牌说什么。它们从不撒谎。啊,要是我对它们更信任一点,我就可能会避免我一生中唯一让我觉得心情沉重的行为了。我的良心并不感到不安,因为我做了任何人在那种情况下都会做的事,但我后悔由于这个必要性我不得不做出如果可以我非常不想做的事。"

他逐一查看这些牌,以一种阿申登不了解的手法把其中一些挑出来放在一边,把剩下的牌重新洗一遍,再次把它们分摞叠好。

"我不能否认,这些牌警告过我,它们的警告既清楚又明确。与一个黑女人的爱情,预示着危险、背叛和死亡。这是显而易见的。傻子都知道这意味着什么,更何况我玩了一辈子牌。我每走一步都要问问它们的意见。我不想找借口,我的确被迷住了。啊,你们北方人不懂真爱是什么,你不明白它会让你彻夜难眠,食不下咽,就像发烧似的萎靡不振;你不会理解什么是疯狂,它会让你变成一个疯子,然后不择手段地去得到自己想要的东西。像我这样的人一旦陷入深爱就会做出任何一件蠢事,犯下任何一个罪行,是的,先生,爱让他充满了英勇气概。他能登上比珠穆朗玛更高耸的山峰,他能游过比大西洋更宽阔的海洋。他是上帝,他是魔鬼。女人一直是我的祸根。"

墨西哥秃头再一次看了眼纸牌,又挑了些牌出来,然后把剩下的牌再次洗了一遍。

"有许多女人爱过我。我并不是出于虚荣说这个的。我不想解释什么,事实摆在眼前。你可以到墨西哥城去打听曼努尔·卡莫纳这个人和他的成就，问问他们有多少女人能抵挡曼努尔·卡莫纳的魅力。"

阿申登眉头微皱，若有所思地看着他。他很想知道 R. 上校这个精明的家伙，以前一贯凭着自己敏锐的直觉择人用之，这次是否犯了个错误，因为他的心里总有些不安的感觉。难道墨西哥秃头真的以为他自己魅力无限，或者他只是个明目张胆的骗子？在他摆弄这些牌的过程中，他挑出了几乎所有的牌，只有四张留了下来，现在它们一张张正面朝下摆在他面前。他一张张抚摸着，但没有把它们翻过来。

"这就是命运，"他说，"世界上没有一种力量能改变它。我有些犹豫。这个时刻我非常恐惧，我必须要下定决心把这些告诉我命运的牌翻过来。我是个勇敢的人，但有时候到了这一步时我反而没有勇气去看那四张至关重要的牌。"

的确，他现在毫不掩饰地急切地盯着那几张牌的背面。

"我刚刚跟你说了什么？"

"你刚刚告诉我女人们无法抗拒你的魅力。"阿申登淡淡地回答。

"但曾经有一次我发现有个女人拒绝了我。我第一次见到她时是在墨西哥城的一家妓院①里。当我上楼时她正好从楼梯走下来；她不是非常漂亮，我见过许多更美丽的女子，但她身上有种气质让我迷恋不能自拔；于是我告诉妓院的老鸨让她到我这儿来。你如果去墨西哥城你就会知道这个老女人，人们都叫她女侯爵。她说这个女孩并不在这儿工作，只是不定期地出现然后离去。我让她告诉那个女孩第二天晚上务必要等我。但我第二天有事耽搁了，当我赶到时女侯爵告诉我那女孩走了，因为她说她不习惯等人。我是个好脾气的人，我并不介意女人的任性和撒娇，这也是她们魅力的一部分，因此我一笑了之，给了女侯爵一百杜罗请她转交给女孩并保证第二天我会准时到。但当

---

① 原文为西班牙文：a casa de mujeres。

我第二天准时到时，女侯爵把那一百杜罗还给我并说那女孩对我不感兴趣。我对她的无礼付之一笑。我摘下自己的钻石戒指让老女人交给那女孩，我想试探一下看这是否能诱使她改变心意。次日上午，女侯爵给我带来了一支康乃馨作为戒指的回报。我有点啼笑皆非。我在感情上从未经历过挫败，我也从未吝惜过金钱（除了浪费在漂亮女人的身上，钱还有什么用？），我让女侯爵转告那个女孩我要给她一千杜罗请她与我共进晚餐。不久她回话说女孩可以来，但条件是吃完饭我允许她马上回家。我耸耸肩表示同意。我并不认为她是认真的。我想她这么说只是想让自己激起别人更多的欲望吧。她来到我家赴宴。我是否说过她不漂亮？哦，她是我见过的最美丽、最精致的可人儿了。我被深深地迷住了。她很有魅力，而且很机智。她拥有安达卢西亚人的优雅，总之，她非常讨人喜欢。我问她为什么对我这么漫不经心，而她却当面嘲笑我。我施展出自己所有的手段刻意地讨好她，甚至已超过我的底线了，但当我们吃完饭时，她从座位上站起身来就跟我道了晚安。我问她要去哪儿，她说我答应过她让她走的，并且她相信我是个信守承诺的人。我反驳她，我跟她理论，我咆哮，我狂怒，但她还是坚持要我遵从诺言。我唯一能做的就是千方百计让她同意再一次跟我共进晚餐而条件不变。

"你可能认为我是个傻子，但我感觉自己是这个世界上最幸福的人了，连续七天我每天花一千银杜罗请她跟我吃饭。每天晚上我都激动而又忐忑地等待着她，就像一个见习斗牛士面对他的第一场斗牛时一样紧张。每天晚上她跟我一起玩闹，取笑我，对着我调情，让我失去理智。我疯狂地爱上了她。我之前从未这样热恋过，以后也不会有。我为她神魂颠倒，朝思暮想，抛开了一切。我是个爱国者，我热爱我的祖国，我们有一群志同道合的人聚在一起，我们都认为再也无法忍受当局的暴政了。所有的肥缺都给了别人，而我们却被迫像商人一样交税,并且还要遭受可怕的侮辱。我们不缺钱和人手。因此我们策划好准备罢工。我有不少的事要做,要召开会议,要购置枪支弹药,要发号施令,而我由于痴迷于这个女人而无暇顾及任何事。

"你可能以为我会对她很生气,因为她把我变得像个傻子一样,我从不知道愿望得不到满足是什么样子;我不相信她拒绝我是故意激起我的征服欲,我相信她对我说的简单的理由,她说除非她爱上我,否则不会把自己交给我。她说要让她爱上我就要看我的了。她就像天使一样。我决定等待。我的感情是如此强烈,我觉得她迟早会明白的;它就像草原上的一把火点燃了周围的所有东西;最后——最后她说她爱我。我的情绪是如此激动,我感觉我都要倒地身亡了。哦,太惊喜了!哦,太疯狂了!我想要给她这世上我所拥有的一切,我想从天上摘下星星装饰她的头发;我想要做点什么来证明我对她全心全意的爱,我想为她做点不可思议的、令人难以置信的事,我想给她我的全部,我的灵魂,我的荣誉,我所拥有的一切,包括我自己。那天晚上当她躺在我的怀里,我告诉她我们的计划及我们的身份。我感到她的身体由于仔细倾听而绷紧了,我注意到她的眼睑在抖动,一定有问题,虽然我不知道是什么,但那只正在我脸上抚摸的手已变得生硬而冰冷。我的心头疑窦突起,猛然想到纸牌曾暗示我的:和深色皮肤女人的爱,危险、背叛和死亡。它们提示了我三次,而我都没在意。我不动声色仿佛什么都没察觉。她紧紧贴近我的心脏对我说她好怕听到这些事,并问我某某是否与此有关。我一一作答。我只想确定一下。无比狡猾的她接二连三地在热吻之间哄骗我说出我们计划的所有细节,现在我可以确信她就是间谍,就像确信你坐在我面前一样。她是总统派来的间谍,用她迷人的魅力引我上钩,现在她已让我说出了所有的秘密。我们的生命都在她的手里,我知道一旦她离开这间屋子,二十四小时内我们都死定了。但是我爱她,我爱她;噢,我无法用言语表达我欲火焚心的痛苦；这样的爱没有一丝的愉悦，只有疼痛，疼痛，但这种极致的疼痛又超越了所有的愉悦。这就是圣人们所说的当他们悟出神意而欣喜若狂时那种神圣的痛苦。我知道她不能活着离开这间屋子，我也害怕如果我有所迟疑就会丧失勇气。

"'我想我该睡觉了。'她说。

"'睡吧，我的小可爱。'我回答。

"'亲爱的小心肝①。'她称呼我，'我的灵魂。'这是她最后说的话。她那厚重的眼睑如葡萄一般浓黑，微微有些潮湿，她那厚重的眼睑此刻紧闭着，我紧紧地搂着她，不一会儿通过她均匀的呼吸我就知道她睡着了。你知道的，我爱她，我无法忍受她会痛苦；是的，她是个间谍，但我的心请求我赦免她，让她不要因知道将要发生什么而恐惧。这很奇怪，她背叛了我，我却并不生气，我本应该因为她的卑劣行径而恨她的，但我没有，我只是觉得我的整个心都笼罩在黑夜里。可怜的东西，可怜的东西，我本可以因怜悯她而流泪的。我轻轻地把我的左手臂从她身下抽出来，我的右臂是自由的，我双手支撑自己坐起来。她是如此美丽，当我拿出刀用尽全力割开她迷人的喉咙时，我转过头去不忍心看她。她就这样在睡眠中安静地死去。"

他停下来，皱着眉头盯着那四张纸牌看，它们还是背面朝上，等待着被翻过来。

"命运就在这纸牌里。我为什么没有听从它们的警告？我不想再看它们了，该死的，把它们拿开。"

随着一个激烈的动作，他把整副牌扔了一地。

"虽然我是个无神论者，我还是为她的灵魂做了弥撒，"他耸了耸肩，"上校说你是作家，你写什么？"

---

① 原文为西班牙文：Alma de mi corazon。

"小说。"阿申登回答。

"侦探小说?"

"不。"

"为什么不?我只读侦探小说。如果我是个作家,我就写侦探小说。"

"它们太难写了。你需要有惊人的想象力。我曾经构思过一个谋杀案,但这个谋杀太巧妙了,我没有办法让凶手浮出水面,毕竟,侦探小说的一个惯例就是最终谜团要被解开,罪犯要被伏法。"

"如果你的谋杀故事的确巧妙,那么唯一能证明凶手有罪的方法是查明他的杀人动机。一旦你发现了动机,你就有机会找到之前一直被你忽略的证据。如果没有动机,再有用的证据也不能使人信服。比如想象一下,在一个漆黑的夜晚,在一条空荡荡的大街上你突然走向一个人并用刀刺进他的心脏。谁会认为是你干的?但如果他是你妻子的情人,或是你的兄弟,或曾欺骗过你或侮辱过你,那么一片纸屑、一小段绳子或无心的一句话都足以将你送上绞刑台。当他被杀时你在做什么?他被杀之前和之后有多少人看到过你?但如果他完全是个陌生人,你就一点都不可能被怀疑。无怪乎开膛手杰克[①]能逍遥法外,除非他被当场抓获。"

阿申登有不止一个理由转变话题。他们将在罗马分开,他认为在此之前很有必要和他的同伴就各自的行动达成共识。墨西哥人要去布林迪西,而阿申登要到那不勒斯。他打算下榻贝尔法斯特旅馆,这是靠近港口的二星级大宾馆,是那些商务旅客和经济型游客的不二之选。同时要让将军知道他的房间号,以便他需要时不用问门房就可以

[①] 开膛手杰克(Jack the Ripper)是 1888 年 8 月 7 日到 11 月 9 日间,在伦敦东区的白教堂(Whitechapel)一带以残忍手法连续杀害至少 5 名妓女的凶手代称。犯案期间,凶手多次写信去相关单位挑衅,却始终未落入法网。其大胆的犯案手法,经媒体一再渲染而引起当时英国社会的恐慌。至今他依然是欧美文化中最恶名昭彰的杀手之一。

207

直接来了；在下一站停留的时候阿申登在车站的自助餐厅要了个信封，让将军亲自写下自己的名字作为寄到布林迪西邮局的收信人。阿申登要做的则是到旅馆后在一张纸上写下房间号塞进信封寄出去。

墨西哥人不以为然地耸耸肩。

"在我看来这些预防措施有些幼稚。这件事一点风险都没有。但不管发生什么你都请放心，我绝对不会连累你的。"

"我对此事不太了解，"阿申登说，"我只是做上校吩咐我做的事，除此之外我一概不知。"

"明白。要是局势变得紧急迫使我不得不采取激进措施，我也会有麻烦，并且会被当成政治犯对待。但意大利迟早会作为协约国同盟被卷入战争，而我也会被释放。我考虑过这一切。但我认真地请求你不要担心这次任务的结果，就把它当作是一次泰晤士河上的郊游好了。"

但最后当他们分开、阿申登发现自己一个人坐在开往那不勒斯的马车里时，他还是长长地舒了一口气，很高兴终于摆脱了那个唠叨的、可怕而又荒诞的家伙。他去布林迪西等康斯坦丁·安德里亚蒂，如果他旅途中所说的有一半是真的，那真要恭喜自己不是希腊间谍了。他很好奇那个希腊间谍到底是什么人。一想到他带着绝密的文件和危险的秘密渡过爱奥尼亚海，完全没有意识到他正在一头钻进绞架里就有点不寒而栗。嘿，战争就是这样，只有傻瓜才会以为打起仗来还能那么温良谦让呢。

阿申登抵达那不勒斯，到旅馆拿到房间后就用印刷体在一张纸上写下他的房间号寄给墨西哥秃头。按 R. 上校事先的安排，他去英国领事馆取给他的指令，并发现工作人员都知道他，一切事情也都按部就班地进行。于是他决定把事情暂放一边，好好放松一下。这里是南方，春天已提早到了，繁忙的街头艳阳高照。阿申登非常熟悉那不勒斯。喧闹的圣费迪南多披萨店,毗邻宏伟教堂的平民表决广场[①]无时不在他的心底勾起美好的回忆。基亚拉大街跟以往一样嘈杂喧闹。他站在角落里朝上看着那些蜿蜒在陡峭小山上的狭窄巷子,这些通往高处住宅的巷子在连接街道两边的绳子上晒满了洗好的衣物,像万国旗在空中飘扬,预示着节日的到来。他沿着岸边溜达,眺望着波光粼粼的大海和背靠海湾依稀可见的卡普里岛,接着他来到波西立波,那儿有个古老的、破旧不堪、布局凌乱的宫殿,他年轻时候曾在此度过许多浪漫的时光。他注视着这个破败凋敝的地方,过去的记忆再次拨动他的心弦。随后他跳上一辆由一匹瘦骨嶙峋的小马驹拉的轻便马车,在石子路上咯吱作响一路颠簸回到了商业街廊,在那儿他坐在阴凉地里,点了一杯美式咖啡慢慢品尝,饶有兴味地看着闲逛的行人聊天,他们聊天时总是夹杂着活泼的手势,于是他发挥着想象力,试图从他们的外表来猜测他们的身份。

  这三天阿申登都过着闲散的日子,非常适应这座梦幻、杂乱而又温和的城市节奏。他从早到晚无所事事,只是随意地到处走走、看看,既不是以一个游客的眼光来寻找这个城市的观光之处,也不是以一个作家的眼光来寻找写作素材(比如看到落日就想到旋律优美的词或看到一张脸就会虚构出一个人物),而是以一个流浪者的视角闲逛,对他而言,看到的任何东西都是绝对地道而真实的。他去博物馆看了小阿格里皮娜[②]的雕像,他是带着特殊的原因和情感前去缅怀的,并乘此机会去美术馆再次欣赏了提香[③]和勃鲁盖尔[④]的作品。但他总是会不由自主地回到圣基亚拉教堂。它的优雅,它的喜乐,它轻快的戏

[①] 即普雷比希特广场(Piazza del Plebiscito),是意大利那不勒斯最大的城市广场,毗邻保罗圣芳济教堂和建于17世纪的那不勒斯皇宫。
[②] 小阿格里皮娜(Agrippina the Younger, 15—59),古罗马皇后,暴君尼禄的母亲。
[③] 提香(Titian,约1489—1576),意大利文艺复兴盛期著名画家,被誉为"西方油画之父"。
[④] 勃鲁盖尔(Brueghel, 1525—1569),尼德兰画家,擅画风景画及农村生活。

谑,似乎是它对待宗教的态度,而背地里它则宣泄着感性的情感,你看它奢华的外观,它高雅的线条。对阿申登来说,它所表达的,如果用一个荒谬而又夸张的比喻来说,就是眼前这座阳光明媚、尘土飞扬而又鲜活动人的可爱城市和她喧闹熙攘的居民。人们常说生活是迷人而又悲伤的;一个人没有钱固然可悲,但金钱不是一切,更何况世事无常,何必自寻烦恼呢?生活本来就是精彩而有趣的,所以我们还是活在当下充分享受吧:我们来做一个小小的总结。①

第四天早上,正当阿申登踏出浴缸、想用一条毛巾擦干身上的水分时,他的房门被快速打开,一个人溜了进来。

"你想干什么?"阿申登大喝道。

"别怕,你不认识我了吗?"

"上帝啊,是墨西哥人。你对自己做了什么?"

他换了假发,这次戴了个寸长的黑发,那在他头上看起来像顶帽子。这整个儿改变了他的外貌,虽然仍旧显得很滑稽,但已跟之前的他大相径庭了。他穿了一件破旧的外套。

"我只能停留一分钟,他正在刮胡子。"

阿申登感到自己的脸突然涨得通红。

"你发现他了?"

"这并不难。他是船上唯一的希腊乘客。我刚上船就看到一个女人在向他打听从比雷埃夫斯来的朋友,我也说我是来跟乔治·第欧根尼第见面的。我装作对他不在船上感到非常吃惊,借此跟安德里亚蒂搭上话。他这次出行用的是假名,他说自己叫隆巴多斯。他下船时我一直跟着他,你知道他做的第一件事是什么?他到理发店去把胡子剃掉。你怎么看?"

---

① 原文为意大利语: Facciamo una piccolo combinazione。

"这没什么，任何人都有可能想剃胡子。"

"我不这么认为。我觉得他想改变一下容貌。哦，他真狡猾。我真佩服德国人，他们一点蛛丝马迹都不留。他的经历不简单，但我马上就能告诉你。"

"等等，你的装束也变了。"

"啊，是的，我换了假发，这让我看起来不一样了，对吗？"

"我根本认不出你。"

"我应该采取些防范措施。我和他现在是好朋友。在布林迪西我们形影不离，他不会说意大利语，因此很高兴有我能帮他，我们一起结伴同行。我把他带到这家旅馆。他说明天要启程去罗马，但我可不能让他离开我的视线；我可不能让他溜了。他说想游览一下那不勒斯，我就自告奋勇当他的导游。"

"为什么他今天不去罗马？"

"这事说来话长。他假装是个发战争财的希腊商人，刚刚卖掉两条做沿岸贸易的蒸汽机船，现在想去巴黎尽情享乐。他说他这辈子最大的梦想就是去巴黎，现在终于有机会得偿所愿。他的口风很紧，我会尽量让他多透露一些。我告诉他我是个西班牙人，此次去布林迪西就是跟土耳其谈战争物资的事宜。我注意到他对我所言很感兴趣，但面上并无半点表示，当然我认为不能逼他太紧。他有文件在身上。"

"你怎么知道？"

"他并不担心他的手提包，却常常去摸他的腰部。我想文件不是在皮带里就是在马甲的内衬里。"

"你究竟为什么把他带到这家旅馆？"

"我想这会更方便些。我们可以搜查他的行李。"

"你也住在这里吗？"

"不，我才没那么蠢。我告诉他，我乘今晚的火车去罗马所以不用住宿。但我必须走了，我答应他十五分钟后在理发店外见面。"

"好吧。"

"如果今晚我要见你到哪里找你？"

阿申登打量了墨西哥秃头片刻，随即轻皱眉头调转开眼。

"我今晚会待在房间。"

"很好。你可以帮我看看走道里有人吗？"

阿申登把门打开向外看去。门外空无一人。事实上这个季节宾馆几乎无人入住。很少有外国人来那不勒斯，生意非常惨淡。

"一切正常。"阿申登说。

墨西哥人大胆地走出去。阿申登在他身后把门关上。他刮好胡子慢慢穿上衣服。广场上的阳光依然和煦明媚，过往的行人神情依旧，小马车还是那么破烂不堪，拉车的马儿还是那么骨瘦如柴，但它们再也不能让阿申登感到快乐了。他的心沉甸甸的，一点也不舒服。按惯例他去领事馆询问是否有他的电报。一无所获。于是他到库克店查找去罗马的列车时刻表。有一趟车是半夜发车，还有一趟车在次日凌晨五点发车。他希望能赶上第一趟。他不清楚墨西哥人的计划；如果他真想去古巴，就应该取道西班牙，想到这他不禁瞥了一眼室内的告示，结果看到第二天正好有一班船从那不勒斯开到巴塞罗那。

阿申登已厌倦了那不勒斯。街上的阳光让他感到刺眼，飞扬的尘土令他难以忍受，城市的喧嚣更觉震耳欲聋。他走到商业街喝了点东西。下午他去了看了场电影。回到宾馆时他告诉前台由于明天一早要离开，所以现在先把账结了；接着他把行李寄存在车站，只留一个公文包在房间，里面有一些印刷代码和几本书。他出去吃饭，然后回到宾馆坐着等墨西哥秃头。他无法控制自己内心极度的焦虑。他开始看书，但这本书无聊透顶，他又换另一本；他根本无法集中注意力，他看了一眼表，还早得很；他再次拿起书，告诫自己没看完三十页不许看表；虽然他老老实实地看了一页又一页，却完全不知道看了什么内容。他再次看了一下表。上帝啊，才十点半。他很想知道墨西哥秃头到底在哪里，在干什么，他很怕这家伙把事情搞砸了。这可是桩吓人的买卖。他突然想到应该把窗户关好，把窗帘拉上。他一支接一支地抽烟。看看表已是十一点一刻。一个突如其来的想法让他的心跳加快，好像要跳出胸腔了；出于好奇他数了一下自己的脉搏，结果惊讶地发现一切正常。虽然这是个温暖的夜晚，房间里也闷热不通风，他还是感觉手脚冰凉。真讨厌！他烦躁地想着，脑子里不由自主地出现一些他一点也不想看见的画面！作为一个作家，他也常构思谋杀案，此时他想到了《罪与罚》①里一个可怕的情节。他不想思考这个问题，但这个问题似乎缠上了他；不知什么时候他的书掉落膝头，他盯着眼前的墙壁（墙上的墙纸是棕色的带着黯淡的玫瑰图案）自问，如果一个人想在那不勒斯杀人，他该怎么做？当然这里有别墅，有面向海湾的大花园，花园里树木林立，枝繁叶茂，还有一个水族馆，漆黑的夜里尤其显得荒寂凄凉；但在这里发生点什么事到白天就会被发现，再说小心谨慎的人们也不会在黄昏后选择走这些险恶的小道。远离波西立波的公路倒是非常荒凉，并且有许多小路直达山顶，在夜里看不到一个人影，但你怎么才能诱使一个神经正常的人到那儿去呢？你也可以建议到海湾划船，但租船的船主可能会看到你；他是否会让你一个人划船而不起疑心就值得考虑了；港口边上有几家口碑不好的旅馆，夜里一个人不带行李很晚入住也不会遭到盘问；但是带你到房间的服务生还是有机会看到你，并且你在入住时也要填一张详细的问卷。

阿申登再次看看时间。他非常疲倦。他坐在那儿连书都懒得看了，脑海里一片空白。

---

① 《罪与罚》(Crime and Punishment)，俄国作家陀思妥耶夫斯基著。

这时门被轻轻推开了，他跳了起来，浑身汗毛直竖，不寒而栗。墨西哥秃头站在他面前。

"我没吓着你吧？"他笑嘻嘻地问，"我想你大概不愿意我敲门。"

"有人看见你进来吗？"

"夜间看门的人让我进来的。我按门铃时他正睡得迷迷糊糊的，甚至都没看我一眼。抱歉我来晚了，但我需要换一下装束。"

墨西哥秃头现在穿的是他之前旅行时的衣服，戴的是浅色的假发。这让他看上去大不一样，真是神奇。他显得更高大也更招摇；他的脸型也变了，他的眼睛熠熠生辉，整个人状态极佳。他瞥了阿申登一眼。

"你怎么这么苍白，我的朋友！你确定不紧张吗？"

"你拿到文件了吗？"

"没有，他没放在身上。这是他所有的东西。"

他把一个厚重的皮夹和一本护照放在桌上。

"我不要这些东西，"阿申登飞快地说，"把它们拿走。"

墨西哥秃头耸耸肩，把这些东西放回他的口袋。

"他的皮带里有什么？你说他经常去摸他的腰部。"

"只有钱。我查看过他的皮夹。里面也只有私人信件和女人的照片。他一定是在今晚和我出来之前把文件锁在手提箱里了。"

"该死。"阿申登咒骂道。

"我拿到了他房间的钥匙。我们最好去看一下他的行李。"

阿申登感觉胃部一阵恶心。他有点犹豫。墨西哥人笑了，但并无恶意。

"没有任何危险，我的朋友，"他说，那语气好像在安慰一个小男孩，"但如果你不乐意，我可以自己去。"

"不，我要跟你去。"阿申登坚持道。

214

"旅馆里没人醒着,安德里亚蒂先生也不会来打搅我们。你最好把鞋脱了。"

阿申登没有回答。他皱着眉头,因为他注意到自己的手轻微地颤抖着。他解开鞋带把鞋脱掉,墨西哥人也照做了。

"你最好先走,"他对阿申登说,"向左转再沿着走廊直行,38号房间。"

阿申登打开门走出去。过道里灯光昏黯淡,他提心吊胆,而他的同伴却显得十分轻松自在,这让他感到非常恼火。他们来到房门前,墨西哥秃头插入钥匙,打开锁走进房间。他把灯打开,阿申登随后把门关上。他留意到百叶窗被拉上了。

"现在我们安全了,我们可以慢慢来。"

他从口袋里拿出一大串钥匙,一把接一把试着,最终找到了那把对的。手提箱里装满了衣服。

"便宜货,"墨西哥人边把衣服拿出来边轻蔑地说,"我的原则是买最好的,最终反而不吃亏。没办法,总有人是绅士,有人不是。"

"你一定要说话吗?"阿申登问。

"危险的处境对人的影响各不相同。它只会使我兴奋,却让你脾气不佳,伙计。"

"你瞧,我都吓坏了而你却谈笑风生。"阿申登坦率地回答。

"这仅仅是胆量问题。"

说话间,他边拿出衣服边飞快而又仔细地进行检查。但手提箱里没有任何文件。他又掏出小刀割开箱子的内衬。这是个廉价的货色,衬里是直接粘在做箱子的材料上的。不可能有任何东西藏在里面。

"它们不在这里,一定是被藏在屋子里了。"

"你确定他没有把它们寄存在哪个办公室?比如哪个领事馆?"

"他一刻也未曾离开过我的视线,除了上次刮胡子。"

墨西哥秃头打开抽屉和橱柜但一无所获，地板上没有地毯。他检查了床上床下，包括床垫下面。他墨色的双眸上下逡巡着房间，寻找着每一处藏匿的地方，阿申登觉得任何东西在他面前都无法遁形。

"也许他把东西交给楼下的服务生保管了？"

"那样的话我应该会知道的，而且他也不敢这么做。它们不在这里。我也不清楚怎么会这样。"

他犹豫不决地看着屋子。他皱着眉头绞尽脑汁地猜想如何解开这个谜团。

"我们离开这儿吧。"阿申登建议。

"马上。"

墨西哥人蹲下身，飞快而又整齐地叠好衣服，重新把它们放进箱子里。他把箱子锁上并站了起来。之后他关上灯，慢慢地把门打开小心地向外看去。他对阿申登做了个手势后就悄悄溜到过道里。在阿申登出来后他把门锁上，把钥匙放进口袋，再跟着阿申登回到他的房间。一进门把门闩上，阿申登就开始擦拭他潮乎乎的手和汗津津的额头。

"感谢上帝，我们终于从那里出来了。"

"那里真的一点危险都没有。但我们现在该怎么办？没找到文件上校一定会很生气。"

"我要乘五点的火车去罗马，到了那边再请求下一步指示。"

"很好，我跟你一起去。"

"我认为你最好还是赶快离开这个国家。明天有艘船到巴塞罗那，你要不先乘上，如果有必要我会去那儿找你。"

墨西哥秃头哂笑了一下。

"我知道你着急想要甩掉我。好吧，我不会让你的愿望落空的，虽然这只是你处理此事缺乏经验所致。我会去巴塞罗那。我有西班牙的签证。"

阿申登看了一下表。刚刚过两点。他还有将近三个小时的等待。他的同伴心安理得地给自己卷一支烟。

"你想不想吃点夜宵?"同伴问,"我饿坏了。"

阿申登一想到食物胃里就不舒服,但他渴得厉害。他不想跟墨西哥秃头出去,但也不想一个人待在旅馆里。

"这个点可以去哪里找吃的?"

"你只管跟着我,我带你去一个地方。"

阿申登戴上帽子,手里拎着公文包。他们走下楼。大厅里门童在一块放在地板的床垫上睡得正香,当他们蹑手蹑脚地绕过桌子唯恐把他吵醒时,阿申登注意到与他房间对应的信件格里有一封信。他拿出来一看收件人是他。他们踮着脚尖走出旅馆并把门在身后关上,然后快速离开。在走出去大约一百多码后阿申登停下脚步,在一个路灯下掏出信看了起来;信是从领事馆来的,上面说:随信附上的电报是今晚到的,为以防万一有紧急情况,特派信使将电报送到你下榻的宾馆。显然信是半夜前送到的,那时阿申登正坐在他的房间里。他打开电报发现里面全是代码。

"嗯,那要等会儿再看了。"他自言自语道,把它放回到口袋里。

墨西哥秃头熟门熟路地穿行在这些空无一人的街道上,阿申登紧随其左右。最后他们来到位于一条死胡同里的一个酒馆,外面看起来污秽不堪令人作呕,墨西哥人走了进去。

"这跟丽茨饭店不能比,"他说,"但在半夜也只有在这里我们才能有机会找到点吃的。"

阿申登发现自己身处一间狭长肮脏的房间,尽头有个干瘦的年轻人坐在一架钢琴边;靠墙摆着一些桌子,桌子的两边都有长凳,零零星星地坐着些男男女女,他们喝着啤酒和葡萄酒。女人们大都不再年轻，虽浓妆艳抹还是难掩其丑；而她们粗鄙的逗乐只让人感觉嘈杂喧闹毫无趣味。当阿申登和墨西哥秃头走进来时她们都一起盯着这两人看，他俩找了张桌子坐下，阿申登看向了别处以免跟那些挑逗的目光接触，她们正准备对着他媚笑，以期得到他的回应。干瘦的弹琴者奏出一支曲子，几对人站起来开始跳舞。因为男伴不够，一些女人只好一起跳。将军点了两盘意大利面和一瓶卡普里葡萄酒。酒刚送到，他就一口气喝了一大杯，然后坐着边等意大利面边打量着坐在其他桌的女人们。

"你跳舞吗？"他问阿申登，"我准备邀请她们其中一个和我转转圈。"

他站起身，阿申登看着他走向一位还算明眸皓齿的女人；她站了起来，将军用手臂搂着她。他跳得非常好。阿申登看到他开始闲聊；那女人乐不可支，原先接受邀请时还有些不屑的目光开始变得有点感兴趣了。很快他们就热络地谈开了。曲终人散，将军把她送回她的桌子，再回到阿申登这儿灌下了另一杯酒。

"你觉得我的女孩怎么样？"他问阿申登，"不错是吧？跳舞对人是有好处的，你为什么不去邀请一个？这是个好地方，不是吗？对于找这样的地方相信我没错。我有直觉。"

钢琴师又开始弹奏了。那女人看着墨西哥秃头，当他用大拇指做个手势点向地板时，她欣然跳了起来。他扣上外套，弓着背站在桌旁等着她走过来。他带着她翩翩起舞，谈笑风生，很快他就跟屋子里的所有人都熟稔了。他操着略带点西班牙口音的流利的意大利语，跟不同的人开着玩笑，打情骂俏，他们也都被他的俏皮话逗乐了。当他看到服务生送来两大盘堆得满满的意大利通心粉时，立马停止跳舞，连礼仪都不顾了，转身奔向他的美食，让他的舞伴自行回到自己的桌子。

"我饿极了，"他叫道，"虽然我已吃过一顿丰盛的晚餐了。你在哪吃的饭？你还要再吃点意大利面的，对吧？"

"我没有胃口。"阿申登说。

但他开始吃了两口才惊讶地发现自己也饿了。墨西哥秃头狼吞虎咽，尽情享受美食；他的眼睛闪闪发亮，嘴里喋喋不休。跟他跳舞的女人在那么短的时间内就把自己的一切都告诉他了，现在他再对阿申登转述了一遍。他嘴里塞满了一大片面包。他又叫了另一瓶葡萄酒。

"葡萄酒？"他轻蔑地叫道，"葡萄酒不能算酒，充其量就是香槟；它甚至不能止渴。现在，伙计，你感觉好点了吗？"

"必须的。"阿申登笑着说。

"实践，你需要多多地实践。"

他伸出手拍了拍阿申登的手臂。

"那是什么？"阿申登惊讶地叫道，"你袖口上的污渍是什么？"

墨西哥秃头看了一眼他的袖子。

"那个？没什么，一点血而已。我出了点小意外弄伤了自己。"

阿申登沉默了。他的眼睛看着挂在门上的钟。

"你在担心你的火车？让我再跳一曲就陪你去车站。"

墨西哥人站起身带着极端的自信一把抓过坐得离他最近的女人就跳开了。阿申登忧心忡忡地看着他。他是个可怕的、骇人的家伙，戴着金色的假发，脸上光滑无毛，但他的舞步却优雅完美、无人能比；他的脚虽小却像猫或老虎的肉趾一样牢牢地吸着地面；他的节奏如行云流水般美妙，显而易见与他共舞的那个打扮艳俗的女人已陶醉在他的舞姿中。音乐流淌在他的脚尖，流淌在他搂紧女人的长手臂上，也流淌在他随着臀部移动的大长腿上。虽然他冷酷阴险又荒诞不经，此刻在他身上却有着猫咪般的典雅矜贵，甚至有几分美丽，让你感到有种神秘的令人吃惊的吸引力。阿申登觉得他就像前阿兹特克[①]石雕中的一个，野蛮而又鲜活，可怕而又残忍，但除此之外他真是无比可爱。尽管阿申登很乐意留下将军一人在这肮脏的舞厅里度过这个夜晚，但他清楚他必须跟将军好好谈一谈。他可不指望自己对此事毫无顾虑。他奉命给曼努尔·卡莫纳一笔钱作为取得文件的报酬。现在，文件还没见踪影，至于剩下的事——阿申登对此一无所知；这不关他的事。墨西哥秃头经过他身边时高兴地对他挥了挥手。

"音乐一停我就回来，你把账结了，我马上就好。"

阿申登真希望自己能看透他的心。他甚至都无法猜测他在想什么。此时墨西哥人边用喷了香水的手帕擦拭额头的汗水边向他走来。

"你玩得开心吗，将军？"阿申登问他。

"我一直都开心。这些可怜的穷苦白人，但这和我有什么关系？我喜欢抚摸我怀里女人的身体，看着她慵懒的双眼，亲吻她双唇的芳泽，享受她对我的柔情蜜意，浓似阳光下融化了的奶油。这些可怜的穷苦人，但我只喜欢女人。"

他们动身去车站。墨西哥人提议步行，因为这个时间几乎不可能找到出租车；夜空上繁星点点，虽已是夏天，但空气仿佛静止了一般。沉默如同一个死魂灵一路如影随形。他们离车站越来越近，那些房子的轮廓似乎更加灰暗、更加肃穆，仿佛黎明即将来临。这样的夜里你会不由自主打个寒战。这是令人恐惧不安的时刻，灵魂都不免有些担心：它无端地忧虑也许第二天永远不会再来了。他们走进了车站，黑夜再次吞噬了他们。一两个搬运工在闲荡，像舞台上幕布被拉下、场景被替换时的工作人员一样。有两个士兵穿着深色的制服一动

[①] 阿兹特克文明（Aztec Civilization），是墨西哥古代阿兹特克人所创造的印第安文明，是美洲古代三大文明之一。主要分布在墨西哥中部和南部。形成于14世纪初，1521年为西班牙人所毁灭。

不动地站着。

候车室空无一人,但阿申登和墨西哥秃头仍然走到最偏僻的角落坐下。

"还有一个小时才开车,我正好可以看看电报写了什么。"

阿申登从口袋里掏出电报,又从公文包里拿出代码本。他的解码方式并不复杂。一共两部分,一部分印在一个小本子上,另一部分写在一张纸上,他离开协约国领土前就将它们强记下来并将纸条销毁。他戴上眼镜开始工作。墨西哥秃头坐在座位的一角,给自己卷了支烟并点上;他心平气和地坐着,没有干涉阿申登的工作,只是静静地享受这难得的片刻安宁。阿申登正在破译那一组组的数字,每解读出一个字他就把它写在一张纸上。他解码时,思路跟感觉分开直到完成工作,因为他发现如果你过早关注解读出的文字的意思,就会贸然下结论,有时会导致错误的信息。因此他只是机械地翻译,并没注意接二连三写下的文字。当所有工作结束后他读了一遍完整的译文,信息如下:

康斯坦丁·安德里亚蒂因病在比雷埃夫斯滞留。他无法乘船旅行了。速回日内瓦等候指示。

起先阿申登还不解其意,他再读了一遍。他全身都在颤抖。他头一次失去了镇定,脱口而出,用一种嘶哑的声音焦躁狂怒地低吼着:

"你这个该死的笨蛋,你杀错人了。"

(王越西 译)

贪食忘忧果的人①

人海茫茫，多半人实则生活并不如意。对此，有人哀怨长叹，恨生不逢时，幻想着，假如人生境遇迥然不同，或许他们会活得更出彩。然而，大多数人，纵然不能泰然处之，终归还是逆来顺受，听天由命。他们如同有轨电车，永远运行在同一轨道上，循环往复，周而复始，直到再也运转不动了，就会被当作废铜烂铁处理掉。如若有人胆敢将命运操控在自己手中，实非寻常。果真遇到这种人，则颇值得对他仔细端详一番。

这就是我异常好奇，意欲见一见托马斯·威尔逊的原因。他做事颇为胆大妄为，耐人寻味。当然，这种尝试直到结束，其结局也算不上成功。但据我所闻，想必他是位特立独行的人，我也乐意结识他。有人告诉我，他为人矜持内敛。但我想，只要有耐心，方法得当，我能说服他向我倾诉衷肠。我希望从他本人嘴里了解事情的原委。外人往往夸大其词，喜欢添油加醋，我则一心准备自己去甄别：他的故事并非我想象的那么奇特。

---

① 贪食忘忧果的人（Lotus Eater），源自《奥德赛》，在北非利比亚海岸有个叫 lotus-land 的地方，有一种树叫 lotus-tree。所谓 lotus-eater 指的是那些吃了 lotus（"落拓枣"或"忘忧果"）的人变得懒散、倦慵、贪图安逸、游手好闲、不思不虑、醉生梦死。

最终得以与他结识后,进一步验证了我对他的看法。整个八月,我都在一位朋友家的别墅度假,朋友家位于卡普里岛城中广场。傍晚时分,夕阳西下,凉风徐徐,大部分居民,无论是本地的,还是外来的,三五成群,聚在一起,与朋友闲聊。我站在一处露台上,俯瞰那不勒斯湾,夕阳渐渐落入海平面之下,伊斯基亚岛[①]映衬在一片绚丽的晚霞之中。真是世上难得一见的美景!我正与朋友——别墅的主人——欣赏这一胜景,朋友突然说道:

"看,威尔逊在那儿呢!"

"哪儿?"

"坐在矮墙上,穿着蓝衬衫,背对着我们的那个。"

我隐约看见那人模糊的背影,他头不大,头发花白,很短,而且很稀疏。

"他要是转过身来就好了!"我说道。

"他马上就会转过来。"

"请他过来跟我们到莫尔加诺[②]喝一杯吧。"

"好吧。"

夕阳晚霞,美不胜收,转瞬即逝。太阳像橙子的顶部,渐渐浸入了红酒般的大海。我们转过身,靠着矮墙,打量着来来往往的人们。人们正叽叽喳喳、兴高采烈地聊得兴起。这时,教堂的晚钟响起,声音残破,却回音悠扬。钟楼高耸,其下步道,沿港口俯拾而上,一段台阶往上通向教堂。卡普里的城中广场真是一处演绎多尼泽蒂歌剧的绝佳场所,况且人群喋喋不休,指不定何时就会爆发出高声的和唱。此情此景,陶醉迷人,如镜中花,似水中月。

---

① 伊斯基亚岛(Ischia),意大利那不勒斯西部第勒尼安海上的一个岛,位于卡普里岛西北方。
② 莫尔加诺(Morgano),酒吧的名字。

我完全沉醉于美景,竟然没注意到威尔逊从矮墙上下来,径直向我们走了过来。经过我们身边时,我朋友拦住了他。

"你好,威尔逊。这几天没见你来游泳啊。"

"我换了地方,去另外一边游了。"

随即,朋友引荐我们认识。威尔逊礼貌地同我握手,却显得漠然。成千上万的陌生人来卡普里岛观光度假,短则几天,长则数周。毫无疑问,他常常遇见到此来去匆匆的人。我朋友邀请他和我们一起喝一杯。

"我正准备回家吃晚饭呢。"他说道。

"不能稍等会吗?"我问道。

"那倒不是不行。"他笑着说。

尽管他的牙齿不好看,笑容却很迷人,温柔又友善。他身着一件蓝色棉衬衫,穿了一条单薄的灰色长裤,帆布料子,皱巴巴的,并不干净,脚上穿了双平底凉鞋,甚是破旧。这身打扮倒是挺独特,与此地此时气候甚为相宜,却与他那张脸毫不相称。他长了张长脸,脸上满是皱纹,皮肤晒得黝黑,薄嘴唇,灰眼睛,小小的,紧挨在一起,倒也衬出他五官匀称。花白的头发精心梳理过,整洁利落。他相貌并不一般,年轻时一定仪表堂堂,不过略显循规蹈矩。那件蓝衬衫,领口大敞,灰色帆布长裤,好像并不是他的,倒像是遭遇轮船失事时,他随身穿着睡衣,好心的陌生人临时送给他一些衣服,他七拼八凑地穿在身上。尽管穿着古怪,他看起来像一家保险公司分部经理,按要求本该身着黑色外套,配以椒盐色的裤子和白色衬衣,扎条中规中矩的领带。见到他就不禁设想自己遗失了手表,去找他保险理赔时,他问了一连串问题,我如实作答,心情却颇为忐忑不安,因为尽管他彬彬有礼,但脸上的表情分明告诉前来理赔的人:你要么是白痴,要么是无赖。

我们起身，信步穿过广场，走过街道，直至来到莫尔加诺。我们在花园找了处位子坐下。周遭的人，有说俄语的，有说德语的，有说意大利语的，还有说英语的，不一而足。我们点了些喝的。店主的妻子唐娜·露西娅，蹒跚着迎了过来，用她低沉却甜美的声音同我们寒暄。虽已是徐娘半老，身材发胖，曾经的美貌容颜仍依稀可见，不过时光荏苒，三十年后的今天，再出色的画家恐怕都难以用画像再现她的美貌。她的眼睛大大的，清澈如水，好似天后赫拉的双眼。她的笑容，充满深情，让人备感亲切。我们三人闲聊了片刻，卡普里岛上永远不乏飞短流长，丑闻艳遇，成为茶余饭后的谈资。然而，让人感兴趣的却乏善可陈，于是，不一会威尔逊就起身离开了。随后，我们俩也散步走回了朋友的别墅，共进晚餐。一路上，朋友问我对威尔逊的印象如何。

"没什么特别的，"我回答道，"你说的一点儿都不靠谱嘛！"

"为什么呢？"

"他并不像是那种做事出格的人。"

"人会干出什么事来，谁又知道呢？"

"我觉得他绝对是个正常的生意人，靠着金边证券收益丰厚而荣休。所以，我想你说的只不过是卡普里岛的闲言碎语罢了。"

"随你怎么想吧！"朋友说道。

在被称作提比略浴场的海滩游泳已然成为我们一种习惯。我们坐车沿着公路飞奔到某个地方，而后在柠檬树林和葡萄园中闲逛，其间蝉声聒噪，弥漫着浓郁的烈日气息，最后爬上悬崖峭壁顶端，崖下一条小道，陡峭蜿蜒，通向大海。一两天后，我们正准备往崖下走，朋友说：

"看，又是威尔逊。"

我们深一脚浅一脚地走在海滩上，这片海滩唯一美中不足的，就是上面满是鹅卵石而不是软沙子。一路走来，威尔逊就看见我们了，他冲我们挥挥手。他站在那里，嘴里叼着烟斗，身上仅穿着泳裤。他身上肤色成深褐色，身材瘦削却不单薄，虽满脸皱纹，头发花白，却年轻富有朝气。走了半天路，已经热汗淋漓，于是我们麻利地脱下衣服，一头扎进水里。游离海岸六英尺，海水不过三十英尺深，却清澈见底。海水有些温热，却很是舒爽。

上岸后发现威尔逊正趴在海滩上，身下铺了一条毛巾，正看一本书。我点了支烟，走了过去，坐在他身旁。

"游得痛快吧？"他问道。

他把烟斗放进书本里当书签，然后合上书，放到一旁的鹅卵石上。显然，他愿意和我聊聊。

"真不错！"我回答道，"这是天底下最棒的浴场！"

"那是当然。大家可是把它当作古罗马皇帝提比略的浴场。"他用手指了指，不远处一个已经破败不堪的砖石建筑，一半在水下，一半露出水面。"可如今已经破败不堪了。知道吗？这不过是提比略的一个行宫。"

对此，我早就知道。不过，有人想要一吐为快，听听又何妨呢！如能让其知无不言、言无不尽，他们对你当心存好感。威尔逊轻声地笑了笑。

"老家伙提比略很有意思。可惜啊，有人说关于他的传闻没一句靠谱的。"

接着，他开始滔滔不绝地说起提比略来。不过，我也拜读过苏维托尼乌斯[①]的著作，对罗马帝国早期的历史略知一二，因此，威尔逊所说的对我而言毫不新鲜。但是，可以看出他博览群书。我对此表示

[①] 苏维托尼乌斯（Suetonius, 69—122），全名为盖乌斯·苏维托尼乌斯·特兰克维鲁斯，是罗马帝国早期著名的传记体历史作家。

赞赏。

"哦,当初在这儿一安顿下来,我就不知不觉地喜欢上了看书,而且,我有的是时间看书。生活在这样的地方,往往让人浮想联翩,历史似乎变得真实起来,让你觉得自己就跟活在古时候一样。"

此处我须交代一下,此时是一九一三年。世界太平安详,但谁又会料到,天有不测风云,和平宁静的日子会被搅乱了。

"你来这儿多久了?"我问道。

"十五年了。"他朝碧蓝宁静的大海瞥了一眼,轻薄的嘴唇上闪现出一丝异常温馨的笑容。"这地方让我一见钟情。传说中那个德国人,从那不勒斯乘船来此本只为吃顿午餐,看了一眼蓝洞[①],就在此居留了四十年,想必对此你有所耳闻吧。不敢说我跟他一样,但殊途同归。只不过,我不打算居留四十年,而是二十五年。毕竟久居于此好过到此一游。"

我等他继续说完,他的奇特故事我早有耳闻,不过他所说的看似的确有道理。不巧,此刻朋友游完泳回来,浑身湿漉漉地走了过来,颇为自豪地告诉我们,他游了一英里,而我们的话题也就偏到一边去了。

此后,有时在广场,有时在海滩,我遇到过威尔逊几次。他亲切和蔼,彬彬有礼,随时乐于同人交谈。我还发现,对这座岛及邻近陆地,他都了如指掌。他阅读广泛,无所不及,但尤其钟爱罗马史,而且对此有所专攻。他似乎缺乏奇思妙想,才智平平。他常常开怀大笑,却很克制,不致失态。一个简单的笑话便会让他幽默连连。他就是这么庸人一个。我还记得我们俩独自坐在一起,简短闲聊时他说的那些奇谈怪论,但此后,他再也没有旧话重提。一天从海滩回来时,在广场下了计程马车,朋友和我吩咐车夫五点钟来把我们送上阿纳卡

---

① 蓝洞(the Blue Grotto),卡普里岛海边的一个海洞,被誉为世界七大奇景之一。

普里，便把他打发走了。我们打算去爬索拉罗山，在我们喜欢的一家客栈吃饭，然后在月下步行下山。当晚圆月当空，夜色迷人。我们吩咐车夫时，威尔逊正站在一旁，天气炎热，为了不让他一路风尘仆仆走回去，我们捎带了他一程，完全出于客气，我问他是否愿和我们一起吃饭。

"我请客。"我对他说。

"那倒是乐于奉陪。"他答道。

然而临出发时，我的朋友感觉身体不适，说是在海水中泡得太久了，这一去路远山高，颇费体力，怕受不了。所以，我就独自一人和威尔逊一起去了。爬上了山，眼前景色壮阔，我们赞叹不已。夜幕降临，我们回到客栈时，闷热不已，又饥又渴。于是，我们叫了事先预订的晚餐。厨师安东尼奥厨艺一流，晚餐很可口，酒是店家葡萄园自产自销的。红酒口味清淡，感觉像喝清水一般，我们就着通心面，不觉一瓶酒已下肚。待到喝完第二瓶时，飘飘然之余，顿觉生活如此美好。我们坐在小小的花园的葡萄架下，葡萄藤枝繁叶茂，上面挂满了葡萄。晚风轻柔，夜色宁静，别无旁人。侍从端来百宝士奶酪①和一盘无花果。我叫了杯咖啡，还有意大利产的上等斯特雷加酒。威尔逊不抽雪茄，而是点起了烟斗。

"下山还早，"他说，"还有一个小时月亮才会爬上山呢。"

"管它有没有月亮呢，"我轻快地说，"我们当然有大把的时间。在卡普里乐趣多多，其中之一就是，永远都不必匆匆忙忙。"

"休闲，"他说，"可惜人们并不懂啊！世上最宝贵的莫过于此，世人却愚钝，不知那才是人生之所求。工作？世人往往为了工作而工作，却不动脑子想想，工作的唯一目的就是为了休闲啊。"

---

① 百宝士奶酪（bel paese），意大利产的一种奶酪。

酒能让人吐真言，对世事评头论足。此言虽不虚，但谁敢说酒后说的话就是真言呢？我默不作声，只是划了根火柴，点燃了雪茄。

"头回来卡普里时，也是月圆之夜，和今晚一模一样。"他若有所思地说。

"是啊，月圆之夜。"我笑着答道。

他咧嘴笑了笑。一盏油灯悬挂头顶，发出花园里唯一的光亮。灯光昏暗，虽不足以照明吃饭，却尤适宜于窃窃私语。

"我说的不是月亮。我是说，好像就在昨天。尽管十五年了，每每回想起来，就像是一个月。我之前从没来过意大利。那年我是夏季来这儿度假的。从马赛乘船来到那不勒斯，我四处参观，游览了庞贝、帕埃斯图姆，还有一两个类似的地方，然后在这里待了一周。我立刻爱上了这个地方，我是说坐船从海上看，越走越近。后来，从汽船换乘小木船，在码头上了岸，岸上人群熙熙攘攘，叽叽喳喳。有人抢着要帮拿行李，有人替旅店招揽生意。玛丽娜街上看起来破败的房舍，拾步往上走进旅馆，在露天阳台上就餐，哦，这一切都让我着迷。事实也的确如此。当时是不是意乱情迷，神魂颠倒，不得而知。来之前，我从没喝过卡普里酿的红酒，但早有所闻，我想我一定是喝醉了。等所有人都睡了，我坐在露台上，看着海上一轮明月，远处维苏威火山上，一股红色的浓烟袅袅升起。当然，现在我知道那时喝的是劣质的酒，那是什么卡普里葡萄酒啊。然而，醉人的不是酒，而是卡普里岛那秀丽的美景、那熙熙攘攘的人群、那轮明月、那湾碧海，还有酒店花园中那夹竹桃。此前，我从未见过夹竹桃。"

他侃侃而谈，滔滔不绝，说得自己都口干舌燥了。于是，他忙拿起了酒杯，不过杯中已空。我问他是否还要来杯斯特雷加酒。

"那东西让人作呕，还是来瓶红酒吧。红酒好，纯葡萄汁所酿，喝了也不伤身。"

我又点了些酒,斟满杯后,他浅斟慢酌了一番,满心欢喜地叹了口气,再续前言。

"第二天,我一路来到我们现在去的浴场。当时就觉得浴场还不错。随后,我在岛上四处闲逛。庆幸的是,廷本利奥角正举行节日庆典,我径直加入人群。看见其间有圣母像,有不少教士,还有晃动着手中香炉的侍僧,一大群人兴高采烈,欢声笑语,兴奋异常,许多人盛装打扮。在那儿,我遇到一个英国人,便问他这儿在搞什么活动。'哦,正举办圣母升天节,'他告诉我,'至少天主教堂的人是这么讲的,只不过在故弄玄虚罢了。其实是维纳斯的节日。他们不是基督教徒,知道吗?什么仙女阿芙罗狄从海上升天,诸如此类的事。'听他这么讲,我觉得怪怪的。那天,费了我好大的劲才遥途路远地回到酒店,你明白我说的吧。随后一天晚上,我趁着月色,去观赏法拉廖尼奇岩[①]。如果命中注定我要继续当银行经理,银行就不该让我有那段旅程了。"

"你做过银行经理,对吗?"

此前,我一直对他有误解,但也不是对他一无所知。

"是啊,我曾在约克城市银行伦敦克劳福德大街营业部做过经理。因为住在亨顿路,所以上班很便利,三十七分钟就能从家到银行。"

他吞云吐雾了一番,又点着了烟斗。

"那晚是我在卡普里假期的最后一天,就是那晚。周一早上就得回去上班。看着两块巨大的岩石从水里突出来,皓月当空,捕墨鱼的渔船星星点点,横亘海上,一切如此宁静美丽。我不禁自言自语道,哎!为什么要回去上班呢?世上好像也没人让我可牵挂的。四年前,

---

[①] 法拉廖尼奇岩(Faraglioni),是卡布里岛边的针状巨石,共有4块,不过最具有代表性的是其中的2块。

妻子得了支气管肺炎,死了。女儿跟外婆,也就是我妻子的妈妈生活。她真是个老糊涂,没照看好孩子,孩子得了败血症,截去了一条腿,也没能救得了她,孩子也死了,我可怜的孩子啊。"

"太糟糕了!"我叹道。

"可不是吗?当时,我悲痛不已,尽管孩子一直没跟我生活在一起,但不得不说,这也是一种解脱。残缺一条腿的女孩可怎么活啊!妻子的死我也很难过。生前我们夫妻很合得来,虽然不知道,如果她还健在,我们还会不会继续过得下去。妻子就是那种人,总是担心别人怎么想。她不爱旅游,觉得去伊斯特本就是理想中的度假了。知道吗?她生前我都没渡过英吉利海峡。"

"可你应该还有其他亲属吧?"

"没有。我是家里的独子。我爸爸有个兄弟,我还没出生,他兄弟就去了澳洲。这世上怕是没人比我更孤单了吧。我想干什么就干什么,还需要什么理由吗?当时我三十四岁。"

按他所说,他在这座岛上待了十五年,也就是说他四十九岁了,跟我猜测的年纪差不多。

"我十七岁就开始上班了。日复一日做着同样的事,直到有一天靠着养老金退休为止,这就是我全部的希望。我曾自问,这值得吗?如果把一切都抛在脑后,余生都在这度过,又有什么大不了的?这儿是我见过最美的地方了。不过,我曾参加过商务培训,所以生性谨慎,爱瞻前顾后。'不!'我对自己说,'我不能这样脑子一热,不管不顾的,明天我就按计划返回,再仔细考虑考虑。或许回到伦敦,我就会改变主意。'我真是个笨蛋,对吧?就这样,我又浪费了一整年的时间。"

"那么,你没变卦吧?"

"那还用说,我可没变卦。上班的时候,我老想着这儿的浴场、葡萄园，在山间漫步，月亮、大海，还有傍晚时分的广场，上了一天的班后，人们信步走走，随意闲聊。不过，唯一的顾虑是：别人都上班，我却闲着，这样做对吗？后来，我读了本历史书，玛丽昂·克劳福德写的。书中有个关于锡巴里斯和克鲁图纳城邦①的故事。从前有两座城邦，锡巴里斯的人幸福安逸，贪图享乐，而在克鲁图纳那里，人们勇敢勤劳。一天，克鲁图纳的人打来了，荡平了锡巴里斯。再后来不久，从别处来的人又荡平了克鲁图纳。锡巴里斯城中一切都荡然无存，连块石头都找不到，而克鲁图纳残留下的只有根柱子。读了这个故事，我拿定了主意。"

"哦，是吗？"

"世上的事殊途同归，你说呢？如今回首过去，谁对谁错呢？"

我默不作声，他则接着侃。

"钱可是个棘手问题。只有工作满三十年，银行才会给退休金，一旦你提前退休，银行就随便给点钱打发你。靠银行补偿金，还有卖了住房所得，以及我省吃俭用存下来的，都不够买份年金来安度余生。为了过上闲适的生活牺牲了一切，却没有足够的钱让生活更舒适，实在是挺傻的。我想要的是，有一所房子，有人伺候，有足够的钱买香烟，体面的食物，时不时买点书看，还要些钱以备不时之需。我清楚盘算过需要多少钱，却发现手头的钱只够买份养老金，维持我生活二十五年。"

"你那时三十五吧？"

"是啊。这些钱够我生活到六十岁。毕竟，谁能确信自己能活过六十岁呢。不少人五十来岁就死了。要是活到六十岁，该享的福都

---

① 锡巴里斯（Sybaris）和克鲁图纳（Crotona），古希腊城邦，现位于意大利南部的卡拉布里亚省。

享了。"

"不过,也没人敢保证六十岁就会死啊!"我说道。

"嗯,我也说不准。生死由命,这得看个人了,对不对?"

"我要是你,就会在银行一直干到能拿退休金为止。"

"要是那样,我就得干到四十七岁了。那时,虽然还不至于年事过高,享不了这儿的福,不过我现在已经比那时年纪大了,同样能享受生活,但那样一来,我都年纪一大把了,体验不到年轻时特有的愉悦了。知道吗,三十岁能享受的,五十岁也能享受,然而,两种体验却截然不同。我想趁着年富力强,精神头足时,尽情地享受人生。二十五年对我来说似乎太漫长了,为了二十五年的幸福,付出巨大代价也是值得的。于是,我打定了主意,再等一年,我也确实等了一年。然后,我就辞了职。银行付给了我补偿金,我就马上买了养老金,来了这儿。"

"一份二十五年的养老金?"

"不错。"

"后悔过吗?"

"从没后悔过。我的钱已经物有所值了。我还有十年。有了二十五年完美幸福的生活,你不觉得应该心满意足、虽死无憾了吗?"

"或许吧。"

在这之后他作何打算他并没多言,但不言自明。关于他,朋友已经讲了个大概,但他亲口说出来,听上去却截然不同。我偷偷地看了他一眼,他身上并没有什么异常的地方。他本人看起来端庄整洁,循规蹈矩,没人料到他会行事不按常理。对此,我觉得无可厚非。他不过以一种奇特的方式安排了自己的生活,既然自己喜欢,我觉得没什么应不应该。好一阵子坐着不动,我不禁感到后背有些凉飕飕的。

233

"觉得冷吗?"他笑着问道,"不如下山吧。月亮现在出来了。"

道别前,威尔逊问我如果哪天有空,要不要去看一看他的住所。两三天后,弄清了他住哪儿后,我便散步去看他。他的住所是一处农舍,远离市镇,在一座葡萄园中,出门就可看见大海。门旁边一棵枝繁叶茂的夹竹桃,枝上花开正盛。房子只有两个房间,一间狭小的厨房,还有一间棚屋,里面可以堆柴火。卧室陈设得像修道士的禅房,但客厅里散发着好闻的烟草味,相当舒适,里面有两把大的扶手椅,是他先前从英国带来的,一张硕大的卷盖式桌子,一架农舍钢琴,以及塞满书籍的书架。墙上挂着英国画家乔治·F. 沃茨和莱顿爵士的画作,用相框裱了起来。威尔逊告诉我,租住的是葡萄园主的房子,主人家住在山上高处另一处农舍里,园主的妻子每天下山来帮忙打扫房子和做饭。头次来卡普里时他就发现了这处住所,后来再回来时就长期租了下来,之后便一直住这儿。看见琴盖和上面翻开的乐谱,我问他能否弹一曲听听。

"我弹得不好,但我一直喜爱音乐,随便弹弹也自得其乐。"

于是,他在钢琴前坐了下来,弹了一曲贝多芬的奏鸣曲。他弹得一般。我看了看他的乐谱,里面有舒曼、舒伯特、贝多芬、巴赫和肖邦的曲子。他吃饭的桌子上有一副纸牌,油乎乎的。我问他是不是打单人纸牌。

"经常打。"

据我亲眼所见,结合从他人那里所闻,我自认为,过去十五年里他过着什么的日子,我了解得一清二楚了。他确实过着与世无争的生活:到海滩浴场游泳,经常散步,这座海岛他虽然再熟悉不过,在他心里却似乎永远不失美丽;他弹钢琴,打单人纸牌,读书,以此自娱自乐。如果有谁请他去参加聚会,他也欣然前往,虽然他有点无趣,却也招人喜欢。被人忽视,他也不见怪。他喜欢人多热闹,却往往与人保持距离，不至于熟络亲密。他生活节俭，却也过得足够舒适。他从不欠人钱。可以想象，他清心寡欲，男欢女爱的事从不困扰他，如果稍年轻时，来岛上的观光客偶尔同他有过短暂的风流韵事，但在看了他居住的环境后，便扭头就走。我敢肯定，他也曾动过情，不过即便当初关系火热时，他也善于克制自己的情欲。想必他决心已定，没有什么可以有碍他精神的独立。他唯一热爱的是大自然的美，从生活赋予世人简单而自然的事物中追求幸福快乐。你或许会说，他独立于世，太过自私。事实也如此。虽然他对人无益，但也于人无损。唯一目的就是幸福，而且，似乎他已然求而得之。世上少有人知道何处可追寻幸福，得之者少之又少。他是愚钝之人，抑或是有智之士，我不得而知。他定是个遵从内心之人。对我而言，他如此特立独行，却又是那么平凡普通。他未来如何，本不该由我一再想起，为之操心，然而，据我所知，将来某一天，也许是十年后，除非在此之前病痛顽疾夺去他的性命，否则他一定会自行了断，离开这个他所热爱的世界。不知是否有此念于心，从未断绝，以至于他以一种异乎寻常的热诚尽享每一天、每一刻。

他并非刻意对自己的事闭口不谈，其实他也同我在此的朋友——也是唯一的那个人推心置腹，这一点此处我须言明，否则，我对其评述就有失公允了。我想他之所以只告诉我他的过往，是因为他怀疑我早已知悉一切，况且那天傍晚他喝多了。

假期结束后，我离开了海岛。一年之后战争爆发了。我的生活发生了诸多变故，极大地改变了我的生活轨迹，十三年之后我才再次来到卡普里。我的朋友早些时候已经返回家园，不过已经落魄不堪，从原来的别墅搬进了一处平房，没地方容我栖身，所以我住进了旅馆。他坐船来接我，和我一起共进晚餐。吃饭时，我问他现在具体住哪。

"那地方你也知道的，"他答道，"就是威尔逊以前住过的那个小房子，我搭了间阁楼，打理了一番，条件还不错。"

近年来，诸事缠身，我都无心想起威尔逊。如今，蓦然震惊之余，我想起了他。同他认识时，他自己设定的十年之期早已过去了。

"他是不是像自己说的那样自杀了？"

"说来挺惨的。"

威尔逊计划得很周全，只是百密一疏，对此，我想他并没有预料到。他从未想到过，在这处静谧的海湾，远离世上的一切纷扰，风平浪静地享受了二十五年幸福安逸的生活之后，他的性格已逐渐失去了张力。要发挥意志的力量，人必须苦其心志，经历重重险阻。原因在于，世人往往只在意伸手可及、轻而易举可以实现的愿望，然而不经失败挫折，不经一番努力，就难以实现自己的愿望，否则人的意志力就会松懈下来，一无所成。久行于平地何来力气攀山登顶！这些话虽然不免陈词滥调，却也是不争之实。当威尔逊年金的期限一过，他再无决心一死了之，这是他早已决定为长期以来享受幸福安宁生活而付出的代价。综合朋友的叙述以及后来别人的议论，我认为他并非没有这份勇气，而是下不了决心。正因为此，他才迟疑不决，得过且过。

由于久居岛上，而且总能准时结清账务，他轻易就可以赊账。由于从不借钱，所以只要他开口，数额不大，众人也愿意接济他。由于多年来按时付房租，房东（房东妻子阿孙塔仍然在服侍他）也乐于让他拖欠几个月。他说，一个亲戚刚去世，由于法律程序原因，他还需要一段时间才能拿到给他的遗产，暂时有点拮据，人们也相信了他。就这样，他东挪西借地混了一年多。后来，再也没有店主肯赊账给他了，也没人再借钱给他。房东警告他，如果限期不付清所欠房租，就把他赶出去。

打算一死百了那天，他走进自己狭小的卧室，闭上门，关紧窗户，拉上窗帘，烧了一盆木炭。第二天一早，阿孙塔来替他做早饭时，发现他已经人事不省，不过还没死。尽管闭门关窗，想让房间密不透气，却并没有彻底闭死，因为房子漏风。虽然身处绝境，但到了最后一刻，他却动摇了。他被送进医院，尽管有段时间，病入膏肓，最终还是恢复了过来。但或许是因为煤气中毒，或许是因为受到惊吓，他不再像正常人一样了。虽然没疯，至少没有疯到要被送进精神病院的地步，很明显，他的脑子出了问题，已经不再是正常人了。

"我去看望过他，"朋友说，"想方设法让他开口，他却一直奇怪地看着我，好像记不起来以前什么时候见过我。他躺在床上，看上去很可怜，脸旁两边长满了花白胡须，两个星期没剪过了，除了脸上奇怪的表情，其他看上去倒还正常。"

"什么样的奇怪表情？"

"我不知道该怎么形容。就是满脸困惑。打个比方吧，可能荒谬了点，就好像，你往天上扔了块石头，可石头并没落下，而是停在空中……"

"那可真是让人疑惑不解！"我微笑着说。

"嗯，他脸上就这种表情。"

大家也不知道如何处置他。他没钱，也没法挣钱。卖了他的家当，钱也不够还债。由于他是英国人，意大利当局不想揽上他这个负担。英国在那不勒斯的领事馆没有经费管这件事。本可以遣返他回英国的，但似乎没人知道遣返回去后怎么打发他。后来，一直服侍她的阿孙塔说，他向来为人不错，也是个守约的租客，只要他还清了债，可以让他睡在她家农舍旁的柴房，还可以在她们家搭伙吃饭。当面给他这个建议时，也不知道他是否听懂了。当阿孙塔从医院带他回家时，他一言不发地跟在后面。他再也不能任意妄为，想怎么样就怎么样了。阿孙塔照顾他已经两年了。

"要知道,他过得并不舒服,"朋友说,"她家草草地搭了张摇摇晃晃的板床,给了他两床毛毯,可柴房没有窗户,冬天冰冷,夏天热得像烤炉。吃的也很粗糙。你也知道这些农户吃些什么:每逢周日才吃点通心面,吃肉就更难得了。"

"那他怎么打发时间呢?"

"整天在山上瞎逛呗。有那么两三次,我过去见他,但是没用。一看见你走过去,他就跑得像兔子一样快。阿孙塔时不时下山和我聊聊,我就给她点钱,这样她就可以给他买点烟草,可天晓得她家给他买过没有!"

"她家没有虐待他吧?"我问道。

"我敢肯定阿孙塔对他很好,她对他就像对待小孩子一样。但是,她丈夫恐怕对他就没那么和善了。他吝惜花在威尔逊身上的生活费。我相信他不至于为人残忍或者狠毒诸如此类的,但他对威尔逊有些尖酸刻薄,还使唤威尔逊干杂活,又是担水,又是扫牛棚什么的。"

"听起来糟透了。"我叹道。

"都是他自找的啊。不管怎么说,他咎由自取。"

"我觉得,总的来说,世人谁不是咎由自取呢?"我反驳道,"但弄得那么凄惨,谁都不想啊。"

两三天后,我和朋友一起出门散步,沿着蜿蜒小径,穿过一片橄榄林。

"威尔逊在那边,"朋友突然说道,"别看他,会吓着他的。接着往前走。"

我眼睛低垂,看着小道,往前走,眼角余光却看见有个人躲在橄榄树后。我们走近时,他也一动不动,但我感觉他正盯着我们。一经过他旁边时,我突然听到一阵声响。威尔逊像只被追捕的猎物一样,一路狂奔,跑向安全的地方。那是我最后一次看到他。

去年，他死了。那种凄惨的生活，他忍受了六年之久。一天早上，有人发现他时，他安详地躺在山脚下，好像在睡梦中死去一样。他躺身之处可以看见那两块法拉廖尼奇石，石头伸出海面。那晚月圆，他一定是趁着月色去观赏巨石的。或许，那晚夜色迷人，他沉醉其中再也没醒来。

（余汉华　译）

四个荷兰人

新加坡的范·多斯旅馆远算不上豪华。客房里又黑又脏,蚊帐上全打着补丁。离客房很远的地方有一排浴室,阴冷潮湿,充斥着异味。不过,旅馆还是很有特色的。住宿的多是开往新加坡的不定期货船上的船长、失业的采矿工程师,以及度假的种植园主,不过,在我看来,比起那些环球旅行家、政府官员和他们的太太,还有在欧洲举办午餐会、打高尔夫、出入舞场、穿着入时的阔绰商贾等潇洒一族,这些人要浪漫得多。旅馆里有一间台球室,有一张铺着块破桌布的球桌,船上的工程师和保险公司的职员经常在这里打斯诺克。偌大的餐厅里人不多,很安静。准备前往苏门答腊岛的几家荷兰人,正坐在一起吃饭,可是彼此间一句话也不说,从巴达维亚[①]出差来的单身客商一边狼吞虎咽地享受美食,一边专心致志地看报纸。餐厅每周两次供应印尼特色的瑞福饭[②],所以喜欢这一口的新加坡人会经常来就餐。许多人认为,范·多斯旅馆本该是一个很沉闷的地

[①] 巴达维亚(Batavia),印度尼西亚首都雅加达的旧称。
[②] 瑞福饭(rijstafel),原文是荷兰语,意为"米饭桌",是荷兰人在苏门答腊西部巴东米饭的基础上改进后的一种美食,即各种做法的米饭配以多达40种小菜。

方,其实不然,因为这里发生过一些奇闻趣事,只不过这些奇闻已经渐渐被人们遗忘了而已。旅馆有一个面向大街的小花园,客人们可以坐在树荫下喝冰啤。在这座拥挤而又忙碌的城市里,尽管汽车呼啸而过,黄包车一辆接着一辆,车夫们的脚步声在路上"啪嗒啪嗒"地响个不停,"叮铃铃"的车铃声不绝于耳,但仍不乏荷兰飞地的宁静。

这是我第三次住在范·多斯旅馆了。我第一次听说范·多斯旅馆,是一艘荷兰货船S.S.乌得勒支号的船长告诉我的。当时,我正从新几内亚的马老奇出发,坐船去望加锡①。由于要装卸货物,货船经常要停靠在马来群岛的一些小岛,阿鲁岛、卡伊岛、班达-奈拉岛、安汶岛,还有我已记不起名字的很多岛,快则停一两个小时,慢则需要一整天,因此整个航程耗了将近一个月的时间。一路上虽然单调,但整个行程倒也十分有趣。船抛锚靠岸后,船代会乘着小艇过来,一般情况下,荷兰籍常驻,还有我们,会聚在甲板上的天篷下,船长点些啤酒。大家一边喝酒,一边相互交流从各地听来的消息,我们还会帮岛上的人带信件。如果待的时间比较长,常驻还会留我们吃饭。把船交给二副以后,我们大家(包括船长、大副、轮机长、货管员和我)都会挤上小艇上岸,晚上开开心心地大吃一顿。这些小岛虽然看上去模样都差不多,但还是经常让我突发奇想,原因只有一个,那就是:我心里清楚,自己再也没有机会见到这些小岛了。很奇怪,这些小岛好像根本不存在似的。我们的船一走远,小岛就消失在海天之中,只有通过想象,我才能让自己相信,虽然看不到,但岛还是存在的。

但是,船上的船长、大副、轮机长和货管员却没有那么魔幻、那么神秘。他们都是些有血有肉的大活人,是我见过的最胖的四个人。虽然货管员皮肤黝黑,其他几个的皮肤很白皙,可我总是搞不清谁是

---

① 望加锡(Makassar),印度尼西亚苏拉威西岛南部城市。

谁，在我看来，他们长得都差不多。几个人都是大块头，圆润的大红脸上没什么胡须，粗壮的胳膊，粗壮的大腿，而且都是膀大腰圆。每次一上岸，他们都会把衣领扣上，勒得就像吃东西被噎住，双下巴都从衣领里突了出来。但大多数情况下，他们是不系扣子的。这些人经常是忙得大汗淋漓，一般都是用头巾擦脸，用芭蕉扇使劲儿扇的主儿。

看他们吃饭可真是难得一见的美事。这些人的胃口特大，他们每天都吃瑞福饭，吃饭时甚至还会相互较劲，看谁吃得多。他们真的很喜欢吃。

"在这个国家，饭要是无滋无味，你根本吃不下去。"船长说。

"在这个国家，要想活着，就得猛吃。"大副说。

四个人是非常要好的朋友，在一起就像学童一样，相互捉弄，相互打趣，对彼此的笑话也都心领神会。往往是笑话刚开口，讲笑话的人自己就先口沫四溅地哈哈大笑起来，但由于膀大腰圆，身体肥胖，笑得浑身的肉直哆嗦，笑话讲到一半就讲不下去了，引得其他人也跟着开怀大笑起来。几个人坐在椅子上笑得前仰后合，脸涨得越来越红，身上也越来越热，这时，船长会吆喝一声"上啤酒"，于是，大家一边开心地不断打嗝，一边喘着粗气，对着酒瓶喝酒。他们在一起跑船有五年了，就在不久前，有人要送给大副一艘船，但他谢绝了对方的好意。他不想离开自己的伙伴。于是，大家商定，四个人如果有谁先退出了，其他人就一起退。

"几个朋友一条船，有肉有酒不间断。生来要做糊涂人，知足常乐到永远？"

刚开始，他们跟我有点疏远。虽然船上可以搭乘六个乘客，但他们很少或者从来不让不认识的人住。在他们眼里，我是陌生人，而且还是外国人。他们有自己的乐趣，不想让外人打扰。四个人都喜欢打桥牌，不过，大副或轮机长有时候需要值班，这样其他人也组不成局。后来，他们三缺一的时候，发现我会打牌，就欣然地接受了我。就跟他们人一样，他们的牌打得也很怪。几个人打牌的赌注小得可怜，打一百分才值五分钱。不过，几个人都说，他们只是喜欢打牌，并不想赢谁的钱。可是，这还叫什么打牌啊！人手拿着一副牌，都想叫到小满贯。只要有机会瞄别人的牌，你就瞄。假如你能侥幸藏牌成功，而且神不知鬼不觉地告诉自己的同伴，俩人就会哈哈大笑，笑得眼泪都出来了。但如果同伴执意不让你叫牌，却用五张黑桃（最大的是 Q）叫到大满贯，而你手中七张小一点的方块本来会好打一点，在你手中的牌凑不成一个赢墩的情况下，你叫了加倍，结果他一下子丢了两三千分，对手也会开怀大笑，桌上的杯子也跟着晃动起来。

我总是记不住他们那拗口的荷兰名字，只能根据他们各自的职责去区分谁是谁，就像意大利假面喜剧里我们只记住潘塔隆、哈乐昆、庞奇尼这几个丑角的名字一样。只要一看到他们四个人在一起，你就会笑。我觉得，只要陌生人看到他们，都会觉得非常惊讶，他们倒也乐在其中。他们都自豪地说，他们是东印度群岛上最有名的四个荷兰人。在我看来，他们也有严肃的一面。有时候，夜深人静时，四个人脱下制服，卸下伪装，换上睡衣和纱笼裤，其中的某一个挨着我躺在长椅上，伤感的情绪会慢慢涌上心头。轮机长快要退休了，上次回家时遇到了一名寡妇，准备和她结婚，然后搬到须德海①滨的小镇上，找几间红砖房，度过余生。船长非常迷恋本地的姑娘，一提到对她们的痴迷，他本来就带浓重口音的英语，更是兴奋得语无伦次。曾经有一段时间，船长打算在爪哇岛的小山上买一处房产，娶一个爪哇姑

---

① 须德海（the Zuyder Zee），原北海的海湾，在荷兰西北。13 世纪时海水冲进内地，同原有湖沼汇合而成。

娘。爪哇姑娘一般长得小巧玲珑，性情温柔，说起话来莺声燕语。船长说，结婚时，他要给新娘子穿上丝纱笼裤，脖子上戴上金项链，胳膊上套上金手镯。因为这事，大副还一直取笑他。

"他那套玩意儿太傻了！她会跟你所有的朋友、所有男仆、所有人上床。老兄，退休后，你要的是保姆，不是老婆！"

"我？"船长嚷道，"就算到了八十岁，我也要娶个老婆！"

上一次，船停靠望加锡时，他挑了件小玩意儿，就在船快要进港时，他开始忙活起来，大副不屑地耸了耸他那厚重的肩膀。船每到一处，船长便一头扎进一个又一个烂女人的怀里，不过，到下一个地方，就把上个岛的人抛在脑后了。每次都是大副帮他擦屁股，这次也不例外。

"老家伙有心脏病。可是，每当我赶过去看他，他又没啥大碍。浪费钱是有点可惜，但既然已经得到了想要的，浪费点钱又算什么呢？"

大副很通情达理。

后来，我在望加锡上岸，跟我的四个胖朋友道了别。

"下次再跟我们一起旅行吧！"他们对我说，"明年或后年再回来。你在这一片会看到我们的，还跟以前一样。"

一晃好几个月过去了，我又游历了不止一个岛屿。我去过巴厘岛、爪哇岛，还有苏门答腊岛，还去过柬埔寨和安南[①]。此刻，坐在范·多斯旅馆的花园里，我感觉像是又回到家一样。清晨的天气很凉爽，吃完早餐，我读着过了期的《海峡时报》，想看看最近有什么新闻。报纸上没什么大事。突然，一个标题映入我的眼帘：《乌得勒支号悲剧，货管员和轮机长无罪释放》。我大致看了一下报道，不由得坐了起来。乌得勒支号正是我那四个荷兰胖朋友的船。很明显，货管

[①] 安南（Annam），越南的旧称。

员和轮机长因为谋杀，被控上法庭。不可能是我那两个胖朋友。报道中提到了他们的名字，但我并不在意他们叫什么。案子是在巴达维亚审的。报道中并没有提供更多的细节，只是一个简要的官方报道，说法官在听完控方和辩方的陈辞后，做出了如上判决。我大吃一惊，不敢相信我的朋友居然会杀人。我翻遍了前几期的报纸，也没能找到被害人的任何信息。报纸上只字未提。

我站起身，走到旅馆经理跟前，把报纸拿给他看。经理是个友善的荷兰人，英语说得很流利。

"这艘船我曾经坐过，在上面待了将近一个月。我敢说，报道中提到的人不是我认识的人。我认识的那几个人都很胖。"

"没错，就是他们，"经理答道，"这几个人在整个荷属东印度群岛很出名，在一起共事的四个大胖子。这件事情很糟糕，引起了不小的轰动。他们是好朋友，这个世界上最好的朋友。我认识他们。"

"可是，究竟发生了什么？"

他回答了我的问题，告诉了我那天发生的事情。但我想知道的有些事，他也回答不上来。一切都令人困惑，令人难以置信，当时究竟发生了什么，只能靠猜测。后来，经理被人叫走了，我一个人又回到花园。此时，天气渐渐热了起来，我便回到自己的房间，但心里仍然像一团乱麻一样。

事情的经过似乎是，在一次旅行中，船长把他一直朝思暮想的一个马来女人带上了船，但是不是我在船上时听他念叨过的那个女人，就不得而知了。其他三个人都反对她上船——船上要女人干什么？她一上船就会把一切都毁了，但船长执意把她带上了船。我想，他们可能是对他心存嫉妒吧。那次航行，几个人再也不像往常一样欢声笑语，相互打趣了。每次其他人想打桥牌，船长却在自己的船舱里跟这个女子乐逍遥。每次船靠岸，四个人虽然都是一起上岸，但对船长来说，从上岸到回到船上的这段时间可谓是漫长的煎熬，因为他已经离不开这女子了。对四个好朋友来说，像云雀一样快乐的日子已经一去不复返了。几个人中，大副最不喜欢这个女子。他跟船长自一开始从荷兰出来跑船就是搭档，所以关系尤其亲密。对船长迷恋这女子的事，俩人不止一次拌过嘴。没多久，几个好朋友便沉默下来，只有在工作需要时，才说几句话。四个胖男人之间维持了很久的友谊，就这样结束了。再后来，事情越来越糟了。手下的另外两位感觉到，麻烦就要来了。不安。紧张。一天夜里，船上突然传来一声枪响和马来女子的尖叫声。货管员和轮机长一骨碌滚下铺，发现船长拿着手枪，站在大副的舱门口。他把俩人一把推开，跑到甲板上。货管员和轮机长赶紧走进船舱，发现大副已经死了，只剩马来女子蜷曲在门后边。俩人被船长捉奸在床，船长一怒之下杀了大副。他是怎么发现的？大副和女人为什么要私通？没有人知道。是大副引诱女子跑到自己船舱里，以此来报复船长？还是女子明知大副不喜欢自己，所以故意采取怀柔策略，引他上钩？这恐怕是永远也解不开的谜。我脑海里闪现出无数种可能性。就在轮机长和货管员在船舱里被眼前的一幕惊呆时，又传来一声枪响。俩人马上意识到发生了什么，便立刻冲了出去。船长回到自己的船舱，饮弹自尽了。接下来，事情的经过越来越模糊，越来越神秘了。第二天早晨，怎么都找不到马来女子了，已经接管这艘船的二副把情况告诉了货管员。货管员回答道："她可能是从船上跳下去了。这也是她最好的结局。包袱总算给甩了。"但是，据巡航的船员说，就在天亮前，他看见货管员和轮机长把什么东西抬到甲板上，一个鼓鼓囊囊的包裹，大小跟当地女人的身材差不多。俩人四处张望了一下，在确定没人察觉后，把包裹丢下了船。后来，大家都在传，货管员和轮机长跑到马来女子的船舱里找到她，把她掐死，然后把尸体扔进海里，替他们的朋友报了仇。船抵达望加锡后，俩人被捕,被带到巴达维亚,以谋杀罪受审,但因证据不足,被无罪释放。但是,整个东印度群岛的人都知道,货管员和轮机长伸张了正义,动手弄死了那个害死他们的两个好友的婊子。

四个荷兰人广为流传而又充满风趣的友谊,就这样结束了。

(成 爽 译)

九月公主

起初,暹罗国的国王有两个女儿,他给这两个女儿取名叫"夜"和"昼"。后来,他又添了两个女儿,于是,他便更改了前两个女儿的名字,以一年四季为名,把这四个女儿叫做"春""秋"和"冬""夏"。不料,随着岁月的流逝,他又添了三个女儿,于是,他决定再次更改女儿们的名字,按一星期七天为名,又给他的七个女儿重新取了名。等到他的第八个女儿出生时,他不知道该如何取名才好了。有一天,他忽然灵机一动,想到一年有十二个月份呢。王后说,那也不过才十二个名字呀,再说,还得记住那么多的新名字才行,她有些茫然不知所措。可是,国王有一颗足智多谋的脑袋,一旦拿定主意,如果不试一试,他是绝不会改变的。他把所有女儿的名字都重新作了更改,把她们叫做"元月、二月、三月……"(当然要依照暹罗语的说法),直到他迎来了小女儿的诞生,他为她取名叫"八月",没过多久,他又添了一个女儿,便取名叫"九月"。

"只剩下'十月、十一月、十二月'了,"王后说,"等到这三个名字用完之后,我们又得从头再来,重新给所有的孩子取名啦。"

"不会的,我们不会再这样生下去的,"

国王说,"因为,我觉得,对任何一个男人来说,一连生了十二个女儿已经足够啦,要是再生下一个可爱的小女儿'十二月'来,我就不得不忍痛割爱,砍掉你的脑袋啦。"

说完这话,他便抱头痛哭起来,因为他实在太喜欢这位王后了。当然,这句话也让王后甚为不安,因为她知道,国王真要是迫于无奈而砍下她的脑袋,他自己也会痛不欲生的。她怎么舍得让他那么伤心欲绝呢。不过,世事难料,他们双方其实都没有必要为此而担忧,因为"九月"是他们这辈子生下的最后一个女儿。打那以后,王后生的就全都是儿子了,他们以字母为序给儿子取名,所以,他们有很长时间都无须再为取名之事而发愁,因为她只生到字母 J 就不再生育了。

话说回来,由于如此这般频频地更换名字,久而久之,暹罗国王的女儿们便养成了终身难改的性格乖张和为人刻薄的特点,尤其是那几个年龄稍大些的女儿,由于她们的名字更改得比那几个年龄稍小的女儿还要频繁,她们的刻薄之心更是秉性难改。不过,"九月"的性格却非常乖巧,非常讨人喜欢,她只有"九月"这一个名字,从没听说过她还有别的什么名字(当然,她的姐姐们除外,由于姐姐们都性格乖戾、心怀怨恨,便给她取了各种各样的绰号)。

暹罗国王有一个习惯,我想,这个习惯大概是他依样画葫芦地从欧洲学来的。他过生日时非但从不收受礼品,反而要大发礼品,他好像很喜欢这样做,因为他经常说,他很遗憾,他的诞辰只有一天,因此,他每年只能举办一次生日庆典活动。可是,这样一来,随着岁月的流逝,他只好将就着把他所有的结婚礼物都分发掉了,把暹罗国各大城市的市长们为了向他表忠心而进贡给他的所有贡品也奉送掉了,甚至把他自己的王冠也统统拿出来充当礼物,好在那些王冠也早已不合时尚了。有一年过生日时,由于手头已经没有别的东西可送,他便给每个女儿送了一只非常美丽的绿鹦鹉,放在一个非常美丽的金色鸟笼里。一共有九只鹦鹉,因此,每只鸟笼上都标有月份的名称,代表每个公主的名字。九个公主都无比骄傲地领到了自己的鹦鹉,于是,她们每天都花一个钟头的时间教鹦鹉学说话(她们继承了父王足智多谋的头脑,个个都很有禀赋)。没过多久,所有的鹦鹉都会说"上帝保佑吾王"(这句话用暹罗语来说,不知有多难),有几只鹦鹉竟然会用七种以上的东方语言说"漂亮的波莉"。不料,有一天,九月公主兴冲冲地跑来,想跟她的鹦鹉说"早晨好"时,却突然发现,那只鹦鹉躺在金色的鸟笼里,已经死掉了。她顿时大哭起来,泪如雨下,她的侍女们无论怎么劝,也安抚不了她。她哭得昏天黑地,那些侍女都不知如何是好,便去禀报王后,王后说,纯属胡说八道,干脆别给这孩子吃晚饭,直接打发她上床睡觉得了。那些侍女都想去参加一个晚会,所以就手忙脚乱地把九月公主弄上了床,随即便丢下她扬长而去。她躺在床上,尽管感到很饿,却还是在哭个不停,哭得精疲力竭时,她忽然看见一只小鸟蹦蹦跳跳地跑进了她的房间。她从嘴里抽出大拇指,坐起身来。接着,那只小鸟开始唱起歌来,唱的是一支优美动听的歌,歌颂的全都是王宫后花园里的那汪湖泊,岸边垂柳在静静的湖面上流连顾盼,金鱼在倒映水中的树影间游来游去,时而跃出水面。小鸟唱完这支歌时,九月公主再也不哭了,而且全然忘记了自己还没吃晚饭。

"那支歌真好听。"她说。

小鸟朝她鞠了一躬,因为艺术家们理所当然都彬彬有礼,很有风范,当然也喜欢受到知音的赏识。

"你愿意留下我,别再惦记你那只鹦鹉好吗?"小鸟说,"诚然,我的确没有鹦鹉那么好看,但是,从另一方面说,我有一副比鹦鹉好听得多的歌喉呢。"

九月公主高兴得直拍手,于是,小鸟便跳上了她的床头,用婉转的歌喉唱起来，直到把她哄睡着了。

第二天，她一觉醒来时，小鸟依然守候在她的床前，她刚睁开眼睛，小鸟就朝她道了声"早晨好"。侍女们把她的早饭端进屋来，小鸟吃了她托在手掌上的米饭，在她的茶碟里洗了个澡，接着又把茶碟里的水也喝了。侍女们说，她们认为，喝洗澡水是非常不雅的行为，九月公主却说，那是艺术家特有的气质风范。小鸟吃完早饭后，又开始歌唱起来，唱得那么优美动听，侍女们都感到十分惊奇，因为她们从来没有听到过如此美妙的歌喉，九月公主感到非常自豪、喜不自胜。

"瞧，我想把你介绍给我的八个姐姐看一看。"九月公主说。

她伸出右手的食指，权当鸟儿的临时栖枝，小鸟见状，立即展翅飞扑下来，停落在她的食指上。随后，她率领着她那几个侍女，穿过逶迤的王宫，挨个儿呼唤公主姐姐们出来，她首先请的是"元月公主"，因为她很讲究礼数，然后再一路请下来，直到"八月公主"。小鸟每觐见一位公主，都会唱一首不同的歌。那些鹦鹉却只会说"上帝保佑吾王"和"漂亮的波莉"这两句话。最后，她把小鸟带给国王和王后看了。他们都感到很惊讶，十分喜欢。

"我就知道，我没给你吃晚饭就打发你上床睡觉一点儿也没错。"王后说道。

"这只鸟儿唱得比鹦鹉好听多了。"国王说道。

"我早该想到，人们老是说这句'上帝保佑吾王'，你肯定早就听厌了，"王后说道，"我就想不通，女儿们为什么都想教她们的鹦鹉说这句话呢。"

"这份感情还是值得大加称赞的，"国王说道，"因此，这句话无论听多少遍，我都不会厌烦。可是，我倒真有些听不惯那几只鹦鹉老是说'漂亮的波莉'。"

"那些鹦鹉能够用七种不同的语言说这句话呢。"公主们异口同声地说。

"我想，那几只鹦鹉大概没错，"国王说道，"可是，这一点难免会让我想起我那些幕僚的嘴脸。明明是同一件事，他们偏要用七种不同的方式来说，而且还说得天花乱坠，根本没有任何意义嘛。"

那些公主，我前面已有交代，由于本来就性格乖戾、满腹怨恨，一听这话，都感到很不是滋味儿，那几只鹦鹉似乎也是一副垂头丧气的样子。但是，九月公主却自顾穿行在王宫大大小小的屋子里，一边奔跑，一边像只云雀一样欢快地唱着歌，那只小鸟也始终围绕在她身边飞来飞去，像只夜莺似的歌唱着。它确实就是一只夜莺。

日子像这样又保持了几天，后来，那八位公主凑在一起碰了个头。她们来到九月公主的住处，围成一圈坐下来，把她围在当中。她们个个都盘腿坐着，脚藏在裙裾下，这是暹罗国的公主们最合乎礼仪的坐姿。

"我可怜的九月啊，"她们七嘴八舌地说道，"听说你那只美丽的鹦鹉死了，我们都很难过。我们都有宠物鸟儿，而你却没有，你肯定很不乐意。所以，我们就把自己的零花钱集中起来了，我们正打算给你买一只非常可爱、绿喙黄羽的鹦鹉呢。"

"得了吧，我可不想麻烦你们，"九月说，（她这种态度并不是很有礼貌，不过，暹罗国的公主们彼此间有时候也有点儿不讲情面。）"我有宠物鸟儿，它会唱最美妙动听的歌给我听，我不知道我要一只绿喙黄羽的鹦鹉到底有什么用。"

元月公主轻蔑地擤了擤鼻子，紧跟着，二月也擤了擤鼻子，随后，三月也擤了擤鼻子；事实上，那几个公主个个都在擤鼻子，只不过是严格按照她们地位的高低依次进行的。等她们都擤了鼻子之后，九月朝她们问道：

"你们为什么老是擤鼻子？难道你们个个都得了头痛脑热的重

伤风吗？"

"唉，亲爱的妹妹啊，"她们说，"你那只鸟儿说起来也真够荒唐的，那小家伙老是飞进飞出，想什么时候来就什么时候来。"她们横眉竖眼地朝四处张望着，傲慢地翘着脑袋，翘得连额头都完全看不见了。

"你们就不怕弄得满脸皱纹啊。"九月说。

"你不会介意吧，我们想打听一下，你那只鸟儿现在到底躲在什么地方呢？"公主们异口同声地问道。

"它走了，拜见它的岳父去了。"九月公主说。

"那你凭什么认为，它还会再飞回来呢？"那几个公主问道。

"它向来言而有信，肯定会回来的。"九月说。

"唉，亲爱的妹妹啊，"八位公主齐声说道，"你要是肯听从我们的劝告，保你以后不会再碰到类似于这样的风险。如果它回来了，你听着，如果它真的回来了，算你运气好，你就赶紧捉住它，把它关进笼子里，千万别再放它出来。只有这样做，你才能万无一失地把它留在你身边。"

"可是，我喜欢让它在我的房间里自由自在地飞。"九月公主说。

"安全第一啊。"她那几个姐姐都很不吉利地说。

她们站起身来，个个都摇着头走出了房间，丢下九月心神不宁地独自守在那儿。她仿佛觉得，那只小鸟已经离开她很长一段时间了，她想象不出它究竟在干什么。它也许碰到麻烦事了。万一遇到老鹰怎么办，万一落入了人们布下的罗网怎么办，你压根儿就不知道它会陷入什么样的困境。此外，它说不定已经把她给忘了，或者喜欢上别的什么人了；那可就糟糕啦；啊，她多么希望它能安然无恙地回到这儿来啊，那只金色的鸟笼正虚位以待地等候在那儿呢，因为侍女们安葬了那只死去的鹦鹉之后，又把鸟笼放在老地方了。

突然间，九月听见了一声鸟儿的啁啾，那声音分明就在她耳后，她扭头一看,发现那只小鸟正栖息在她的肩头上。它来得这么悄无声息,飞落得这么轻柔徐缓,她一点儿也没听见它的动静。

"我刚才还在担心,不知你到底出什么事了呢。"九月公主说。

"我料到你会担心的,"小鸟说,"事实上,我今晚还真的差点儿就回不来了。我岳父正在举办晚会,大家都希望我留下来,但是,我心想,你会着急的。"

在这种情况下,小鸟真不该说这句会给它惹来大祸的话。

九月感到自己的心在怦怦乱跳,胸腔难受得隐隐作痛,接着,她横下心来:绝不能再冒任何风险了。她抬起手来,一把捉住了小鸟。这一举动它早已习以为常,她喜欢把它捧在手里,抚摸它的心,感受它那颗心在轻快、有力地搏动,我想,小鸟大概也喜欢让她用那只温软的小手抚摸它。所以,它一点儿也没有起疑心,等到她抱着它走向鸟笼、突然把它往鸟笼里一塞、"啪嗒"一声关上了鸟笼的门时,它才大吃一惊,一时间竟想不出该说什么才好。但是,过了一两分钟后,它跳上笼中的象牙横杆,说:

"这回是在开什么玩笑呢?"

"没有开玩笑,"九月说,"妈妈养的那几只老猫今晚一定会暗中四处觅食的,所以,我想,你还是待在笼子里更加安全。"

"我想不通,王后为什么要养那些猫呢。"小鸟气呼呼地说道。

"唉,听我说,它们是非常稀奇古怪的猫,"九月公主说,"那些猫都生着一双蓝眼睛,而且个个都诡计多端。还有,它们个个都是王室特别宠爱的宝贝疙瘩,但愿你明白我这话的意思。"

"完全明白,"小鸟说,"可是,你为什么不事先说一声,就把我关在这个笼子里呢?我想,这可不是我喜欢待的地方。"

"要是我没法确保你平安无事,我整夜都没法合眼。"

"好吧,仅此一次,下不为例,"小鸟说,"只要你明天早晨放我出去,我就不计较这件事。"

它吃了一顿非常丰盛的晚饭,然后便亮开歌喉唱起来。不料,那支歌刚唱到一半时,它突然停了下来。

"我也弄不明白这究竟是怎么一回事,"它说,"我今晚感觉不好,不想唱歌。"

"好得很,"九月公主说,"不想唱就赶紧睡觉吧。"

于是,小鸟把脑袋藏在羽翼下,不一会儿便酣然入睡了。九月也上床睡觉去了。不料,天刚破晓时,她忽然被小鸟的叫声吵醒了,小鸟在高声呼喊她:

"醒醒,快醒醒,"它说,"快打开这个笼门,放我出来。趁露水还在大地上,我要去痛痛快快地展翅飞翔。"

"安心待在那儿吧,你会过上更加舒适安逸的生活的,"九月说,"你已经拥有一只这么精美的金色的鸟笼啦。那是我爸爸的王国里手艺最好的工匠制作的,我爸爸因为太喜欢这只鸟笼,就把那个工匠的脑袋砍了,免得他再制作出这么精美的鸟笼来。"

"放我出去,放我出去。"小鸟说。

"你一日三餐都有侍女们伺候;你从早到晚什么事都不用操心,你可以尽情地放声歌唱。"

"放我出去,放我出去。"小鸟说。它试图从鸟笼栏杆间的缝隙里钻出来,却怎么也钻不出来,它使劲儿撞击着鸟笼的门,却怎么也撞不开。没过多久,八位公主进屋来了,个个都朝它打量了一眼。她们对九月说,她非常聪明,肯听从她们的劝告。她们说,它很快就会适应鸟笼里的生活的,再过几天,它就会完全忘记它一贯享有的那种自由自在的日子了。她们在场时,小鸟什么也没有说,不过,等她们一走,它马上便高喊起来:"放我出去,放我出去!"

"别这样啦,弄得像个大傻子似的,"九月说,"我不过是因为非常喜欢你,才把你放在笼子里的。我知道怎么做才对你有好处,比你自己要清楚得多。给我唱一支小曲吧,唱完我就给你吃一块红糖。"

岂料,小鸟站在鸟笼的角落里,抬头仰望着蓝天,却一声也不肯唱。它整整一天都没再吭声。

"生闷气有什么用?"九月公主说,"你为什么不唱歌,忘掉你的烦恼呢?"

"我怎么唱得出来?"小鸟回答说,"我想去看看树木,看看湖泊,看看生长在稻田里的绿油油的水稻。"

"如果你只有这么点儿要求,我带你出去散散步好了。"九月公主说。

她提起鸟笼,走了出去。她径直来到湖边,湖畔周围生长着郁郁葱葱的柳树,接着,她站在稻田边,眺望着眼前这一望无际的稻田。

"我以后每天都带你出来,"她说,"我爱你,我一心只想让你感到开心。"

"我们说的并不是一码事,"小鸟说,"如果你隔着鸟笼的栏杆往外看,那些稻田、湖泊、柳树都是一幅截然不同的景象。"

于是,她又带着它回到家里,喂它吃晚饭。但它一口也不愿吃。九月公主见状,真有点儿着急了,便去请教姐姐们有没有什么好办法。

"你必须毫不动摇地坚持下去。"她们说。

"可是,如果它不肯吃饭,它会死掉的。"她回答说。

"那就怪它太忘恩负义了,"她们说,"它必须懂得,你现在这样做,是一心一意为它好。如果它顽固不化,绝食死掉了,那也是它咎由自取,你干脆扔掉它得了。"

九月心里明白,照这样下去对她自己并没有多大好处,可是,她们是八人对付一人,而且个个都比她岁数大,所以,她没有发表任何意见。

"也许它明天就会习惯住在笼子里的生活了。"她说。

第二天,她一觉醒来就兴致勃勃地高喊了一声"早上好",却没有听到任何回音。她急忙跳下床,直奔鸟笼。她吓得惊叫了一声,因为那只小鸟侧身倒在鸟笼的底部,两眼紧闭,看上去好像已经死掉了。她打开鸟笼的门,一只手伸进鸟笼,把它托了出来。她如释重负地呜咽了一声,因为她感觉到了,它那颗小心脏依然还在搏动着。

"小鸟,醒醒,快醒醒。"她说。

她忍不住哭了起来,泪水洒落在小鸟的身上。小鸟睁开眼睛,发觉自己已经不再处于鸟笼围栏的团团包围之中了。

"如果我得不到自由,我就唱不出歌来,如果我没法歌唱,我就死定啦。"它说。

九月公主无比伤感地啜泣了一声。

"那就享受你的自由去吧,"她说,"我之所以把你关在一只金色的鸟笼里,就是因为我非常喜欢你,想把你完全占为己有。可是,我根本不知道这样做反而害了你。去吧。远走高飞去吧,飞向湖畔周围的树林去吧,到绿茵茵的稻田上空去自由自在地翱翔吧。我既然十分爱你,就应该让你称心如意地去获得幸福。"

她推开窗户,温情脉脉地把小鸟摆放在窗台上。小鸟情不自禁地抖了抖羽翼。

"小鸟啊,你自由了,来去自便吧,"她说,"我再也不会把你关在笼子里了。"

"我会回来的,因为我爱你,小公主。"小鸟说。

"我会为你唱歌的,我要把我所知道的世上最优美动听的歌都唱给你听。我要飞向远方去了,但是我会时常回来的,我永远也忘不了你。"它不由自主地再次抖了抖羽翼。"我的老天啊,我都快僵硬得飞不起来啦!"它说。

随后，它展开双翅，潇洒自如地飞向了蓝天。可是，我们的小公主却号啕大哭起来，因为她要把心爱之人的幸福放在首位而牺牲自己的幸福，实在太勉为其难啦，直到那只心爱的小鸟远远飞出了视线之后，她才突然感到自己非常寂寞，百无聊赖。她的姐姐们得知了事情的原委后，都在嘲笑她，她们还说，那只小鸟恐怕永远也不会回来了。没想到，它果然又回来了。它停落在九月公主的肩头，吃着她托在手中的食物，为她唱起了它新学的那些优美动人的歌。在学歌期间，它南来北往地飞遍了世上风景秀丽的地方。打那以后，九月公主日日夜夜都开着窗户，这样，小鸟只要想来，随时都可以飞进屋来，这种做法也对她自己大有裨益；所以，她出落得无比美丽。长大成人后，她嫁给了柬埔寨国王，坐在一头白象上，随着国王前来迎亲的队伍浩浩荡荡地去了柬埔寨首都。可是，她的姐姐们从来没有开着窗户睡觉，所以，她们个个都长得面目可憎，无比丑陋，到了该出嫁的年龄时，她们都被许配给了国王的幕僚，国王赏赐给她们的陪嫁是一磅茶叶和一只暹罗猫。

（张鏊　吴建国　译）

海市蜃楼

我在东方国家周游了好几个月,最后才抵达海防[1]。这是一座商业城市,也是一座很不景气的城市,但我知道,我可以从那儿随便找一条船送我去香港。为了等船期,我有几天无所事事的闲暇时间。诚然,你也可以从海防出发去游览一下亚龙湾,那是印度支那的一道靓丽的风景线[2],可我已经对观光景点感到厌倦了。我自得其乐地坐在咖啡馆里,因为这里还不算太热,我也乐得脱掉这身热带服饰,悠闲地翻翻几份过期的《画报》[3],或者去活动活动筋骨,沿着笔直、宽阔的马路快步行走。海防的运河四通八达,我时而能瞥见一幕生龙活虎的景致,都是具有本地特色的水上工艺,色彩斑斓,煞是迷人。那里有一条运河,两岸耸立着鳞次栉比的中国式房屋,构成了一道令人赏心悦目的弧线。房屋的外墙虽然都粉刷过,但白涂料已经败了色,显得斑斑驳驳;由于都是清一色的灰蒙蒙的屋顶,在灰白色的天空的衬托下,那

---

[1] 海防(Haiphong),越南北部的海滨城市,为越南第三大城市,仅次于河内市和胡志明市,也是越南北方最大的港口。
[2] 原文为德文:Sehenswurdigkeiten。
[3] 《画报》(L'Illustration),法国周报,1843 至 1944 年间出版于巴黎。

些房屋倒也形成了一幅相得益彰的构图。这幅画面具有老派水墨画的典雅，只是光泽已经退尽。无论哪里都见不到一笔浓墨重彩之处。画面虽很柔和，却也有点儿颓靡，使人油然生出一丝淡淡的忧伤感。我至今都不知何故，我当时怎么就情不自禁地想起了我小时候认识的一位老处女，一位维多利亚时代的遗老，戴着一副黑色丝绸露指长手套，成天用钩针为穷苦人编织披肩，黑色的送给寡妇，白色的送给出嫁的女子。她年轻时受过不少苦，究竟是由于疾病缠身，还是由于单相思，就不得而知了。

不过，海防有一份当地人办的报纸，一份乌七八糟的小报，翻看时，污秽难闻的油墨常常沾在你的手指头上，然而你可以在报上看到政论性文章、电讯新闻、广告，乃至当地的情况通报。办报的那个编辑，无疑是由于处境窘迫，把到达或离开海防的人员的名字统统印在报上，分为欧洲人、本国人、中国人，我的名字被列在其他人员这一栏。有一天早晨，就在那艘很不起眼的旧船即将起航送我去香港的前一天，我当时正坐在旅馆的咖啡厅里自斟自饮地喝着一瓶杜博尼酒①，想待会儿再去吃午饭，不料，一名服务生突然跑进屋来冲着我说，有一位先生前来求见。我在海防一个人也不认识，便问他来者是什么人。服务生回答说，他是个英国人，也住在本地，却说不出他叫什么名字。服务生不怎么会说法语，我很难听懂他的话。我虽然一头雾水，但还是盼咐他去把那个访客领进来。过了一会儿，服务生回来了，身后跟着一名白人，接着又把我指给他看。那人朝我打量了一眼，随即便朝我走来。他是个块头很大的汉子，身高远远超过六英尺，长得相当肥胖，而且还很臃肿，天生一张红脸膛，胡子刮得

---

① 杜博尼酒（Dubonnet），一种法国生产的烈性红葡萄酒，酒液呈深红色，略带甜味，风味独特。

干干净净，一双浅得泛白的蓝眼眸。他下身穿着一条非常寒酸的卡其布短裤，上身是一件对襟衫，领口敞开着，头戴一顶破旧的遮阳帽。我马上断定，他是个身陷困境、一筹莫展的海滨流浪汉，是来跟我套近乎，想弄一笔钱的，我心里没底，不知得施舍多少钱才能把他打发走。

他一来到我面前，就朝我伸出一只肥大、通红的手，手指甲残缺不全，非常肮脏。

"我估计，你已经不记得我啦，"他说，"我叫格罗斯里。我曾经和你一起在圣托马斯医院①里待过。我在报纸上一看到你的名字，马上就认出来了，我当时就觉得，我一定能找到你。"

我一点儿也回想不起来他究竟是何许人也，但我还是请他坐下来，为他点了一杯酒。根据他的外表形象，我起初以为，他会找我要十块皮阿斯特②，我或许会给他五块，可是，现在看来，他十有八九会开口找我要一百块了，倘若五十块能够满足他的胃口，我就该谢天谢地啦。习惯性向别人借钱的人所提出的数目，向来都比他自以为能弄到手的数目多出一倍，倘若你按照他自己提出的数目给了他这笔钱，只会使他深感不满，因为他会为自己为什么不多要些而懊悔不迭。他老是觉得，是你欺骗了他。

"你是医生吧？"我问道。

"不是，我只不过在那个血淋淋的地方待了一年。"

他脱下遮阳帽，毫不避讳地露出了一头乱糟糟的灰白色的头发，显得十分难看，确实需要认真梳理一下才好见人。他那张脸不可思议地

---

① 圣托马斯医院（St Thomas's Hospital），一家集教学、科研于一体的大型综合性医院，位于伦敦中央城区，由英国慈善家、书商托马斯（Thomas Guy, 1644—1724）创办于1721年，其医院大楼是世界第二高的医院大楼，至今仍为伦敦最高建筑物之一。

② 皮阿斯特（piaster），埃及、土耳其、利比亚、越南等国家的辅币单位。

261

布满了白癜风花斑，显得很不健康。他患有非常严重的龋齿，嘴角两边都是牙齿脱落后形成的空洞。服务生过来取酒水单时，他要了白兰地。

"把酒瓶拿过来吧，"他说，"酒瓶①。听得懂吗？"他朝我转过身来，"最近这五年来，我一直生活在这边。也不知是怎么回事，我就是没法跟法国人相处。我会说东京话②。"他仰靠着椅背，两眼直勾勾地望着我。"你瞧，我可记得你。想当年，你老是跟那对双胞胎混在一起。他们叫什么名字来着？我想，我的变化比你大多啦。我在中国度过了大半辈子。气候糟透了，你知道的。那种日子不是人过的。"

我依然丝毫也回想不起来他到底是谁。我暗自思忖，还是把话说出来为好。

"你和我是同一年待在那家医院的？"我问道。

"是啊。一八九二年。"

"那可是很久很久以前的事啦。"

每年大约有六十来个毛头小伙子和血气方刚的年轻人进驻那家医院，他们中的大多数人都还很腼腆，对即将开始的新生活感到茫然不知所措；许多人以前压根儿就没来过伦敦；至少在我看来，他们不过是被莫名其妙地列在一张白纸上，而后又莫名其妙地一晃而过的幻影，既没有任何具体的韵味，也没有任何具体的理由。在第一年里，有一批人出于这样或那样的原因中途退出了，到了第二年，那些留下来的人开始在一定程度上崭露头角了。他们不仅表现得很自然，而且有人陪他们一起去上课，可以坐在同一张午餐桌上吃烤饼、喝咖啡，在同一间解剖室里的同一张解剖台上做解剖，结伴儿坐在夏夫兹博里剧院③

---

① 原文为法文：La bouteille。
② 东京话（Tonkinese），越南北方地区的一种方言。东京（Tonkin）原为越南北方地区的旧称。
③ 夏夫兹博里剧院（Shaftesbury Theatre），又称"伦敦西区大剧院"，创建于1911年，坐落在伦敦西区夏夫兹博里大道上。

楼下正厅的后座里观看《纽约交际花》①。

服务生送来了那瓶白兰地,格罗斯里——但愿这就是他的真名——立即自己动手,毫不客气地倒了满满一杯,也不兑矿泉水或者苏打水,就仰起脖子一口喝干了。

"我受不了当医生的差事,"他说,"我辞掉了。我的同胞们对我满腹怨恨,我就漂洋过海去了中国。他们给了我一百英镑,让我去自谋出路。实话告诉你,我巴不得逃出去呢。我估计,我对他们有多厌恶,他们就对我有多厌恶。我从此再也没有打扰过他们。"

这时,有一丝淡淡的线索从我记忆深处的某个地方悄然露出了苗头,似乎在我意识的边缘若即若离地徘徊着,如同涨潮时潮水徐徐漫上了沙滩,接着又退了回去,伴随着下一个力道更足的浪头继续向前推进。我起初依稀想起的是一桩低俗得不足挂齿的丑闻,然而这桩丑闻后来竟登上了各家报纸。随后,一个毛头小伙子的面孔慢慢浮现在我眼前,渐渐地,诸多往事开始重新闪现在我脑海之中了;我终于回想起他是谁了。我一时无法相信他怎么会叫"格罗斯里"这个名字,我记得他是一个单音节的名字,不过,我对此也没有十足的把握。想当初,他还只是个少年,个头很高(他的模样开始清楚地显现出来了),人长得很清瘦,还略有点儿佝偻,虽然只有十八岁,却发育得过快,有使不完的力气;他有一头油光闪亮的棕褐色的鬈发,大大的眼睛(那双眼睛如今好像没那么大了,也许是因为他那张脸过于肥胖,而且还有些浮肿的缘故吧),他的肌肤鲜嫩得出奇,白里透红,很像女孩子的肌肤。我猜想,人们,尤其是女人,一定认为他是

---

① 《纽约交际花》(*The Belle of New York*),两幕音乐剧,描写"救世军"的一位美少女弃恶从善、献身正义事业、终获纯真爱情的故事。该剧 1897 年在百老汇首演时,并未引起广泛关注,但次年在伦敦演出时极为轰动,史无前例地连续上演了 674 场,成为第一部在伦敦西区连续上演整整一年的美国音乐剧。

个非常英俊的小伙子，然而，在我们看来，他不过就是个笨头笨脑、举止猥琐的乡巴佬。这时，我忽然回想起来，这家伙经常不来上课，不，我想到的绝不是这一点，在阶梯教室里上课的学员多得很，你根本回忆不出谁出勤了、谁没来。我回想起的是那间解剖室。他的那张手术台上有一条腿，我当时正在他旁边那张手术台上忙着，但他几乎压根儿就没碰过那条腿；我不记得当时在忙着处理人体其他部位的那些学员为什么会投诉他玩忽职守，我猜想，大概是他吊儿郎当的态度妨碍了他们吧。那时候，关于对人体某个"部位"的解剖，有不少内幕新闻，流言蜚语满天飞，时隔三十年之后，我又重新回想起了某些闲话。有人挑明了这件事，说格罗斯里是个非常淫荡的下流胚。他喝酒如牛饮，还是个特别喜欢玩弄女性的好色之徒。那些毛头小伙子大多数都还很单纯，他们把当初在家里和学校里所习得的观念也带进了这家医院。有些人在性问题上过分拘谨，因而感到十分震惊，还有些人，那些勤奋刻苦的人，则对他嗤之以鼻，问他以后打算用什么办法通过考试；不过，也有不少人对此感到兴奋不已、津津乐道，说他干的那些事情也正是他们想干的，只可惜他们缺少这份勇气。格罗斯里自有他的崇拜者，你经常看到他被一小帮人簇拥着，个个都大张着嘴巴、聚精会神地听他讲述他自己的那些猎艳事迹。如烟的往事现在纷纷涌上了我的心头。没过多久，他的腼腆便荡然无存了，装模作样地摆出了一副不可一世的架势。男人们（他们总是以男子汉大丈夫自诩）喜欢相互吹嘘自己胡作非为的恶作剧。他居然摇身一变成了大英雄。每当他从博物馆门前经过，看到两个很用功的学员正头碰头地在那儿温习解剖学，他总要刻薄地挖苦几句。他在附近那几家酒肆茶楼里玩得如鱼得水，跟那些酒吧女招待混得很熟。回首往事，我猜想，大概是由于刚从乡下来，再加上没有父母和学校老师们管束的缘故，他完全被自己的放任自流、被伦敦灯红酒绿的刺激给迷住了。他那些放浪形骸的所作所为其实也并无大碍，应当完全归咎为青春萌动期的一时之快。他晕头转向了。

不过，我们大家那时候都很穷，弄不懂格罗斯里究竟用什么招数来支付他那些花天酒地的消遣的。我们知道，他父亲是一位乡村医生，他每月给他儿子多少钱，我想，我们当时也都清楚。那笔钱远远不够支付他在伦敦亭大剧院①的走廊里所搭识的那些娼妓，也不够支付他在标准大酒店②的酒吧里请朋友喝酒。我们都以充满畏惧的口吻相互谈论着，他肯定已经债台高筑、身陷危机了。当然，他可以把某些物品拿出去抵押，不过，我们凭经验也知道，一架显微镜大致可以抵押三英镑，一副骨骼大致可以换来三十先令。我们说，他每星期的消费肯定至少都在十英镑。我们都胸无大志，因此，在我们看来，这似乎已经穷奢极侈到了疯狂的地步。最后，还是他的一个朋友揭开了这个谜团：格罗斯里发现了一个可以赚钱的妙招，我们都觉得很有趣，也很佩服。我们谁也想不出如此精明的主意，也从来没有他这份胆量去试一试。格罗斯里去了拍卖会，当然不是去克里斯蒂拍卖行③，而是去斯特兰大街④和牛津大街上的那些拍卖会，以及在私人宅邸里秘密举办的那些拍卖会，买下一些便于携带、价格低廉的物品。然后，他就带着他淘来的这些便宜货去找一家当铺的老板，以高出他

---

① 伦敦亭大剧院（London Pavilion Theatre），建于1885年，坐落在剧院与娱乐中心汇集的皮卡迪利广场的东北部，位于夏夫兹博里大道和考文垂大街的交汇处。
② 标准大酒店（Criterion Restaurant），建于1873年，坐落在伦敦市中心，面对皮卡迪利广场，具有新拜占庭建筑风格，为世界10大历史最悠久的著名大酒店之一，英国名流常在此举办盛大庆典活动，是英国作家H.G.威尔斯、埃德加·华莱士、伯特兰·罗素等著名人物经常光顾的地方。
③ 克里斯蒂拍卖行（Christie's），即佳士得拍卖行，是历史最悠久的美术品、珠宝和家具拍卖行，由英国商人詹姆斯·克里斯蒂（James Christie，1730—1803）创办于1776年。
④ 斯特兰大街（Strand Street），又称河滨大道，位于泰晤士河北岸，伦敦中央城区威斯敏斯特市内的一条主要干道，是12至17世纪英国上流社会所钟情的聚居区，查尔斯·狄更斯、拉尔夫·艾默生、弗吉尼亚·伍尔芙等名作家也居住在此。

所购买的价格把那些物品典当掉,换来十先令到一英镑现钞。他一直在干这种赚钱的勾当,每星期能挣四至五英镑,因此,他说,他不打算学医了,准备在拍卖市场大干一场。我们这些人一辈子也没赚到过一分钱外快,于是,我们都怀着钦佩的心情对他刮目相看了。

"天哪,他真聪明!"我们说。

"他要多精明,就有多精明。"

"照这样干下去,最后准能成为百万富翁。"

我们都深谙人情世故,我们心里也都十分清楚,到了十八岁这一人生阶段,我们还弄不明白的事情,往往也不值得去弄明白了。遗憾的是,每当考官问我们问题时,我们都紧张得不得了,答案常常直接从头脑中飞向了九霄云外,每当某位护士要我们帮她寄一封信时,我们都兴奋得满脸通红。大家后来都知道了,教务长派人把格罗斯里叫了过去,劈头盖脸地狠狠训斥了他一顿。教务长扬言,如果他再继续这样故意对本门业务置之不理,将会受到各种各样的严厉惩罚。格罗斯里非常气愤。他在学校念书时就受够了这类训斥,他说,他不能再让一个马脸太监像训斥一个小顽童一样训斥他了。全他妈的一派胡言!他都快要到十九岁了,你也没有多少东西可以教他了。教务长说,他对他经常酗酒早有耳闻,这样下去会有害于他的身心健康。瞧那副该死的嘴脸。他这把年纪的男人谁都可以喝烈性酒,他怎么就不能喝呢,他上个星期六就喝得醉眼惺忪,下个星期六还要故意去喝它个昏天黑地,谁要是不喜欢,可以去干别的事情嘛。格罗斯里的那帮狐朋狗友都赞成他的观点,一个男子汉决不能忍声吞气地蒙受这种侮辱。

但是,大祸最终还是临头了,我此时已经清晰地回想起来,我们当时都感到十分震惊。我估计,我们那时已有两三天没看见过格罗斯里了,不过,他已经养成了习惯,越来越不按常规来医院,所以,倘若我们偶然想起他没来上课,我想,我们只会说,他又迷上了哪个狐狸精，被人家勾走了。他常常一两天之后又露面了，虽然脸色苍白，却带来了又一个精彩的传奇故事，说他又勾搭上了某个姑娘，跟她在一起度过了一段销魂的时光。解剖学课早上九点钟开始上课，大家都急匆匆地按时赶到了那间教室。在这个非同一般的日子里，大家似乎都没太在意那位讲课人，此人显然为自己能说一口字正腔圆的英语和常人难以望其项背的演讲口才而自鸣得意，他那会儿正在口若悬河地讲解人体的骨骼构造，我至今都不知道他讲解的是哪个部分，因为一排排座位上都是骚动不已的窃窃私语声，有一份报纸被大家偷偷摸摸地挨个儿传阅着。突然间，讲课人戛然而止。他很懂教学法，有一套讽刺挖苦人的话。他装着不知道学员名字的样子。

"我恐怕打扰了那位正在埋头看报纸的先生啦。解剖学固然是一门非常枯燥、令人乏味的科学，不过，我很遗憾地告诉大家，皇家外科医学院①的规章制度迫使我要求你们必须对这门课程予以足够的重视，以便通过最后的考试。但是，如果有哪位先生觉得这种规定无法接受，可以马上出去，可以在外面随心所欲地继续翻看那份报纸。"

那个倒霉的小青年挨了这顿责难，脸涨得一直红到了头发根儿，狼狈不堪地试图把那份报纸塞进自己的口袋。那位解剖学教授冷冷地观察着他。

"先生，我担心那份报纸稍许大了点儿，装不进你的口袋啊，"他揶揄道，"也许你可以大大方方地拿出来，把它交给我？"

那份报纸被大家从一排排座位上传了过去，最后递送到了阶梯教室的讲台上，尽管那位大名鼎鼎的外科医生已经把那个可怜的小子奚落得手足无措了，但他似乎仍不肯就此罢休，一接过报纸便问道：

---

① 皇家外科医学院（The Royal College of Surgeons），始创于1368年，位于伦敦，旨在推进外科手术的标准，规范外科医生的职业操守，培养医术精湛的各类外科医生，出版有多种世界一流的医学杂志。

"请允许我询问一下,这份报纸上到底刊登了什么内容,居然让刚才那位先生看得如此津津有味?"

把报纸交给他的那名学员一言不发地指了指报纸上的那条短讯,我们大家一直在传看的就是那条短讯。教授浏览着那条短讯,我们都怔怔地望着他,全场鸦雀无声。他放下报纸,随即又接着讲课了。那条短讯的标题是:《一名医学院学生被逮捕》。格罗斯里因赊账骗购物品,再将这些物品拿到典当铺去换钱,被带到了治安法庭的主审官面前。这似乎是一桩有根有据的犯法行为,主审官准予他一个星期之内交保候审。保释金被拒绝了。由此看来,他通过在拍卖市场买东西,再把东西拿去典当铺换钱的这一生财之道好像行不通,从长远看,这个赚钱的路子并不像他所期望的那样可以作为一种稳定的收入来源,他忽然发觉:典当他不花钱赊购来的东西更加有利可图。这堂课一结束,我们就乱哄哄地谈论起这件事来,我必须交代的是,由于我们自己没有什么钱财,对钱财的神圣性先天缺乏应有的认识,因此,我们谁也没有把他的罪行当作十分严重的犯罪;但是,由于年轻人天生爱胡思乱想,我们当时几乎没有人不认为,他准会受到两年强迫苦役到七年牢役监禁的惩罚。

我至今仍百思不得其解,不过,我当时似乎也回想不起来格罗斯里到底犯了什么事。如今想来,在一期培训即将结束之际,他可能已经被逮捕了,等到我们大家都各奔东西去度假时,他的案子兴许经过重新审理了。至于这桩案子究竟是由治安法庭的那位主审官处理的,还是上交给法院进行审判的,我就不得而知了。我只依稀记得,他被判了个刑期很短的有期徒刑,大概是六个星期吧,因为他干的那些勾当都价值不算高;但我知道,从那以后,他便从我们当中销声匿迹了,过了一段时间之后就再也没有人提起过他。我觉得很奇怪,过了这么多年之后,我居然还能如此清晰地回忆起这件事。这就好比在翻阅一本旧相册,我一眼就看到了久已忘怀的照片上的情景。

但是,毫无疑问,在眼前这个头发已经花白、红脸膛上布满了白癜风花斑、身躯臃肿、老态龙钟的男人身上,我怎么也辨认不出,他就是当年那个身材瘦长、面若桃花的少年。他看上去有六十岁了,但我知道,他肯定远远没有那么老。我有些纳闷,不知他在这风风雨雨的岁月里究竟是怎么谋生的。看他那模样,似乎并没有兴旺发达过。

"你一直在中国做什么呢?"我问他。

"我当了一名港口稽查员。"

"噢,是吗?"

这算不上特别重要的职位,我留了个心眼儿,没流露出任何惊讶的神色。港口稽查员是中国海关的雇员,其职责是:在条约规定开放的各大口岸登上进港的各类船舶实施检查,我想,他们的主要任务是严防鸦片走私。他们大多是从皇家海军退伍的一等水兵和已经履行完服役期而未接到新的任命的海军军官。我在扬子江沿岸的许多地方都看见过他们登上船舶来稽查。他们与领港员和轮机长们混得很熟,常在一起喝酒聊天,不过,船长对他们的态度却有点儿简慢。他们都学会了说中国话,说得比大多数欧洲人都要流利,往往也都娶了中国女人为妻。

"离开英国时,我就发过誓,等我发了大财再回来。可惜我从没发过财。在从前那些日子里,他们巴不得有人愿意去做港口稽查员,什么人都行,我是说,只要是白人就行,他们根本不面试。他们不在乎你是什么人。搞到这份工作时,我真他妈的高兴极了,实话告诉你吧,他们雇用我的时候,恰好正是我快要穷得身无分文的时候。我接受这份差事,仅仅是为了有朝一日能够谋到一份更好的差事,没想到,我一直在原地踏步,反正这个差事也挺适合我。我要赚钱,我也打听清楚了,港口稽查员只要摸准了干这一行的路子,就能捞到大笔的外快。我二十五年中的绝大部分时间都在跟中国海关打交道,我离开的时候,说句大言不惭的话,许多政府大员肯定都很高兴,因为他们都拿过我的钱。"

他用狡黠、卑污的眼神朝我看了看。我依稀听懂了他这话的意思。但是,有一点我倒很愿意核实清楚:如果他打算向我索要一百块皮阿斯特(我现在对这笔钱只能听天由命),我想,我不妨就立即忍痛割爱吧。

"要是你继续干下去就好了。"我说。

"那当然,我就是这么干的。我把所有的钱都投在上海了,离开中国时,我把所有的钱都押在美国铁路债券上了。安全第一是我的座右铭。我对形形色色的骗子太了解啦,绝不会自投罗网去冒任何风险的。"

我喜欢他这句话,于是,我便问他是否愿意留下来与我共进午餐。

"不啦,我觉得不太合适。我中饭吃得不多,再说,我家里有饭菜,家里人正等着我回去吃呢。我想,我该告辞啦。"他站起身来,居高临下地俯视着我。"不过,听我说,你干吗不今晚就过来一趟,看看我的住处呢?我已经结婚了,娶的是一个海防姑娘,也有孩子了。我难得有机会跟人谈谈伦敦的情况。你最好别过来吃晚饭。我们只吃本地的饭菜,我估计,你大概也吃不惯那种饭菜。你九点钟左右过来吧,好吗?"

"行啊。"我说。

我已经告诉过他,我第二天就要动身离开海防了。他叫服务生去给他拿张纸来,大概想写下他的住址吧。他写得很费劲儿,写出的东西如同出自一个十四岁少年的手笔。

"叫那个看门人对你的黄包车夫讲清楚这个地址。我住在三楼。那儿没有门铃。直接敲门好了。行啦,再见吧。"

他一走,我就进餐厅吃午饭去了。

吃完晚饭后，我叫来了一辆黄包车，在看门人的协助下，总算让车夫听懂了我要去的地方。没过一会儿，我就发现，他正拉着我沿着那条弯弯的运河向前跑，运河两岸的房屋我先前就看到过，颇像一幅败了色的维多利亚时代的水墨画；他停在其中一幢房屋前，朝那扇门指了指。这座房屋看上去非常寒酸，左邻右舍也很邋遢，我犹豫起来，以为他弄错了地址。格罗斯里似乎不大可能住在这么远的当地的住宅小区里，也不大可能住在一间这么破破烂烂的屋子里。我嘱咐黄包车夫先等一等，便去推开了那扇门，却见眼前是一道黑乎乎的楼梯。周围一个人影也没有，马路上也空荡荡的。此时也许已经到了凌晨一两点钟。我擦亮了一根火柴，一路摸索着爬上楼梯；来到三楼时，我又擦亮了一根火柴，看到眼前是一扇棕褐色的大门。我敲了敲门，过了一会儿，门开了，前来开门的是一个矮小、瘦削的东京女人，手里拿着一支蜡烛。她身穿档次更差的土黄色的连衣裙，头上紧紧地裹着一条黑色的包头巾；她的嘴唇以及嘴角周围的皮肤都被槟榔叶染成了红色，她一开口说话，我便看到了她那乌黑的牙齿和乌黑的牙龈，这些都极大地破坏了她们这些人的形象。她用本地话说了句什么，接着，我便听见格罗斯里喊道：

"进来吧。我刚才还在念叨，以为你不来了呢。"

我穿过黑咕隆咚的小客厅，走进了一个相当宽敞的房间，房间显然面朝着那条运河。格罗斯里躺在一张长椅上，见我走进屋来，赶忙支起身子。他正在凑着一盏煤油灯翻看香港的报纸，煤油灯放在他身边的小茶桌上。

"坐下吧，"他说，"把脚也放上来。"

"我怎么好意思霸占你的宝座呢。"

"得啦。我坐这把椅子好了。"

他拉来一把餐椅，坐下之后，把两只脚搭在我脚前的床头上。

"那是我老婆,"他一边说,一边竖起大拇指朝那个东京女人指了指,她已经跟在我身后走进了这间屋子,"瞧,那边角落里是我的孩子。"

我顺着他的目光望去,看见了一个熟睡中的儿童,紧贴着墙壁,躺在竹席上,身上盖着一条毯子。

"他只要一觉醒来,就是个活泼可爱的小叫花子。要是你以前看见过我老婆该多好啊。她马上又要生娃儿啦。"

我朝她看了看,显而易见,他说的是大实话。她长得非常瘦小,手脚都很纤细,却生了一张大扁脸,皮肤也黑不溜秋的。她不苟言笑地绷着脸,不过,也许只是因为害羞的缘故吧。她一声不吭地走出了房间,但很快便回来了,送来了一瓶威士忌、两只玻璃酒杯、一瓶苏打水。我朝四下里打量着。那扇黑乎乎的没有上过油漆的木板门后面还有一扇隔板,我估计,那是为了隔开另一个房间,木板门的正中央贴着一幅从画报上裁剪下来的画像,是一幅约翰·高尔斯华绥[1]的画像。画像上的高尔斯华绥显得很庄重、很谦和,一派正人君子的模样,我有些疑惑,不知怎么会把他的画像贴在这儿。其余那几面墙壁都粉刷过,但白色涂料已经变得脏兮兮的,沾满了污渍。那几面墙壁上都贴着从《写真报》[2]或者从《伦敦新闻画报》上剪下来的画页。

"是我贴上去的,"格罗斯里说,"我觉得这些画页可以让这个地方增添一点儿故乡的味道。"

"你为什么张贴高尔斯华绥的画像呢?你看过他写的书吗?"

---

[1] 约翰·高尔斯华绥(John Galsworthy,1867—1933),英国著名小说家、剧作家,20世纪初期英国现实主义文学的代表作家,1932年诺贝尔文学奖得主,主要代表作有《福尔赛世家》(三部曲)和《现代喜剧》(三部曲)。
[2]《写真报》(The Graphic),英国画报,为周刊,由英国著名木刻画家威廉·托马斯(William Luson Thomas,1830—1900)创办于1869年。

"没有。我不知道他是个写书的人。我喜欢他那张脸。"

地板上铺着一两块破破烂烂、用白藤编织的非常简陋的垫子,角落里堆放着一大摞《香港时报》。唯一可见的家具是:一个脸盆架、两三把餐椅、一两张桌子、一张具有当地特色的柚木大床。整个气氛显得很凄凉、很贫穷。

"地方虽小,还算不赖,是吧?"格罗斯里说,"挺适合我的。有时候我也想搬家,但是,我估计,我永远也不会搬家啦。"他嘿嘿一笑。"我来海防花了四十八个小时,可我在这儿一住就是五年。我其实很想去上海。"

他忽然默不作声了。由于无话可说,我就什么也没说。过了一会儿,那个身材瘦小的东京女人朝他说了句什么,我当然听不懂她在说什么,他回答了一声,接着又默然无语地过了一两分钟,不过,我觉得他在打量着我,似乎想开口向我要点儿什么。我不明白他为什么欲言又止了。

"你在东方国家四处周游时,有没有尝试过抽鸦片?"他终于问道,说得很漫不经心。

"尝试过,我抽过一次,在新加坡。我当时只是想看看抽鸦片到底有什么感觉。"

"怎么样?"

"说实话,没觉得有多刺激。我当时还想,我马上就能体会到那种让人飘飘欲仙的感觉了。我期盼着那种美好的幻觉,像德·昆西[①]所描写的那样,你知道的。我当时唯一体会到的是,有一种神清气爽

---

① 德·昆西(Thomas De Quincey, 1785—1859),英国著名散文家,其散文作品热情洋溢、语气庄重、韵律优美如诗,堪与弥尔顿的作品相媲美,因罹患胃病和牙痛,靠吸食鸦片镇痛,终成为瘾君子。后来搬至湖畔区,与英国"湖畔派诗人"华尔华兹、柯勒律治、骚塞等成为好友,在其作品和回忆录中讲述了很多他们之间的轶事趣闻。

的感觉，跟你洗土耳其浴的那种感觉一模一样，就像洗了澡之后躺在凉爽的房间里一样，接着，头脑里便奇怪地开始浮想联翩起来，所以，我想到的所有事情似乎都极其清晰地浮现出来了。"

"我知道。"

"我的真实感受是，二加二等于四，绝不会对这个答案有一丝一毫的怀疑。可是，第二天早晨——啊，上帝！我感到天旋地转。我生病了，病恹恹的像条狗，恶心了整整一天，我简直把五脏六腑都呕吐出来了，我一边呕吐，一边难受地暗暗想道：还有人把这种事情称为富有刺激性的乐趣呢。"

格罗斯里在椅子上直起腰板，幽忧地干笑了一声。

"我猜想，是那玩意儿质量太差了。要不就是你抽得太猛了。他们看出了你是个容易受骗上当的傻瓜，便把人家已经抽过的残渣给了你。那东西够厉害的，谁抽了都会呕吐。你现在想不想再试一口？我这儿有这种东西，我心里有数，都是上等货。"

"不想，我觉得，尝试过一次就足够了。"

"我抽一两斗烟，你不反对吧？在这种气候条件下，你需要抽上一两口。这玩意儿可以帮你预防痢疾。每到这个季节，我一般都会稍微抽一点儿。"

"抽吧。"我说。

他又朝那个女人说了句什么，她马上亮开嗓门，音调粗哑地高喊了一声。只听木隔板后面的房间里传来了一声应答，过了一两分钟后，一个老妇人从里屋出来了，手里端着一只小圆盘。她已是满脸皱纹、老迈色衰，一进屋就咧开她那张涂抹得红彤彤的嘴，奉承地朝我微微一笑。格罗斯里立即站起身来，横冲直撞地朝那张床奔去，在床上躺了下来。老妇人把那只小圆盘安放在床上；盘子上摆着一盏酒精灯、一杆烟枪、一根长长的针、一只圆圆的小盒子，盒子里装着鸦片。她蹲在床上，格罗斯里的老婆也跟着爬上床来，盘起两只脚坐在那儿，背抵着墙壁。格罗斯里眼巴巴地瞅着那老妇人，只见她取了一小块鸦片放在那根针上，举着它在火上炙烤，直到烤得嗞嗞作响，这才把它塞进了烟枪。她把烟枪递给了他，他如释重负地吐了一口气，随即便贪婪地猛吸起来；他把吸进去的烟屏在嘴里憋了一小会儿，然后才喷出一大团浓浓的灰白色的烟雾。他把烟枪递还给了她，她又开始如法炮制起来。谁也没有吭声。他一连抽了三斗大烟，这才软绵绵地重新躺下了。

"真舒服！我现在感觉好多啦。我刚才已经疲乏到了极点。炮制大烟她最拿手了，这个老妖精。你真的不想来一口吗？"

"真的。"

"悉听尊便。那就喝点儿茶吧。"

他朝他老婆昐咐了一声，她立刻翻身下床，匆匆走出房间。没过一会儿，她就回来了，端来了一只小巧玲珑的瓷茶壶和两只具有中国特色的茶碗。

"你知道吗？此地抽大烟的人多得很。只要别抽得太过量，对你并没有什么坏处。我每天都抽，但绝不超过二十至二十五烟斗。如果你限定自己只抽这么多，那你抽多少年都没关系。有些抽得多的法国人，一天要抽四十到五十烟斗呢。那么抽未免太过分啦。我从不抽这么多，我偶尔感到需要痛痛快快地发泄一下的时候除外。我可以肯定地说，抽大烟从来没有对我造成任何危害。"

我们边聊天边喝茶，茶汤色泽通透，有淡淡的清香味，非常爽口。过了一会儿，老妇人又给他炮制了一袋大烟，接着又是一袋。他老婆再次爬上床来，但很快便蜷缩起身子，在他脚边酣然入睡了。格罗斯里每次要抽两三烟斗，吸食大烟时，他似乎只醉心于此，眼中全无他物，然而在间隙时间里，他却非常健谈。我几次提出要走，他都不肯放我走。好几个小时过去了。有那么一两次,他在抽大烟时,我打起了瞌睡。他向我讲述的全都是与他自己有关的事情。他没完没了地诉说着。我偶然插上一句,也只是为了向他提供线索。我现在无法按照他自己的原话转述他当时告诉我的那些事情了。他不由自主、翻来覆去地重复着那些事情。他说得非常冗长、拖沓,颠三倒四地对我讲述着他的人生经历,时而扯一点儿后来的事情,时而又扯一点儿先前的事情,我只好自己来理清先后顺序;有时候,我看得出来,由于担心言多必有失,他便吞吞吐吐、有所隐瞒;有时候,他说的全都是谎话,我只好根据他的笑容或者眼神来猜测有几分是真话。他找不到贴切的词语来描述自己的真情实感,我只好根据他那些充满俚语、黑话的隐喻和陈腐、粗俗的废话来揣摩他的意思。我一直在扪心自问:他的真名到底叫什么呢,那个名字分明就在我嘴边,可我就是回想不出来,只好生闷气,尽管我也说不清这个名字为什么对我具有最起码的重要意义。他起初或多或少对我怀有一定的戒心,我看得出来,他在伦敦的胡作非为以及他坐过牢这一事实,这些年来一直在折磨着他,是他不可告人的一块心病。他老是提心吊胆,生怕迟早会有人发现。

"真滑稽,你居然到现在还回想不起来我也在那家医院待过,"他一边说,一边狡黠地打量着我,"你的记性肯定太烂啦。"

"真该死,那是将近三十年前的事了。你想想,打那以后,我跟成千上万的人打过交道。我为什么偏要记得你,这话毫无道理嘛,就像你也没有任何道理要记得我一样。"

"说得对。我也觉得没有什么道理。"

这句话似乎让他放下心来。他终于抽足了大烟,老妇人随即又为她自己炮制了一袋烟,也吸食起来。抽完之后,她就势一滚,爬到那小孩正在熟睡的竹席上,依偎在孩子身边躺了下来。她一动不动地躺在那儿，我估计，她一躺下就睡着了。等我终于走出他家时，却发现我雇来的车夫正蜷作一团，趴在黄包车的脚踏板上呼呼大睡，我只好摇醒了他。我知道自己身在何处，再说，我想透透气，活动活动筋骨，于是，我便给了他两块皮阿斯特，对他说，我想自己走一走。

这段让人匪夷所思的经历始终如影随形地萦绕在我的脑海中。

听格罗斯里讲述那些往事时，我真感到有些毛骨悚然，他把他在中国度过的那二十年的人生阅历全都告诉了我。他果然赚了大钱，我虽然不知道他到底赚了多少钱，不过，按照他说话的口气，我应该能想象到，大约有一万五千至两万英镑，对一名港口稽查员来说，这不啻为一笔可观的财富。他不可能通过正当手段赚到这么多钱，尽管我不太清楚他那个行当的具体情况，但根据他时而突然缄口不语，时而机警地斜睨着我，以及那些欲盖弥彰的线索，我可以猜测到，不管是什么下三滥的勾当，只要值得他动脑筋去巧取豪夺，都绝不会使他畏缩不前的。我估计，无论什么生财之道也比不上他走私鸦片，他的岗位给他创造了走私鸦片的机会，可以干得既平安无事，又能从中牟取暴利。我听得懂他的潜台词，他的上级官员常常怀疑他有走私鸦片的嫌疑，却根本抓不住他营私舞弊的把柄，因而找不到正当理由对他采取任何措施。他们只好将就着不停地把他从一个口岸调换到另一个口岸，然而这种调换对他并无妨碍；他们密切监视着他，但他太狡猾，他们奈何不了他。我看得出，他既担心对我说得太多会露出马脚，又想向我炫耀他自己有多精明老练。他自鸣得意的是，那些中国人给他树立了这份信心。

"他们知道，他们可以信任我，"他说，"这就给我创造了有利条件。我从来没有两面三刀地出卖过一个中国人，一次也没有。"

由于怀着老实人自满自足的心态，他对这个想法感到很满足。那些中国人发现他酷爱古玩，便投其所好，经常给他送这类小礼物，或者把东西带过来让他掏钱买下来；他从不过问那些古董的来路，而是直接用非常低廉的价格购买下来。搜刮了一大批之后，他就把那些古玩发往北京去出售，从中赚取一笔相当可观的利润。我想起了他当初是怎么走上从商之路的：在拍卖市场买东西，再把东西拿到典当铺去换钱。二十年来，通过卑劣的倒买倒卖和猥琐的欺诈手段，他积攒了不少钱。他把赚来的所有钱都投资在上海。他平时日子过得很吝啬，把一半薪水都节省下来了；他从不度假，因为他不想浪费钱；他不愿跟那些中国女人有什么瓜葛，他想保持自己天马行空、不受任何牵连的状态；他从不喝酒。他因为怀揣一个远大的抱负而不能自拔：积攒下足够他能体面地回到英国去的钱，过上他从少年时代起就为之心醉神迷的那种生活。他心中唯独只有这一个念想。他在中国的生活如同一场梦；他从不关心周围的现实生活，那些灯红酒绿、光怪陆离的社交场面，那些唾手可得的男女之欢，对他来说都毫无意义，统统与他无关。浮现在他眼前的景象向来都是那个如同海市蜃楼般的伦敦，那幅蜃景里有"标准大酒店"的酒吧，他自己正站在吧台前，两脚踏在吧台的围栏上；有帝国大剧院[①]和伦敦亭大剧院的走廊，有他在那儿搭识的风尘女郎；有音乐大厅里上演的亦庄亦谐的歌舞剧；有欢乐大戏院[②]上演的音乐喜剧。这才是生活、爱情和充满冒险的奇遇。这才叫富有浪漫色彩的传奇故事。这才是他热切向往、真心诚意地想得到的东西。从某种程度上说，他的叙述当然也有几分感人至深的地方，这么多年来，他一直生活得像一名遁世隐居的修道士似的，心中只怀着一个目标，要重新过上那种俗不可耐的生活。这是本性的彰显。

[①] 帝国大剧院（Empire Theatre），伦敦东北区最大的演出场所之一，始建于1906年，1907年正式对外开放，至今仍是英国少有的拥有4层看台的剧院，可容纳2200名观众。
[②] 欢乐大戏院（Gaiety Theatre），坐落在伦敦西区斯特兰大街尽头，始建于1864年，原名斯特兰音乐大厅，曾对英国现代音乐喜剧的发展产生过重大影响。

"你瞧,"他对我说,"即使我有能力回英国去度假,我也不愿去。我不想去,除非我去了就能一劳永逸地待在那儿。再说,我想把事情做得风风光光的。"

他幻想着自己每天晚上都会穿上晚礼服,出门时还要在胸前的钮扣眼里插上一朵栀子花;他幻想着自己身穿长风衣、头戴一顶棕色圆礼帽、肩膀上挎着一副观剧镜,去观看德比赛马会①。他幻想着自己在仔细打量着那些姑娘,然后从中挑选了一个他最中意的姑娘。他主意已决,在到达伦敦的当天夜里,他就要喝个酩酊大醉,他已经有二十年没喝过酒了;他所从事的工作容不得他喝酒,得时刻保持清醒的头脑才行。他要多加小心,不能在返回故乡的轮船上喝醉了。他要等回到伦敦以后再喝酒。他想得到的是一个多么浪漫的夜晚啊!这个浪漫之夜他已经朝思暮想了二十年之久。

我至今也没有弄明白格罗斯里后来为什么离开了中国海关,不知是不是因为他嫌那个地方太热,还是因为他的服务期已满,或者是因为他已经聚敛足了他原先定下的那个数目。反正他最后登上了回国的船。他乘的是二等舱;他不愿人还没到伦敦就开始乱花钱。他在杰明大街②住下来,他过去就一直盼望着能住在那儿,接着,他径直去了一家成衣店,为自己定制了一套行头。最时髦的上等服饰。随后,他在城里走马观花地兜了一圈。一切都已今非昔比,完全不同于他记忆中的景象,大街上车水马龙,比原来繁忙多了,他感到有些迷乱,有点儿不知所措。他去了标准大酒店,却发现他早年经常混迹于其间喝

---

① 德比赛马会(the Derby),由12世德比伯爵爱德华·斯坦利(Edward Smith-Stanley, 1752—1834)创立于1780年,每年6月的第一个星期三在伦敦附近的埃普瑟姆(Epsom)举行,参赛马匹的年龄均为3岁。
② 杰明大街(Jermyn Street),位于伦敦的威斯敏斯特市,邻近皮卡迪利广场,是著名的"男士服饰一条街",由英国政治家、朝廷侍臣亨利·杰明(Henry Jermyn, 1605—1684)创办于1664年。

酒泡妞儿的酒吧，如今已经不复存在了。莱斯特广场[①]有一家饭馆，他从前只要手头一有资金，就喜欢去那儿下馆子，已经养成了习惯，如今却怎么也找不到了；他估计那家饭馆早就被拆除了。他去了伦敦亭大剧院，却发现那儿根本没有女人；他感到非常愤慨，一气之下又去了帝国大剧院，没想到，人家早就取缔了剧场走廊。这不啻为一记沉重的打击。他怎么也想不通。唉，不管怎么说，他必须做好思想准备，接受这二十年来的巨大变迁，既然别的事情都干不成，他不如去喝个烂醉得了。他在中国发过好几次高烧，气候一变，又让他犯病了，他感觉不是那么太舒服，四五杯酒下肚后，他干脆上床睡觉去了。

　　回国后的这头一天不过是后来许多日子的一个样板。样样事情都不对头。格罗斯里对我说起那些不如意的事情怎样一桩又一桩地接踵而来时，竟越说越气急败坏，声音也酸溜溜的。老地方都不复存在了，人也换了新气象，他发觉自己连交个朋友都很困难，他有一种莫名其妙的孤独感；他根本没料到，像伦敦这样的大都市居然也变成了这副模样。这就是问题的症结所在，如今的伦敦实在太大，已经不是九十年代初的那个趣味盎然、十分熟悉的欢乐之地了。伦敦已经支离破碎得不成样子了。他搭识了几个姑娘，岂料，她们都远远不如他从前所结交的那些姑娘那么招人喜欢，然而，在她们眼里，他不过就是个酒色之徒。他才四十岁刚出头，她们居然把他当成了一个糟老头儿。他试图跟站在吧台周围的那些小青年搭讪，却没有人愿意搭理他。不管怎么说，这些毛头小伙子不懂该怎样喝酒才对。他愿意教教他们。他每天晚上都灌得酩酊大醉，在这个该死的地方，唯独只有这一件事可干，可是，上帝啊，这使他第二天的心情坏透了。他估计，

[①] 莱斯特广场（Leicester Square），伦敦西区的一处无车辆行驶的休闲广场，由英国政治家、外交家、莱斯特伯爵二世罗伯特·西德尼（Robert Sidney，1505—1677）于1670年修建。

这都怪中国的气候不好。他在医学院当学生的时候，每天晚上能喝一瓶威士忌，第二天早上照样精神抖擞。他越来越想念中国了。他曾经留意过、却压根儿没往心里去的诸般事情现在都纷纷涌上心来。他在中国过的那种生活其实并不赖。也许他就是个大傻瓜，居然把那些中国姑娘统统拒之门外了，她们当中有几个还是挺漂亮的小美人儿，她们也不像现在这些英国姑娘爱摆臭架子。一个人只要有他这么多钱，就可以在中国过得十分惬意。你可以搭上一个中国姑娘，搂着她钻进俱乐部，那里有很多性情相投的人，你可以跟他们举杯共饮，可以跟他们打打桥牌、打打台球。他回忆着大街小巷琳琅满目的中国商店，街头人声鼎沸的喧闹声，挑着重担穿街走巷的脚夫，港口里停泊着的中国平底帆船，以及矗立在河流两岸的中国宝塔。说来好笑，当初在中国时，他向来认为中国不怎么样，现在倒好——唉，中国竟然在他心目中怎么也挥之不去了。中国令他魂牵梦绕。他渐渐认为，伦敦绝不是一个白人男子的理想之地。伦敦已经堕落得不成体统了，于是，有一天，他忽然灵机一动，重返中国也未尝不是件好事情。当然，这个念头也很愚蠢，他辛辛苦苦地在中国干了二十年，目的就是为了能够在伦敦过上好日子，倘若再背井离乡住到中国去，未免太荒唐。他有这么多的钱，随便在哪儿都能生活得很快活。可是，他心里偏偏只有中国，别的地方都不行。有一天，他去参观画展，看到了一幅地点为上海的风景画。那幅画立即奠定了他的想法。他已经对伦敦深感厌倦了。他痛恨伦敦。他打算逃离出去，这回出去就永远也不回来了。他回国才待了一年半，倒好像比他在东方国家待了整整二十年还要长。他乘上了从马赛起航的一艘法国轮船，看见欧洲大陆的海岸线渐渐没入海平面时，他如释重负地长舒了一口气。航行到苏伊士运河，刚刚接触到东方这片土地时，他便深知，他的决定完全正确。欧洲完蛋了。东方国家才是独一无二的理想之地。

他在吉布提①上过岸，在科伦坡也上过岸，在新加坡又上了岸，尽管轮船在西贡停泊了两整天，他却待在船上没挪窝儿。他那时一直在拼命喝酒，因为他老是觉得心里不太痛快。不过，船在海防靠岸时，他们准备在那儿停留四十八小时，他觉得不妨上岸去看看风景。海防是本航次到达中国之前所停留的最后一个港口。他的目的地是上海。他打算一到那儿就去找旅馆，在附近稍微转一转，然后再找一个姑娘，找一个他自己中意的去处。他要买一两匹矮种马去参加赛马。他很快就能交上朋友。在东方国家，人们没有那么古板、那么冷漠，跟生活在伦敦的这些人大不一样。在海防上岸后，他在旅馆里吃了晚饭。晚饭一吃完，他就匆匆叫来了一辆黄包车，一上车就对车夫说，他要找女人。车夫送他去了一所非常寒酸的公寓，就是我在里面坐了好几个钟头的这套公寓，当时住在这儿的人就是这个老太婆和这个姑娘，这姑娘如今已经成为他孩子的母亲了。苟且了一会儿之后，老太婆便问他想不想抽一口大烟。他从来没有尝过鸦片，他向来对鸦片深感畏惧，可是，事到如今，他认为没有理由不试一试，打打精神。那天晚上，他心情好极了，那姑娘也是个特别讨人喜欢、如小鸟依人般的小美人儿；她长得很像中国姑娘，小巧玲珑，非常漂亮，宛如一尊偶像。唉，他抽了一两袋大烟，感觉很快活、很舒服；他在她家待了整整一夜。他通宵未眠。他就躺在床上，感觉非常舒坦，也想了好多心事。

"我留宿在这儿没走，直到我搭乘的那条船继续驶向了香港，"他说，"既然船已经开走了，我干脆继续待下去得了。"

---

① 吉布提市（Djibouti），吉布提共和国首都，该国最大的城市，也是东非最大的海港之一，位于亚丁湾的西岸，地处欧、亚、非三大洲的交通要冲，凡北上穿过苏伊士运河开往欧洲或者由红海南下印度洋绕道好望角的船只，都要在吉布提港补水加油，战略地位十分重要，被西方称为"石油通道上的哨兵"。

"你的行李怎么办呢？"我问道。

因为我关心的是，人们究竟该采用什么方法才能将现实生活中具有实用价值的具体细节与那些理想化的成分糅合在一起，这样做也许不值得。每当我在小说中看到那些身无分文的恋人驾驶着风驰电掣般的汽车长途跋涉、奔向远方的山峦时，我总是怀着迫切的心情想知道他们究竟是如何支付这笔费用的，我也时常扪心自问，亨利·詹姆斯笔下的人物在细致入微地审视其处境的间隙时间里，究竟是如何处理他们肉体上的生理需求的。

"我只有一个行李箱，里面装的全都是衣服，我这号人从来不愿随身携带太多物品，只要别弄得衣不蔽体就行，我和这姑娘一起下楼去叫了一辆黄包车，把箱子取回来了。我的本意只是想继续留在此地，等下一趟船过来再说。你瞧，我这个地方离中国这么近，我想，我不如稍微再等一等，先熟悉熟悉情况，然后再继续赶路，但愿你明白我这话的意思。"

我当然明白。在我看来，他的最后这句话使他的心迹昭然若揭了。我知道，站在进入中国的门槛上时，他的勇气荡然无存了。英国如此令人大失所望，然而，事到临头时，他又不敢去经受中国的考验了。倘若连这份勇气都没有，他也就一事无成了。多少年来，英国就像沙漠中的一片海市蜃楼。但是，当他真的沉湎在这片美景之中时，那些波光粼粼的水池、蔚然成行的棕榈树林、郁郁葱葱的草地，只不过是连绵起伏、一望无际的沙丘而已。他了解中国，由于他再也没看过中国一眼，他便将中国珍藏在心中了。

"不知怎么回事，我就留下来了。你知道的，你会很惊讶地发现，日子过得不知有多快。我好像总感到时间不够用，我想干的事情连一半都干不了。不管怎么说，我在这儿过得很舒服。这老太婆炮制的大烟味道好极了，这小姑娘，我心爱的姑娘，也很讨人喜欢，再说，我也有孩子啦。一个活泼可爱的小叫花子。如果你在某个地方过得很幸福，干吗还要去别的地方呢？"

我环顾四周，打量着这间面积虽大、却家徒四壁、破破烂烂的屋子。屋子里根本没有舒适可言，也不会让人联想到，屋里有哪件小小的私人物品或许能给他以家的感觉。格罗斯里接手了这套很不起眼却非常可疑的公寓，把它当成了幽会之屋，当成了供欧洲人前来吸食鸦片的秘密场所，由这个老妇人负责管理，像过去一样，而他只是暂时栖身在此，并非长期居住在此，仿佛依然还有明天，他还会收拾起行囊奔向远方。过了一会儿，他解答了我心头的疑问。

"我这辈子也没有过上这么幸福的日子。我常常也想，我总有一天还要去上海，不过，我估计，我永远也去不了啦。但是，上帝知道，我永远也不想再看见伦敦了。"

"难道你就不感到寂寞得难受，偶尔也需要找个人倾诉一下？"

"没有。有一个中国流浪汉偶尔会带一名英国船长或者一名轮机长上这儿来，事过之后，我就跟他们到船上去，我们会聊一聊从前的日子。这儿有一个老家伙，是个法国人，过去也在海关工作，他会说英语；我有时也会去看望他。问题是，我不想过多地跟人打交道。我喜欢独自思考。如果我在思考的时候，有人夹在当中，我就感到特别心烦。我并不是一个烟瘾很大的瘾君子，你也知道，我早晨只抽一两袋烟，缓和一下我胃痛的毛病，但我真的不会整夜抽大烟。抽完之后，我就接着思考。"

"你思考的都是些什么事情呢？"

"啊，各种各样的事情。有时会想想伦敦，想想我小时候伦敦是什么模样。但是，绝大部分都是关于中国的事情。我时常怀念我在中国度过的那些快乐的时光，怀念我赚钱的门路，我也想念我过去经常打交道的那些人，那些中国人。我那时经常碰到九死一生的险境，但我每次都能化险为夷,顺利渡过难关。我时常感到纳闷,不知我本该弄到手的那些中国姑娘到底怎么样。我至今都感到很遗憾,我没有留住一两个。那是一个伟大的国家,中国;我很喜欢那些商店,店里有一个老先生坐在高脚凳上抽水烟袋,还有那些店招牌。还有那些寺庙。天哪,那才是一个适合男人居住的地方。那才叫生活。"

这片海市蜃楼又熠熠生辉地浮现在他眼前。他完全被这幅幻景迷住了。他很快乐。我有些疑惑,不知他的终极目标究竟是什么。得啦,这幅幻景目前还不是他的终极目标。因为他大概有生以来第一次把现状紧紧掌握在自己手中了。

(张鋆 吴建国 译)

驻地行署

新来的助手将于今天下午到达本行署。驻地的特派代表①,也就是沃伯顿先生,在得知那个新助手乘坐的普拉胡帆船②即将到达时,他戴上遮阳帽,朝南面的栈桥走去。他一路走来时,那些在站岗的警卫人员,那八个身材瘦小的迪雅克③士兵,都保持着立正的姿势,朝他行注目礼。他很满意地注意到,他们都很有军人的风姿,他们的制服都整整齐齐、干干净净,他们的枪支也擦得油光锃亮。他们值得他大加称赞。他站在栈桥上,注视着河道的拐弯处,那里只要有船经过,他一眼就能看到。他穿着一尘不染的帆布裤,脚蹬一双白皮鞋,显得十分干练。他腋下夹着一根马六甲金头白藤手杖④,那是霹雳州⑤的苏丹⑥赠送给他的礼物。他虽然在等待这位新助手的到来,心里却是五味杂陈。

---

① 特派代表(Resident),这里指英国派驻印度等殖民地的行政长官。
② 普拉胡帆船(prahu),东南亚旧时常见的一种快速帆船。
③ 迪雅克(Dyak,Dayak),东南亚原住民。
④ 马六甲(Malacca),马来西亚港市,以盛产白藤手杖而闻名。
⑤ 霹雳州(Perak),马来西亚13个州之一,首府怡保(Ipoh),位于马来西亚半岛北部与中部地区,北邻泰国,马六甲海峡处于霹雳州西边。Perak是马来语,意为银,由于霹雳州从前发现有锡矿,被误认为银,后来虽辨认出是锡,但"霹雳州"名却依旧保留至今。
⑥ 苏丹(Sultan),某些伊斯兰教国家或地区最高统治者的称号。

驻地的工作实在太多，单靠某一个人的力量未必能妥善处理好，在定期巡视他所管辖的这片地区时，若是将行署里的工作完全交给一名本土职员去管理也多有不便，然而，这么长时间以来，他一直是当地唯独仅有的一个白人，因此，面对另一个白人的到来，他总感到有些惴惴不安。他已经习惯了这种孤独的生活。在战争期间，他整整三年都没看见过一个英国人的面孔，有一回，他接到上级的命令，要他接待一位负责植树造林的军官，他当即就感到有点儿诚惶诚恐，所以，当那个素不相识的人眼看就要到来时，他把接待此人的一应事务都安排妥当后，提笔给那人写了一个留言，说他因公务缠身，不得不去上游地区巡察，随后便溜之大吉了。他一直躲在外地，直到一名信息员来通知他说，他的客人已经走了，他才回来。

此时，那艘普拉胡快速帆船已经驶入这片宽阔的河面。这条船上的壮劳力都是被判了各种不同刑期的迪雅克囚犯，有两名狱卒正等候在栈桥上，准备将他们押回监狱去。这些囚犯个个都是身强力壮的汉子，他们熟悉这条河流，在有力地划着船桨。船靠岸时，一个男人从船上用棕榈树叶制成的天篷下钻了出来，健步登上岸。警卫们持枪向他致军礼。

"终于到啦。上帝啊，我被挤压得喘不过气来了。我给你捎来了你的邮件。"

他精力充沛、心情愉快地说道。沃伯顿先生彬彬有礼地朝他伸出手来。

"我猜想，你就是库柏先生吧？"

"没错。难道你在等别的什么人吗？"

他问这个问题旨在开个玩笑，但这位特派代表并没有笑。

"我叫沃伯顿，我会带你去你的住处的。他们会把你的行李送过去的。"

他领着库柏沿着狭窄的小路向前走去,不一会儿,他们便走进了一个大杂院,院落里矗立着一幢小平房。

"我已经尽我所能,把它整修得能够让人入住了,不过,话说回来,这个地方已经有好多年没有人愿意入住了。"

这座房屋由成堆的木头建造而成。屋子里有一个长条形的起居室,起居室的门通向外面一个宽阔的露台,露台后有一条过道,过道的两侧是两间卧室。

"这地方倒挺适合我。"库柏说。

"我估计,你肯定想洗个澡,换身衣服。如果你愿意今晚与我共进晚餐,我将不胜荣幸。你觉得八点怎么样?"

"随便什么时候,我都行。"

特派代表彬彬有礼而又有点儿局促不安地微微一笑,随后便抽身走开了。他返身回到他自己居住的要塞。艾伦·库柏留给他的第一印象并不太好,但他是个光明磊落的人,何况他也知道,仅凭如此简短的一个照面就给人家下定义,这种做法未免有失公允。库柏看上去三十来岁,是个身材高挑、体格精瘦的小伙子,生着一张蜡黄的脸,脸上没有一点儿血色。这张脸上只有一个色调。他的鼻梁很大,是个大大的鹰钩鼻,还有一双蓝眼睛。他一走进平房,就脱下了遮阳帽,把它扔给了等在一旁的男佣,沃伯顿先生这时才注意到,他的颅骨很大,有一头浓密的棕褐色短发,与他那瘦削、细小的下巴颏儿比起来,多少有些不相称。他虽然穿着卡其布短裤和卡其布衬衫,但是看上去既寒酸,又邋遢,那顶遮阳帽也很破旧,看来已经有多日没打理过了。沃伯顿先生暗暗寻思,这小伙子已经在一艘沿海岸线航行的轮船上度过了一个星期,接着又在一条普拉胡帆船的舱底躺了四十八个小时。

"等他来赴宴时,我倒要看看他是个什么样子。"

他走进自己房间,房间里的东西都整整齐齐地摆放着,仿佛他有一个英国贴身随从似的。他脱掉衣服，走下楼梯，来到浴室，自己动手用冷水冲了个澡。对于这种气候，他只能将就着妥协一下，穿上一件白色的无尾礼服；否则，他会穿着非常挺括的白衬衫，配上高领，脚穿丝质短袜，再加上一双漆皮鞋，他会以这种非常正式的着装打扮出现，仿佛他要在伦敦蓓尔美尔街①他自己的俱乐部里用餐似的。作为一个细心的东道主，他走进餐室，想查看一下餐桌布设得是否合适。餐桌布设得颇有欢快气氛，摆放着鲜艳的兰花，银质餐具闪闪发光。餐巾都叠成了精美的形状，插在枝形银烛台上的蜡烛加了灯罩，燃放出柔和的光亮。沃伯顿先生赞许地笑了笑，返身回到客厅，坐等客人的到来。没过一会儿，库柏就出现在他眼前。只见他依然穿着那条卡其布短裤，那件卡其布衬衫，外加他登岸时穿在身上的那件破旧的夹克衫。沃伯顿先生那迎宾的笑容顿时化为冰霜，冻结在脸上了。

"喂，你完全是一派很正式的打扮呀，"库柏说，"我不知道你要来这一套。我差点儿要穿一条纱笼来呢。"

"没关系。我猜想，你们这些小伙子恐怕都很忙。"

"你知道的，你大可不必因为我的缘故这么费心打扮。"

"我可不是因为你。我向来都穿戴得整整齐齐来吃晚饭的。"

"你独自一人来吃晚饭时，也这样吗？"

"尤其在我独自一人来吃晚饭时是这样。"沃伯顿先生回答道，两眼冷冰冰地瞪着。

发觉库柏的眼睛里露出了一丝戏谑的神色，他顿时气得脸都红了。沃伯顿先生是个脾气暴躁的人；看看他那张棱角分明、爱争强好胜的红脸膛，再看看他那如今已变得越来越花白的红头发，你大概也

---

① 蓓尔美尔街（Pall Mall），伦敦一街名，以俱乐部多而出名。

能估计到这一点;他那双蓝眼睛,通常都很严峻,而且在察言观色时,冷不防会闪现出怒色;他虽是一个老于世故的人,但也希望做一个正直的人。要想同眼前这个家伙处好关系,他必须尽自己的最大努力。

"想当年生活在伦敦的时候,我人脉很广,我社交圈里的人都认为,每天晚上赴宴时如果不穿燕尾服,就跟每天早上不洗澡一样,是一种非常古怪的行为。来到婆罗洲①后,我觉得没有理由不把如此良好的生活习惯继续保持下去。在战争期间,我有整整三年没有看见过一个白人。即便这样,我也从来没有疏忽过着装,在每一个重要场合都会穿上正装,这样,我才可以相当体面地进屋吃晚饭。你来这个国家的时间还不长;相信我,若想保持你内心应有的这份正统的自豪感,就必须这样做,找不到更好的办法。倘若一个白人对他周围的各种势力哪怕有一星半点儿的迁就,那他很快就会丧失自尊,一旦丧失了自尊,你对这一点大概也很清楚,当地人很快就不再尊重他了。"

"好吧,在这么炎热的天气里,如果你指望我穿上那种非常挺括的白衬衫,再配上硬邦邦的高领,那我恐怕会让你失望了。"

"当然,如果在你自己的平房里用餐,只要你觉得合适,穿什么都行,但是,如果你给我这个面子,愿意过来与我共进晚餐,你也许应该有这个预料,身穿文明社会里常司空见惯的礼服才是合乎礼仪的举止。"

两个马来男佣走进屋来,俩人都围着纱笼,头戴宋谷帽②,身穿整洁的白色外套,佩戴着黄铜小徽章,一个托着杜松子酒瓶和酒杯,另一个端着一只托盘,托盘上放着橄榄和凤尾鱼。于是,他们津津有味地开始享用起晚餐来。沃伯顿先生自卖自夸地说,他有婆罗洲最好的厨师,是一名中国厨师,即使在这困难重重的环境下,他还会不辞

---

① 婆罗洲(Borneo),也译作加里曼丹岛(Kalimantan Island),是世界第三大岛,一半属于马来西亚,一半属于印尼。
② 宋谷帽(Songkok),马来族男性所穿戴的头饰,为椭圆形无檐帽。

劳苦，想方设法做出美味可口的饭菜来。在充分利用食材方面，他发挥了许多聪明才智。

"你要不要看看菜单？"他说，随手把菜单递给了库柏。

菜单是用法语写的，这些菜肴都有响亮的名字。两个男佣殷勤地在餐桌边伺候他们。对面角落里还有两个男佣在挥舞着巨大的扇子，使室内闷热的空气流动起来。饭菜非常丰盛，香槟酒也好极了。

"你自己每天也都像这样用餐吗？"库柏说。

沃伯顿先生漫不经心地瞥了一眼菜单。

"我还没看出来这顿晚餐与平时有什么不同，"他说，"我自己吃得很少，但我特意要求他们每天晚上都要为我准备一份正式的晚餐。这样做不仅能锻炼厨师的厨艺，也能很好地训练这些用人。"

俩人的交谈进行得很费劲儿。沃伯顿先生煞费苦心地摆出一副客客气气的样子，但他似乎发现，他的所作所为偶尔会使这位同伴感到尴尬，继而又觉得这种尴尬的场面略有点儿恶作剧的味道。库柏在塞姆布鲁[①]待的时间没几个月，然而，当沃伯顿先生向他打听起他在吉隆坡泰阳公司工作的那几个朋友的情况时，谈资也很快告罄，一时竟无话可说了。

"顺便问一下，"过了一会儿，他说，"你碰到过一个名叫亨纳利的小伙子吗？我想，他最近应该出来了。"

"哦，碰到过，他在警察局。一个非常堕落的无赖。"

"我真没想到他居然会变成这种人。他叔叔，巴拉克劳勋爵，是我的朋友。就在前几天，我还收到过巴拉克劳夫人的一封来信，要我照顾一下他。"

"我听说，他跟某某人攀上了亲戚。依我看，他就是凭这层关系

[①] 塞姆布鲁（Sembulu），马来西亚一部落，位于 Pembuang 河东岸高山密林中的 Belajau 湖区。

找到工作的。他在伊顿公学和牛津大学念过书,这一点他向来会念念不忘地让别人知道。"

"你的想法真令我惊讶,"沃伯顿先生说,"两三百年来,他们家族的所有人都就读于伊顿公学和牛津大学。我应该料想到他会这样说,他觉得这是很平常的事。"

"我觉得,他就是个该死的自命不凡的人。"

"那你毕业于哪所学校呢?"

"我出生在巴巴多斯[①]。我在那儿上的学。"

"噢,我明白了。"

沃伯顿先生在他这句简短的回答中添加了些惹人不高兴的意味,库柏果然涨红了脸。一时间,他默然无语了。

"我收到了两三封从吉隆坡寄来的信,"沃伯顿先生接着说,"在我的印象中,小亨纳利是个赫赫有名的成功人士。人家都说,他是一流的运动员呢。"

"噢,是的,他名气很响。他就是那种在吉隆坡大家都喜欢的人。对我个人来说,这个一流的运动员并没有多大用处。从长远看,即使一个人高尔夫球、网球打得比别人好,这能说明什么呢?再说,谁在乎他能否在台球桌上打破七十五分的记录呢?在英国,人们总他妈的过于看重这种事情。"

"你当真是这样认为的?我好像记得,这个一流运动员在战场上的表现是出类拔萃的,肯定不会比任何人差。"

"噢,如果你打算谈论战争,那我就知道我该怎么说了。我以前和亨纳利在同一个军团里服役,我也可以告诉你,那时候,那帮士兵

---

① 巴巴多斯(Barbados),拉丁美洲国家,原为英国殖民地,1966年11月30日独立,成为英联邦国家。

无论付出多大代价,都敲不了他的竹杠。"

"你怎么知道的?"

"因为我就是那些士兵中的一员。"

"哦,你没有取得军官资格嘛。"

"我取得军官资格的机会非常渺茫。我就是所谓的殖民地的居民。我从没去公立学校上过学,我也没有任何势力。我在部队里一直就他妈的是个普通士兵。"

库柏皱着眉头。他似乎很难克制自己不爆粗口。沃伯顿先生密切注视着库柏,他那双蓝色的小眼睛眯缝着,在密切注视着他,同时也有了他自己的看法。由于交谈已经变了味儿,他便向库柏谈起了要求他必须履行的工作,当十点的钟声敲响时,沃伯顿先生站起身来。

"好吧,我不能再留你了。我想,经过这么久的舟车劳顿,你肯定很累了。"

他们握了握手。

"哦,我说,听我说,"库柏说,"我想知道,你能不能帮我找一个男佣。从我即将动身从吉隆坡出发的时候起,我以前雇的那个男佣根本就没露过面。他只是把我的行李送上了船,仅此而已,然后就不见踪影了。直到我们启航离开港口,行驶到这条河上之后,我才知道,他压根儿就没上船。"

"我问问我那个领班吧。我有把握,他准能帮你找到合适的人。"

"好吧。你就对他说,让那个男佣直接来找我好了,如果我看得上他的模样,我就把他留下来。"

一轮明月当空,所以就用不着再打灯笼了。库柏离开要塞,穿过花园,朝对面他自己的平房走去。

"我真纳闷儿,不知他们为什么偏偏给我派来了这样一个家伙?"

沃伯顿先生暗暗寻思，"如果这就是他们如今要派遣出来的那号人，我认为他们这种做法也不怎么样。"

他悠闲地朝下面的花园走去。他的要塞建造在一个小山岗的最高处，而这座花园则一直延伸到了河流的边缘；河岸上是一个凉亭，因此，晚餐后来这儿散散步，抽一支雪茄，已经成了他的习惯。况且，透过下方哗哗流淌的河水，他还时常能听到有人在说话的声音，那些话是某些马来人由于过分胆怯而不敢在光天化日之下说的话，而区区一句埋怨的话或者是一句谴责的话就这样轻飘飘地传到了他的耳边，他们私下里议论的一条情报或者是一条有用的线索就这样说给他听了，否则，这些话根本进不了他的官方视野。在一条长长的藤椅上，他闷闷不乐地一屁股坐了下来。库柏！一个嫉妒心强、没有教养的家伙，狂妄自大、主观武断而且还十分自负。不过，沃伯顿先生的恼火却敌不过这静谧、美丽的夜景。凉亭的入口处生长着一棵树，树上盛开着一朵朵令人赏心悦目的鲜花，空气中弥漫着沁人心脾的花香；萤火虫忽明忽暗地闪烁着，飞来飞去地划出了一条条柔和的银光。月亮为湿婆的新娘①那双轻盈的脚在宽阔的河面上开辟了一条通道，远处的河岸上，在夜空的映衬下，成行的棕榈树的轮廓显得格外雅致。息事宁人的念头悄然涌上了沃伯顿先生的心灵。

他是个性格怪僻的人，也曾有过一段不同凡响的人生经历。二十一岁时，他继承了一笔数额相当可观的财富，有十万英镑之巨，从牛津大学毕业以后，他放浪不羁地沉溺在花天酒地的生活中，在那个年头（沃伯顿先生如今是一个五十四岁的人了），这笔财富自然而然地使他拥有了富家子弟的名声。他在芒特大街②有属于自己的公

---

① 湿婆的新娘（Sila's bride），湿婆，印度教三相神之一，是毁灭之神；湿婆的新娘为雪山神女（Pārvatī）。

② 芒特街（Mount Street），位于伦敦的一条街道，是世上最高雅的购物街之一。

寓，有属于自己的私家双轮双座马车，在沃里克郡① 有属于自己的猎舍。时髦人士聚集在哪里，他就去哪里。他相貌英俊、幽默风趣，为人也慷慨大方，在十九世纪初叶的伦敦上流社会里，他可是个赫赫有名的人物，上流社会那时候还没有丢掉其唯我独尊的作派，也没有失去其富丽堂皇的架势。谁也不曾想到，布尔战争② 居然使这个社会阶层分崩离析了；这场大战摧毁了这个社会阶层的事实，也只有那些悲观主义者曾预言过。在那个时代，成为一个富有的年轻人并不是一件令人不快的坏事，在圣诞节日里，沃伯顿先生的壁炉架上琳琅满目地摆放着一场又一场盛大酒会的请帖。他怀着满心的喜悦展示着这些请帖。因为沃伯顿先生就是个势利小人。不过，他并不是那种唯唯诺诺的势利小人，不会因为那些比他更厉害的角色在他面前耀武扬威就感到有点儿自惭形秽；也不是那种爱攀龙附凤的势利小人，不会去巴结那些摇身一变就成了政界名流或在文艺界臭名远扬的人；更不是那种被钱财迷惑得眼花缭乱的势利小人；他就是那种彻头彻尾、毫不作假、普普通通、打心眼儿里热爱贵族阶层的势利小人。他性情急躁、爱发脾气，但他宁可被一个地位高的人冷落在一旁，也不愿接受一个普通人的阿谀奉承。他的名字在《伯克贵族名谱》③ 中无足轻重，然而在提到他的远房亲戚与他所属的这个贵族家庭的关系时，倘若看到他是如何运用聪明才智的，你一定会感到惊叹不已；但是，他对那个忠厚老实的利物浦制造商却向来讳莫如深、只字不提，尽管他从那个制造商那儿，通过他母亲——格宾斯家族的一位千金小姐，继承到了这笔遗产。真正令人惊骇不已的还是他那极为时尚的生活方式，在考

---

① 沃里克郡（Warwickshire），又译华威郡，英国英格兰西米德兰兹的郡，沃里克是郡治。
② 布尔战争（Boer War），1880年—1902年英国人和南非布尔人之间的一场战争。
③ 《伯克贵族名谱》(Burke's Peerage)，由约翰·伯克（John Burke）编撰。该书记载了英国世袭贵族和准男爵的姓名。

斯①，大概是吧，或者在阿斯科特②，每当他陪伴在某个公爵夫人的身边时，甚或陪同在某个嫡亲王子的左右时，这些亲戚中总有人会声称，他们是老相识了。

他的这个毛病确实太明显，久而久之，难免不弄得声名狼藉，不过，这种过于夸张的表现倒也不至于卑劣得一无是处。他所崇拜的那些大人物固然会嘲笑他，但他们打心眼儿里感到，他的崇拜并不是矫揉造作地装出来的。当然，可怜的沃伯顿就是个势利得一塌糊涂的小人，但他毕竟还是个挺不错的人。他向来乐善好施，愿意为某个落魄得身无分文的贵族人士付账，倘若你陷入了走投无路的困境，你保准可以指望他送给你一百英镑。他经常举办盛宴款待亲朋好友。玩惠斯特纸牌时，他的牌技虽然很烂，但是，只要在一起打牌的人是上流社会的精英分子，输多少钱他都毫不在乎。他恰好也是个赌徒，一个手气很差的赌徒，但他是个输得起的人，哪怕一局输掉五百英镑，他也照样处之泰然，让人不得不佩服。他酷爱打牌的癖好，与他酷爱贵族头衔的癖好几乎一样强烈，这是导致他无所作为的根本原因。他所过的那种生活极为奢侈，他输掉的赌资也十分惊人。他的赌瘾变得越来越大，起先赌赛马，后来又转向了伦敦证券交易所。他具有性格朴实、头脑简单的特点，因此，那些寡廉鲜耻的家伙便把他当成了一个胸无城府的猎物。我真不知道他究竟有没有察觉到，他那些精明过人的朋友其实都在背后嘲笑他。不过，在我看来，他有一种隐隐约约的直觉，总感到他丢不起这个面子，只能挥金如土地乱花钱。他渐渐落入了放高利贷者的魔掌。三十四岁那年，他终于输得倾家荡产了。

他那个社会阶层的处世态度对他影响太深，因此，在决定下一步

---

① 考斯（Cowes），英格兰海滨城镇，位于怀特岛（the Isle of Wight）。
② 阿斯科特（Ascot），英格兰伯克郡境内的一座小镇，英国最著名的阿斯科特赛马场即坐落在此，因此，该地区的房价向来高居英国之最。

该何去何从时，他不会徘徊不定。他那个社交圈里的人如果有谁输光了所有的钱，就会漂洋过海到殖民地去寻找出路。从来没有人听见过沃伯顿先生发过一句牢骚。他从不抱怨，因为有一个品德高尚的朋友曾经劝告过他，让他千万别干那种会造成惨重损失的投机买卖。对于那些借过他钱的人，他从不催逼人家还钱，但他还清了自己的债务（但愿他知道，在这方面，是他所看不起的那个利物浦制造商的血统在他身上彰显出来了），他也没有找任何人寻求帮助，话说回来，由于他这辈子压根儿就没干过任何工作，他不得不寻找一条谋生的路径。他依然兴致勃勃、无忧无虑，而且充满了幽默感。即使他曾经跟什么人闹过不愉快，他也不希望让人家去重演他的不幸。沃伯顿先生是个势利小人，但也是个正人君子。

这些年来，他每天都陪着一大帮位高权重的朋友吃喝玩乐，就泡在这帮人当中，但他也只是央求他们当中的随便哪一位帮忙为他写一封推荐信。当时身为塞姆布鲁的苏丹的那位很有才干的人立即把沃伯顿先生招募进了自己的麾下。在即将乘船出海之前的那天晚上，他在自己的俱乐部里吃了最后一顿晚餐。

"沃伯顿，我听说你马上要走啦。"老朋友赫里福德公爵对他说。

"是的，我马上要去婆罗洲了。"

"我的老天呀，你去那种地方干什么？"

"噢，我破产了。"

"是吗？真遗憾。好吧，等你下次回来的时候，一定要让我们知道。希望你在那边过得很愉快。"

"啊，没错。那里有很多打猎的机会，你知道的。"

公爵点了点头，随后便旁若无人地扬长而去了。几个小时之后，沃伯顿先生注视着英格兰的海岸线越去越远，渐渐消失在薄雾之中，于是，他把尚且还值得过下去的那种生活中的一切也都抛在了身后。

光阴荏苒，转眼二十年过去了。他依然与形形色色的名门淑女和贵妇们保持着频繁的书信联系，他的那些信读起来既令人捧腹，又像在拉家常。他从未丧失对那些拥有贵族头衔的人物的满腔热情，而且特别注意登载在《泰晤士报》上的关于这些大人物来访和出访的预告（这份报纸出版六个星期之后才能到他手里）。他会仔细阅读发布在那个专栏里的有关出生、死亡和婚礼的消息，而且向来都要及时发出他表示祝贺或表示慰问的信函。那些配有图片的画报可以让他了解到人们如今的面貌，这样，在定期回英国休假时，他就能抓住这些线索继续融入上流社会，仿佛他们之间的关系从未间断过似的，对任何一个或许刚在上流社会崭露头角的新晋贵族的情况，他都了如指掌。他对这个时髦社会男男女女的兴趣与他当年自己也身在其中时一样浓厚。在他看来，这才是他唯一不可懈怠的头等大事。

没想到，另一个兴趣爱好竟浑然不觉地融入了他的生活之中。他深感意外地发现，他所处的这个职位使他的虚荣心得到了极大的满足；他再也不是从前那个为博得那些权贵人物的粲然一笑而曲意逢迎的马屁精了，他就是辖地的主人，他说的话就是法律。他感到非常欣慰的是，所到之处，那些担任警卫的迪雅克士兵都会举枪向他致敬。他喜欢为他辖区的民众主持公道。他也很乐意去调解两个敌对酋长之间的争端。在过去那段日子里，每当原始部落中的那些以割取敌人首级作为战利品的野蛮人在胡作非为时，他会怀着凛然不可冒犯的傲慢态度，亲自上阵去惩戒他们。他太刚愎自用，因而具有无所畏惧的勇气也在所难免，据说，他曾单枪匹马地闯进一个壁垒森严的村落，命令一帮嗜血成性的海盗立即缴械投降，他那种临危不惧的冷静态度早已被人们传为佳话。他成了一个经验丰富的行政长官。他执政严格、公正，而且也值得信任。

于是，在潜移默化中，他发觉自己竟深深爱上了马来人。他不知不觉间对马来人的生活习惯和风俗产生了浓厚的兴趣，他对马来人的传说百听不厌。他很欣赏马来人的美德，对他们的恶习也既往不咎，只是耸耸肩，一笑了之。

"想当年，"他常说，"我与英国不少大名鼎鼎的绅士都是关系非常亲密的朋友，但是，我认识的那些绅士无论有多高贵，也比不上某些出身名门的马来人，我为能够称他们是我的朋友而感到自豪。"

他喜欢马来人谦恭有礼的言谈举止和他们别具一格的生活方式，喜欢他们温文尔雅的态度和他们突然间爆发出的激情。他本能地知道该如何恰到好处地对待他们。他对马来人采取的是名副其实的怀柔政策。但他从来没有忘记自己是一名英国绅士，他也无法容忍那些屈从于当地习俗的白人。他从未妥协变节过。他绝不会像许多白人那样娶一个原住民女子为妻，因为这种事情，尽管按照当地习俗来看是完全正当的，但在本质上是一种私通行为，因此，在他看来，这种行为不仅令人震惊，也有失体统。一个曾经被威尔士亲王艾尔伯特·爱德华亲切地称作乔治的人，本来就不该跟一个原住民缔结什么姻缘关系。当他结束去英格兰的探亲访友返回到婆罗洲时，他才如释重负地松了一口气。他的朋友们，像他自己一样，都不再年轻了，主宰世界的已是新的一代人，在这些新生代的眼里，他就是个令人厌烦的老头儿。在他看来，今天的英格兰似乎已经失去了他年轻时在英格兰所热爱的许多东西。然而婆罗洲却依然如故。如今，婆罗洲就是他的家乡。他有意要长期赖在这支部队里，越长越好，他打心底里希望自己最终会在不得不退役之前死去。他在自己的遗嘱中写得很清楚，无论他死在哪里，他都希望把他的遗体送回塞姆布鲁，埋葬在他所喜爱的人民当中，埋葬在能够听得见这条河的潺潺流水声的地方。

但是，这些情感他一直都藏在心里，不愿让手下人察觉到。看到眼前这位衣冠楚楚、身强力壮、腰板挺拔的汉子，看着他那张胡须刮得干干净净的刚毅果敢的脸膛，看着他那越来越花白的头发，人们做梦也想不到，他心中竟怀着如此深藏若虚的感情。

他知道本署的工作应该怎样处理，在接下来的几天里，他一直在用怀疑的眼光审视着这位新助手。他很快便发现，这个新助手不仅兢兢业业，而且能力也很强。在此人身上，他不得不认真对待的唯一缺点是，他对当地人太粗暴。

"马来人既胆小怕事，又非常敏感，"他对新助手说，"我认为，如果你自己多留意些，每次都表现得客客气气，很有耐心，而且态度和蔼，你就会发现，你会得到更好的效果。"

库柏简慢无礼、令人气恼地哈哈一笑。

"我出生在巴巴多斯，我也在非洲打过仗。对于那些黑鬼的情况，我认为，我不懂的事情并不多。"

"我对黑人不了解，"沃伯顿先生尖刻地说，"不过，我们并不是在讨论黑人。我们在讨论该怎么对待马来人。"

"难道他们不是黑人吗？"

"你太无知了。"沃伯顿先生回答道。

他没再说什么。

库柏到来后的第一个星期天，沃伯顿先生邀请他过来共进晚餐。他很隆重地把一切都安排得井井有条，尽管他们前一天已经在办公室里见过面，后来，在要塞的露台上，在六点钟的时候，他们又在一起喝了一杯用杜松子酒和滋补药酒调制的鸡尾酒，但他还是派一名男佣给住在对面平房里的库柏送去了一封言辞彬彬有礼的便笺。库柏无论有多不情愿，还是穿着晚礼服进来了，沃伯顿先生虽然很欣慰地看到，他的愿望得到了尊重，但他还是一脸不屑地注意到，这个年轻人的衣服做工很差，他那件衬衣也很不合身。不过，沃伯顿先生这天晚上心情很好。

"顺便说一下，"他在握手时对库柏说，"关于帮你找一个男佣的事，我已经跟我那个领班说过了，他推荐了他的侄子。我见过那个男生，他好像是个挺聪明、挺勤快的小伙子。你想见见他吗？"

"见不见都行。"

"他这会儿正等着呢。"

沃伯顿先生叫来了那个担任领班的男佣，吩咐他派人去把他的侄子带过来。过了一会儿，一个身材高挑、体形苗条的二十来岁的小伙子出现在他们眼前。他生着一双大大的黑眼睛，面容很清秀。他围着纱笼，身穿一件白色小风衣，头戴一顶没有黑缨的紫红色天鹅绒菲斯帽①。他回答说，他名叫阿巴斯。沃伯顿先生赞许地打量着他，用流利、地道的马来语跟他说话时，他的态度也自然而然地柔和下来。跟白人在一起时，他总忍不住要冷嘲热讽，但是，跟马来人在一起时，他既纡尊降贵，又和蔼可亲，拿捏得很有分寸。他处在苏丹的位置上。他心里十分清楚该怎样维护自己的威严，同时又能让当地人不感到拘谨。

"他怎么样？"沃伯顿先生转过身来，朝库柏问道。

"还行吧，我估计，他恐怕就是个无赖，跟他们当中的其他人没什么不同。"

沃伯顿先生告诉这个男生说，他已经被录用了，随后便打发他走了。

"能找到这样一个男佣，算你运气不错，"他对库柏说，"他出身于一个很好的家庭。他们家差不多在一百年前从马六甲那边搬过来的。"

"只要这个男佣能帮我擦鞋，在我想喝酒的时候能帮我斟杯酒来，我才不在乎他是不是出身名门望族呢。我的要求是，他能随时听从我的吩咐，并且能不折不扣地做好我吩咐他去做的所有事情。"

---

① 菲斯帽（fez），地中海东岸各国男子所戴的一种帽子，无帽檐，通常为红色，饰有长长的黑缨。

沃伯顿先生抿紧嘴唇，没有回答他一句话。

他们走进餐厅共进晚餐。菜肴非常丰盛，酒也不错。美酒佳肴的影响力很快便在他们身上见效了，他们的谈话不仅少了唇枪舌剑的言辞，甚至还多了一份友好。沃伯顿先生喜欢把自己打扮得整整齐齐，尤其在星期天的晚上，他甚至会把自己打扮得比平时还要再正式一点儿，这已经成了他的一个生活习惯。他渐渐觉得，自己对库柏的看法也许不太公正。当然，库柏算不上绅士，但这并不是他的过错，等你逐渐了解他了，你或许会意想不到地发现，他确实是个很不错的下属。他的过错，大概是吧，属于行事作风方面的过错。他肯定很善于处理自己的工作，雷厉风行，尽职尽责，而且周全缜密。等到他们开始用甜点时，沃伯顿先生心情好极了，简直对全人类都充满了善意。

"这是你的第一个星期天，所以，我要请你喝一杯很有特色的波尔多葡萄酒。这种酒我只剩下二十来瓶了，我专门留着在特殊场合用的。"

他朝那个男佣吩咐了几句，不一会儿，那瓶酒就拿了上来。沃伯顿先生目不转睛地看着男佣打开了那瓶酒。

"这瓶波尔多葡萄酒是我从我那个老朋友查尔斯·霍灵顿那里弄来的。他名气可响了，因为他拥有全英格兰最好的酒窖。这些酒在他那儿存了四十年，之后我又存了很多年。"

"他是个酒商吧？"

"那倒不一定，"沃伯顿先生笑着说，"我说的是卡斯尔雷[①]的霍灵顿勋爵。英国贵族里数他最有钱。是我的一个非常要好的老朋友。在伊顿公学读书时，我和他的弟弟是同学。"

这是沃伯顿先生无论如何也抵挡不住的一个绝好机会，但他讲述

[①] 卡斯尔雷（Castle Reagh），指伦敦德里的侯爵二世罗伯特·斯图亚特（Robert Steward, 2nd Marquess of Londonderry，1769—1822）的家系。他通常被称"卡斯尔雷勋爵"，是爱尔兰/英国政治家，曾担任过爱尔兰国务大臣、英国外交大臣、英国众议院议长等重要职务。

的这个小小的轶事趣闻归结起来似乎只有一点，那就是，他认识一位伯爵。波尔多葡萄酒确实非常爽口；他喝完了一杯，随即又斟上了第二杯。他抛开了一切戒备。他已经有好几个月没跟白人交谈过了。他天花乱坠地讲起了种种生平经历。他情不自禁地炫耀起了常与他为伍的那些大人物。听他这样滔滔不绝地说着，你准会觉得，英国内阁的组建、政府部门的决策，都是听从了他在某个公爵夫人耳边窃窃私语地提出的建议，或者是他在餐桌上抛出来的建议，然后由那些备受英国君主信赖的大臣们心怀感激地去落实的。昔日在阿斯科特、在古德伍德①、在考斯度过的那些岁月又活灵活现地浮现在他眼前。再来一杯波尔多葡萄酒吧。这种盛大的家庭聚会，在约克郡和苏格兰比比皆是，他每年都去参加。

"我曾经有一个名叫福尔曼的手下，他是我从来没有碰到过的最好的贴身随从，你想知道他为什么给我留下了这种印象吗？想必你也知道，在王室的膳食大厅里，淑女贵妇们的贴身侍女和达官贵人们的贴身侍从都得按照其主人级别的高低就座。他告诉我说，他已经厌倦了一场接一场地参加这种聚会，在这些聚会上，他只不过是个平民百姓而已。他这话的意思是，他每次都不得不坐在餐桌的末席上，还没轮到他动手取菜肴，最好吃的东西全都被人家拿光了。我把这件事说给老朋友赫里福德公爵听了，他却哈哈大笑起来。'我的上帝啊，先生，'他说，'假如我是英国国王的话，我就封你一个子爵的爵位，好让你那个随从有机会去大吃一顿啊。''你自己带他去吧，公爵，'我说，'他是我迄今所找到的最好的贴身随从。'他说，'好吧，沃伯顿，如果他真值得你这么夸奖，那他也就值得我这么夸奖。直接把他送给

---

① 古德伍德（Goodwood），位于英国萨塞克斯郡的特色小镇，这里有全世界最负盛名、规模最大的赛车节"古德伍德赛车节"、"古德伍德复古艺术节"、"古德伍德咖啡艺术节"，以及全球闻名的最美丽的"古德伍德赛马场"。

我吧。'"

接下来再说说蒙特卡罗①,沃伯顿先生曾在蒙特卡罗和费奥多大公爵连手打牌,一夜之间就让那个赌场的庄家输得倾家荡产了;还要说说马里昂巴德②。沃伯顿先生曾在马里昂巴德陪爱德华七世③打过巴卡拉纸牌④。

"当然,那时候他还只是威尔士亲王。我至今还记得,他当时对我说,'乔治啊,你要是再掷出一个五点的骰子,会连衬衫都输掉的。'他说得没错;我总觉得,这是他一生中说过的最正确的一句话。他是个极好的人。我一向认为,他是欧洲最出色的外交家。不过,我当年就是个年少无知的傻瓜,压根儿没把他的忠告当回事。如果我当时听从了他的忠告,如果我没有掷那个五点的骰子,我敢说,我今天大概也不会待在这种地方。"

库柏一直在注视着他。他那双棕褐色的眼睛深陷在眼窝儿里,显得既冷峻,又傲慢,嘴角边挂着一丝嘲讽的微笑。在吉隆坡泰阳公司时,他就听说过许许多多有关沃伯顿先生的情况,是个还算不错的人,人们都说,他把自己的辖区治理得井井有条,不过,苍天在上,这是个多么势利的小人啊!人们纵然笑话他,内心里对他也很宽容,因为一个如此慷慨大方、如此亲切友好的人,人们不可能不喜欢他,况且库柏也早已听说过有关威尔士亲王和打巴卡拉纸牌的故事。但是,库柏在听他讲故事时并没有丝毫要迁就的意思。从一开始,他

---

① 蒙特卡洛(Monte Carlo),摩纳哥 3 个行政区之一,世界著名赌城。
② 马里昂巴德(Marienbad),捷克著名温泉疗养胜地,以其众多富有疗效的温泉和秀美的山水而闻名遐迩,是 19 世纪欧洲各国元首和社会名流的钟情之地。
③ 爱德华七世(Edward VII, 1841—1910),英国国王(1901—1910)、维多利亚女王和阿尔伯特亲王之子,曾在牛津大学和剑桥大学就读,喜爱赛马和游艇,由于生活不拘礼节,有时失于检点,女王一直不许他掌管朝政事务,直到他年逾 50 岁,女王驾崩后才继位,但他是英国深受人们爱戴的君王。
④ 巴卡拉纸牌(Baccarat),又译作百家乐,流行于欧洲赌场,通常由 3 人玩的纸牌游戏。

就对这位特派代表的作风很不满。他是个非常敏感的人，由于老是受到沃伯顿先生笑里藏刀的冷嘲热讽，他感到非常苦恼。沃伯顿先生有一个花招，但凡听到他不认同的观点，就用一种让人心神不宁的沉默来对待。库柏几乎没在英国生活过，因此，他对英国人怀有一种匪夷所思的厌恶感。对这个曾经在英国公学就读过的学生，他尤其心怀怨恨，因为他总是提心吊胆，唯恐此人会对他摆出一副屈尊俯就的样子。他很不喜欢别人在他面前摆架子，因此，仿佛是为了抢先一步似的，他便故意摆出非常傲慢的架势，目的是让所有人都觉得他骄傲自大得令人难以容忍。

"得啦，战争至少为我们做了一件好事，"他终于开口说，"战争把贵族阶层的权力打得粉碎。从布尔战争就开始了，一九一四年则全面取缔了贵族阶层的权力。"

"英国的豪门望族都劫数难逃啊，"沃伯顿先生仿佛像法国资产阶级革命时期流亡国外的一个贵族①在回忆当年路易十五的宫廷似的，用那种自鸣得意而又令人感伤的口吻说，"他们再也支付不起住在那些金碧辉煌的王宫里所需要的费用啦，他们那极其讲究排场的宴请活动很快就会化为乌有，只剩下记忆了。"

"依我看，这也是他妈的一件好事。"

"我可怜的库柏啊，希腊昔日的荣耀和罗马昔日的伟大，你怎么会知道呢？"

沃伯顿先生做了个包罗万象的比画。他那双眼睛顷刻间变得恍惚起来，仿佛往事又浮现在他眼前。

"唉，相信我，我们已经受够了那帮腐朽没落的贵族阶层。我们想要的是一个由务实的人掌权的务实的政府。我出生于英王统治的殖

---

① 原文为法文：emigre。

民地,我这辈子差不多也一直生活在那些殖民地里。我对贵族老爷绝不会正眼相看。英国最大的问题就是太势利。如果这世上真有什么事情让我恼火的话,那就是势利小人。"

势利小人!沃伯顿先生的那张脸顿时气得变成了绛紫色,他那双眼睛里也燃起了熊熊怒火。追随了他一生的就是这个字眼儿。他年轻时就喜欢跟那些身份显赫的淑女贵妇打交道,她们固然不会把他对她们本人的溢美之词当作分文不值的废话,可是,即使是那些地位极高的淑女贵妇们,有时候也会乱发脾气,沃伯顿先生就不止一次地被人家当面用这个极其可恶的字眼羞辱过,让他恨得咬牙切齿。他知道,他也没法装作不知道,有不少令人作呕的人骂他是个势利小人。这世道是多么的不公平啊!唉,在他心目中,这世上没有什么恶毒的话比骂人家势利更可恨了。不管怎么说,他喜欢跟他自己这个阶层的人打成一片,况且也只和他们在一起,他才感到如鱼得水,可是,苍天在上,无论是谁,怎能说这就是势利呢?物以类聚,人以群分嘛。

"我非常赞成你的说法,"他回答道,"势利小人是指一个仰慕或者鄙视别人的人,因为人家的社会地位比他自己高。这是我们英国中产阶级最庸俗不堪的毛病。"

他看到库柏的眼中闪烁着一丝戏谑的神色。库柏抬起手来,想掩饰从他嘴角边绽开的那种龇牙咧嘴的坏笑,可是,这个动作反而使那个粗俗的坏笑更显而易见了。沃伯顿先生的双手微微颤抖起来。

库柏也许根本不知道他已经大大地得罪了自己的顶头上司。既然自己是一个很敏感的人,他对别人的情感竟这么不敏感,真是莫名其妙。

白日里,他们的工作迫使他们时不时就要见上一面,谈上几分钟,到了六点钟的时候,他们还要再碰头,要在沃伯顿先生的露台上喝上一杯。这是本地区早已约定俗成的一个惯例,沃伯顿先生无论如何也不会打破这个惯例。但是,他们一日三餐都各吃各的了,库柏在他下榻的平房里吃,沃伯顿先生则在要塞里吃。公务处理完之后,他们就散散步,一直走到暮色四合时分,但他们各走各的路。该地区不过只有几条小路,何况莽莽丛林又紧挨着本村落的那些种植园,因此,沃伯顿先生只要一看到他的助理迈着散漫的步态沿着小道朝这边走来,他就故意兜一个圈子,免得迎面撞见他。库柏由于不讲礼貌、狂妄自大、独断专行,而且心胸狭窄,已经弄得他心烦意乱;但是,库柏在本署工作了两三个月之后发生了一件小事,这件小事使这位特派代表对他的不喜欢转化为痛恨了。

  沃伯顿先生责无旁贷地必须南下去内地巡视一番,于是,他怀着格外信任的态度,把驻地的各项事务交给库柏来管理,因为他已经确凿无疑地得到了结论:库柏是一个很有能力的人。唯有一件事他不太喜欢,那就是库柏毫无宽容之心。他诚实、正直、刻苦,但他对当地人毫无同情之心。沃伯顿先生哭笑不得地注意到,这个把自己视为可以跟每一个人平起平坐的人,居然会把许多人视为比他还要卑贱。他冷酷无情,他无法容忍当地人的想法,他就是个恃强凌弱的恶霸。沃伯顿先生很快就意识到,马来人不喜欢他,甚至很畏惧他。沃伯顿先生对此也不是真的很恼火。假如他的助手享有了一定的声望,势必会与他自己的声望相抗衡,他可不太希望出现这种情况。沃伯顿先生做了周全的准备,踏上了他巡视的征程,三个星期之后,他回来了。在他外出考察期间,他的邮件也到了。他一走进起居室,首先映入他眼帘的东西是一大堆摊开的报纸。库柏早已来迎接他了,他们一起走进了这间屋子。沃伯顿先生转过身来面对着落在后面的一个用人,严厉地问他这些摊开的报纸究竟是什么意思。库柏赶紧上来做了解释。

"我当时想看看关于伍尔弗汉普顿谋杀案①的所有报道,所以,我就借阅了你的《泰晤士报》。我很快就把这些报纸都还回来了,我以为你不会介意的。"

沃伯顿先生转过身来面对着他,气得脸都白了。

"但我就是介意。我非常介意。"

"我很抱歉,"库柏镇定自若地说,"实际情况是,我当时的确有些迫不及待,没等你回来再看。"

"我很想知道,你是不是也把我的信件都拆开看了。"

库柏无动于衷,却嬉皮笑脸地望着他的顶头上司气急败坏的模样。

"啊,这根本就不是同一码事嘛。不管怎么说,我无法想象你会介意我看了你的报纸。报纸上压根儿也没有什么见不得人的事情啊。"

"我非常反感有人抢在我前面先看了我的报纸,不管是谁。"他冲到那堆报纸跟前。堆在那儿的报纸有将近三十来份。"我认为,你这种做法极其莽撞无礼。这些报纸全让你弄得乱七八糟。"

"我们很容易就能把它们按顺序整理好啦。"库柏一边说着,一边凑到桌子前,开始动手帮他整理。

"别碰它们!"沃伯顿先生大喝一声。

"我说,为这么一点儿小事大动肝火,未免也太耍小孩子脾气啦。"

"你竟敢用这种口气对我说话?"

"啊,见鬼去吧。"库伯说,话音刚落,他就冲出屋子,扬长而去了。

沃伯顿先生气得浑身发抖,独自一人默默地凝望着那堆报纸。他人生最大的乐趣就这样被那双无情、野蛮的手给毁掉了。大多数生活

---

① 伍尔弗汉普顿(Wolverhampton),英国英格兰中部城市,位于西米德兰都市区,伯明翰西北18公里处,早年是一个农产品集散地,后来成为工业城市,也是一座典型的大学城,时有刑事案件发生。

在穷乡僻壤地区的人在收到邮件时，都会迫不及待地拆开包装纸，拿起最上面的那一份，先浏览一遍来自家乡的最新消息。但沃伯顿先生不这样。他那位报刊经销商总是依据他的指示，在他发出的每一份报纸的包装纸外面写明发送的日期，所以，每当那一大捆邮件送达时，沃伯顿先生要先查看一下这些邮件的日期，然后用蓝色铅笔给这些邮件编上号。他那个领班会遵照他的指令，每天早晨把一份报纸放在露台的桌子上，再沏上一杯早茶。而拆开包装纸，一边品茗，一边阅读晨报，是沃伯顿先生感到分外愉快的一大乐事。这种情景会给他带来依然生活在故乡的幻觉。每个星期一的早上，他看的是六个星期以前的星期一发行的《泰晤士报》，并以此为序，像这样按部就班地看完这个星期的所有报纸。到了星期天，他就看《观察家》报。如同他总是穿戴得整整齐齐去吃晚饭的习惯一样，这是他维系文明社会的一条纽带。他引以为豪的是，无论那些新闻有多振奋人心，他都从来没有经受不住诱惑，在规定的时间还没到之前就提前打开报纸。在战争期间，悬而未决的战况往往令人无法忍受，有一天，当他在报纸上看到部队已经发动了一场大规模的攻势时，他就经历过这种对悬而未决的战况备感焦虑的煎熬，其实，他只要稍作变通，翻看一份较新的报纸，就能免除内心的焦虑了，那份报纸就摆在书架上，随时等着他来看呢。那是他迄今所面临的最为严峻的考验，但他成功地战胜了这个诱惑。那个笨手笨脚的混蛋倒好，就因为他想了解某个糟糕的女人是否谋杀了她那个丑恶的丈夫，就擅自拆开了这些整整齐齐、封得严严实实的包装纸。

沃伯顿先生叫来了男佣，吩咐他去取些包装纸来。他尽可能地整齐地将这些报纸折叠起来，给每份报纸都裹上了包装纸，并标上了编号。但这是一项令人伤感的事情。

"我永远也不会原谅他，"他说，"绝不会原谅他。"

当然，他的男佣也跟随他一起去巡视了；他每次出门都带着他，因为这个男佣清楚地知道他喜好事物的程度，况且沃伯顿先生也不是那种精打细算、会省掉舒适生活方式的丛林旅行者。不过，在他们回来之后的闲暇时间里，他时常会去用人们的住处闲聊。他听说库柏和他的随从们之间产生了矛盾。除了那个名叫阿巴斯的小伙子，他手下的其他人全都走了。阿巴斯也很想走，但是，既然他叔叔已经根据驻地特派代表的指令把他安置在这里了，没有得到他叔叔的允许，他不敢擅自离开。

"我对他说，他已经干得很好了，老爷[①]，"那个男佣说，"可是，他很不开心，他说，这不是一个好人家，他很想知道他能不能走，因为其他人都走了。"

"不行，他必须留在那儿。那个老爷必须有用人伺候。那些走掉的用人都重新安置好了没有？"

"没有，老爷，他们一个也不肯走。"

沃伯顿先生皱起了眉头。库柏是个很蛮横的混蛋，但是他有官方任命的职位，必须给他配备与他的地位相匹配的用人才行。他的屋子要是弄得很不体面，似乎也不太像话。

"今晚去看看他们吧，告诉他们，我希望他们在明天拂晓时分回到库柏老爷家去。"

"老爷，他们说，他们不愿回去了。"

"如果这是我的命令呢？"

这名随从已经在沃伯顿先生身边工作了十五年，因此，主人说话的各种腔调他都熟悉。他并不是怕他，他们互帮互助，共同经历过太多的事情。有一回，在莽莽丛林中，这位驻地特派代表救了他的命。

[①] 原文为马来文：Tuan。

还有一回，他们在湍急的河流中翻了船，要不是他及时施以援手，这位特派代表恐怕早就淹死了；他心里有数，知道什么时候必须不折不扣地遵从这位特派代表的命令。

"我这就去村子①里看看。"他说。

沃伯顿先生满以为他的助手会趁这个机会在第一时间为他粗鲁的行为前来向他道歉，但是，库柏是个缺少教养的粗人，懊悔的话是无论如何也说不出口的，所以，第二天早上他们在办公室里碰面时，库柏已经将昨天的事情全然抛在了脑后。由于沃伯顿先生外出视察了三个星期，他们有必要进行一次时间稍微长一点儿的面谈。面谈刚一结束，沃伯顿先生就打发他走了。

"我想，没有什么别的事情要说了吧，谢谢你。"库柏转过身去正准备离开时，沃伯顿先生叫住了他，"我听说，你和你手下的那些人一直在闹矛盾嘛。"

库柏哈哈一笑，声音很刺耳。

"他们企图敲诈我。他们全他妈的厚着脸皮逃走了，都逃走啦，只剩下那个不中用的家伙阿巴斯还没走——他知道，他现在的处境已经够舒适的了——可我就是按兵不动，坐观其变。他们又像狗似的一个紧跟着一个全都回来了。"

"你这话是什么意思？"

"今天早晨，他们都回到各自的岗位上了，那个中国厨子，加上所有的用人。瞧他们那副德行，个个都泰然自若，你没准会以为他们就是此地的主人呢。我估计，他们得到的结论是，我还不是个十足的傻瓜，不像我表面看上去那么愚蠢。"

"绝对不是这回事。他们是遵照我直接下达的命令才回来的。"

---

① 原文为马来文：kampong。

311

库柏有点儿脸红了。

"你要是不干涉我的私事,我将不胜感激。"

"这种事情可不是你的私事啊。如果你的下人都逃走了,势必会让你遭人耻笑的。你完全可以为所欲为地去干蠢事出洋相,但我不能任凭你成为别人的笑料。你的住所倘若没有合适的人员配置,似乎也说不过去。我一听说你手下的用人都离你而去了,马上就派人去通知他们,让他们务必在拂晓时分回到他们各自的岗位上。行啦。"

沃伯顿先生点点头,意味着这次面谈到此为止了。库柏没理会他的意思。

"要不要我告诉你,我是怎么做的?我把他们召集在一起,然后就把这帮讨厌至极的乌合之众全都开除了。我限他们十分钟内滚出这个院子。"

沃伯顿先生耸了耸肩。

"你凭什么认为你能找到其他人?"

"我已经告诉过我自己的办事员,由他负责去找人。"

沃伯顿先生考虑了一会儿。

"我认为,你这次表现得非常愚蠢。你将来最好还是牢牢记住这句话:好主人才能调教出好用人。"

"你还有别的什么大道理要教给我吗?"

"我倒很想教教你该怎么做人,不过,这是个费力而不讨好的事情,我可不想白费这份工夫。我倒要看看你怎么找到用人。"

"请你不要因为我的事情而自找麻烦。我完全可以凭我自己的本事找到用人。"

沃伯顿先生刻薄地笑了笑。他已经隐隐约约地感受到,他有多不喜欢库柏,库柏就有多不喜欢他。何况他也知道,这世上最令人难堪的事情莫过于硬着头皮接受你所嫌恶的人居高临下地施舍给你的恩惠。

"请允许我告诉你，你现在甭想在这儿找到马来用人或者中国用人啦，就像你甭想在这儿找到英国管家或者法国大厨一样。没有一个人愿意到你这儿来打工了，除非我下一道命令。你要不要我下达这个命令呢？"

"不要。"

"悉听尊便。再见吧。"

沃伯顿先生怀着幸灾乐祸的心情注视着事态的发展。库柏的办事员没这个本事去说服马来人、迪雅克人或者中国人进入有这样一个主子的住宅。阿巴斯，就是那个依然对他忠心耿耿的随从，只知道做本地的饭菜，而库柏，一个吃惯了粗茶淡饭的大肚汉，面对这永远一成不变的大米饭，也觉得很倒胃口。他屋子里没有一个挑水工，何况在这种大热天里，他每天都需要洗好几次澡。他咒骂阿巴斯，而阿巴斯则用敢怒而不敢言的违拗来顶撞他，而且只肯做他分内的事情，别的都不愿干。这小伙子之所以留在他身边，完全是因为这位特派代表再三要求他留在这儿的，得知事情的原委后，库柏感到十分难堪。这种状况持续了两个星期，后来，有一天早上，他忽然发现，他之前开除的那帮用人又回到他的住处来了。他顿时气得勃然大怒，不过，他总算长了一点儿见识，因此，他这次一句话也没说，让他们留了下来。他咽下了所有的委屈，但是，对于沃伯顿先生的那些怪癖，他内心原有的那种无法克制的蔑视已经转化为敢怒而不敢言的仇恨了：由于这用心歹毒的突然一击，这位特派代表竟然把他折腾成了所有当地原住民的笑柄。

如今，这两个人已经不再召开互通信息的碰头会了。他们打破了那个由来已久的惯例，之前，尽管彼此都不喜欢对方，毕竟还能在六点钟的时候坐下来交流几句，喝上一杯酒，况且驻地恰好也没有别的白人。现在倒好，他们各自在自己的住处过日子了，仿佛另一个人不存在似的。既然库柏已经专心致志地埋头工作了,他们彼此间也就没有什么事情一定要在办公室里交谈了,这种状况实属无可奈何。要是有什么信息必须传达给他的助手,沃伯顿先生便动用他的传令兵去传达,至于他的各项指令,他就用正式信函发送给库柏。他们彼此仍经常碰面,这是不可避免的,但是,一个星期下来,相互交谈的话还不到五六句。他们都无法回避的事实是,彼此一抬眼就看见对方,这个现实问题搅得他们心烦意乱。他们都很郁闷地沉浸在敌对的情绪之中,沃伯顿先生每天去散步时,脑子里只想着自己有多嫌恶这个助手,再也考虑不了其他事情了。

话说回来,非常糟糕的情景是,他们十有八九会继续像这样僵持下去,彼此面对面地生活在极端仇视的处境之中,直至沃伯顿先生回国休假。大概还有三年吧。他找不到任何理由向总部发送一封投诉函:库柏把他分内的工作做得很出色,况且在这个节骨眼儿上也很难招到合适的人员。诚然,他也收到过一些没有确凿证据的投诉,也有一些线索可以说明,当地人认为库柏过于严苛。当地人中确实普遍存在着一种不满的情绪。但是,当沃伯顿先生深入调查具体的情况时,他也只能这么说,库柏采用了过于严酷的手段,倘若采用温和的方式,那里就不至于发生骚乱,还有,倘若他本人怀有同情心,就不至于对当地人那么冷漠。他还没有做出过什么可以让人责备的事情。不过,沃伯顿先生在密切监视着他呢。仇恨往往会使人目光锐利,何况他已经略有所知,库柏一直在不付报酬地无偿役使当地人,然而又一直保持在法律允许的范围内,因为他觉得,照这样干下去,他就可以激怒他的顶头上司。总有一天,他会做出违法的事来的。没有人比沃伯顿先生更清楚,持续不断的高温天气会使人变得有多烦躁,彻夜无眠之后,要想保持人的自控能力有多难。扪心自问,他不由得轻轻笑出声来。库柏迟早会主动送到他手心里来的。

这个机会终于来了，沃伯顿先生忍不住放声大笑起来。库柏的任务是管理囚犯；那些囚犯要修筑公路、营造货棚，必要时还得去划船，把普拉胡快速帆船送往上游或者下游地区，他们还得做好本镇的保洁工作，如此等等，凡是能用得着他们的地方都派他们去。如果表现好的话，他们有时甚至还会被挑去做家仆。库柏老是逼着他们拼命干活儿。他喜欢监督这些囚犯，让他们一刻不停地忙着。他经常无中生有地找事情给他们干，以此为乐。那些囚犯很快便看出了名堂，原来他们一直在被逼无奈地干白费力气的活儿，于是，他们就不再老老实实地干活儿了。库柏便通过延长工时的方法来惩罚他们。这种做法属于故意违反规定，因此，这个问题刚被举报上来，就引起了沃伯顿先生的注意，他立即下达了命令，要求原来规定的工时必须严格遵守，而没有把这件事交给他的部下去处理。库柏在外散步时惊讶地看到，囚犯们正在慢悠悠地朝返回监狱的方向走；他明明下达过指令，这些囚犯在天黑之前不准擅自停工。他问那些负责押送的狱警为什么囚犯们提前收工了，狱警告诉他说，是特派代表刚刚下达的命令。

库柏气得脸色发白，迈开大步朝要塞奔去。此时，沃伯顿先生身着一尘不染的白色帆布裤，头戴整洁的遮阳帽，手里提着一根手杖，身后紧跟着那几条爱犬，正准备出门散步去，他平时就有午后外出溜达的习惯。他早就注意到库柏走过来了，也知道他走的是河边那条路。库柏三步并作两步地奔上台阶，径直冲到特派代表面前。

"我想知道你他妈的到底是什么意思，为什么撤销我让那些囚犯必须干到六点的命令？"他劈头盖脸地破口大骂道，愤怒得几近发狂。

沃伯顿先生把他那双冷冰冰的蓝眼睛瞪得大大的，脸上摆出了一副无比惊讶的表情。

"你精神错乱了吧？难道你真这么愚昧无知，竟然都不知道你不该用这种口气跟你的顶头上司说话？"

"啊，见鬼去吧。管理这些囚犯是我的事，你无权干涉。你管好你自己的事情就行了，我也会管好我自己的事情。我就想弄明白，你这恶魔究竟是什么意思，为什么要这样该死地出我的洋相。这个地方的每一个人很快就会知道，你已经撤销了我的命令。"

沃伯顿先生依然保持着非常冷静的态度。

"你压根儿就没有权力下达你这道命令。我之所以撤销这个命令，是因为这个命令太严苛、太暴虐。说真的，我从来没有半点儿要出你洋相的意思，是你自己犯傻，自作自受地出了这么大的洋相。"

"从我刚来这儿的那一刻起，你就不喜欢我。因为我不愿卑躬屈膝地拍你的马屁，你就想尽一切办法整我，让我没法在这个地方待下去。因为我不愿阿谀奉承地讨好你，你就处处跟我过不去。"

库柏气愤得语无伦次，正在滑向丧失理智的危险境地，而沃伯顿先生的那双眼睛也在突然间变得更加冷酷、更加锋芒毕露了。

"你错了。在这之前，我认为你就是个不懂礼貌的粗人，不过，在这之前，我对你处理工作的能力还是非常满意的。"

"你这个势利小人。你这该死的势利小人。因为我没上过伊顿公学，你就认为我是个不懂礼貌的粗人。哦，当初在吉隆坡的时候，人家就告诫过我会碰到什么样的人。哼，难道你不知道你是这个国家所有人的笑柄吗？当你向我讲述关于威尔士亲王的那个尽人皆知的故事时，我差点儿就忍不住要爆出一阵狂笑了。我的上帝啊，他们在俱乐部里讲这个故事时，个个都在乱喊乱叫地嚷嚷呢。上帝作证，我宁可做我这种不懂礼貌的粗人，也不愿做你这种势利小人。"

他这下可戳到了沃伯顿先生的痛处。

"如果你不立刻滚出我的屋子，我就揍得你人仰马翻！"沃伯顿先生大声呵斥道。

对方反而朝他贴得更近了，把脸也凑了上去，直视着他的脸。

"动手吧,动手打我呀,"他说,"上帝作证,我巴不得看到你动手打我呢。你要不要我再说一遍?势利小人。势利小人。"

库柏比沃伯顿先生高三英寸,是个年轻力壮、肌肉发达的男子汉。沃伯顿先生则是身躯肥胖、年届五十四岁的人。他攥紧拳头,迅速挥了出去。库柏一把抓住了他的胳膊,把他推得连连倒退。

"别做该死的傻瓜啦。记住,我可不是绅士。我知道该怎么运用我这双手。"

他发出一声猫头鹰般的啸叫,那张毫无血色、棱角分明的脸上绽开了龇牙咧嘴的嬉笑,随即连蹦带跳地冲下露台的台阶扬长而去。沃伯顿先生憋着满腔的怒火,心脏怦怦地撞击着肋骨,精疲力竭地瘫坐在一张椅子上。他遍体刺痛,犹如浑身上下长满了针刺般的痒子。在这惊魂不定的一瞬间,他感到自己真想大哭一场。但是,他猛然意识到,他的领班还在露台上呢,出于本能,他立即恢复了自制力。那个男佣朝他走来,给他斟了一杯威士忌加苏打水。沃伯顿先生一言不发地接过杯子,把这杯酒喝得一滴不剩。

"你要对我说什么?"沃伯顿先生问道,想勉强挤出一丝笑意来缓解一下他那两瓣已被气歪了的嘴唇。

"老爷,那个助手老爷是个大坏蛋。阿巴斯恨不得又要离开他了。"

"让他再等一等。我这就给吉隆坡方面写信,要求把库柏调到别的地方去。"

"库柏老爷对马来人不好。"

"让我清静一会儿吧。"

那个男佣默默地退下了,留下沃伯顿先生独自一人坐在那儿思绪万千。他眼前油然浮现出吉隆坡那家俱乐部里的情景,那帮身穿法兰绒衬衫的家伙正围坐在窗前的桌子上,夜幕降临后,他们只好从高尔夫球场和网球场赶到这里来了,几杯威士忌和兑了滋补药酒的杜松子鸡尾酒下肚后，他们嘻嘻哈哈地说起了威尔士亲王和他自己在马里昂巴德邂逅相遇的那个尽人皆知的故事，个个都在开怀大笑。他被羞耻感和满腹苦水折腾得浑身发热。一个势利小人！他们都认为他是一个势利小人。而他还一直把他们当作很讲义气的人呢。他向来十分注重自己的绅士风度，即使他们具有非常庸劣的二等公民的习气，他也听之任之，对他并没有任何影响。他现在开始憎恨他们了。不过，比起他对库柏的憎恨，他对他们的憎恨根本算不了什么。再说，要是真动手打起来，库柏说不定会把他打得落花流水。屈辱的泪水顺着他那红通通、胖乎乎的脸膛流淌下来。他在那儿坐了两三个小时，抽了一支又一支烟，恨不得能一死了之。

　　那个男佣终于回来了，问他要不要换上正装去用晚餐。当然啦！他向来都是穿正装去享用晚餐的。他疲惫不堪地从座椅上站起身来，穿上他那件浆洗得笔挺的白衬衫，佩戴好高领。他在布置得非常雅致的餐桌边坐下来，晚餐一如既往地照例由那两名男佣伺候他，另外那两名男佣则在一旁使劲儿挥舞着手中的大扇子。在对面那幢平房里，在距此两百码开外的地方，库柏正在吃他那一日三餐都难以下咽的饭菜，身上则全然是一套马来人的行头——下身围着一条纱笼，上身穿着一件在马来地区常见的长袖立领衬衫[①]。他光着脚丫，大概在一边吃饭，一边看一本侦探小说吧。吃好晚餐之后，沃伯顿先生才坐下来提笔写信。苏丹出门在外，但他还是以私人名义给苏丹的代理写了一封推心置腹的信。库柏的确把他分内的工作做得很出色，他在信中说，不过，实际情况却是，他没法跟他合作共事。他们彼此都弄得非常难受，两人的关系变得越来越紧张了，如若能帮一个大忙，把库柏

[①] 原文为马来文：baju，意为"男式衬衫"，即"长袖立领衬衫"，是东南亚地区常见的一种传统的男式服饰。

调换到其他岗位上去,他将感激不尽。

第二天早上,他派专人把这封信送了过去。两个星期之后,回信随着这个月的邮包一起到了。回信是以私人名义写的一个短笺,内容如下:

亲爱的沃伯顿,

我不想以官方名义回你这封信,所以,我亲自提笔给你写了这几行字。当然,如果你坚持你的意见,我就把这件事提交给苏丹去处理,不过,我认为,你还是就此作罢更为明智。我知道,库柏是一块未经琢磨的钻石,但他很能干,他在战争时期也经历过一段很不愉快的苦日子,因此,我认为,应该尽可能多给他提供些机会。我觉得你有点儿过于看重一个人的社会地位了。我必须提醒你,时代已经变了。当然,能把一个人培养成一位绅士不失为一桩很好的事情,但是,如果他既能胜任工作,又能卖力地工作,岂不更好。我认为,如果你放下架子多包容一点儿,你会跟库柏相处得很好的。

致以最真诚的问候。

理查德·坦普尔

这封信从沃伯顿先生的手里滑落下来。潜藏在字里行间的意思让人一看就明白。这个迪克·坦普尔①,他已经认识二十年了,这个迪克·坦普尔,虽然出身于一个家境富裕的乡绅家庭,竟然也认为他是个势利小人,而且仅凭这个理由就很不耐烦地拒绝了他的请求。沃伯顿先生突然对人生丧失了信心。他如鱼得水的那个花花世界已经渐渐

---

① 迪克(Dick)是理查德(Richard)的昵称。

消亡，未来属于更加卑贱的一代人了。库柏就是这一代人的代表，而库柏正是他最深恶痛绝的人。他伸出手去，想把酒杯斟满，一看到这个动作，他那个领班立即走上前来。

"我没注意到你在那儿。"

男佣捡起地上的公函。啊，这就是他一直等候在那儿的原因。

"老爷，库柏老爷会调走吗？"

"不会。"

"那就要出大祸了。"

由于太萎靡不振，他一时没有听出这句话的言外之意。但也只是一瞬间的事。他猛然在椅子上直起腰来，打量着这个用人。他十分留意起来。

"你说这话是什么意思？"

"库柏老爷一直待阿巴斯很不好。"

沃伯顿先生耸了耸肩。像库柏这样的人哪里知道该怎么对待下人呢？沃伯顿先生深知这种人的品性：这种人一会儿跟用人们亲昵得不分你我，一会儿又翻脸不认人，而且根本不会替别人着想。

"让阿巴斯回他自己家去吧。"

"库柏老爷扣压了他的工钱，所以，他也许还走不成。库柏老爷已经有三个月没有给阿巴斯发过一分钱了。我劝他再耐心等一等。但是他非常生气，他听不进别人的劝告了。如果库柏老爷继续像这样恶言恶语地使唤他，恐怕就要出大祸了。"

"多亏你告诉我了，你做得对。"

这个蠢货！难道他真的一点儿也不了解马来人的性格，以为自己能够像这样平安无事地任意伤害他们吗？假如他被哪个马来人用随身携带的弯刀在背后捅了一刀，那也是他咎由自取，活该这个该死的混蛋倒霉。一把马来人随身携带的弯刀。沃伯顿先生的心脏似乎陡然间

320

骤停了一下。他只要任由事态自然而然地发展下去，总有一天，他会干掉库柏的。由于脑海中忽然冒出了一条词语："非常巧妙地静观其变"，他脸上露出了一丝淡淡的笑意。想到这里，他的心跳稍许加快了，因为他仿佛看见他所憎恨的那个人脸朝下倒卧在丛林中的小道上，背后插着一把刀。这就是那个不懂礼貌的粗人和恃强凌弱的恶霸罪有应得的下场。沃伯顿先生叹了一口气。他有责任提醒他，当然，他也必须这么做。他给库柏写了一封内容简短、言辞正统的信函，让库柏立即到要塞来一趟。

十分钟后，库柏站在了他面前。从沃伯顿先生差点儿要动手揍他那天起，他们彼此间就再没说过话。此时此刻，沃伯顿先生也没请他坐下来。

"你还希望看见我吗？"库柏问道。

他不修边幅，当然也谈不上干净利落。他脸上和手上都布满了被蚊虫叮咬出的小红包，因为他不由自主地乱抓乱挠，许多地方已经挠得出了血。他那张瘦削的长脸膛上显出一副闷闷不乐的神色。

"我听说，你跟你的那些下人又在闹矛盾了。阿巴斯，就是我那个领班的侄子，他抱怨说，你已经扣压了他三个月的工钱。我认为这是非常专横跋扈的做法。那小伙子很想离开你，我也确实没法责备他。我还是坚持我的意见，你必须付给他应得的酬劳。"

"我要是不这样做，他就会甩下我跑了。我想把他的工钱扣压下来当作保证金，为的是让他表现得好一些。"

"你不了解马来人的性格。马来人非常敏感，容易受到伤害，对别人的戏弄也很生气。他们好感情用事，而且报复心极强。我有责任提醒你，要是你把那个小伙子逼到了忍无可忍的地步，你就给自己留下了极大的隐患。"

库柏鄙夷地嗤笑了一声。

"你认为他会干什么呢?"

"我认为他会杀了你。"

"你犯得着担心这种事情吗?"

"啊,我才不担心呢,"沃伯顿先生淡淡地哈哈一笑,回答道,"我会以最顽强的毅力忍受这种事情的。不过,我觉得我有义不容辞的责任提醒你适当加以注意。"

"你认为我会怕一个该死的黑鬼吗?"

"这是你的事,跟我完全没有任何关系。"

"得啦,这种事情让我来告诉你吧,我知道该怎么照顾好我自己。那个小伙子阿巴斯就是个卑鄙下流、贼头贼脑的无赖。他要是敢跟我耍什么鬼花招,上帝为证,我就扭断他那该死的脖子。"

"我想对你说的就这些,"沃伯顿先生说,"晚安。"

沃伯顿先生朝他微微点了点头,意思是要打发他走了。库柏脸涨得通红,一时间竟不知该怎么说也不知该怎么办才好,他旋即转过身去,跌跌撞撞地冲出了房间。沃伯顿先生嘴角挂着冷若冰霜的笑意,注视着他夺门而去。他已经尽了自己应尽的义务。不过,沃伯顿先生倘若知道库柏回去后的境况,不知他会作何感想?库柏一回到他自己那幢无声无息、死气沉沉的平房后,便立即重重地扑倒在床上,由于内心的苦闷和孤独感,他突然完全失控,再也抑制不住自己了。他痛苦地抽泣着,撕心裂肺地抽泣着,沉甸甸的泪珠顺着他那瘦削的脸颊哗哗地流淌下来。

从那以后,沃伯顿先生就很少见到库柏了,也没有再跟他说过话。他照样每天早晨看《泰晤士报》,在办公室里办公,锻炼身体,穿正装用晚餐,坐在河边抽他的方头雪茄。万一恰巧迎面碰到了库柏,他也假装没看见。尽管他们每时每刻都能意识到,彼此都近在咫尺,但他们故意装着不知道,仿佛对方根本就不存在似的。时光根本无法平息他们之间的敌意。他们互相密切监视着对方的一举一动，彼此都清楚地知道对方都干了些什么。虽然沃伯顿先生年轻时是个神枪手，但是，随着年龄的增长，他已经渐渐厌倦了猎杀丛林中的野生动物，然而，一到星期天和节假日，库柏就扛着枪外出打猎去了：要是他打到了什么猎物，那就是他战胜了沃伯顿先生的象征；要是他空手而归，沃伯顿先生就会耸耸肩，不屑地嘿嘿一笑。这些跳梁小丑还妄想成为运动员！圣诞节对他们俩来说都是一个很不好过的日子：他们各自待在自己的屋子里，孤家寡人，各吃各的晚饭，而且都故意把自己灌得酩酊大醉。他们是方圆两百英里内仅有的白人，何况他们住得也很近，近得能听见彼此的喊声。这年新年伊始的时候，库柏发高烧病倒了，等到再次看见他时，沃伯顿先生吃惊地发现，他已经瘦了很多，气色很不好，而且显得很憔悴。这种孤寂落寞的状况，因为并不是迫不得已而非这样做不可，便显得十分反常，越发搅扰他心神不宁了。这种状况也在折磨着沃伯顿先生，因此，他在夜里也时常无法入眠。他睁着眼睛躺在床上苦思冥想。库柏越来越酗酒无度，毫无疑问，那个爆发点已经临近了；不过，在与当地人打交道时，他却处事谨慎，没有做出任何可以让他的上司指摘的事情。他们之间在打一场严酷而又无声的战争。这是一场考验耐力的战争。几个月过去了，他们俩谁也没有示弱。他们就像生活在永无天日的区域里的居民，因为知道永远也见不到黎明的曙光，他们的灵魂一直在备受煎熬。照此看来，他们的生命似乎要继续长此以往地消耗在这种沉闷、丑恶、单调乏味、充满仇恨的状态中了。

然而，当那件不可避免的事情终于发生时，沃伯顿先生似乎才醒悟过来，对于出乎意料的局面感到十分震惊。库柏谴责男佣阿巴斯偷了他几件衣服，当阿巴斯拒不承认自己有这种偷盗行为时，库柏就掐着他的后颈，一脚把他踹下了平房的台阶。这名男佣向库柏索要自己应得的工钱时,库柏竟劈头盖脸地臭骂了他一顿,把他能想到的污言秽语全都用上了,并告诉他说,要是他一小时之后看到他还赖在这个院子里,他就把他扭送到警察局去。第二天早晨,库柏正走在去办公室的路上,那名男佣在要塞的外面拦住了他,再次向他索要工钱。库柏抡起攥紧的拳头,一拳打在他脸上。小伙子当即被击倒在地,但随即又站立起来,鼻子里鲜血直流。

库柏照走不误,接着就开始处理手头的公务了。但他无法静下心来办公。刚才这一拳总算平息了他心中的怒气,他也知道自己做得太过分了。他被搅得心烦意乱。他感到心情很坏,很苦恼,也很沮丧。沃伯顿先生就在旁边的办公室里坐着,他忽然心念一动,想去找一下沃伯顿,把自己刚才的所作所为告诉他;他在椅子上挪了挪身子,然而他心里明白,沃伯顿会以何等冷若冰霜、嗤之以鼻的态度听他讲述这件事。他能想象到沃伯顿故意摆出的那种居高临下的笑容。他眼下有点儿局促不安,生怕阿巴斯会做出什么举动来。沃伯顿已经直言不讳地警告过他。他叹了口气。他真是个不折不扣的大傻瓜!可是,他又很不耐烦地耸了耸肩膀。他不在乎,反正他得为一大堆人和事而活着。事到如今,责任全都在沃伯顿身上;倘若沃伯顿没有惹他生气,诸如此类的事情根本就不会发生。沃伯顿从一开始就把他的生活弄得一团糟。这个势利小人。但是他们这种人全都是这副德行:就因为他是个殖民地的居民。他在战争中居然从来没有取得过军官资格,这也太他妈的倒霉啦;他并不比其他任何人差呀。他们就是一帮卑鄙下流的势利小人。要是他现在服软认输,那他简直就不是人了。当然,沃伯顿会听到刚刚发生的事情的;这老家伙消息灵通得很,什么都知道。他才不怕呢。他不会怕婆罗洲的任何一个马来人,沃伯顿可以滚开了。

他准确地预料到了,沃伯顿先生会知道刚刚发生的事情的。沃伯顿先生进屋来吃午饭时,那个领班果然把这件事告诉了他。

"你侄子现在人在哪儿?"

"我不知道,老爷。他已经走了。"

沃伯顿先生没再说什么。吃好午饭之后,沃伯顿先生通常都要小憩一会儿,但是今天,他发觉自己居然怎么也睡不着。他那双眼睛老是不由自主地朝那幢平房窥探着,库柏此刻就在那幢平房里午休。

这个蠢货!沃伯顿先生脑海中想到的是:少安毋躁。这家伙知道自己处于多么危险的境地吗?他觉得自己应该派人把库柏叫过来谈一谈。但是,他每次试图跟库柏讲道理时,库柏总是出言不逊。愤怒,强烈的愤怒顿时涌上了沃伯顿先生的心头,气得他太阳穴上的根根血管都暴凸出来,他愤怒地攥紧了拳头。他已经警告过这个粗俗的混蛋了。现在就让他去承担他自己咎有应得的后果吧。这不关他的事,即便发生了什么,那也不是他的错。不过,在吉隆坡的那些人也许会寄希望于他们早就采纳了他的意见,把库柏调到别的行署去了。

这天夜里,他莫名其妙地有些坐立不安。吃好晚饭后,他在露台上走来走去。当那个贴身男佣要离开这儿回到他自己的住所时,沃伯顿先生叫住了他,问他有没有什么人发现了阿巴斯的行踪。

"没有,老爷,我估计,他也许已经跑到他舅舅所在的那个村子去了。"

沃伯顿先生目光犀利地朝他打量了一眼,不料,那个男仆正低头望着脚下,两人没有四目相对。沃伯顿先生走下坡地,来到河边,坐在他的凉亭里。但他总感到心绪不宁。河水静静流淌着,给人一种不祥的预感。这条河宛如一条巨蟒在有气无力地扭动着身子朝大海游去。莽莽丛林的那些树木黑压压地倒映在水面上,有一种令人喘不过气来的威慑力。没有鸟儿的婉转啼鸣声。没有微风吹拂肉桂树叶的沙沙声。他周围的一切仿佛都在等待着什么。

他穿过花园,朝那条公路走去。走到那儿,他就可以一览无余地

325

看到库柏那幢平房的全貌。他的起居室里还亮着灯，一阵拉格泰姆①的音乐声从公路对面飘了过来。库柏正在播放他那台留声机呢。沃伯顿先生不禁打了个寒颤；出于本能，他向来不喜欢这种乐器，这个老毛病怎么也改不掉啦。要不是因为这一点，他倒很想走过去找库柏聊一聊。他转过身，回自己的住所去了。他挑灯夜读，一直熬到深夜时分，才终于酣然入睡了。不过，他也没有长睡不醒，他做了许多非常吓人的噩梦，而且好像是被一阵尖叫声惊醒的。当然，那也是在做梦，因为没有任何尖叫声——比方说，从库柏的那幢平房里传来的尖叫声——他自己的屋子里是不可能有尖叫声的。他睁着眼睛在床上一直躺到天亮。紧接着，他就听到了一阵急匆匆的脚步声和嘈杂的说话声，他那个领班突然风风火火地闯进屋来，连菲斯帽都没来得及戴上，沃伯顿先生的心脏骤然一紧。

"老爷！老爷！"

沃伯顿先生急忙跳下床来。

"我马上就来。"

他趿拉着拖鞋，围着纱笼，裹着长袍睡衣，匆匆穿过自己的院子，冲进了库柏的屋子。库柏一动不动地躺在床上，嘴巴大张着，一把马来人随身佩戴的弯刀扎进了他的心脏。他是在熟睡中被人杀死的。沃伯顿先生禁不住打了个激灵，却并不是因为他没料到会目睹如此这般的惨景，他之所以打了个激灵，是因为他突然感到内心深处油然泛起了一阵狂喜。压在他肩头的一副重担终于卸下了。

库柏已经浑身冰凉。沃伯顿先生把那柄弯刀从伤口里拔了出来，这柄弯刀是用如此大的力量捅进去的，因此，他不得不动了一把力气

---

① 拉格泰姆（Rag-time），美国流行音乐形式之一。产生于19世纪末，是一种采用黑人旋律，依切分音法（Syncopation）循环主题与变奏乐句等规则结合而成的早期爵士乐。

才把刀拔了出来,然后把刀拿在手里端详着。他认出了这把刀。这是一把马来人随身携带的弯刀,几个星期之前,有一个商贩曾经向他兜售过,他也知道,库柏买下了这把刀。

"阿巴斯在哪儿?"他厉声问道。

"阿巴斯还在他舅舅那个村子里。"

当地警局的那位警长此时正站在床脚边。

"带两个人到那个村子去,马上逮捕他。"

沃伯顿先生立刻采取了必要的措施。他板着面孔下达了各项命令。他的命令既言简意赅,又不容置辩。随后,他便返身回要塞去了。他刮了胡子,洗了澡,穿上正装,然后才走进了餐厅。在他的餐盘旁边,包装完好的《泰晤士报》已经摆放在那儿了,正等着他来拆阅呢。他自己动手吃了一点儿水果。那名贴身领班给他斟上了茶,另一个男佣给他递来了一盘鸡蛋。沃伯顿先生因为胃口大开,便津津有味地吃了起来。那个领班站在一旁等候着。

"有什么事吗?"沃伯顿先生问道。

"老爷,阿巴斯,我那个侄子,整整一夜都待在他舅舅家里。这一点可以得到证明。他舅舅发誓说,他从来没有离开过那个村子。"

沃伯顿先生转过身来,皱着眉头打量着他。

"库柏老爷是被阿巴斯杀死的。这一点你我都心知肚明。正义必须得到伸张。"

"老爷,你不会绞死他吧?"

沃伯顿先生犹豫了一下,尽管他的说话声依然很坚定、很严厉,但他的眼神却有了点儿变化。虽说这一变化只是一闪而过,那个马来人却反应敏捷地注意到了,于是,他也眨了眨眼睛,回了一个心领神会的眼色。

"这种寻衅滋事的行为非常严重。阿巴斯将被处以一定刑期的监禁。"说到这儿,沃伯顿先生停顿了一下,自己动手把面包涂上了橘子酱。"他在监狱里服刑一段时间后,我会接纳他到我屋里来做用人的。你可以在他正式上岗后培训他。我可以肯定,他在库柏老爷的屋子里已经养成了一些不良习惯。"

"阿巴斯应当主动去自首吗,老爷?"

"这才是他明智的做法。"

这名男佣退了下去。沃伯顿先生拿起他的《泰晤士报》,整整齐齐地裁开了包装纸。他喜欢把这些很有分量、翻动起来咔咔作响的页面铺展开来。清晨,如此清新、凉爽的清晨,真令人心旷神怡,他沉吟了一会儿,漫不经心地眺望着远处的花园,以亲切友善的目光浏览着窗外的景致。压在他心头的一大重负终于烟消云散了。他将报纸翻到了刊登出生、死亡、婚礼信息的专栏。这是他一贯首当其冲率先要看的内容。一个熟悉的名字陡然抓住了他的注意力。奥姆斯柯尔克夫人终于诞下了一个男婴。天哪,这位上了年纪的贵夫人该有多高兴啊!他要给她写一封贺信,随下一批邮件一起寄过去。

阿巴斯会成为一个非常懂事的家仆的。

库柏这个蠢货!

(王晓桐　周月媛　吴建国　译)

逃亡的结局

我跟船长握手道别，他也祝我一路顺风。随后，我便朝下面那层甲板走去，那里早已挤满了各路旅客，有马来人、中国人，也有迪亚克人，我费劲儿地挤出人群，径直来到舷梯前。我放眼朝客轮的另一侧望去，看到我的行李已经卸下来，摆放在那艘帆船上了。那是一艘规模挺大、外形粗陋、竖着一面正方形大竹篷的帆船，船上已经挤挤插插塞满了打着各种手语的本地人。我爬上船后，马上便有人为我让出了一块地方。我们此时距离海岸线大约还有三海里，阵阵海风在一个劲儿地吹拂着。随着帆船离海岸越来越近，我看到了一大片郁郁葱葱的椰林，椰子树一直生长到了海水边，我还看到了掩映在椰林中的那个村落一派棕褐色的屋顶。有一位会说英语的中国人帮我指认出一幢白色的孟加拉式的平房，对我说，那就是政务专员的官邸。尽管那位政务专员还不知此事，但我马上就要与他同住一些时日了。我口袋里揣着一封写给他的介绍信。

上岸后，行囊摆放在我身边这片亮晶晶的沙滩上，不知何故，我竟油然生出一阵莫名的孤独凄凉感。这个偏僻的去处，这座坐落在婆罗洲北海岸上的小镇，是我自己找上门来的。一想到我得主动向一个地地道道的陌生人做自我介绍,还得告知他,我接下来就要睡在他的屋檐下,吃他的饭菜,喝他的威士忌,直到另一艘船驶进这个港口,带我去我的下一个目的港,总感到有点儿羞于启齿。

不过,我也许犯不着这样瞻前顾后、自寻烦恼,因为我一来到那幢平房前,把我的介绍信呈递进去,一个身强力壮、面色红润、性情爽朗的男子汉,马上就迎出屋来,他大约有三十五岁,而且由衷地对我热情相待。他一边拉着我的手,一边大声吩咐男仆去拿酒来,接着又指派另一个男仆去照看我的行李。他不由分说地打断了我的客套话。

"啊呀,我的上帝!好不容易把你盼来了,你不知道我有多高兴呢。别以为我会不遗余力地亲自安排好你的食宿。这事应该由其他方面负责。你愿意住多久就住多久,只要你喜欢就行。住一年吧。"

我笑了笑。他把自己的日常工作统统抛开了,还安慰我说,他无论什么事情都可以暂搁一边,等到明天再干,接着便满心欢喜地在一张长椅上坐了下来。我们聊天、喝酒、促膝长谈。等到大白天的酷热暑气渐渐消散后,我们便走出屋来,在莽莽丛林里漫无目的地徒步走了很久,回来时已是汗水津津,衣服全湿透了。谢天谢地,总算能洗澡、更衣了。稍许歇息了一会儿之后,我们便共赴晚宴了。我感到疲惫不堪,尽管我的东道主明摆着很愿意继续彻夜长谈,但我不得不恳求他允许我上床睡觉去。

"好吧,那我就顺路去一趟你的房间,看看一切是否都安排妥当了。"

房间很宽敞,前后都有游廊,室内几乎没有什么家具之类的陈设,却有一张极其宽绰的大床,床上罩着蚊帐。

"这张床硬邦邦的。你介意吗?"

"一点儿也不介意。我今晚可以睡个安稳觉,不会再颠来倒去睡不着了。"

我的这位东道主若有所思地望着那张床。

"上次睡在这张床上的客人是一个荷兰人。你想不想听一个很蹊跷的故事?"

我的当务之急是想赶紧上床睡觉,可他是我的东道主,何况我自己时常也有几分幽默作家的味道,我知道,谁要是存心想讲一个饶有风趣的故事,却找不到一个愿意听的人,准会憋得很难受。

"他登上了带你上这儿来的这艘船,乘着这艘船沿着这条海岸线一直走到头才下船。他一走进我的办公室,就问我那家印度小客栈在哪里。我告诉他说,此地压根儿就没有小客栈,不过,如果他实在没有什么地方可去,我倒可以安排他暂且先住下来。他当即就欣然接受了这份邀请。我让他去找人把行李送过来。

"'这就是我的全部家当。'他说。

"他拎着一只很不起眼、已经磨损得发亮的黑色手提包。这副样子未免也太过节省啦。但是,这不关我的事,于是,我让他自个儿先到那幢平房去,我一处理完手头的工作马上就过去看他。我正说着,办公室的门忽然被人推开了,我的办事员走进屋来。那个荷兰人当时恰好背对着门,或许是因为我那个办事员推门而入的动作有点儿太突然的缘故。不管怎么说吧,反正那个荷兰人立即大吼一声,猛地向上一蹿,跳了大约有两英尺高,并飞快地拔出了一支左轮手枪。

"'你他妈的想干什么?'我说。

"等他看清进屋来的是办事员时,整个人便瘫软下来。他无力地仰靠在办公桌上,大口喘着粗气,一听到我这句话,他顿时浑身颤抖起来,像在发高烧似的。

"'请原谅,'他说,'我太神经质了。我的神经质毛病很严重。'

"'看样子是这么回事。'我说。

"我对他的态度相当不客气。实话告诉你吧,我当时真有点儿懊悔,要是没有挽留他暂住在我这儿就好了。他看上去并不像喝了很多酒的人,我心里犯起了嘀咕,不知他是不是警方正在追捕的某个家伙。我暗暗寻思,倘若这家伙就是警方正在追捕的对象,他总不至于愚蠢到这种地步,甘愿钻进这危机四伏的狮子坑①吧。

"'你最好去躺下休息一会儿。'我说。

"他一声不吭,匆匆走开了。等我再回到这幢平房时,我发现他正不动声色、腰板笔直地坐在游廊上。他已经洗了澡、刮了胡子、换了一身干净衣服,外表形象还算过得去。

"'你干吗这么直挺挺地坐在游廊正中央呢?'我问他,'坐在屋里的长椅上不是更舒服些吗?'

"'我宁愿像这样坐着。'他说。

"真奇怪,我心想。但是,这么热的天,如果一个人宁可这样直挺挺地坐着也不愿躺下来歇息,那就是他有意在跟自己过不去了。他看上去并没有什么特别之处:身材高挑、体格健壮,硬撅撅的头发修剪得很短,一个典型的荷兰佬的形象。按我的揣测,他年龄应该在四十岁左右。他浑身上下最触动我的特征莫过于他那副表情。他眼睛里有一种异样的神色,那是一双蓝眼睛,长得很小,但那种眼神实在令我困惑不解;他那张脸似乎也颓丧地耷拉着;这副模样不禁使人感到,他马上要哭了。他时不时就会机警地朝左侧扭过头去扫一眼,仿佛他自以为听到了什么动静似的。天哪!他未免也太神经紧张啦。不过,我们两杯酒下肚之后,他便拉开了话匣子。他的英语说得非常地

---

① 语出《圣经·旧约·但以理书》,描写犹太人的四大先知之一的但以理被投入狮子坑,但狮子不吃但以理,但以理最终获救成就大业。

道，若不是因为稍许有一点儿口音，你根本就听不出他是外国人，我不得不承认，他是个非常健谈的人。他什么地方都去过，而且还看过大量的书。听他侃侃而谈倒是一桩难得的乐事。

"那天下午，我们先喝了三四杯威士忌，后来又喝了很多兑了药酒的杜松子鸡尾酒①，所以，到了吃晚饭的时候，我们渐渐就无所拘束地开始欢闹起来，我也形成了自己的看法：他的确是一个非常不错的人。当然，我们在晚宴上又喝了很多威士忌，我正好收藏了一瓶本尼迪克特甜酒②，所以，我们晚饭后又喝了不少利口酒。我至今都会不由自主地回想起我们俩当时都喝得醉醺醺的情景。

"最后，他终于对我讲起了他为什么来这儿的原因。这是个非常离奇的故事。"

说到这儿，我的东道主戛然而止，嘴巴微张、欲说还休地望着我，仿佛此刻又重新回想起了当时的情景，再次被这则故事曲折离奇的情节深深打动了。

"他是从苏门答腊③过来的，我说的那个荷兰人，他好像得罪了一个亚齐人④，那个亚齐人便发誓要宰了他。起初，他根本没把这事放在眼里，没想到，那个亚齐人真三番两次地要刺杀他，这事开始变得相当麻烦起来，于是，他想，他还是趁早躲开点儿为好。他渡过海

---

① 此处原文为"gin pahits"，是殖民时期马来亚地区流行的一种酒，本书作者曾在东南亚生活多年，熟知该地区的各种酒类，因而在其多篇作品中均有此类酒品的描写。
② 本尼迪克特甜酒（Benedictine），16世纪初由法国本尼迪克特修道院（Benedictine Abbey）的僧侣用白兰地和草本植物调制而成的一种甜酒。
③ 苏门答腊岛（Sumatra），位于东南亚马来半岛的南方，是世界第六大岛，东北隔马六甲海峡与马来半岛相望，西濒印度洋，东临中国南海，北面为安达曼群岛，处于海上丝绸之路的要道，自古以来盛产黄金，素有"黄金岛之称"，中国古代文献中称之为"金州"，古时曾吸引不少西方探险家前来寻金。
④ 亚齐人（Achinese），印度尼西亚主要民族之一，主要分布在苏门答腊岛北部，中世纪曾建亚齐王国，信奉伊斯兰教，属于逊尼派，至今仍信奉万物有灵和巫术。

湾去了巴达维亚①,打算在那儿好好享受一番。可是,他在巴达维亚刚过了一个星期,却忽然发现那家伙竟鬼鬼祟祟地潜伏在墙根下。天哪!他一直在跟踪他呢。看样子他铁了心要动真格的了。荷兰人这才感到,这事已经远远不是在开玩笑的了,他心想,他眼下所能采取的最佳办法莫过于赶紧悄悄溜到苏腊巴亚②那边去。唉,有一天,他正在苏腊巴亚的街头闲逛,你知道那儿的大街小巷有多拥挤,他偶然转过身来看了看,却意想不到地发现那个亚齐人就在他身后,一直不声不响地尾随着他。这下可把他吓了一大跳。这情景不管换了谁都会大吃一惊的。

"荷兰人径直回到他下榻的宾馆,收拾好随身物品,立即赶下一班船去了新加坡。他理所当然住进了范沃克大酒店,因为所有荷兰人都喜欢住在那儿。有一天,他正在宾馆大门前的庭院里自斟自饮,岂料,那个亚齐人竟胆大包天、大摇大摆地走了进来,朝他看了足足有一分钟,然后又高视阔步地走了出去。荷兰人告诉我说,他当即就吓得呆若木鸡。那家伙当场就可以把他随身佩戴的马来人的那柄波纹刃短刀扎进他的胸膛,因为他根本就没有还手之力。荷兰人知道,他不过是在等待时机,那个该死的原住民存心要杀死他了,他看得出来,那人的眼睛里充满了杀机。他彻底崩溃了。"

"可是,他为什么不报警呢?"我问道。

"我也想不通啊。我估计,这种事他大概不想让警方插手吧。"

"可是,他究竟干了什么事情得罪了那个人呢?"

"这一点我也不知道。我问过他,可他不愿告诉我。不过,根据

---

① 巴达维亚(Batavia),印尼首都雅加达的旧称,又名椰城,为东南亚第一大城市,世界著名海港,17世纪—19世纪为荷兰殖民地。

② 苏腊巴亚(Soerabaya或Surabaya),旧译"泗水",位于印尼爪哇岛东北沿海、泗水海峡的西南侧,与马都拉岛相望,是印尼的第二大海港。

他脸上流露出的那种神色，我估计，他大概干了什么非常不对头的事。按我的猜测，他心里清楚得很，不管那个亚齐人怎么报复他，都活该他倒霉。"

我的东道主点燃了一支香烟。

"接着说呀。"我说。

"在新加坡和古晋①这两地之间有往返班船，在往返期间，船长住在范沃克大酒店里过夜，因为这班船要在拂晓时分起航。荷兰人觉得，这是甩掉那个亚齐人的大好时机。他把所有的行李都留在宾馆里，和船长肩并肩地朝那艘船走去，仿佛他纯粹是去给船长送行的，然而，船舶起锚离港时，他却留在船上了。不管怎么说，事到如今，他已经变得十分的神经过敏了。只要能摆脱那个亚齐人，无论什么损失他都在所不惜。到了古晋，他感到平安无事了。他在那家印度驿舍定了一个房间，又去中国商店购买了两套西装和几件衬衫。不过，他告诉我说，他一直睡不安稳。他老是梦见那个原住民汉子，从梦中惊醒过五六次，因为他老是觉得有人在用一柄波纹刃短刀切割他的喉咙。天哪！我真替他感到难过。他对我说这番话时，还在浑身发抖，嘶哑的嗓音里也带着恐怖。这就是我注意到的那种令人寻味的表情。你还记得吧，我先前就告诉过你，他脸上有一种诡异的神色，我判断不出这究竟意味着什么。唉，那分明是充满恐惧的表情啊。

"接着，有一天，他去了古晋的那家海员俱乐部，他无意间朝窗外望去，却看见那个亚齐人就坐在窗外。他们还相互对视了一眼。荷兰人顿时吓得灵魂出窍，当场晕死过去。苏醒过来时，他首先想到的是，得赶紧逃出去。唉，你知道的，在古晋这种鬼地方，交通并不发

---

① 古晋（Kuching），马来西亚砂拉越州的首府，地处砂拉越州的西部，是马来西亚东部历史最悠久、最大的海滨城市，也是马来西亚东部的工业、商业和港口中心，素有"水上之都"的美誉。

达，带你过来的这条船是独一无二的交通工具，他只有这一个机会可以迅速逃离此地。他登上了这条船。他绝对相信，那个亚齐人不在这条船上。"

"可是，他为什么偏要到这儿来呢？"

"唉，这个老是在亡命逃窜的家伙在这条海岸线上有十多个落脚点，那个亚齐人无论如何也想不到他偏偏选中了这个地方，由于他一心只想赶紧逃走，一看那儿只有一艘船可以送旅客出海，而且船上的旅客还不到十个人，他就登上这艘船到这儿来了。

"'不管怎么样，我在这里要稍微安全一点儿，'他说，'只要能安安静静地过上一段日子，我就能恢复元气，重新振作起来了。'

"'你爱住多久就住多久吧，'我说，'你可以安安心心地住在这里，不管发生什么事，你都可以一直住到下个月，等这班船再开过来，如果你愿意，我们还可以密切监视那些从船上下来的人。'

"他对我千恩万谢。我看得出来，这对他是一个莫大的安慰。

"时辰已经很晚了，我向他建议说，我们都该上床睡觉了。我把他领进了房间，顺便也检查一下这间屋子是否妥当。尽管我告诉过他，住在这里不会有任何风险，但他还是锁上了浴室的门，闩上了百叶窗，我刚离开他，就听到他立即把门也锁上了。

"第二天早晨，男佣给我送来茶点时，我问他是否去叫醒那个荷兰人了。他说正准备去。我听到他在一遍又一遍地敲门。奇怪呀，我心想。那个男佣把门擂得震天响，却不见有任何回应。我有点儿紧张了，立即站起身来。我也亲自去敲门了。我们的敲门声响得足以能把死人吵醒，那个荷兰人却继续照睡不误。于是，我们只好强行打开了门。蚊帐整整齐齐地罩着，帐幔的下摆严丝合缝地掖在床的四周。我撩开蚊帐的门幔。他仰面朝天、两眼圆睁地躺在床上。他早已气绝身亡，成了一具僵尸。一柄波纹刃短刀横在他脖子上。你也许会说，我是在撒谎，不过，我可以对上帝起誓，我说的全都是真话，他浑身上下没有一处伤口。房间里也空荡荡的。

"这事很蹊跷吧，对不对？"

"得了吧，这完全取决于你懂不懂幽默。"我回答说。

我的东道主飞快地朝我扫了一眼。

"睡在那张床上，你不会介意吧？"

"不——不介意。不过，我倒宁愿你明天早晨告诉我这个故事。"

（吴建国　译）

红毛

船长把一只手塞进裤兜,费劲儿地从里面掏出了一块很大的银质怀表,因为他那两个裤兜不在裤子的两侧,而是在前面,况且他又是个身躯肥胖的人。他看了一眼怀表,接着又再次朝正在渐渐下沉的夕阳看了看。站在舵盘前的那个卡纳卡人朝他瞥了一眼,但没有说话。船长瞪大眼睛盯着他们正越驶越近的那座海岛。一长溜白色的浪花指明了那座岛礁的位置。他知道那里有一个大豁口,足可以让他这艘船通过,等他们再靠近一些时,他估计就能看见那个地方了。他们还有差不多一个小时的日光,然后天就要黑下来了。在那片环礁湖里,海水很深,他们可以在那儿舒舒服服地下锚泊船。他已经看得见掩映在椰树林中的村落了,那个村子的村长是大副的一个朋友,在那儿上岸过夜不失为一件令人愉快的事。就在这时,大副走上前来,于是,船长转过身来面对着他。

"我们要带上一瓶烈性酒,再找几个姑娘进屋来跳跳舞。"他说。

"我没看到那个豁口。"大副说。

大副是个卡纳卡人,一个相貌英俊、皮肤黝黑的小伙子,看上去还颇有点儿像某个罗马末代皇帝,身形略显矮胖;不过,他那张脸倒是生得五官端正、眉清目秀的。

"我有十足的把握,这儿肯定有一个豁口,"船长一边说,一边用望远镜搜索着,"我真搞不懂,怎么就找不着它了呢。派一个水手爬到桅杆上面去看看。"

大副叫来一个船员,给他下达了命令。船长注视着那个卡纳卡人爬了上去,便等着他回话。可是,那个卡纳卡人朝下面喊话说,他什么也看不见,只看到了连绵不断的一排浪花。船长的萨摩亚语说得跟当地人一样流利,便冲着那名水手破口大骂起来。

"还要他待在上面吗?"大副问道。

"还他娘的待在那儿顶个屁用啊?"船长说,"那个该死的笨蛋什么也看不见。我可以拿我这条小命来打赌,要是我在那上面的话,我准能找到那个豁口。"

他气呼呼地望着那根纤细的桅杆。对一个生下来就习惯爬椰树的原住民来说,爬桅杆这种事情自然驾轻就熟。但他身躯肥胖、手脚笨重,只能气呼呼地看着干着急。

"下来吧,"他大声喝道,"你这个废物,还不如条死狗管用。我们干脆直接朝那个岛礁开过去,直到找见那个豁口为止。"

这是一艘载重量为七十吨的双桅纵帆船,配有煤油发动机,如果没有顶头风的话,航速大约为每小时四至五海里。这是一艘破破烂烂的旧船;很久以前曾经被漆成了白色,如今已经变得邋里邋遢、脏得发黑、斑斑驳驳了。船上散发着浓重的煤油味儿,再加上干椰子肉的味儿,因为这条船平常运载的货物就是干椰子肉。他们现在离那座岛礁已经不到一百英尺了,船长吩咐那名舵手沿着礁脉向前航行,直到发现那个豁口。岂料,走了两三海里之后,他才忽然发觉,他们已经错过了那个豁口。他只好下令调转航向,慢慢往回开。岛礁附近的那排白色的浪花依然如故,不见有任何断开的间隔,而太阳已经渐渐没入了海平线。船长对手下的愚蠢大骂了一通之后，自己也只好听天由命，等到明天早晨再说了。

"调转航向，"他说，"我不能在这儿抛锚泊船。"

纵帆船调转船头，朝着大海行驶了一小会儿，没过多久，天色就黑了下来。他们停船抛锚了。船帆收拢起来后，船体摇晃得很厉害。在阿皮亚时，人们都说，这条船总有一天会翻个底朝天的；这艘船的船东是一个德裔美国人，他同时还经营着一家在当地数一数二的百货商店，他说，无论出多少钱都休想引诱他来乘这条船出海。船上的厨师是个中国人，穿着一条很肮脏、破旧的白裤子，外面套着一件紧身白大褂儿，他走过来说，晚饭已经做好，可以开饭了。船长走进船舱时，发现轮机长已经在餐桌边落座了。轮机长是个颀长、精瘦的汉子，脖颈瘦得皮包骨头。他下身穿着蓝色的工装裤，上身是一件无袖针织紧身运动衫，裸露着两只瘦条条的胳膊，从胳膊肘到手腕都布满了刺青。

"真见鬼，只好在海上过夜了。"船长说。

轮机长没有回话，两个人默不作声地吃着晚饭。船舱里点着一盏昏暗的油灯。他们吃了罐头杏子这道甜品后，这顿饭就算完事了，那个中国厨子给每个人上了一杯清茶。船长点燃了一支雪茄，然后就去了上层甲板。此时，在夜色的衬托下，那座海岛只不过是更加黑乎乎的一团轮廓。夜空中群星璀璨。四周只听到无休无止的阵阵海浪声。船长在一把折叠式帆布躺椅上一屁股坐下来，懒洋洋地抽起了雪茄。不一会儿，有三四个船员上来了，在甲板上席地而坐。其中一人带来了一把班卓琴，另一个带来的是一架六角手风琴。他们开始演奏起来，紧接着，有一个人唱起了歌。在这两件乐器的伴奏下，那个原住民的歌声听起来很奇妙。随后，有两三个人伴着这歌声跳起舞来。这是一种野蛮人的舞蹈，狂野而又古朴，节奏急遽奔放，既有动作敏捷的手舞足蹈，也有躯干的摇摆扭曲；这种舞蹈很有肉感，甚至有情色意味,但情色中又缺乏激情。整个舞蹈极具动物性,直性率真,怪诞却又毫无神秘感,总而言之,这种舞姿纯粹出于自然而然的本能,你几乎可以说它如孩子般的天真稚拙。最后,他们总算玩累了,便各自七仰八叉地躺在甲板上,接着就睡着了,四下里随即又寂静下来。船长昏昏沉沉地从躺椅上站起身来,顺着升降口的舷梯爬下甲板。他走进自己的舱室,脱去身上的衣服,爬进睡铺,在那儿躺下来。在夜晚的酷热中,他感到有点儿喘不过气来。

没想到,到了第二天早晨,当晨曦悄然铺满宁静的海面时,礁脉中的那个豁口,昨晚还一直在跟他们捉迷藏的那个豁口,竟突然出现在眼前了,就在他们所在位置稍稍偏东一点儿的地方。纵帆船驶进了环礁湖。这片水面不见一丝涟漪。你可以看到五颜六色的小鱼儿在深水处的珊瑚礁丛中游来游去。船长命人将船泊好之后,便去吃了早饭,然后走上了甲板。骄阳升上了万里无云的天空,不过,清晨的空气依然沁人心脾、十分清凉。今天是星期日,四下里一派宁静,静谧得犹如大自然也在休息似的,这使他有一种别样的舒适感。他坐了下来,望着树木葱茏的海岸,感到既有些慵懒,又心清气爽。不一会儿,一抹淡淡的笑意浮上了他的嘴唇,他把雪茄的残余部分扔进了海里。

"我想,我该上岸了,"他说,"把小船放下来。"

他动作僵硬地爬下舷梯,由水手划着小船送他来到了一个小海湾。椰树林一直生长到了水边,虽然没有那么蔚然成行,倒也错落有致、条理分明。它们宛如一群跳芭蕾舞的老处女,纵然上了年纪,却依旧举止轻浮,装腔作势地站立在那儿卖弄风骚,强要表现出昔日的种种优雅。他懒洋洋地信步穿过了这片椰树林,顺着一条依稀可辨、蜿蜒曲折的小径向前走去,不一会儿就来到了一条宽阔的溪流前。溪流上横跨着一座小桥,却是一座用一根根椰子树干搭连而成的桥,大约有十多根,首尾相接地排列着,每一个连接处都由一棵树杈支撑着，树杈深深地扎在溪流的河床里。你得踩着一根连着一根浑圆溜光、圆凿方枘的树干走过去，那些树干既狭窄，又很湿滑，而且连个扶手也没有。要想走过这样一座桥，你得有稳健的脚下功夫和一颗坚强勇敢的心才行。船长有些犹豫了。但是，他已经看见了小河对岸的树林中半隐半现掩映着的一幢白人的住房；他横下心来，战战兢兢地迈出了步子。他小心翼翼地盯着脚下，但凡走到树干首尾相接的连接处，或者遇到高低不平的地方时，就忍不住有点儿摇晃。当走到最后一根树干、双脚终于踏上岸边坚实的土地时，他才如释重负地长舒了一口气。刚才由于太专心致志过如此艰险的桥，他压根儿就顾及不到有人一直在注视着他，猛然听到有人在对他说话，不免让他吃了一惊。

"如果你不习惯走这种桥，那你过这种桥时还是需要有几分胆量的。"

他抬起头来，蓦然看见一个男人正站在他面前。此人显然是从他刚才看见的那所房子里出来的。

"我看见你当时很犹豫，"这人接着说，嘴角露出了一丝微笑，"我还准备看着你跌进河里呢。"

"无论怎样也不会跌下去的。"船长说，虽然他还没有完全回过神来。

"在这之前，我自己就跌进去过。我至今还记得，有一天晚上我打猎回来，走着走着，我就摔下去了，连人带枪都掉进河里了。现在好了，我找了个小伙子替我扛枪。"

这个人已经不再年轻了，下巴颏上蓄着一小撮山羊胡子，已经略显灰白。他上身穿着一件汗衫，是没有袖子的那种，下面是一条帆布裤子。他既没有穿鞋，也没有穿袜子。他说的英语稍微带着一点儿口音。

"你是尼尔森吗？"船长问。

"我就是。"

"我听人说起过你。我之前还在想,你大概就住在附近这一带。"

在东道主的带领下,船长走进了这幢小平房,在对方请他就座的那张椅子上重重地坐了下来。趁着尼尔森出去取威士忌和酒杯的当儿,他环顾四周,仔细打量起这间屋子来。这一看不禁让他深感诧异。他从没见过这么多的书。四面墙壁全都是从地板直顶天花板的书架,而且还都塞满了各类书籍。屋子里有一架三角钢琴,钢琴上扔满了乐谱,还有一张很大的桌子,桌面上杂乱地堆放着各种书籍和报纸杂志。这间屋子让他颇有些局促不安。他记得尼尔森是个非常古怪的人。没有一个人知道他的根底,尽管他已经在附近这几个海岛上生活了这么多年,但是,那些认识他的人都一致认为,他的确很古怪。他是个瑞典人。

"你弄了这么一大堆书在这儿呀。"尼尔森回来时,他说。

"多读些书对人没什么坏处。"尼尔森面带微笑地说。

"这些书籍你全都读过吗?"船长问。

"绝大部分都读过了。"

"我自己多少也算是个爱看书的人。我让他们定期给我送《星期六晚邮报》[①]。"

尼尔森给他的这位来宾倒了满满一大杯威士忌,接着又递给了他一支雪茄。船长主动说明了情况。

"我昨天晚上就到了,只可惜找不到那个豁口,所以,我不得不在岛外下锚泊船了。在此之前,我还从来没有跑过这条航线呢,可是,我的人有点儿私货想带到这儿来。格雷,你认识他吗?"

"认识,再往前走一点儿就是他的店铺。"

---

① 《星期六晚邮报》(Saturday Evening Post),美国一份历史悠久的杂志,迄今仍在出版。其前身是本杰明·富兰克林在1728年创办的《宾夕法尼亚通讯》,1821年更名为《星期六晚报》。

"好吧,船上有一批罐头食品他想弄过去,他还想再弄一些干椰子肉。他们觉得,反正我在阿皮亚也闲着没事,不如跑一趟过来得了。我主要在阿皮亚和帕果帕果之间来回跑,但是,他们那边最近正在闹天花,好在还没有闹得人心惶惶。"

他喝了一口威士忌,点上了雪茄。他本是个寡言少语的人,不过,尼尔森身上似乎有某种东西让他感到颇有些紧张,这种紧张感迫使他没话找话地搭讪起来。瑞典人一直在瞪着那双大大的黑眼睛望着他,那双眼睛里流露出的是略有点儿觉得好笑的神色。

"你这个小安乐窝收拾得挺整洁的。"

"我已经尽力了。"

"你一定在你那些椰子树上也花了不少工夫。那些树长得很好看。随着干椰子肉行情的上涨,现在正好可以卖个好价钱。我曾经也经营过一个小小的种植园,在乌波卢岛[①],但我后来不得不把它卖掉了。"

他再次朝四下里打量着这间屋子,看到四壁书架上有那么多的书籍,真让他感到有些无法理解,甚而有些反感。

"我估计,你在这儿肯定觉得有点儿寂寞吧。"他说。

"我已经习惯了。我已经在这里生活了二十五年啦。"

话说到这儿,船长再也想不出还有什么话题可说了,于是,他便默默地抽着烟。尼尔森显然也无意打破沉默。他以一种喜欢苦思冥想的眼神望着这位来客。他的这位客人是个身躯魁伟的汉子,身高超过了六英尺,而且非常粗壮。他那张脸红通通的,有很多色斑,脸颊上的那些细细的紫色血管如网络般纤毫毕现,他的五官都深深地陷在肥肉里。他那双眼睛布满了血丝。他的脖颈被埋在一道道肥肉褶子里。若不是因为后脑勺上还留有一绺很长的、几乎全白了的鬈发,他完全

[①] 乌波卢岛(Upolu),西萨摩亚的主岛之一,首都阿皮亚的所在地。

就是个大秃头；他那宽阔、闪亮的大脑门本该赋予他一种很有睿智的假象，却反倒让他显得特别的弱智。他上身穿着一件蓝色的法兰绒衬衣，领口敞开着，露出了他那覆盖着一层淡红色胸毛的肥嘟嘟的胸脯，下身是一条已经很旧的蓝色毛哔叽长裤。他坐在那张椅子上的姿势显得既蠢笨、又难看，大肚皮向前凸挺着，两条大粗腿肥胖得没法架起二郎腿来。他的四肢已经完全看不到灵活性了。你简直没法想象这个臃肿肥硕的大胖子是否也曾有过他活蹦乱跳的少年时光。船长喝干了他杯中的威士忌，尼尔森干脆把酒瓶直接推给了他。

"请自便吧。"

船长探过身去，伸出大手一把抓住了酒瓶。

"那么，你怎么会跑到这种地方来了呢？"他问道。

"哦，我漂洋过海来到这些海岛上，完全是为了我自己的健康着想。那时候，我的肺不太好，人家还说我已经活不到一年了。你瞧，他们搞错了吧。"

"我的意思是，你怎么会在这儿定居下来了呢？"

"我是个感伤主义者。"

"哦！"

尼尔森明白，船长根本就听不懂他这话是什么意思，于是，他便朝船长看了看，那双黑黑的眼睛里闪烁着讥讽的光芒。或许正因为这位船长是个粗俗、鲁钝的大草包，他才突发奇想，愿意再继续聊下去的。

"你刚才在过桥的时候，一心只顾着保持平衡了，所以你根本就没有注意看，不过，这个地方可是人家普遍公认的一块风水宝地呢。"

"你这幢小别墅真漂亮。"

"啊，我刚来的时候，这里还没有它呢。这儿从前有一间原住民的小窝棚，屋顶像马蜂窝似的，用几根柱子支撑着，被一棵枝繁叶茂、开满红花的大树遮蔽在绿荫里；那些巴豆灌木丛，叶子有黄、

345

红、金等各种颜色,形成了一道天然的五彩缤纷的树篱环绕着那间窝棚。再看看周围,遍地都是椰子树,那些椰子树就像爱沉湎于幻想的女人一样,也像女人一样爱慕虚荣。它们伫立在水边,成天都在顾盼着自己在水中的倒影。那时候,我还是一个年纪轻轻的毛头小伙子呢——老天爷啊,这已经是四分之一个世纪以前的事了——我想在上帝留给我的这段短暂的时光里享尽人间的一切美好,然后再走向那个永恒的幽谷。我当时就觉得,这是我有生以来所见过的最美丽的地方。第一次看到这个地方时,我就为之怦然心动了,我都生怕自己会情不自禁地失声痛哭起来。我当时还不满二十五岁呢,尽管我尽量掩饰自己,假装能以随遇而安的态度来对待生死,但我真的不想死啊。不知何故,在我看来,这个地方无与伦比的美似乎能使我比较从容地接受命运对我的摆布。从我来到这里的那一刻起,我就感到,我过去的所有人生经历统统都烟消云散了,包括斯德哥尔摩和那里的大学,还有波恩:仿佛那都是另外某个不相干的人的生活,仿佛我现在终于达到了所谓'实在'①的境界,'实在论'是我们那帮哲学博士——我本人也是个博士,想必你也知道——常常大谈特谈的话题。'一年,'我不由自主地喊道,'我还有一年好活了。我要把这一年的时光放在这里度过,然后我就可以心满意足地死去了。'"

"我们在二十五岁的时候总有些犯傻,喜欢多愁善感,喜欢情景剧式的夸张,不过,如果我们年少时不这样的话,到了五十岁的时候,我们也许就没有这么明智达观了。"

"快喝吧,我的朋友。别让我说的这通胡说八道的闲话败坏了你的酒兴。"

---

① "实在"(Reality),"实在论"是中世纪经院哲学的一个派别,它和唯名论相反,主张一般的概念(共相)是真实的存在,并且是永恒的,先于个别事物的存在。黑格尔认为"实在"是本质与实存的统一。

他用那只瘦骨嶙峋的手朝酒瓶挥了挥,船长马上喝干了他杯中早已所剩无几的酒。

"你一点儿都不喝啊。"船长一边说,一边把手伸向了那瓶威士忌。

"我有节制饮酒的习惯,"瑞典人笑着说,"我喜欢用我自认为比酒更加妙不可言的方式让自己陶醉在其中。不过,也许这只是虚妄矫情的做法罢了。不管怎么说,效力却更为持久,结果也没有那么有害于身心健康。"

"据说,可卡因的买卖在美国现在很时兴呢[①]。"船长来了一句。

尼尔森忍不住嘿嘿地笑了一声。

"不过,我也不常见到白人,"他接着说,"再说,破例喝一次酒,我也不觉得一滴威士忌就能对我造成什么伤害。"

他给自己倒了一点儿威士忌,兑了些苏打水,然后呷了一小口。

"后来,没过多久,我就发现这个地方为什么具有这样一种超凡脱俗之美的原因所在了。这是因为,爱曾经在这里驻足停留过,就好比一只迁徙的候鸟碰巧停落在汪洋大海之中的一艘船舶上一样,它会暂时收拢起它那疲惫的翅膀,获得片刻的憩息。美的激情散发出的芬芳萦绕在这片土地上,宛如五月里在我家乡的草原上盛开的山楂花散发出的馨香。在我看来,但凡人们曾经热爱或者曾经遭受过苦难的地方,总归会留下些许淡淡的幽香,永远也不会完全消散。它们仿佛已经获得了某种超越世俗凡胎的深远意义,会对那些往来于此地的过客产生某种神秘的影响。但愿我能把我心里的意思表达清楚,"他微微一笑,"尽管我无法想象我是否做到了,但我希望你能理解。"

他停顿了一下。

"我认为这个地方很美,因为这里有一度曾经被欢天喜地的爱注

[①] 船长误以为瑞典人说的是毒品,因而才这样说。

入过美,"说到这里,他耸了耸肩膀,"不过,这或许只是由于我自己的审美感得到了满足的缘故吧,因为在这里,年轻人的爱情能够和一个与之相配的环境相得益彰地融合在一起。"

即使换了一个不像这位船长这么愚笨迟钝的人,倘若他也被尼尔森的这番言论弄得摸不着头脑了,那也是情有可原的。因为他本人似乎也对自己的这套说辞暗暗觉得好笑。这就好比是他的情感在诉说,而他的理智却认为这番话说得实在荒唐可笑。他刚才自己也说过,他是个感伤主义者,可是,一旦感伤主义的情怀中又掺杂进了怀疑主义,往往会招来极其麻烦的后果。

他立即缄口不语了,愣愣地望着船长,他那双眼睛里随后便露出了一种茫然不知所措的神色。

"你知道嘛,我不由自主地认为,我以前曾经在什么地方见过你。"他说。

"不好意思啊,我不记得了。"船长回答道。

"我有一种莫名其妙的感觉,好像我和你似曾相识似的。这个问题已经困扰了我好大一阵子啦。可是,我无论怎么绞尽脑汁地回忆,就是回想不起来我具体是在什么地方或者在什么时候曾经跟你见过一面。"

船长幅度很大地耸了耸他那肥厚的肩膀。

"自从我第一次来到这些海岛以来,一晃已经有三十年过去了。一个人不可能指望记住他平生所遇到的每一个人,何况还是这种为时很短的一面之交呢。"

瑞典人摇了摇头。

"想必你也知道,人有时候不知怎么就会有这种感觉,对于某个以前明明没去过的地方,会莫名其妙地有一种似曾相识的味道。我看到你的时候,好像就有这种感觉,"他诡谲地笑了笑,"也许我是在前世的某段时间里认识你的。也许是吧,也许你那时是古罗马一艘战舰的舰长，我是一名划桨的奴隶。从你以前来过这里到如今，真的已经有三十年了吗？"

"不折不扣三十年了。"

"不知你是不是认识一个绰号叫'红毛'的人？"

"红毛？"

"我也只是知道他这个绰号而已。我从来没有跟他本人打过交道。我甚至从来都没有跟他打过照面。不过，我对他的了解却好像比我所熟悉的许多人还要清楚，比方说，我那几个兄弟，我曾经跟他们朝夕相处过好多年的那几个亲兄弟。他那么栩栩如生地活在我的想象之中，活像一个现实版的保罗·马拉泰斯塔①或者罗密欧②。不过，我想，你恐怕从来没有读过但丁或者莎士比亚的作品吧？"

"不好意思，确实没读过。"船长说。

尼尔森仰靠在椅子上，一边抽着雪茄，一边心不在焉地望着自己喷出的浓烟，望着那片浓烟飘浮在凝滞的空气中。虽然有一丝微笑荡漾在他的嘴唇上，他的目光却很凝重。过了一会儿，他又朝这位船长看了看。他那肥滚滚的身躯里似乎有某种东西格外令人反感。他居然对自己如此臃肿的体型怀有一种多血症似的自我满足感。这是一副令人嫌恶的形象。这副形象让尼尔森心烦到了几近忍无可忍的地步。不过，眼前的这个俗物与他脑海中的那个美少年之间所形成的对比反差，却又令他心情好了起来。

"'红毛'肯定是你这辈子所看见过的最俊美的尤物。我从前曾经对几个认识他的人说起过他，那几个人都是白人，他们一致认为，你

---

① 保罗·马拉泰斯塔（Paolo Malatesta），出自但丁的《神曲》。女主角弗兰切斯卡被父亲嫁给丑陋的瘸子乔凡尼·马拉泰斯塔，但她爱上了乔凡尼的弟弟英俊的保罗（已婚），俩人秘密交往了十几年，乔凡尼最终发现了真相，将两人砍死在卧室里。
② 罗密欧（Romeo），出自莎士比亚戏剧《罗密欧与朱丽叶》（Romeo and Juliet）。

第一眼看到他的时候，就会被他的美貌惊愕得透不过气来。人们之所以管他叫'红毛'，就因为他那头火红色的美发。那是一种天生的自然卷曲成波浪形的头发，而且他还把头发留得很长。那种令人叹为观止的发色，一定是拉斐尔前派画家们趋之若鹜的发色。但我认为，他并没有因此而骄矜自负，他太天真无邪了，根本不会把这种事情放在心上，不过，即使他为此而感到骄傲的话，也没有人会责怪他。他个头很高，有六英尺一或两英寸高呢——在原来盖在这里的那间原住民的小窝棚里，支撑屋顶的那根中央立柱上就有用刀刻的表明他身高的标记——他的相貌简直就像一尊希腊的神祇，肩膀宽阔，腰身纤细；他活像阿波罗，也同样具有普拉克西特利斯①赋予阿波罗的那种柔和、圆润的线条美，那种温文尔雅、柔美娇憨的优雅姿态里含有某种难以言说的气质特征，简直令人心旌摇荡，充满了神秘感。他的肌肤白皙得让人眼花缭乱，如牛奶，似锦缎；他的皮肤酷似女人的皮肤。"

"我小的时候，皮肤好像是挺白的。"船长说，他那双布满血丝的眼睛亮晶晶地倏然忽闪了一下。

只可惜尼尔森并没有把注意力放在他身上。他的故事此刻正讲到兴头上，船长的插话惹得他很不耐烦。

"而且他的脸庞也和他身材一样俊美。他生着一双大大的深蓝的眼睛，是特别深蓝的那种，因此，也有人说他的眼睛是黑色的，他跟大多数红头发的人不一样，他那两条眉毛又浓又黑，眼睫毛也又长又黑。他的五官生得十分端正，比例完美，他的嘴巴宛若一道猩红色的伤口。他当年才二十岁。"

说到这里，瑞典人有意停顿了一下，仿佛想制造一点儿富有戏剧

---

① 普拉克西特利斯（Praxiteles），公元前4世纪的希腊雕塑家。作为古希腊古典后期雕塑艺术的代表人物，他善于把神话中传说的人物纳入平凡的日常生活中加以描写，风格柔和细腻，充满抒情感。

性的悬念似的。他呷了一口威士忌。

"他堪称举世无双。世间绝没有任何人比他更俊美。他的美貌已经无法用理性加以解释,只能说他犹如盛开在一株野生新枝上的惊艳绝伦的鲜花。他就是造物主偶然创造出的巧夺天工的奇迹。

"有一天,他从那个小海湾里上了岸,你们今天早晨肯定也把船停靠在那个小海湾里吧。他是一名美国海员;他刚从阿皮亚那边的一艘战船上叛逃出来。他说动了某个好心肠的原住民,央求他顺路搭载他一程,那个原住民当时恰好正驾着一艘独桅帆船从阿皮亚驶往萨福图①,后来,他就搭乘着一条独木舟在这里上了岸。我不知道他为什么要开小差。也许是战船上的生活以及种种约束让他恼恨得不愿再待下去了,也许是他惹上什么麻烦事了,也许是南太平洋以及这些富有浪漫情调的岛屿已经深入了他的骨髓。这片海域和这些岛屿经常会不可思议地让人迷恋得流连忘返,来到这里的人往往会觉得自己犹如一只飞虫落入了蜘蛛网一般。也许是因为他生来就有一种柔情似水的秉性的缘故,这些郁郁葱葱、微风习习的小山岗,这片碧波荡漾的大海,已经将他身上北方人的那种豪气销蚀殆尽了,如同大丽拉②魅惑得拿细耳人③丧失了神力一样。不管怎么说,反正他想把自己藏起来,他觉得,躲在这个与世隔绝的角落里,一直躲到他的战船离开了萨摩亚之后,他就会太平无事了。

"小海湾边有一间原住民的小窝棚,当他站在那里犯迷糊,不知道究竟该往哪儿走时,有个年轻姑娘从窝棚里走了出来,邀请他进屋去。他对当地的语言一句也不懂,那姑娘对英语也同样一无所知。但

---

① 萨福图(Safotu,毛姆误写为 Safoto),是南太平洋萨摩亚群岛中最大也是海拔最高的岛屿萨瓦伊岛(Savaii)北岸的一个重要村落。
② 大丽拉(Delilah),《圣经·旧约》中的非利士人,即犹太人参孙的情人,后设计使参孙失去了神力。
③ 拿细耳人(Nazarite),指《圣经》中所记载的以色列男女,即"离俗归耶和华为圣"的人,此处尤指犹太人士师参孙。见《圣经·旧约·民数记》第六章。

他心领神会地看懂了那姑娘笑盈盈地望着他的含义，看懂了她那优美的手势，于是，他就跟着她去了。他坐在一张席垫上，姑娘切了些菠萝片请他吃。我只能根据传闻来描述'这个红毛'，不过，在他们二人初次相见的三年之后，我亲眼看见了那个姑娘，她那年还不满十九岁。你无法想象她有多妖娆。她具有木槿花的那种热烈奔放的妩媚，也同样具有那样冶艳的色彩。她身材高挑，身段窈窕，她的脸蛋生得非常标致，具有她那个种族所特有的五官，一双大大的眼睛宛如棕榈树下的两泓止水；她的秀发乌黑而又卷曲，披散在她背后的腰际，她脖子上佩戴着一条香气四溢的花环。她的那双小手可爱极了。那双手生得那么纤巧，那么精致，会让你的心弦情不自禁地为之而颤动。在那些日子里，她动不动就会开怀大笑。她的笑容那么令人心动，会让你的双膝不由自主地为之而发软。她的肌肤犹如夏日里的一块成熟的玉米地。我的老天爷啊，我该怎么形容她呢？她实在太美了，美得就像仙女来到了人间。

"于是，这对金童玉女，她十六岁，他二十岁，一见之下，俩人就倾心相爱了。这才是真正的爱情，绝不是那种出自同情、出自共同的利益或者出自志趣相投的爱情，而是至真至纯的爱情。这才是亚当在伊甸园里一觉醒来，发觉夏娃在用那她双如露珠般晶莹的眼睛凝望着他时所感受到的那种爱。这才是将野兽，以及神仙们，吸引到一起的爱。这才是让世界变成一个奇迹的爱。这才是赋予生命以重要意义的爱。你大概从来没有听说过那位富有睿智而又愤世嫉俗的法国公爵[①]所说的那句名言吧，他说：两个情人之间总有一个是主动献爱

[①] 此处大概是指法国箴言作家佛朗索瓦·德·拉罗什富科（François de La Rochefoucauld, 1613—1680），他著有五卷本《箴言录》（*Réflexions ou sentences et maximes morales*，简称 *Maximes*，1665），以犀利的笔调无情讽刺了人类的愚蠢，其内容质疑人类一切高贵行为背后的动机，开卷第一条即说："男因勇气而神勇，女因节操而守节，此未必然也。"

的，而另一个只是允许自己接受对方的爱而已；这是我们大多数人都不得不无可奈何地接受的严酷的事实；不过，这世上时不时也会有两个人既彼此相互爱慕、同时又让自己被爱的情况。如果是这样的话，你或许就能想象到，约书亚①在向以色列人的上帝祷告时，太阳静止不动的情形了。

"即使是现在，过了这么多年之后，每当我想起这两个人，想起他们那么年轻、那么美丽、那么单纯，想起他们彼此相爱得如胶似漆的情景时，我就感到一阵剧痛。它把我的心都撕碎了，有时候，在某些特定的夜晚，当我凝望着一轮满月升上了万里无云的夜空、照耀在那片环礁湖上时，我就有那种撕心裂肺的剧痛感。对极致之美的凝神静观总是伴随着某种痛楚。

"他们都还是稚气未脱的孩子。她诚实、温婉、善良。我对他虽然一无所知，但是我宁愿相信，他那时无论如何也是个纯真无邪、襟怀坦荡的人。我宁愿相信，他的灵魂和他的肉体一样美丽。不过，我认为，他的灵魂至多也就跟创世之初时生活在万木葱茏的森林之中的那些造物一样，他们用芦苇制作风笛，在山间的小溪里沐浴，你偶尔还会看见一群群小鹿跟在那个蓄着山羊胡子的马人②后面穿过林间空地奔腾而去的情景。人的灵魂是一个特别烦人的领地，当人将灵魂开发出来之后，他也就失去了伊甸园。

"唉，'红毛'来到这座海岛时，这里刚刚遭受过一场流行性传染病的侵袭，那种疾病也是由白人携带到南太平洋来的，岛上的居民有三分之一都死于这场瘟疫。那个姑娘好像也失去了她所有的至亲，她那时住在远房表亲的屋子里。那户人家有两个老态龙钟、干瘪丑陋的

---

① 约书亚（Joshua），《圣经》中继承摩西为以色列民族领导者的人。以色列人出埃及后，他率领他们离开旷野，最终进入应许之地。见《圣经·旧约·约书亚记》。
② 马人（centaur），古希腊神话中人首马身的半人半马的怪物。

老婆婆，已经弓腰驼背、满脸皱纹，有两个年纪稍轻一些的女人，还有一个男人和一个小男孩。'红毛'在那户人家小住了几天。但是，也许是因为他觉得自己太靠近海边，有可能会意外碰见其他白人，他们没准会泄露了他的藏身之地；也许是因为这对恋人没法忍受终日与别人住在一起，唯恐那些人会剥夺了他们哪怕只有一时半会儿相依相拥的欢愉。有一天早晨，他们出发了，就他们两个人，随身带了几件属于那姑娘的物品，沿着椰树林下的一条绿草如茵的小径向前走去，一直走到你今天看到的这条小溪边。他们必须走过你今天刚刚走过的那座桥，那姑娘因为看到他有些害怕，便喜不自胜地开怀大笑起来。她牵着他的手一直走到第一根树干的尽头，到了那儿，他还是鼓不起勇气来，只好又退了回去。他硬着头皮脱光了身上所有的衣服，这才壮起胆来，想再冒一次险，而她则甘愿替他把那些衣服顶在自己头上。他们就在原先位于这儿的那间空荡荡的小棚屋里安顿下来。至于她究竟是否拥有对那间小棚屋的所有权（在这些岛屿上，土地的占有权向来是一个非常复杂的问题），还是因为小棚屋的拥有者已经在疫情爆发期间死去了，反正我不知道，不管怎么样，既然没有人向他俩提出任何异议，这间小屋就归他们所有了。他们的家当只有两三张可供他们睡觉用的草席，一块破碎的梳妆镜的残片，再加上一两只碗。在这片令人心旷神怡的土地上，这些东西足可以让他们开始居家过日子了。

"人们常说，幸福的人没有过去的故事，幸福的恋人当然也没有。即使他们整天什么事情都不做，日子也似乎总嫌太短。那姑娘原本有一个原住民名字，但'红毛'管她叫萨丽。他很快就学会了一些简单的土语，他时常在草席上一躺就是好几个小时，聆听她欢快地对他喋喋不休地说着话儿。他本是个沉默少言的小伙子，加之他的头脑大概也处于昏昏欲睡的状态。他老是一支接一支地抽烟，那些烟都是她用当地的烟草和露兜树①的叶子为他卷的,他一边抽着烟,一边望着她用灵巧的手指编织草席。当地的一些原住民经常会进屋来串门,没完没了地拉扯着这座岛屿昔日里如何饱受部落战争之苦的陈年旧事。有时候,他会去那个岛礁附近捕鱼,常常带回家满满一篮子五颜六色的鱼儿。有时候,他也在夜里打着灯笼去抓龙虾。这间小棚屋的周围到处都有大蕉②,萨丽就把大蕉果烤熟了,当作他们的一顿便饭。她知道怎样把椰子做成美味可口的食物,小溪边的那棵面包果树③为他们提供了面包果。逢到宗教节日,他们就宰杀一头小猪仔,在滚烫的石头上把它炙熟。他们在小溪里一起沐浴;到了傍晚时分,他们就相伴着一起下海去环礁湖,乘着装有巨幅舷外托架④的独木舟,荡起船桨泛舟在环礁湖中。日落时分的海水一派湛蓝,继而还会幻化成葡萄酒的颜色,如同《荷马史诗》中对希腊大海的描述一样;然而在这片环礁湖里,海水的颜色却呈现出一派变幻莫测的多样性,时而如蓝宝石,时而似紫翡翠、时而又宛若祖母绿;而渐渐西沉的残阳又在一瞬间将其化了一片流金。随后,这片海域又再次幻化出了珊瑚红、棕、白、粉、红、紫等诸般色彩;它的形状也千姿百态,奇幻得令人目不暇接。这片海域犹如一座经魔法点化而成的花园,那些来去匆匆的鱼儿则宛如在翩翩起舞的彩蝶。这真是个美妙得缺乏真实感的去处。珊瑚礁之间有一处处水潭,潭底是一层洁白的细沙,在这个地方,海水澄澈得能照得见晃动的人影,正是洗澡戏水的绝佳去处。之

---

① 露兜树(pandanus),常绿分枝灌木,叶子带刺,生于枝顶,叶纤维可用于织席,主要分布于东半球热带地区,常生于海边沙地。
② 大蕉(plantain),产于热带地区的一种大型草本植物,类似于香蕉树,结出的果实也类似于香蕉,因而也叫大蕉,是热带地区的主要食物之一。
③ 面包果树(breadfruit tree),生长在南太平洋诸岛的一种常青树木,结有可食用的大而圆的淡黄色果实。
④ 舷外托架(outrigger),绑附在独木舟等小船上的舷外浮材,用于支桨、拴缆绳、防翻船等。

后,他们遍体凉爽、满心幸福,俩人手挽着手,沐浴着漫天的晚霞,踏着如茵的草地,漫步朝那条小溪走去,此时,八哥也亮开了它们嘹亮的歌喉,把椰树林渲染得一片欢腾。转眼间,夜幕降临了,这片美丽的夜空闪烁着满天的金光,仿佛比欧洲的天空还要寥廓;柔和的晚风徐徐拂过敞开的棚屋,这绵长的夜晚也同样只让人觉得太短。她才十六岁,他也不过刚满二十岁。黎明的微曦不知何时悄然钻进了小棚屋,在木柱间徘徊着,凝望着这对在彼此的怀抱中睡得正香的可爱的孩子。太阳躲在大蕉裂开的大叶片后面,生怕打扰到他们,随后,仿佛想淘气地捉弄一下他们,便像波斯猫伸出了爪子似的,把一道金色的光芒照射在他们的脸蛋上。他们睁开惺忪的睡眼,两人相视一笑,迎来了新的一天。斗转星移,周而复月,转眼一年过去了。他们依然相亲相爱——我不愿说他们依然爱得如何激情四溢,因为激情总是伴随着一抹忧伤的阴影,伴随着一丝苦涩或者苦闷,我宁愿说他们依然爱得那样全心全意,依然爱得那样单纯、自然,就像他们第一天相遇时那样,他们明白,他们的初次相遇就是神明的旨意,是天合之作。

"如果你问他们的话,我深信不疑地认为,他们准会觉得,他们之间的爱情永远也不会休止。难道我们不知道爱的基本要素就是坚信它本身所具有的永恒性吗?不过,'红毛'的心里兴许早已经埋下了一粒小小的种子,尽管他自己并不知道,那姑娘也丝毫没有察觉,然而这粒种子总有一天会生根发芽,成长为厌倦。因为有一天,有个原住民来到了这个小海湾,他告诉他们说,在距离海岸不远的锚地那边停泊着一艘英国的捕鲸船。

"'哎呀,'他说,'不知道我能不能拿些坚果和大蕉去换一两磅烟草来。'

"虽然萨丽用她那双不知疲倦的手为他卷的露兜叶香烟抽起来很够劲儿,也很惬意,可是,那种卷烟总让他感到意犹未尽;他突然萌生出渴望弄到真正的烟草的念头，渴望那种浓烈、刺鼻、辛辣的烟草味儿。他已经有好多个月没抽过烟斗了。一想到烟斗，他竟然馋得口水都流出来了。人们或许会觉得，某种不祥的预感应该会促使萨丽去努力劝阻他，但是，她的整个身心已经完全被爱情所主宰，她万万想不到这世上还有什么力量能够把他从她身边夺走。他们一起爬上山去，采了一大筐野橘子，这种橘子虽然皮色泛青，却甘甜又多汁；他们又从小棚屋周围摘了些大蕉，从附近的树上摘了些椰子、面包果和芒果；之后，他们把这些水果抬到了小海湾边。他们把这批货装上了一条摇摇晃晃的独木舟，'红毛'和那个向他们通风报信的原住民少年摇起船桨，沿着那座岛礁把船划了出去。

"从此以后，她再也没有见到他。

"第二天，那个原住民少年孤身一人回来了。他哭得满脸是泪。以下便是他讲述的事情的经过。他们那天划了很长一段距离，才终于划到了那艘捕鲸船跟前，'红毛'亮起嗓门朝船上喊了一通话，有一个白人趴在船舷边朝他们打量了一下，随后便叫他们上船来。他们把带来的水果搬上了捕鲸船，'红毛'把那些水果堆放在甲板上。那个白人和他交谈起来，他们好像还达成了什么协议。有一个人立即走下甲板，从船舱里拿来了一些烟草。'红毛'马上取了些烟丝，点燃了烟斗。原住民少年模仿了一下他在那儿津津有味地吞云吐雾的模样。随后，那帮人又对'红毛'说了句什么，他就跟着他们进了船舱。透过敞开的舱门，原住民少年好奇地朝里面张望着，看到有人拿出了一瓶酒和几只玻璃酒杯。'红毛'抽着烟、喝着酒。他们好像在问他什么事情，因为他摇了摇头，接着又哈哈一笑。那个人，就是起先招呼他们上船来的那个人，也跟着嘿嘿一笑，并再次把'红毛'的酒杯倒满了酒。他们一直在不停地喝酒、聊天，由于弄不懂他们究竟在聊些什么，少年很快便看腻了，随后就自个儿蜷起身子，躺在甲板上睡着了。后来,他被人一脚踢醒了;他慌慌张张地站起身来时,却发现那艘捕鲸船正在慢慢驶出环礁湖。他看到'红毛'照样还坐在那张酒桌边,脑袋昏沉沉地枕在胳膊上,睡得不省人事。原住民少年抬脚向前冲去,想去把他叫醒,不料,一只粗壮的大手一把扭住了他的胳膊,只见有个人在恶狠狠地怒视着他,还冲他吼了几句他听不懂的话,接着又朝船舷边指了指。原住民少年朝'红毛'大声呼喊着,可他立刻就被人牢牢摁住了,接着就被直接扔进了海里。无奈之下,他只好奋力朝自己的独木舟游去,那条独木舟已经漂离得有点儿远了。他追上了独木舟,把它推到了岛礁旁边。他爬上独木舟,一路哭哭啼啼地把船划到了岸边。

"这件事的前因后果十分明显。那艘捕鲸船,由于船员开小差或者生病,正缺少人手,'红毛'上船时,船长想拉他入伙;一看他拒绝了,船长就把他灌醉,把他绑架走了。

"萨丽悲痛得简直要发疯了。她大哭大喊了整整三天。当地的原住民们想尽一切办法来安慰她,却怎么也安慰不了她。她什么也不肯吃。后来,由于精疲力竭,她陷入了一种闷声不响的冷漠状态。她成天守在小海湾边,眺望着那片环礁湖,期盼着'红毛'能够找到什么办法逃回来,可她总是失望而归。在那片白色的沙滩上,她常常一坐就是好几个小时,眼泪哗哗地从脸颊上流淌下来,直至守候到夜幕降临时,她才拖着疲惫的身子,走到小溪的对岸,回到那个原本美满温馨的小棚屋。在'红毛'没来这座海岛之前,原先和她住在一起的那几个亲戚都希望让她重新回到他们身边去,但她不肯;她坚信'红毛'迟早会回来的,她想让'红毛'在当初离开她的地方找到她。四个月之后,她产下了一个死婴,在她分娩期间前来照顾她的那个老婆婆留了下来,陪她一起住在这间小窝棚里。她生活中的一切欢乐都荡然无存了。即使她那悲痛欲绝的心情随着时间的流逝而变得不再那么令人肝肠寸断了,取而代之的却是郁结在心中的万般惆怅。你大概想不到吧，在这些感情虽然如此炽烈、却转瞬即过的原住民当中，竟会有这样一个对爱情如此坚贞不渝的女人。她从未丧失过她深信不疑的那个信念：'红毛'总有一天会回来的。她在翘首期盼着他的归来，每当有人走上这座用椰子树搭成的悠悠荡荡的小独木桥时，她都会凝目张望。那兴许就是他终于回来了。"

说到这里，尼尔森停下了来，轻轻叹息了一声。

"她后来的结局到底怎么样？"船长问道。

尼尔森苦涩地笑了笑。

"哦，三年过后，她同意跟另一个白人生活在一起了。"

船长呆头呆脑、含讥带讽地嘿嘿一笑。

"她们这种人一般都是这种结局。"他说。

瑞典人嫌恶地瞪了他一眼。他也说不清究竟是什么原因，眼前这个俗不可耐、过于臃肿的大胖子竟激起了他如此强烈的反感。不过，由于思绪恍惚起来，他又情不自禁地回想起了那一幕幕如烟的往事。二十五年前的情景又浮现在他眼前。那是他第一次来到这座海岛，他那时已经厌倦了阿皮亚，厌倦了那种纵酒宴乐、巧取豪夺、肉欲横流的生活，作为一个已经病入膏肓的人，他只能万般无奈地舍弃曾经使他豪情万丈、充满憧憬的事业。他把自己原本想成名成家的所有希望统统都断然抛诸在脑后，一心只想着能心满意足地度过他那已经屈指可数、丝毫大意不得的可怜巴巴的几个月的人生。他寄居在一个欧亚混血的生意人家里，那人在距离海岸线大约有一两英里远的一个原住民村落的村头开了一家杂货店。有一天，他漫无目的地顺着椰树林中那绿草如茵的小径向前走去，无意间看见了萨丽居住的那间小窝棚。这个景点的旖旎风光顿时让他大喜过望，让他惊诧得心房不住地悸动，紧接着，他就看见了萨丽。她是他这辈子所见过的最美丽的造物，她那双黑黑的眼睛显得格外美妙动人，她眼睛里的那种黯然神伤的情态尤其深深感染了他。卡纳卡人是个俊美的种族，他们当中不乏美人，但那只是一种体态匀称的动物之美。那种美是虚空的，缺少灵魂。可是，她那双幽怨的眼眸却是那样深沉而又神秘，你能感受到人的灵魂在黑暗中苦苦求索的那种悲怆而又复杂的心境。那个混血商人把萨丽的事情告诉了他，她的人生经历深深打动了他。

"你觉得他还会回来吗？"尼尔森问道。

"恐怕不会啦。怎么说呢，那条捕鲸船肯定要让他先干上两三年，然后才会给他发薪水，到那时，他说不定早就把她给忘得一干二净了。我敢打赌，他酒醒之后突然发现自己被绑架了的时候，准会气得发疯，依我看，他即使跟人家打起来也不足为奇。但是，他终究还得腆着笑脸、忍气吞声地受这份罪，我猜想，不出一个月，他慢慢就会觉得，能脱身离开那个海岛也许是他千载难逢的最好结局了。"

但是，尼尔森却没法把这段故事从脑海中排除出去。也许是因为他自己体弱多病的缘故，"红毛"所具有的那种焕发着青春活力的健康才唤起了他无限的遐想。由于自己是个长相难看的男人，外表也没有可以令人刮目相看的长处，他便特别羡慕别人拥有俊美的容貌。他还从来没有激情似火地恋爱过，当然也从来没有被激情似火地爱恋过。那两个稚气未脱的少男少女你情我愿的两性相吸，让他有一种奇特的快慰感。它具有所谓"绝对观念"①的那种不可言喻的美。他又再次来到了小溪旁的那间小茅庐。他很有语言天赋，有思维活跃的头脑，也习惯了伏案苦读，他已经花费了大量的时间来研习当地的语言。早已养成的习惯是牢不可破的，他正在搜集材料，准备撰写一篇阐述萨摩亚人的方言的论文。陪同萨丽住在小棚屋里的那个干瘪、丑

---

① 绝对观念（The Absolute），又称"绝对精神"，即德国哲学家黑格尔客观唯心主义哲学中的一个重要概念，认为在自然界和人类出现之前就存在着一个精神实体，它是世界万物的本源，客观世界是由它派生或转化而来的。

陋的老婆婆邀请他进屋来坐坐。她斟上了卡瓦酒①请他喝，还拿出卷烟来请他抽。她很高兴能有个人过来陪她聊聊天，而他耳朵在听她说话，眼睛却在望着萨丽。她使他想起了那不勒斯那家博物馆里的普绪克②雕像。她的五官轮廓具有同样清晰而又纯净的线条美，尽管她曾经生育过一个孩子，可她依然具有处女的风韵。

直到见过她两三次面之后，他才逗引得她终于肯开口说话了。即使是这样，她也只不过问了他一声在阿皮亚是否曾见到过一个绰号叫"红毛"的人。自从他消失以后，已经整整两年过去了，很明显，她依然还在无休无止地思念着他。

没过多久，尼尔森忽然发觉自己竟爱上她了。事到如今，他唯有凭着一股意志力，才能勉强抑制住自己不要每天都跑到小溪边去看萨丽，而且，就算他不守在她身边，他的心思也在她身上。起初，由于把自己看作一个苟延残喘的垂死之人，他只求能看见她，能偶尔听她说说话，对萨丽的这份爱给了他一种新奇的幸福感。他为自己依然还怀有这份纯洁的爱而欣喜不已。他别无他求，只想抓住这个机遇在她这个婀娜娉婷的美人周围编织出一张美丽的幻想之网。没想到，这户外的空气、稳定的气温、充足的休息，以及简单的饮食，居然开始对他的健康产生了意想不到的影响。他的体温在夜间不再飙升到那种让人惊恐的高度了，他的咳嗽已减轻，甚而连体重也开始增加了；他已经有六个月没有出现体内大出血了；突然之间，他看到自己似乎还有存活下来的可能性。他仔细研究了自己的病情，希望之光在他身上已经初见端倪，只要再多加小心，他或许就能阻止病情的发展。这使他

---

① 卡瓦酒（kava），卡瓦是生长在南太平洋岛屿的一种胡椒属植物，卡瓦酒系用胡椒根茎捣碎、加水搅拌后酿制而成。
② 普绪克（Psyche），希腊神话中以少女形象出现的人类灵魂的化身，爱神厄洛斯的恋人。据传，意大利那不勒斯国家博物馆中的普绪克雕像是公元前1世纪的作品。

喜出望外，他又可以展望自己的未来了。他制定出了种种计划。诚然，任何生龙活虎的生活方式都是不切实际的侈谈，但他可以在这些海岛上继续活下去，再说，他还有这份小小的收入，虽说这份收入在别的地方微薄得简直不足挂齿，然而在这里，维持他的生活还是绰绰有余的。他还可以种椰子树，这样他也就有事情可干了；他要托人把他的书籍和一架钢琴运过来；不过，他那敏慧的头脑很快就意识到了，他无非是想利用这一切来自欺欺人地掩饰那个令他魂牵梦绕的欲望罢了。

他想拥有萨丽。他爱的不仅只是她那美丽的容貌，还有他从她那双饱经苦难的眼睛后面窥测到的那个悲观的灵魂。他会用自己的激情来陶醉她。总有一天，他会让她忘记过去的。他不由自主地沉湎在一阵狂喜之中，他幻想着自己也能给她带来幸福，这种幸福的滋味他原本以为此生再也品尝不到了，然而现在却如此匪夷所思地变成了现实。

他央求她跟他住在一起。她拒绝了。这是他意料之中的事情，他绝不会为此而感到沮丧的，因为他坚信，她迟早会做出让步。他的爱是无法抗拒的。他向那个老婆婆诉说了自己的心愿，却大为惊讶地发现，那老婆婆和邻居们原来早就看出了苗头，一直都在背着他极力怂恿萨丽接受他的好意。不管怎么说，每个原住民都巴不得能为一个白人管理家务，何况按照本岛的标准，尼尔森也算得上一个富翁了。他寄居在其家中的那个商人还专门跑去找她，奉劝她千万不要犯傻；这么好的机会今后再也碰不到了，再说，已经过去这么长时间了，她不能再这样执迷不悟地认为"红毛"还会回来。那姑娘的执意不从反而愈发增强了尼尔森的欲望，原本非常纯洁的爱情，现在却变成了折磨人的激情。他决心已定，不达目的誓不罢休。他搅扰得萨丽一刻都不得安宁。最后，由于实在拗不过他坚持不懈的纠缠和再三劝说，拗不过周围所有人轮番上阵的好说歹说，她终于答应了。可是，第二天，当他兴高采烈地前来看她时，却发现她前天夜里已经将她和"红毛"

曾相依为命地居住过的那间小窝棚付之一炬了。那个干瘪、丑陋的老婆婆满腔怒火地冲上前来，朝萨丽劈头盖脸地怒骂着，但他挥挥手让她走开了；这算不了什么；他们将在小窝棚的原址上重建一幢带露台的平房。如果他真要把一架钢琴和一大批书籍运过来的话，一座欧式小别墅其实要更加合适得多。

于是，这幢木质结构的小别墅就这样落成了，他已经在这幢小别墅里居住了好多年，萨丽也成了他的妻子。然而，当最初那几个星期令人销魂的高兴劲儿散去之后，诚然，萨丽在这期间也勉强给予了他那份满足感，但他几乎从来就没有品尝到幸福的滋味。经过这番让人身心俱疲的折腾之后，萨丽确实向他做出了让步，但她让出的只是她毫不珍惜的那部分。他曾隐约窥见的那个灵魂始终都在躲避着他。他心里明白，她其实一点儿也不在乎他的感受。她依然还爱着那个"红毛"，每时每刻都在期待着他回来。尼尔森知道，她只要一有他的消息，马上就会把他的爱情、他的柔情、他的同情、他的慷慨，统统弃之如敝屣，毫不犹豫地离他而去。她根本不会顾及他的悲伤痛楚。极度的痛苦左右着他无法自拔，他一次次地狠狠撞击着她那个无法捅破的自我，但她的那个自我始终在阴冷地抗拒着他。他的爱情变得苦涩起来。他竭力想用温存融化她的心，但她的那颗心依旧坚如铁石；他又故意装出冷漠的样子，可她压根儿就没有察觉到。他有时候也大发脾气，恶言恶语地辱骂她，而她只是默默地哭泣。他有时候甚至觉得，她不过就是个彻头彻尾的骗子，她的灵魂纯粹是他自己一厢情愿地凭空杜撰出来的，他之所以无法进入她心灵的圣殿，是因为她心里根本就没有这样的圣殿。他的爱情已然变成了一个他渴望逃离的牢笼，但他又没有这份底气干脆把牢笼的门打开——只需打开这扇门，一切就都迎刃而解了——他没有这份底气跨出牢笼，走向外面的世界。这种状况简直就是活受罪，熬到最后，他竟变得麻木不仁、心灰意冷了。爱情之火终于自生自灭地燃尽了，后来，每当他看到她那双眼睛刹那间又在死死地盯着那座悠悠荡荡的小独木桥时，充斥在他心中的已经不再是勃然大怒，而是不耐烦了。这么多年来，他们一直生活在一起，把他们捆绑在一起的纽带是习惯和方便，每当他再度回顾昔日的激情时，他也只是一笑置之而已。如今她也成了一个老女人了，因为岛上的女人老得很快，再说，即使他对她不再怀有爱情了，他还怀有一颗宽容的心。她从不过问他的事情。他也乐得心满意足地与自己的钢琴和书籍为伴。

他的思绪促使他又要搜索枯肠，接着说下去了。

"当我现在回首往事、反思'红毛'和萨丽的那段短暂而又激情四射的爱情时，我想，他们或许应该感谢无情的命运在他们的爱情似乎依然处于其巅峰状态的时候，棒打鸳鸯地把他们活活给拆散了。他们虽然受尽了苦难，但是，他们所遭受的那种苦难也自有其凄美之处。他们因此而避免了真正的爱情悲剧。"

"我确实搞不懂你这话究竟是什么意思。"船长说。

"爱情的悲剧并不在于生离死别。你认为他们之间的这种爱情究竟能维持多久，直至他或者她再也不一心一意地牵挂着对方了？啊，这世上最令人心寒的事情莫过于，当你眼睁睁地看着一个你曾经用你全部的心灵和灵魂去热爱的女人，你对她爱恋到了一刻都舍不得让她离开你的视线的地步时，结果却发觉，即使你今生今世再也见不着她了，你也无所谓。爱情的悲剧就在于冷漠。"

不料，就在他如此这般地侃侃而谈的时候，一件令人极其匪夷所思的事情突然发生了。尽管他表面上一直是在对这位船长说话，但他的这些话其实并不是说给他听的，他只是在把自己的思绪转化为语言诉说给他自己听的，尽管他那双眼睛一直在凝望着面前的这个人，但他一直对他视而不见。但是，此时此刻，有一个形象竟油然浮现在他眼前,并不是他所看见的这个人的形象,而是另一个人的形象。这情景就仿佛他此刻正站在一面哈哈镜前观看着,哈哈镜中的人物往往不是被扭曲得异常矮胖,就是被拉长得不堪入目,不过,眼前发生的这一幕却截然相反,在这个身躯痴肥、相貌丑陋的老男人身上,他忽然依稀瞥见了一个美少年的身影。他立即以敏锐、犀利的目光再次仔细审视他了一番。明明是一次随性而至的闲逛,可他为什么偏偏要溜达到这个地方来呢?他的心脏一阵突如其来的悸动害他有点儿喘不过气来。一个有悖常理的猜疑在左右着他的思绪。他突然间想到的那种事情是万万不可能发生的,然而那也许恰恰就是事实。

"你叫什么名字?"他唐突地问道。

船长的那张面孔顿时皱缩起来,接着便狡黠地嘿嘿一笑。随后,他便露出了一副非常恶毒、极其粗俗的嘴脸。

"我已经隔了他娘的这么长时间没听到这个名字了,连我自己差不多都把它给忘了。不过,三十年前,在这些海岛上,人家一直都叫我'红毛'。"

他猥琐地哑然一笑,他那庞大的身形也随之哆嗦了一下。那副模样真令人厌恶。尼尔森禁不住打了个寒颤。这个"红毛"反倒觉得特别开心,泪水从他那双布满血丝的眼睛里奔涌而出,顺着他的脸颊哗哗地流淌下来。

尼尔森惊讶得倒抽了一口冷气,因为偏偏就在这时,一个女人走进屋来。她是一个原住民女人,一个气势颇有点儿咄咄逼人的女人,体格健壮而又不显肥胖,皮肤黝黑,因为这些原住民总是随着年纪的增长而越来越黑,她的头发全都灰白了。她穿着一件黑色的宽松长罩衫,罩衫薄薄的质地使她那丰满的乳房原形毕露。这个时刻终于到来了。

她向尼尔森通报了一声有关某件家务事的看法,他随即作了回答。他暗暗有些疑惑，不知自己的说话声在她听来是否跟自己感觉到的那样不太自然。她冷漠地瞥了一眼坐在窗前椅子上的那个男人，随后便走出了屋子。这个时刻就这样来了又过去了。

一时间，尼尔森张口结舌说不出话来。他莫名其妙地被这一幕震惊得目瞪口呆。过了一会儿，他才说：

"要是你肯留下来和我一起吃点儿晚饭的话，我会很高兴的。家常便饭。"

"我想，我就不留在这儿了，""红毛"说，"我得赶紧去找这个名叫格雷的人。我得把他的货交给他，交完货之后，我就走啦。我想明天就赶回阿皮亚去。"

"我派个用人陪你一起过去吧，也好给你指指路。"

"那就太好啦。"

"红毛"吃力地硬撑着从椅子上站起身来，瑞典人赶忙去叫来了一个在种植园里干活儿的小伙子。他把船长要去地方告诉了他，于是，那小伙子便轻快地踏上了那座小桥。"红毛"准备跟着他过桥了。

"千万别跌下去啊。"尼尔森说。

"无论怎样，我也不会跌下去的。"

尼尔森目送着他一路小心翼翼地过了桥，船长的身影已经消失在那片椰林中时，他还在举目眺望着。不知过了多久，他才头昏脑涨地一屁股跌坐在椅子上。难道这就是那个阻碍他得到幸福的罪魁祸首？难道这就是萨丽这些年来一直在深爱着、一直在不顾一切地苦苦等待着的那个人？简直太荒唐了。一阵突如其来的狂怒左右着他的心绪，他恨不得跳将起来，把周围的一切都砸个稀巴烂。他被骗了这么多年。他们俩最终还是相见了，而且他们彼此还浑然不觉。他放声大笑起来，笑得悲郁难当，他的阵阵惨笑越来越高亢，终于变成了歇斯底里。诸神跟他开了一个残酷的玩笑。他如今也老啦。

萨丽终于走进屋来，告诉他说，晚饭已经做好了。他在她面前坐下来，想勉强吃点儿东西。他心中有些纳闷，假如他现在告诉她说，刚才坐在椅子上那个肥胖的老头儿就是她至今依然还怀着少女时代的那种激情四射的任性念念不忘的那个恋人，不知她会怎么说。多少年以前，当他因为她让他过得如此不幸而憎恨她的时候，他会巴不得把这件事直接告诉她的。那时候，他就想让她伤心，如同她让他伤透了心一样。但是现在，他觉得一切都无所谓了。他无精打采地耸了耸肩。

"那个人想来干什么？"过了一会儿，她问道。

他没有立刻回答。她也老了，一个又胖又老的原住民女人。他有些疑惑，不知自己当年怎么就如此疯狂地爱上她了。他曾经把自己灵魂的一切珍宝都毫无保留地敬献在她面前，而她竟然视之如粪土。浪费啊，真是人生巨大的浪费！现如今，当他看着她的时候，他心中只剩下了鄙夷。他的耐心终于耗尽了。

"他是一艘纵帆船的船长。他是从阿皮亚来的。"

"哦。"

"他给我捎来了家里的消息。我大哥病得很重，我得回去看看。"

"你会去很久吗？"

他耸了耸肩。

（余运礼　崔馨月　吴建国　译）